Dime que te quedarás

Dime que te quedarás

Corinne Michaels

Traducción de
Ana Isabel Domínguez Palomo
y
María del Mar Rodríguez Barrena

TERCIOPELO

Título original: *Say You'll Stay*

© 2016, Corinne Michaels

Primera edición: octubre de 2018

© de la traducción: 2017, Ana Isabel Domínguez Palomo y
María del Mar Rodríguez Barrena
© de esta edición: 2018, 2017, Roca Editorial de Libros, S. L.
Av. Marquès de l'Argentera 17, pral.
08003 Barcelona
actualidad@rocaeditorial.com
www.terciopelo.net

© del diseño de portada: Sophie Guët
© de la imagen de cubierta: Shutterstock/CURAphotography

Impreso por LIBERDÚPLEX, S.L.U.
Sant Llorenç d'Hortons (Barcelona)

ISBN: 978-84-94616-89-1
Depósito legal: B. 20137-2018
Código IBIC: FRD

RT16891

1

—¿*P*or qué no te vas a casa, Presley? Ya me encargo yo del cierre —me propone Angie desde detrás del mostrador.

Regentamos una pastelería pequeña especializada en cupcakes en Media (Pensilvania). Han sido dos días larguísimos, porque nuestras dos reposteras están de baja por enfermedad. He trabajado casi cuarenta horas en tres días. Estoy agotada. Angie no es repostera, pero se encarga de la gestión del negocio, lo que significa que todo el trabajo ha recaído en mí.

—¿Seguro?

—Sí —dice con una sonrisa—. Vete antes de que llame a Todd y le diga que venga para sacarte a rastras.

—Tienes suerte de que te quiera como te quiero.

Me besa en una mejilla.

—Yo te quiero más, aunque me vuelvas loca con tu perfeccionismo.

Angelina, o Angie como la llamamos todos, es mi cuñada y antigua compañera de habitación de la universidad. Mi marido es su hermano, del que me enamoré cuando estuvo a mi lado durante una etapa oscura de mi vida. Por supuesto, al principio a Angie no le gustó la idea de que estuviéramos saliendo, pero al final claudicó cuando vio lo bien que nos llevábamos.

—Hasta mañana entonces. —Cojo mi abrigo y echo a andar hacia el coche antes de que encuentre alguna razón que me obligue a quedarme.

Llamo a casa, pero por supuesto los chicos no contestan. Me imagino a Logan con los auriculares en las orejas, enfrascado en algún juego tontorrón, y a Cayden, que simplemente se niega a que lo molesten. Con esos dos es una aventura diaria. Es difícil creer que el año próximo ambos estarán en el primer ciclo de secundaria. Tengo la impresión de que eran bebés hasta hace dos días.

Salta el contestador y rezo para que alguno de los dos, o mi marido, lo oiga.

—Hola, chicos, voy de camino a casa. Espero que hayáis hecho las tareas. ¿Os gustaría salir a cenar? ¡Os quiero! Ah, Todd…, que no se te olvide llamar a tu madre, esta semana ha llamado ocho veces.

Salgo del aparcamiento y pongo rumbo a casa, donde sé que reinará el caos. Somos los propietarios de una casa adosada unifamiliar preciosa, situada a unos diez minutos de la pastelería. Nos la regalaron nuestros padres después de que nos casáramos. La renovamos de arriba abajo y ahora mismo es la casa de mis sueños. Por supuesto, la remodelación nos costó más que si hubiéramos comprado una casa nueva, pero queríamos vivir en ese lugar. Mis suegros se mudaron a Florida huyendo de los inviernos fríos y yo no pensaba volver a Tennessee después de la universidad ni muerta. Tendrían que haberme llevado a rastras.

Aparco y me echo un vistazo en el espejo. Tengo la cara manchada de distintas sustancias y el pelo castaño espolvoreado de blanco gracias al cuenco de harina que he estado a punto de tirar. Un día normal y corriente.

—¿Hola? —digo cuando entro en casa. Hay papeles por todas partes, zapatos en el pasillo y los abrigos de los niños están tirados en el suelo. De verdad, conseguir que cuelguen algo es como arrancarles los dientes—. ¡Chicos! ¡Recoged todo esto! —grito, pero nadie me responde.

Echo a andar hacia el salón, donde, tal cual me imaginaba, están jugando a algo con los auriculares puestos. Le quito uno a cada uno.

—¡Hola!

—¡Mamá! —gruñen—. Estamos jugando.

—Ya lo veo. ¿Y por qué no jugáis a recoger el recibidor? Creo que será divertido. —Sonrío y los beso en las mejillas. Un gesto que arranca nuevas protestas—. Oooh, ¿no queréis que mami os…?

—¡Ya vale! —Ponen el juego en pausa y se levantan de un salto—. Te encanta sacarnos los colores —se queja Logan.

—Es mi propósito en la vida. —Me encojo de hombros—. ¿Dónde está tu padre?

—No lo hemos visto desde que llegamos. Supongo que está arriba.

—Id a recogerlo todo y después me contáis qué tal os ha ido hoy en clase. —Señalo hacia la puerta y echan a andar arrastrando los pies.

De verdad, no sé quién dice que los chicos son más fáciles de manejar que las chicas. Quizá si solo tienes uno, pero los gemelos son todo un mundo lleno de diversión. Recurren el uno al otro para conseguir lo que quieren. Nos traen por la calle de la amargura. Dicho lo cual, no me cabe la menor duda de que ser madre es el trabajo más gratificante del mundo.

—¿Cariño? —grito mientras me dirijo al cuarto de baño.

No obtengo respuesta.

—¡Todd! Ya he llegado.

Seguramente está en su despacho o hablando por teléfono. Nuestra relación es la envidia de todos nuestros amigos. Por más obstáculos que encontremos, siempre nos apoyamos el uno en el otro. Es el hombre más cariñoso y atento que conozco. Jamás me ha sido infiel y siempre se ha mostrado comprensivo. Cuando le dije que Angie y yo queríamos abrir una pastelería, ni pestañeó. Solicitamos algunos préstamos y él me respaldó en todo. Sé que siempre puedo contar con él. Me quiere más de lo que merezco.

Subo la escalera y no lo encuentro ni en su despacho ni en el dormitorio de los niños.

—Cielo, ¿estás aquí arriba? —Tampoco obtengo respuesta—. ¿Todd? —Echo un vistazo en nuestro dormitorio, pero no lo encuentro.

Me dirijo al cuarto de baño.

—Cariño, ¿estás ahí dentro? Podrías contestarme por lo menos. —Me río y abro la puerta.

Mi cuerpo se queda petrificado.

Mi corazón se hace añicos.

Mi mundo se derrumba.

—¡No! —chillo mientras corro hacia él. Su cuerpo cuelga inerte de una cuerda atada a la viga de madera del techo. Tiene los labios morados, los ojos inyectados en sangre y no emite el menor sonido—. ¡Dios, no! —Lo agarro por las piernas y lo sostengo mientras mi cuerpo se estremece. Tengo que bajarlo al suelo. El terror se apodera de mí a medida que empleo todas mis fuerzas para levantarlo.

No responde ni se mueve.

—Todd, por favor. No puedes hacernos esto. ¿Por qué? —grito mientras las lágrimas se derraman sin contención alguna. Hago todo lo que puedo para reanimarlo.

Tengo que llamar a los servicios de emergencias, sin embargo, lo sé; en el fondo, sé que es demasiado tarde. No respira. No se mueve. Sé que no puedo salvarlo y que ya ha muerto. Pero me niego a rendirme. Corro al dormitorio y cojo el teléfono.

Logro marcar el número, aunque no sin dificultad. Pulso las teclas con unas manos que me tiemblan tanto que me cuesta sostener el teléfono. Mientras suenan los tonos de llamada, vuelvo al cuarto de baño para intentar reanimarlo.

—Servicio de emergencias, ¿en qué podemos ayudarla?

—¡Mi… mi marido! —grito mientras trato de levantar su peso—. Lo ha intentado. Es que… creo que está mu… muerto. No respira.

—Muy bien, señora, trate de tranquilizarse y dígame cuál es su dirección.

Tartamudeo la que creo que es la dirección correcta. Las lágrimas me ciegan y no veo nada.

—¿Cómo has podido dejarme? —digo entre sollozos mientras los calambres empiezan a recorrerme los brazos—. ¡No respira! —chillo desesperada, dirigiéndome a la persona que me ha atendido.

—Señora, ¿puede decirme qué ha pasado?

Eso me gustaría saber. Todd jamás nos haría esto a mí y a los niños. Sin embargo, aquí estoy, sujetándole las piernas con los brazos para levantar su cuerpo inerte. Siento una dolorosa punzada en el pecho al pensar en Logan y en Cayden, que están en la planta baja.

—Se ha… se ha ahorcado. No puedo bajarlo. Estoy intentado sostenerlo, pero no… no… —Me vengo abajo al pronunciar las palabras. Y, entonces, la realidad me golpea—. ¡Dios mío! —Me echo a temblar—. Mis niños. Están abajo. No lo saben —le explico a la operadora.

—¿Me puede decir su nombre?

—Presley. Presley Benson.

—Muy bien, Presley. Yo soy Donna y voy a seguir hablando con usted hasta que llegue la policía y la ambulancia con los técnicos sanitarios de emergencias. ¿Su marido se mueve? —me pregunta Donna.

—No. No se mueve. No se despierta. Está… está… Tengo que impedir que los niños lo vean.

—¿Respira o hace algún sonido?

Niego con la cabeza para responder a su pregunta, pero no puedo hablar. Esto no puede ser real. Solo es una asquerosa pesadilla. Es imposible que esto sea real.

«¡Despierta, Presley!».

Muevo la cabeza, pero todo sigue igual.

—Presley, ¿está ahí?

—No respira. No tiene pulso —digo mientras el miedo se apodera de mí. Me estoy derrumbando a medida que hablo.

Donna sigue hablando mientras apoyo los talones en el suelo.

—Respire hondo varias veces. ¿Puede decirles a sus hijos que abran la puerta a la policía?

—No. —Tengo que protegerlos. Todd está muerto. El que ha sido mi marido durante trece años acaba de suicidarse—. No pueden verlo así. No puedo permitir que lo vean así.

¿Por qué lo ha hecho? ¿Cómo voy a decírselo a mis hijos? ¿Cómo? No puedo hacerlo. No soy lo bastante fuerte.

—Muy bien, Presley, necesito que abra la puerta principal. La policía está a punto de llegar.

—Mis hijos… Tengo que…

—Vaya a la puerta principal y proteja a los niños lo mejor que pueda. Estarán ahí en menos de tres minutos. ¿Puede hacerlo?

¿Puedo hacer algo?

¿Puedo moverme?

Las lágrimas resbalan por mis mejillas mientras bajo los brazos.

—¿Por qué, Todd? —susurro. Un sollozo me estremece el pecho, pero soy incapaz de moverme—. ¿Por qué?

—¿Sigue ahí? —me pregunta Donna.

—Estoy aquí. No puedo respirar. No pueden verlo así. Está…

—Lo sé, Presley. Respire hondo. Dentro de nada recibirá ayuda. ¿Puede bajar y llevar a los niños a casa de algún vecino?

Me dejo caer al suelo. Me golpeo con fuerza las rodillas, pero el dolor no es comparable al que siento en el pecho. Me quedo sentada, sin moverme, mientras mi vida se derrumba. Tengo que pensar en mis preciosos hijos, cuyas vidas están a punto de cambiar para siempre. Lo único que puedo hacer es asegurarme de protegerlos. Me limpio las lágrimas e intento recuperarme en la medida de lo posible.

—Voy ahora mismo.

—De acuerdo, si quiere, seguiré hablando con usted hasta que llegue la policía.

Ahora mismo, Donna es la única persona que lo sabe. Si corto la llamada, se acabó. Es irracional y ridículo, pero una vez que corte la llamada… todo será real.

—Por favor. No puedo hacerlo sola.

—Por supuesto. Estoy aquí con usted. No está sola, Presley.

De alguna manera, consigo levantarme del suelo. Mis pies me impulsan hacia delante. Entro en el salón y Logan me mira.

—¿Mamá? —Se levanta.

—Necesito que salgáis por la puerta trasera y que vayáis a casa de la señora Malgieri. Jugad con Ryan hasta que vaya a buscaros —les ordeno como si hubiera activado el piloto automático. Cierro los ojos y me abrazo la cintura.

Logan corre hacia mí. Siempre ha sido el más sensible de los dos. Esto va a destrozarlo.

—¿Qué pasa?

Le pongo una mano en una mejilla mientras las lágrimas brotan de nuevo de mis ojos.

—Vete con Cayden, y yo iré a buscaros dentro de nada. —Se me quiebra la voz porque el dolor me atraviesa. Mis niños. Mis niños, tan inocentes, dulces y cariñosos. Nunca volverán a ser los mismos. A Cayden se le llenan los ojos de lágrimas, porque capta el dolor que esconden mis palabras.

—Lo estás haciendo muy bien, Presley —me anima Donna—. Llegarán dentro de un minuto.

—Mamá, me estás asustando. —Cayden me mira con sus enormes ojos verdes.

—Tengo que ocuparme de una cosa y no podéis estar aquí. —Me esfuerzo por controlar el sollozo que crece en mi interior, consciente de que mis hijos están a punto de venirse abajo.

Logan me abraza por la cintura y Cayden lo aparta.

—¿Es papá? —pregunta.

—¡Marchaos! ¡Ahora mismo! —No puedo seguir conteniéndome. Necesito que se vayan. Sé que los he asustado. Sé que están aterrados, pero no puedo respirar—. Lo siento. Necesito que os vayáis ahora mismo a casa de Ryan.

—Vamos, Logan. —Cayden siempre ha sido el más espabilado. Es capaz de leer entre líneas y, a menudo, capta cosas que se les escapan a los chicos de su edad.

Sé que no puedo engañarlos. Debo de tener la cara colorada y los ojos hinchados por el llanto. Cayden me mira y siento que me tiembla la barbilla.

—Todo se solucionará.

—¿Mamá? —me pregunta Logan al verme llorar, porque ya no puedo contener las lágrimas.

Una lágrima solitaria resbala por la mejilla de Cayden mientras los abrazo.

—Os quiero.

Los miro mientras rezo para encontrar un modo de solucionar las cosas. Se apartan de mí con renuencia y echan a andar hacia la puerta trasera. Los veo marcharse y empiezo a llorar. Lloro por ellos. Por mí. Y por todo el dolor que esto va a ocasionarles.

Una vez que desaparecen de mi vista, me dirijo a la puerta principal. El coche patrulla se acerca con las luces encendidas y el vacío me consume.

2

—¡*P*resley! —grita Angie cuando entra en casa. Estoy sentada en el sofá desde hace cuarenta minutos. La policía le pidió a Angie que viniera a casa antes de que acabaran de tomarme declaración. Les he explicado todo lo que sabía y los agentes me han ido dando pañuelos de papel mientras yo intentaba soportar la agonía. Los técnicos sanitarios están arriba, ocupándose del cuerpo.

Corre hacia mí.

—Ang. —La miro cuando por fin se da cuenta.

—¿Son los niños?

Niego con la cabeza.

—¡No! —Se deja caer a mi lado mientras yo la abrazo—. ¡Ay, Dios! —exclama Angie y nos abrazamos con fuerza.

Me aparto un poco mientras ella se seca los ojos.

—No… no sé cómo decírtelo. —Es muchísimo peor.

—¿Decirme el qué?

—Se ha… se ha… se ha ahorcado. —Siento la opresión en el pecho al pronunciar las palabras en voz alta.

—No, no, no, no —repite una y otra vez—. ¿Por qué? ¿Cómo es posible? ¡No! ¡Nunca lo haría! ¡Estás mintiendo!

—Es cierto.

En sus ojos se refleja la confusión.

—No. ¡Te equivocas! —Angie se pone en pie y empieza a moverse de un lado para otro—. Todd, no. Te quiere. Quiere a los niños más que a nada en el mundo. No te creo. ¡Nunca haría algo así!

Yo tampoco me lo creo.

—Ojalá estuviera mintiendo. Ojalá fuera todo una pesadilla, pero no lo es. Se… se… —Empiezo a jadear en mis ansias por respirar. Es demasiado—. Lo he visto… ¡lo he visto colgado de la viga del cuarto de baño! —grito antes de ponerme a sollozar, presa de la histeria—. ¡No estoy mintiendo! Estoy… estoy…

El agente que se sienta a mi lado me sujeta por los hombros y me ordena que respire despacio. Que inspire por la nariz. Y que expulse el aire por la boca. Repito el proceso hasta que dejo de estar al borde de un ataque de pánico.

Angie llora conmigo, poniendo de manifiesto la desolación que siente con sollozos similares a los míos. Nos abrazamos con fuerza y lloramos la pérdida del hombre al que amamos.

Seguimos sentadas durante unos minutos, acurrucadas juntas, mientras lloramos en silencio.

Veinte minutos después, los técnicos sanitarios aparecen en la escalera. Llevan una bolsa negra en una camilla. Una bolsa que contiene al hombre con quien había planeado envejecer, al padre de mis hijos y todas las esperanzas que había imaginado en la vida. Se acabaron las cenas. Se acabaron los besos. Se acabaron las risas compartidas. Porque él ha decidido que no podía seguir viviendo. Y yo ni siquiera sé el motivo.

Tenemos una casa preciosa, trabajos fijos y unos hijos sanos y listos. Estoy muy confundida. Sigo esperando que Todd baje por la escalera y me diga que todo se va a arreglar.

Un vacío ocupa las partes de mi ser que antes estuvieron completas. Invade la esperanza que tenía en otro tiempo y la convierte en algo sucio y oscuro. Lo sacan de casa mientras Angie se derrumba en el suelo. Corro hacia ella y la abrazo con fuerza.

—Lo siento mucho, Pres.

—Yo también lo siento. —La suelto y sé lo que tengo que hacer a continuación—. Tengo que ir a recoger a los niños.

—¡Ay, Dios! —exclama y se tapa la boca—. ¿Qué es lo que saben?

—Saben que ha pasado algo y que tiene que ver con su padre. Tengo que verlos. Seguro que están muy asustados.

Consigo recuperar la compostura mientras el último agente de la policía se queda rezagado en la puerta trasera. Se acerca a mí mientras yo me rodeo la cintura con los brazos.

—Le dejo mi tarjeta, señora Benson. Si necesita algo, no dude en llamarme.

Asiento con la cabeza y cierro los ojos. Lo que necesito es que nada de esto sea real, pero no me puede conceder ese deseo.

—Gracias.

Angie me pone una mano en la espalda.

—¿Quieres que me quede?

—Por favor —respondo, y ella se vuelve hacia el sofá. Oigo cómo solloza al tiempo que acompaño al agente hacia fuera.

—Puedo quedarme si eso la ayuda en algo —se ofrece.

—Se lo agradezco. No creo que nada me pueda ayudar. —Sujeto la tarjeta con fuerza como si fuera un salvavidas—. ¿Cómo se lo explico a los chicos? —le pregunto a ese hombre, un desconocido. Necesito que alguien me diga qué hacer.

—Ojalá pudiera decírselo, señora Benson. No creo que haya una forma correcta de hacerlo —contesta en voz baja—. He tenido que notificar muchas muertes, y nunca es fácil. Sea sincera y esté ahí para ellos.

—Gracias, agente... —Caigo en la cuenta de que ni siquiera sé su nombre. Ese hombre me lleva consolando una hora y ni siquiera sé cómo se llama.

—Walker. Michael Walker.

—Gracias por su ayuda, agente Walker. No sé cómo voy a hacerlo sola. Nunca he estado sola. —Nada más pronunciar esas palabras, me golpean con fuerza. Sola. Sí, tengo a los niños, pero mi marido ya no está.

—Se lo diremos juntas —dice Angie a mi espalda.

El agente de policía asiente con la cabeza, se mete en el coche y nosotras nos vamos a hacer lo último que querría hacer en el mundo: contárselo a los niños. Miro a Angie, que tiene las mejillas llenas de churretes negros. Quería a su hermano con locura. Soy incapaz de comprender lo que está pasando. Estaba rodeado de amor y de gente que lo apoyaba. Tenía a muchísima gente con la que hablar y, sin embargo, ¿ha elegido hacer esto?

Me seco las lágrimas y llamó a la puerta, que abre la señora Malgieri. Se lleva las manos a la boca y yo vuelvo a cerrar los ojos.

—Ay, Presley. —Me abraza con fuerza—. Por favor, dime

que está bien. Hemos visto las luces de la ambulancia y de la policía, y los niños han dicho que pasaba algo.

Me aparto de sus brazos. Si es difícil contárselo a ella, va a ser una agonía decírselo a mis hijos. Se me descompone la cara al tiempo que cierro los ojos.

—¿Los niños están aquí? Tengo… tengo…

—Lo siento muchísimo, cariño.

Esa va a ser la primera de una larga lista de condolencias.

—Gracias. Tengo que hablar con ellos.

—Están viendo la tele, pero están muy callados y están asustados. —Se le llenan los ojos de lágrimas por la pena.

Contengo el aliento en un intento por no perder la compostura.

—Gracias por cuidar de ellos.

Logan ha debido de oír mi voz, porque aparece corriendo y empieza a llorar.

—Mamá, he visto las luces. ¿Dónde está papá?

Me acuclillo, le cojo las manos y veo a Cayden tras él, inmóvil.

—Cay, ven. —Extiendo la mano libre.

Él niega con la cabeza mientras yo intento controlar las emociones. Tengo que ser fuerte por ellos.

—Cayden —dice Angie a mi espalda, incapaz de controlar las lágrimas—. Ven aquí, campeón.

Se lanza a los brazos de su tía. Siempre han compartido un vínculo muy especial y me alegro de que esté presente por él. Los miro a los dos y decido que no puedo contarles toda la verdad. No quiero mentirles, pero tengo que proteger su corazón. Si saben que ha pasado por decisión de su padre, no creo que puedan recuperarse del golpe. ¿Cómo es posible que haya pensado que no merecía la pena vivir ni siquiera por ellos? No permitiré que mis hijos tengan ese sentimiento.

—Niños. —Me cuesta hablar—. Vuestro padre… el corazón… se le… se le ha parado… Los médicos lo han intentando con todas sus fuerzas, pero no han podido… —Tomo una bocanada profunda de aire en un intento por mantener la calma antes de destruir su mundo por completo—. Lo siento, cariños míos. Lo siento muchísimo, pero papá ha tenido que irse al cielo.

Logan me echa los brazos al cuello mientras llora. Le froto la espalda para tranquilizarlo. Miro a Cayden, a quien está consolando Angie. Llora y no deja de mover la cabeza de un lado para otro.

Logan se aparta y aprieta los puños.

—¡Papá estaba arriba! ¡Seguro que está bien, mamá! —Niega con la cabeza—. Es... es... es fuerte ¡y los médicos tienen que esforzarse más!

—Lo han intentado, campeón. —Intento abrazarlo, pero se aparta para que no pueda tocarlo—. Lo han in... intentado muchas veces. —Se me cae el alma a los pies mientras veo cómo mi hijo intenta asimilar la verdad.

—¡Que lo intenten de nuevo! —grita Logan, que sale disparado hacia la casa—. ¡Necesita ayuda!

Cayden no habla. Angie ladea la cabeza y me indica que vaya tras él.

—¡Papá! —grita Logan—. ¡Papá! —grita de nuevo mientras las lágrimas resbalan por su cara—. ¡Papi! ¡No... no, papi!

Se me rompe el corazón en mil pedazos. Lo abrazo con fuerza mientras él intenta zafarse. No lo suelto, pero él sigue retorciéndose. Llora y llama a Todd, presa del dolor. Y con cada grito, yo lloro todavía más. Después de unos minutos, deja de moverse. Se vuelve hacia mi pecho y lo estrecho contra mí. Lo abrazo con fuerza y rezo para encontrar el modo de ayudarlos a soportar esa prueba.

—No... no puede haberse ido, mamá. Se... se suponía que iba a ayudarme con el proyecto. Lo prometió. No rompería su promesa.

Le beso la coronilla y empiezo a mecerlo para ver si nos calmamos los dos.

—Lo sé, cariño. Lo siento.

—Haz que vuelva. Por favor, por favor, haz que vuelva —me suplica con la voz quebrada.

Ojalá pudiera. Dios, ojalá pudiera.

Cayden y Angie entran en casa. Los dos nos abrazan a Logan y a mí, aquí mismo en el suelo. Nos abrazamos en el recibidor, mientras intentamos mantener la cordura. El tiempo pasa y anochece, pero seguimos abrazados mientras vamos llorando por turnos.

Al final, nos trasladamos al salón. Llamo a mis padres y les pido que vengan enseguida. Angie llama a sus padres y a su otro hermano, que están en Florida. Puedo oír los gritos de mi suegra a través del teléfono.

Superar los días que se nos vienen por delante será un milagro. Mientras todo el mundo sigue su propio camino, nosotros intentaremos sobrevivir minuto a minuto.

Cayden y Logan se niegan a separarse de mí. Nos acurrucamos en el sofá, con cada uno a un lado. Apenas hablan. La tele está encendida, pero nadie la ve. Estamos absortos en nuestro propio dolor.

Angie prepara una sopa, pero soy incapaz de comer.

—¿Qué va a pasar ahora? —pregunta Cayden.

—¿A qué te refieres? —Por fin he dejado de llorar. No me quedan lágrimas. Me siento entumecida, perdida.

El miedo asoma a sus ojos.

—¿Tendremos que mudarnos? ¿Volveremos a ver a papá?

—No, cariño, no tendremos que mudarnos. Tengo que ocuparme de algunas cosas y celebraremos un entierro para papá. —No sé qué decirle acerca de volver a ver a su padre. El ataúd estará cerrado. Nadie puede verlo—. Tu padre no quería que hubiese velatorio, solo entierro.

—Ah. —Aparta la vista, desanimado—. Lo siento, mamá.

—¿Que lo sientes? ¿Por qué ibas a sentirlo, cariño?

Cayden cierra los ojos verdes cuando empieza a llorar.

—Debería haber subido. Podría haber…

—No, cariño. No podías hacer nada para evitarlo.

Logan se sorbe la nariz.

—Yo también estaba sentado jugando con la consola. Papá nos necesitaba.

—Chicos. —Me incorporo y me doy la vuelta para mirarlos—. Escuchadme con mucha atención. —Espero a que me miren. En cuanto los dos asienten con la cabeza, continúo hablando—: No habéis hecho nada malo. No podríais haberlo salvado. ¿Está claro?

Ninguno responde, se limitan a echarse a llorar. Y las lágrimas que yo creía agotadas resbalan por mis mejillas.

«¿Por qué, Todd? ¿Por qué?».

3

—*T*e acompaño en el sentimiento —me dice una cara sin nombre, que se acerca a mí después del entierro.

Todo el mundo es amable y me ofrece sus condolencias, pero a mí me da igual. Estoy segura de que todos lamentan lo ocurrido. Sé que todos nos desean lo mejor a mis hijos y a mí. Todos rezan por nosotros y yo rezo para que me dejen sola.

Les estrecho la mano y acepto sus abrazos, pero me siento vacía. La gente se va, pero yo solo estoy pendiente de mis hijos. Cayden y Logan están sentados en el coche, con mi padre. Es la única persona con la que quieren estar. Cayden sigue sin hablar mucho, pero Logan no para. Están llevándolo como pueden.

—¿Estás lista, cariño? —me pregunta mi madre al tiempo que me coge una mano.

—No —contesto con la vista clavada en el agujero donde descansa el cuerpo de mi marido.

—Te repondrás, Presley —me dice en un intento por animarme—. Sé que es duro, pero eres una mujer fuerte.

Miro a mi madre, suplicándole con los ojos que me ofrezca algo que me ayude a lidiar con el dolor.

—¿Mamá?

Frunce los labios mientras me acaricia las mejillas.

—No puedo evitarte este dolor. Ojalá pudiera, de verdad. —Se le llenan los ojos de lágrimas y deja de acariciarme la cara para cogerme las manos—. Pero eres fuerte. Siempre has sido la más fuerte de todos. No muchos tienen el coraje necesario para perseguir sus sueños. Mira todo lo que has hecho. Te fuiste de casa, estudiaste en la universidad, te labraste una vida.

—Y mira de qué me ha servido.

—Oye, no digas eso. —Su tono severo no deja lugar a réplica—. Tienes dos hijos. Tienes una casa, un negocio y puedes mantenerte sola. Cosas que no tendrías si te hubieras quedado en el rancho. Estabas deseando salir de Bell Buckle y, aunque las cosas no salieron como las habías planeado, de esa manera conociste a Todd. Ese hombre te ha querido por encima de todo. No se ha ido de este mundo ni te ha dejado por voluntad propia.

No puedo contener la carcajada que se me escapa. Siento una opresión en el pecho acompañada del primer ramalazo de emoción.

—Mamá, si eso fuera cierto… —Guardo silencio porque no quiero revelar la verdad, que no fue un infarto—. Vámonos.

—¿Qué me estás ocultando?

—Nada, mamá.

—Presley Mae, no me mientas. Sé que estás ocultando algo.

Sus ojos me observan. Es una de esas mujeres que ven más de la cuenta. Siempre ha sido capaz de detectar las mentiras de mi hermano y las mías. Una mirada suya bastaba para que nos echáramos a temblar. Hasta que empecé a salir con chicos. Y descubrí un nuevo mundo. Perfeccioné el arte de decir medias verdades y de esconder los detalles que ella no necesitaba conocer.

—No es nada importante. —Me zafo de su mano y echo a andar hacia el coche. Sé que aquí no acaba la cosa, pero todavía no estoy preparada.

Menos mal que mi padre no dice nada cuando entro en el coche. Nuestra relación se tensó cuando me fui del rancho. Esperaba que Cooper y yo lo lleváramos a medias. Un sueño que yo no compartía. Mi decisión de trasladarme de estado para ir a la universidad suscitó mucha indignación. Se negaron a costearme los estudios y, cuando les dije que no pensaba regresar…, montaron en cólera. Bell Buckle era como vivir en una aspiradora. Me succionaba la vida. Y yo quería más. Lo quería todo.

—¿Mamá? —Cayden me pone una de sus manitas en el brazo.

—¿Sí, campeón?

—¿Por qué se ha llevado Dios a papá?

Levanto los hombros y los vuelvo a bajar mientras meneo la cabeza. Le contesto con toda la sinceridad de la que soy capaz. Como si me hubiera preguntado que por qué su padre se ha suicidado.

—No lo sé. De verdad que no lo sé. A veces, las cosas no tienen sentido. A veces, nunca obtenemos las respuestas a las preguntas que nos hacemos.

Oigo que Logan se sorbe los mocos.

—Lo echo de menos.

—Yo también lo echo de menos, cariño. No sabes cuánto.

Cayden apoya la cabeza en mi brazo y yo lo beso en la coronilla. Este acontecimiento moldeará en gran medida su personalidad. Pese a todos los defectos de mi padre, también sé que me quiere mucho. He aprendido de él que hay que luchar con determinación por aquello en lo que se cree. Siempre nos ha dicho a Cooper y a mí que si hay algo por lo que merezca la pena luchar, hay que poner toda la carne en el asador. El problema fue que él no quería que me marchara tan rápido como me fue posible de Tennessee. Sé que todavía no me ha perdonado.

—Chicos —dice la voz grave de mi padre, poniendo fin al silencio—, a veces nos resulta imposible comprender las cosas que suceden. Algunas personas se marchan antes de que estemos preparados para vivir sin ellas, pero debemos seguir adelante.

No puedo evitar pensar que también se refiere a mí. Veo sus ojos verdes que me miran a través del retrovisor.

—Pero eso no significa que no las echemos de menos.

—Papá... —digo, pero él niega con la cabeza.

—Y siempre las querréis. Pase lo que pase.

Siento una opresión en el pecho. Mi padre es un hombre de pocas palabras, pero cuando habla, la gente lo escucha. Mi madre entra resoplando en el coche. Hay muchas cosas en el aire entre nosotros. Años de decepciones y de resentimientos. Sin embargo, ahora mismo no me importa nada de eso. No veo más allá de mi propia angustia.

Miro a mis niños. Veo su dolor y deseo aliviarlo. Pero no puedo. Lo único que puedo hacer es asegurarles que hay muchas personas que los quieren. Personas que siempre estarán aquí, aunque su padre haya decidido que no merecía la pena luchar por nosotros.

—Quiero que sepáis una cosa. Todos os queremos... muchísimo. Nana y Papa, el abuelo y la abuela, la tía Angie y, por supuesto, yo. Estáis rodeados de gente que haría cualquier cosa por vosotros. —Miro a mi padre con la esperanza de que capte el mensaje que le dirijo—. El amor por una persona no desaparece solo porque no la veáis.

Ambos asienten con la cabeza y se distraen con sus videojuegos. Por más que los odie, ahora mismo agradezco que puedan distraerse un poco.

Regresamos a casa y me encamino a mi dormitorio. Logan y Cayden han convencido a mis padres para que los lleven a cenar fuera, así que estoy sola por primera vez desde que Todd… ha muerto. Mi madre nunca come fuera de casa. Todas sus comidas son caseras. Cocinar es su pasión. Conseguir que permita que alguien toque lo que vaya a comer no es fácil. Esos niños saben cómo salirse con la suya.

Me echo en la cama sin quitarme el vestido negro. Así me siento: privada de todo color.

Clavo la vista en la puerta del cuarto de baño. Mis pies se mueven solos y me llevan por decisión propia al último lugar donde estuvo Todd. Siento la frialdad de las baldosas en las rodillas, después en las manos y, por último, en todo el cuerpo cuando me estiro en el suelo. Tengo mucho frío, pero no puedo moverme. Necesito sentirme cerca de él, de manera que toco lo último que él tocó.

—Todd, teníamos tantas cosas por hacer… Hijos que criar, vacaciones que disfrutar, hacer el amor muchas veces. No habíamos acabado. Me prometiste la eternidad. —Doblo las rodillas—. La eternidad no se había acabado. Yo sigo aquí, joder. ¿Qué hago ahora, eh? ¿Cómo consigo sacar adelante este hogar? ¡Has destrozado toda nuestra vida! ¡Me has matado con tu muerte! —grito mientras los sollozos me desgarran. Me rodeo las piernas con los brazos mientras trato de respirar—. Estoy muy cabreada. Muy confundida. ¿Cómo es que no has dejado una nota? ¿Por qué no has dejado una explicación? ¡Que te jodan! ¡Te necesito! Lo dejé todo por ti y ¿ahora me haces esto? Te odio. —Cierro los ojos y dejo que las lágrimas caigan mientras me quedo dormida.

Υ

—Presley —dice una voz familiar que me obliga a abrir los ojos—. Presley, cielo, despierta.

Miro a mi alrededor, desorientada y tiritando.

—¿Angie?

—Llevas un rato dormida. Mis padres están abajo. Les gustaría verte antes de marcharse al aeropuerto.

Ha pasado algo más de una semana desde el funeral. Doce días desde que Todd se suicidó. Mi vida ha sido una sucesión de estar despierta, enfadada y dormida. No doy para más. Sé que no estoy dándoles a mis hijos lo que necesitan, pero no logro encontrar mi camino entre la niebla. No hay nada que me guíe. Estoy demasiado espesa y tengo el corazón demasiado abotargado.

Bajamos la escalera mientras mis suegros me reciben con sendas sonrisas tristes. Mi suegra tiene los ojos hinchados por todo lo que ha llorado.

—Tenemos que regresar.

—Lo entiendo.

Mi suegro se adelanta.

—Presley, tienes que encargarte de algunos asuntos. El agente de seguros que le recomendé a Todd me ha llamado. Tienes que contactar con él mañana a primera hora. Si tienes alguna duda con el papeleo, llámame.

Asiento con la cabeza.

—Gracias, Martin. Te lo agradezco mucho. —Martin es un agente de seguros jubilado. Si hay alguien que pueda ayudarme con estas cosas, es él. Angie y él son los únicos que saben la verdad sobre la muerte de Todd.

—Vendrás a vernos con los niños, ¿verdad? —Pearl se echa a llorar mientras me abraza—. Os queremos muchísimo a todos. Es que…

La consuelo antes de que Martin la aleje de mí.

—Siempre podréis contar con nosotros. Te consideramos como a una hija.

—Gracias.

Cayden y Logan corren hacia ellos para abrazarlos.

—Te echaré de menos, abuela.

Se despiden mientras yo echo a andar hacia el sofá. Angie se acerca a mí con una taza de café.

—Toma. Bebe. —La cojo, pero no logro reunir las fuerzas

para beber un sorbo—. Niños, ¿podéis ir a jugar al jardín un rato? —les pregunta.

Miro de reojo las caras de mis hijos y me percato de las sonrisas que llevo un tiempo sin ver.

—Voy a decirte una cosa y necesito que me escuches. —Angie se sienta a mi lado.

Nuestras miradas se encuentran. Tiene los ojos enrojecidos en torno a los iris azules y las ojeras son más oscuras que antes.

—¿Presley? —dice, sacándome del trance.

—Sí, te estoy escuchando.

Suelta un suspiro profundo.

—¿Me estás escuchando? Quiero decir, ¿estás haciendo algo? «¿Perdona?».

—¿Qué significa eso?

—Los niños te necesitan. Tus padres se van mañana y yo tengo que regresar al trabajo. Tienes que salir de este... No sé cómo llamarlo siquiera. Estás hecha un desastre. No comes, lo único que haces es dormir y tú no eres así.

Estoy tan enfadada que me hierve la sangre.

—¿Sabes lo que es perder a un marido? ¿Sabes lo que es entrar en tu cuarto de baño y encontrarte a tu marido colgado de la viga del techo? ¿Gritarle para obligarlo a recuperar la consciencia? ¿Eh, lo sabes? —le pregunto mientras la furia aumenta—. ¿No? Ah, no, no lo sabes. ¡Pues yo sí!

—Sé que estás enfadada. ¡Pues demuéstralo y enfádate!

—¡Sí, lo estoy! —grito con las manos temblorosas—. ¡Estoy muy cabreada, joder! Angie, ¿cómo ha podido hacerlo? ¿Cómo pudo pensar que esa era la solución?

—No lo sé, preciosa. No lo sé. Yo también estoy enfadada. Me repatea que lo haya hecho. ¡Mi propio hermano! —Aprieta los puños—. No tiene sentido, joder, pero no puedes quedarte aquí, paralizada. Los niños te necesitan.

No soy insensible a sus sentimientos. Sé que esto es duro para ella. Yo también tengo un hermano. Pero las imágenes nunca se me irán de la cabeza. Mi vida jamás será igual. Cuando cierro los ojos, lo recuerdo todo de una forma muy intensa.

—No me digas lo que necesitan. ¡No me digas lo que crees que debería hacer! Tú no eres yo. Ya veo que eres más fuerte que yo. Porque yo no puedo dejar de hacerme preguntas. No le encuentro el sentido a lo que ha pasado, así que no puedo dejar de preguntarme por qué. ¿Por qué me ha hecho esto?

—La única conclusión a la que he llegado es que se sentía desesperado.

—Eso me consuela muchísimo.

Angie se pone de pie y se pasa las manos por el pelo.

—Vas a darte una ducha. Vas a ponerte otra cosa que no sean pantalones de deporte y vas a reaccionar.

¿Quién narices se cree que es? ¿Cómo se atreve a hablarme así? Lo estoy pasando fatal ahora mismo. Me duele todo. La cabeza, el corazón, hasta el alma me duele.

—No sabes cómo me siento.

—Pues dímelo.

La idea de tratar de expresar lo que siento me deja agotada.

—Confundida. Estoy muy confundida. Solo atino a preguntarme por qué. ¿Por qué, por qué, por qué? Voy de la negación a la ira y otra vez a la negación. Sigo esperando que abra la puerta, que me envíe un mensaje. Lo llamo por teléfono… —Empiezo a llorar—. Lo llamo por teléfono y oigo su voz. Y lo hago una y otra vez porque nunca más volveré a oírla.

—Tranquila. —Me abraza—. ¿Le pasó algo o pasó algo entre vosotros?

Esa es la pregunta del millón. He registrado todas sus pertenencias en busca de una respuesta, pero no he encontrado nada. No hay nada en su despacho de casa. Todo estaba en su sitio.

—No tengo la menor idea. —La emoción es patente en mi voz—. El hombre que conocía no era así. Mi marido, tu hermano, el padre de mis hijos… no haría esto. Habría hablado conmigo o… no lo sé.

Angie me coge una mano.

—¿Cuándo vas a contarles la verdad a los niños?

Cierro los ojos y suelto un largo suspiro.

—No se lo puedo contar todo. Sé que ya no son niños pequeños, pero no pueden conocer los detalles.

Angie abre los ojos de par en par.

—Pres…

—No tienen por qué saber que eligió abandonarnos. No voy a mentir, pero voy a protegerlos. Y necesito que tú también lo hagas.

—Pres… —me dice de nuevo, pero levanto una mano para silenciarla.

—No. —Mi voz no deja lugar a discusiones—. Son mis hijos. Ya están preocupados por la idea de no haberlo salvado y no sabes lo mucho que le agradezco a Dios que no subieran. Así que no. Vamos a protegerlos. No quiero que lo sepan jamás. Todo lo que yo siento, la ira, la desilusión, la confusión… no quiero que ellos tengan que lidiar con esas emociones. Nadie más debe saberlo. Ni tu madre, ni mis padres. Nadie.

Se aleja de mí y me mira con gesto reprobatorio.

—Algún día lo descubrirán. ¿Qué harás entonces?

—Ya lo solucionaré cuando eso pase.

Seguramente no debería estar tomando estas decisiones ahora mismo. No me encuentro en un estado mental adecuado…, pero tomar esta decisión me infunde confianza. Esos niños son lo único que me queda. Tengo el corazón destrozado y no solo por haber perdido a Todd, sino por la forma de perderlo. ¿Por qué no habló conmigo? ¿Cuándo decidió hacerlo?

—Está bien —claudica, decepcionada—. No estoy de acuerdo, pero no diré ni una sola palabra.

Seguimos sentadas en un silencio incómodo. Angie ha sido mi mejor amiga desde que me marché de Tennessee. Me ha ayudado mucho, pero ahora mismo no puede ayudarme. Tengo que hacer esto sola.

—¿Diga? —contesto el teléfono que descansa en la mesita de noche y que me ha despertado.

—Señora Benson, soy John Dowd. El agente de seguros de Todd.

—Ah, sí. —Me incorporo hasta sentarme mientras me limpio las lágrimas—. Gracias por devolverme la llamada. —Se me quiebra la voz al final.

—Quería repasar ciertos detalles con usted. ¿Es un buen momento?

Los niños están en el colegio, yo estoy en la cama y no planeo hacer otra cosa en todo el día, así que supongo que lo mismo da ahora que en otro momento.

—Claro, señor Dowd. No hay problema.

Lo oigo soltar el aire.

—La llamo para informarle del estado del pago del seguro. Su suegro empezó los trámites por usted. Hace más o menos un año, Todd me ordenó que revisara su seguro de vida. Subió el capital asegurado de 500.000 a 750.000 dólares. Quería cerciorarse de que estuvieran bien cubiertos si sucedía algo, después de que usted abriera su negocio.

—Ah. Me alegro de que pensara en eso. —Me alegra saber que pensaba en el futuro, ansío decir con sarcasmo.

—Sí, bueno, el problema es que hay una cláusula referida al suicidio. Martin me ha explicado las circunstancias de la muerte de Todd. Y el problema es… que en caso de suicidio, la póliza establece un período de dos años desde la firma para poder cobrar el seguro.

El suelo se abre bajo mis pies de nuevo.

—Pero él era el sostén económico de la familia. No lo entiendo. ¿No recibiremos nada?

El hombre carraspea.

—Me temo que no. Lo he intentado, pero como la póliza solo tiene un año de antigüedad, se niegan a pagarle más que lo que Todd ha depositado. Hemos calculado la prima final, pero, la verdad, señora Benson, no es mucho.

«Dios mío».

—Yo… yo… —tartamudeo mientras trato de encontrar las palabras—. Pero, mis hijos. Nuestra casa. ¿Cómo vamos a sobrevivir? ¿Cómo voy a pagar la hipoteca y las facturas?

—Lo siento muchísimo. En su lugar, yo hablaría con el banco y expondría el caso. A veces, colaboran. Yo llamaré a Martin, le explicaré la situación. Pero ya le digo que la compañía aseguradora no le ofrecerá nada más.

—No sé cómo debo manejar esta situación. —Tengo ganas de vomitar—. ¿Está seguro de que no me darán nada más?

El señor Dowd suspira.

—Ojalá pudiera ayudarla. Pero la cláusula es muy clara.

—De acuerdo entonces —replico, derrotada.

—Si puedo hacer algo, cuente conmigo. Lo siento, de verdad.

—Gracias.

Corto la llamada tras el nuevo golpe. Llegan uno tras otro.

*P*ues claro. Es lo único en lo que puedo pensar. Pues claro que está pasando. Si no hubiera cambiado la póliza del seguro de vida, tendríamos dinero para pagar las facturas. Pero ahora no sé cómo vamos a pagar la hipoteca. La pastelería apenas cubre gastos, así que no me va a dar para poder vivir.

Me paso la siguiente hora registrando el despacho. No hay información financiera por ninguna parte. No encuentro un solo extracto bancario, ni extractos de la tarjeta de crédito, ni una nómina... nada. Ni siquiera sé si guardaba las facturas en el despacho. Encuentro los números de teléfono que hay al dorso de las tarjetas y empiezo a hacer llamadas.

—¿Qué quiere decir con eso de que tenemos pagos atrasados? —le pregunto a la cuarta empresa de tarjetas de crédito.

—Lo siento, señora Benson —dice la mujer al teléfono por enésima vez—. Tengo anotado que su marido estaba negociando un plan de pagos, pero que había sido incapaz de mantenerse al día de los mismos. Si no paga el mínimo establecido a finales de semana, tendremos que mandar esta cuenta al abogado.

Me quedo muerta. Es lo mismo que me han dicho en todas las cuentas que teníamos. Decenas de disculpas. Cientos de lágrimas. Cero respuestas sobre cómo solucionar todo esto. Decido llamar al trabajo. A lo mejor Jeff puede decirme a dónde narices iban las nóminas de Todd.

—Sterling, Dodd & Jackson Investment —anuncia la dulce voz de Kyla.

—Hola, Kyla. —Suelto un tembloroso suspiro—. Soy Presley Benson. ¿Jeff está libre?

No he tenido tiempo para pensarlo mucho, pero no recuerdo haberlo visto en el entierro. Claro que los recuerdos son muy confusos, como una pesadilla espantosa.

—Ay, siento mucho lo de Todd. —Sus condolencias me llegan a través de la línea.

—Gracias —digo de forma automática. Lo he oído tantas veces que ya ha perdido el sentido. ¿Qué siente la gente? ¿Que esté destrozada por el dolor? ¿Que mis hijos se hayan quedado sin padre? ¿No haberlo visto venir? ¿Exactamente, qué siente todo el mundo, joder?

Carraspea.

—Quería llamarte.

—Tranquila —le digo—. ¿Jeff está libre?

—Esto, está… no está… en fin… —No sabe qué decir—. La verdad es que no está aquí.

—De acuerdo —digo, desconcertada—. ¿Puedo hablar con alguno de los supervisores de Jeff? Estoy intentando recabar información sobre sus nóminas.

Todd se encargaba de todo. Yo no tenía que preocuparme de nada porque él era inversor profesional. Lo normal era que él se ocupase de las finanzas.

—Lo siento, señora Benson. —Baja la voz—. Hace ya un tiempo que Todd dejó de trabajar aquí. Recogió su última nómina hace meses.

—¿Cómo?

—Yo no… Puedo pasarla con el departamento de nóminas, pero no sé qué podrán contarle.

—No lo entiendo. Fue a trabajar el día anterior a su muerte.

—Deje que la pase al buzón de voz de Jeff —se apresura a decir.

Antes de poder replicar, oigo la voz de Jeff. Seguida de un pitido.

—Jeff, soy Presley. Necesito que me llames. Yo… Por favor, llámame. —Cuelgo y me quedo sentada, estupefacta.

¿Perdió el trabajo? ¿Cambió de empresa y por eso vamos retrasados con los pagos? ¿Qué narices está pasando? No voy a poder soportarlo mucho más. No tenemos ingresos de ninguna clase y tengo que pagar unas facturas cuya existencia desconocía. Tengo que preocuparme por poner comida en la mesa y por conservar la casa.

Ay, Dios. La casa.

Cojo el teléfono y llamo al banco que nos concedió el préstamo.

—¿Cuántas mensualidades llevamos sin pagar de la hipoteca? —pregunto. Cierro los ojos mientras rezo para que, por lo menos, haya pagado eso.

—La casa será embargada esta semana.

Me llevo una mano al cuello mientras lucho por respirar. ¿Cómo ha podido hacernos algo así? Es un golpe tras otro, y duele saber hasta qué punto me estaba mintiendo. Empiezo a resquebrajarme a medida que se revela la realidad de mi situación económica.

Explico la situación y me sumo todavía más en la desesperación. Después de colgar, le mando un mensaje de texto a Angie y le pido que venga a casa. Es un desastre.

Mi mundo se vuelve a derrumbar.

No ha pagado nada. Estamos hasta el cuello y yo estoy sola.

Oigo que la puerta se abre diez minutos después.

—Estoy en la cocina —le digo.

—Hola, ¿qué pasa? —me pregunta Angie.

Le cuento lo que me ha dicho el agente de seguros. Se queda boquiabierta cuando se lo cuento todo. Tengo la sensación de que el suelo se abre bajo mis pies. La esperanza se va colando por la grieta como la arena en un reloj de arena. Se nos agota el tiempo, al igual que el dinero.

—¿Has llamado al banco?

—Sí —contesto, con la rabia a flor de piel—. Parece que Todd no ha pagado una sola mensualidad de la hipoteca en cuatro meses. ¿Sabías que ya no trabajaba para Sterling? —pregunto, con la esperanza de que lo sepa y yo esté sufriendo un episodio de amnesia.

—No, estuvo allí la semana pasada. Me llamó desde la oficina para saber si podíamos almorzar juntos.

—¿Cómo? —pregunto, totalmente perdida—. No lo entiendo. Kyla me ha dicho que hacía tiempo que no trabajaba allí. ¿Qué narices está pasando? —Me echó a temblar.

—No lo sé, Pres. No sé qué pensar.

Pues ya somos dos.

—Hemos superado el límite de las tarjetas de crédito y el banco ya ha empezado con el embargo de la casa.

—Ay, madre del amor hermoso.

—Me mintió. Nos dijo que estábamos bien. Iba a trabajar todos los días, ¡por el amor de Dios! Estoy de mierda hasta arriba. ¡Hasta arriba! No puedo pagar la hipoteca de la casa. Ni siquiera puedo pagar las facturas del agua y de la electricidad.

Se acerca a mí y me coge de los hombros. Puedo ver el miedo reflejado en su cara.

—Puedes venir a vivir conmigo. Los niños y tú podéis mudaros conmigo.

Cierro los ojos mientras me aferro a sus brazos.

—No podemos.

—Pediré un préstamo. Haré lo que sea.

—Angie —susurro—. No puedes hacer nada. Vives en un apartamento de un dormitorio en el centro de Filadelfia. Tienes tantas deudas como nosotros. La pastelería no está obteniendo beneficios.

Con cada gramo de verdad que brota de mis labios, aparece la certeza de lo que va a suceder. La vida que tanto me he esforzado en olvidar va a convertirse en mi realidad una vez más.

—No puedes volver a Tennessee. No puedes irte de aquí.

—Créeme, preferiría cortarme un brazo antes que volver a Bell Buckle. Como mucho tengo un mes o dos para ver si se me ocurre cómo salir de este agujero sin tener que recurrir a esa alternativa.

Asiente con la cabeza.

—Se nos ocurrirá algo. No os puedo perder a vosotros también.

Lo deseo con todas mis fuerzas, porque si no consigo reunir una enorme cantidad de dinero, voy a perder la casa.

—Lo siento muchísimo, señora Benson. En este momento, el banco no puede ofrecerle más prórrogas —me explica una vez más la mujer delgada.

He agotado todas las opciones. Conseguí pedir prestado el dinero suficiente para pagar una mensualidad atrasada, pero hemos vuelto a la casilla de salida. No conseguiré fondos suficientes para realizar otro pago. Ya no hay más ayuda disponible.

—¿Eso quiere decir que vamos a perder la casa?

—Eso me temo.

Mi cabeza se niega a procesar todo lo que está pasando. No dejo de experimentar la pérdida una y otra vez. Estoy a la deriva, sin una balsa a la que aferrarme. He pasado las últimas semanas buscando la forma de llegar a fin de mes. Me he enterado de la existencia de más tarjetas de crédito y de un préstamo hipotecario que pidió a mi nombre. Gracias a la banca *online*, solo necesitó mi número de la seguridad social y mi fecha de nacimiento. Soy la responsable legal de todo.

Me levanto, cojo el bolso y salgo sin decir ni una sola palabra más. Nada de lo que diga va a cambiar la situación. Mis hijos y yo nos quedaremos sin casa, estamos arruinados y no hay más opciones. No puedo pedir un préstamo sin ingresos y con semejante historial de deudas. Y no tengo tiempo para explorar otras alternativas.

De vuelta en casa, echo un vistazo a mi alrededor, presa de una batalla emocional. No quiero irme, pero tampoco quiero quedarme. Los niños no entienden por qué duermo en el sofá la mayoría de las noches. Pero estar en la cama de matrimonio me recuerda que Todd se ha ido.

Despacio, subo la escalera hacia mi dormitorio. Me quito los pendientes de perlas que Todd me regaló el día de nuestra boda. Los aprieto con fuerza hasta sentir que se me clavan en la mano y luego los lanzo al otro lado de la habitación.

—¡Cabrón! —grito al tiempo que cojo la foto de la cómoda en la que estamos juntos—. ¡Mentiras! ¡Me mentiste! ¡Me has destrozado! —le grito al hombre de la foto—. ¡Te quería! Te creí cuando me dijiste que nunca me harías daño. —Se me quiebra la voz—. ¡No me has hecho daño! ¡Me has destrozado! ¡Has destrozado a los niños porque eres egoísta! ¡Egoísta! —Tiro la foto al suelo y el cristal se rompe—. Tú... —Empiezo a llorar—. Tú eres el culpable de todo. No fuiste capaz de quedarte para aguantar el chaparrón, pero ¿te vas y nos dejas a nosotros con él? ¿Eh? —Echo la cabeza hacia atrás y empiezo a hablarle al techo.

He intentado con todas mis fuerzas mantener la compostura. Todos los días he hecho acopio de fuerzas para llevar a Cayden y a Logan al colegio antes de meterme de nuevo en la cama. Hasta ahora, siempre he vivido contando con la presencia de alguien que cuidaba de mí. No sé cómo ser la mujer que se supone que tengo que ser. Mi padre, él y luego Todd han definido quién soy. Ahora soy la viuda.

Soy la mujer cuyo marido ha muerto trágicamente.

Si supieran la verdad...

Cierro los ojos mientras intento controlar las emociones. Los niños volverán a casa dentro de unas horas y yo tengo que trazar un plan.

El timbre suena antes de que tenga la oportunidad de pensar siquiera.

Al abrir, me encuentro con el antiguo jefe de Todd.

—Jeff —digo en voz baja—, no esperaba verte.

—¿Puedo pasar, Presley?

Abro la puerta y le hago un gesto con la mano para invitarlo a entrar.

—¿En qué puedo ayudarte?

Mira el caos que hay en la casa y, por primera vez, yo también lo veo. Platos sucios, ropa amontonada y bolsas de patatas fritas abiertas, dado que es lo único que he comido durante estas dos semanas.

—¿Cómo lo llevas?

Jeff y Todd estaban muy unidos. Juntos lograron que la empresa se convirtiera en lo que es en este momento. Los dos fueron ascendidos más o menos a la vez y consiguieron cuentas importantes. Pese a su juventud, lograron amasar una fortuna considerable.

—¿Y a ti qué más te da? —pregunto con un desdén evidente en cada sílaba.

Suelta un suspiro antes de cogerse la nuca con las manos.

—Siento no haber asistido al entierro. No podía creer que... A ver, no se me pasó por la cabeza que él...

Solo Angie y mis suegros saben que se ha suicidado. Sus palabras me indican que él también lo sabe.

Abro la boca para hablar al tiempo que siento una punzada en el pecho.

—¿Sabías que era una posibilidad? —Me cuesta respirar—. ¿Sabías que estaba pensando hacerlo?

—No creía que fuera en serio, Presley. Él no. No así.

Cada respiración es un jadeo. Retrocedo un paso de modo que toco el sofá con las corvas y me siento.

—Podrías habérselo impedido. —Se me nubla la vista por las lágrimas—. Podrías habérmelo dicho o habérselo dicho a otra persona. Si lo hubieras hecho, a lo mejor mi vida no se habría ido a la mierda.

—De haber creído por un segundo que lo decía en serio, lo habría hecho —me asegura. Lo miro a la cara mientras se arrodilla con expresión dolida—. Te lo juro.

Me estremezco mientras lo experimento todo de nuevo. Es como si acabara de encontrármelo muerto ahora mismo. Solo atino a quedarme sentada, presa de la incredulidad. Habló con Jeff, pero no conmigo. Pero Jeff no nos contó nada. Menuda mierda todo. Me tiro del pelo mientras controlo el deseo de gritar. ¿Por qué no pudo confiar en mí?

Jeff me coge la mano.

—Vino al trabajo para suplicarme que volviera a contratarlo. Le expliqué que no podía. Los inversores no querían trabajar con él después de la cantidad de dinero que perdió por una mala jugada. Ninguna cuenta confiaba en él, pero me suplicó de todas maneras. Me dijo que estaba desesperado, que no te había contado que lo habían despedido. —Hace una pausa para tomar aire—. Le expliqué que tenía las manos atadas, pero que si pudiera ayudar… lo haría.

Me doy cuenta de que quiere decir algo más. Cierro los ojos con fuerza mientras las lágrimas resbalan por mis mejillas.

—Sigue —digo en voz baja.

—Me dijo que seguramente no volveríamos a vernos, pero que le prometiera que yo cuidaría de ti y de los niños. No tenía ni idea de por qué lo decía, y se lo pregunté, pero me dijo que se iba a marchar.

Un aullido brota de mi garganta cuando pierdo el control. Me tapo la cara con las manos y Jeff me rodea con los brazos.

—¿Por qué? —pregunto de nuevo mientras intento encontrarle sentido a todo esto.

—Creí que se refería a que se iba a ir de la ciudad, no a esto. Cuando me enteré, fui incapaz de mirarte a la cara. —Me frota la espalda—. Lo siento muchísimo. No creí que fuera en serio. No pensé que se refiriera a esto.

Jeff se queda conmigo una hora mientras yo asimilo todo lo que me ha dicho. Está lidiando con el sentimiento de culpa y yo lidio con la necesidad de sobrevivir minuto a minuto. Hablamos de mi mala situación económica y Jeff se ofrece a ayudarme, pero cuando oye las cifras, su cara lo dice todo. Es imposible arreglar la situación. No es un corte pequeño, es una hemorragia arterial. Pronto nos cortarán los suministros de luz y de agua, el banco se quedará con la casa y no hay forma de parar todo esto a estas alturas.

Es evidente que, a partir de este día, tengo que dejar atrás a la mujer dependiente que he sido y valerme por mí misma.

5

Tres meses después

—**Y**o no voy. —Cayden está en la puerta, con los brazos cruzados por delante del pecho—. No quiero mudarme. Odio todo esto.

No es el único. Yo me siento igual. Logan parece llevarlo mejor que nosotros. Desde que nos dijeron que debíamos dejar la casa en un plazo de sesenta días, nuestras vidas se han desmoronado. Tengo la sensación de que estoy manteniéndonos enteros con cinta adhesiva o con un chicle.

—Sé que no quieres irte. Pero no tenemos otro sitio en donde vivir, Cay. Nana y Papa tienen una casa enorme, y en cuanto consigamos el dinero suficiente para salir de allí, nos iremos. Esto es temporal.

Al menos me engaño con esa idea. La noche anterior me pasé dos horas llorando mientras recogía el resto de nuestras pertenencias. He tenido que vender los muebles y todo lo que no podíamos llevarnos en el pequeño camión de mudanzas. Básicamente, solo nos llevamos la ropa y los objetos personales.

—¡Nos vamos porque tú quieres! ¡Aquí es donde vivíamos con papá! Aquí es donde él estaba. ¿Por qué intentas cargarte mi vida?

—Sí, Cayden. Ese es mi objetivo, cargarme tu vida. No tenemos alternativa. No tenemos ningún sitio donde vivir.

Resopla y se pone los auriculares en las orejas. Esa es la nueva rutina con él. Lo único que hace es ver vídeos o escuchar música. Está enfadado, mientras que Logan está deprimido y necesita apoyo emocional. A veces, me gustaría poder comportarme como ellos, pero no he tenido tiempo para sentir. Me he pasado todo este tiempo tratando de encontrar el modo de evitar la mudanza a Tennessee.

Pero es inevitable. Tengo que vivir con mis padres, trabajar en el rancho y enfrentarme a todas las personas que me dijeron que volvería. Lo único bueno es que él no está allí. Bastante malo va a ser como para encima tener que enfrentarme al chico con el que me largué.

Angie coge la última caja mientras Cayden y Logan entran de mala gana en el coche. Me quedo en la puerta, abrumada por las emociones encontradas. Esta es la casa donde trajimos a los gemelos cuando nacieron. Aquí dieron sus primeros pasos y aprendieron a montar en bici. Está llena de recuerdos, pero también de dolor. No he usado el baño de mi dormitorio desde que encontré a mi marido ahorcado.

Cierro la puerta con los ojos llenos de lágrimas. Independientemente de lo que ha sucedido a lo largo de estos últimos meses, era nuestro hogar.

Angie se apoya en la puerta de mi coche con las gafas de sol puestas, aunque está nublado.

—En fin —intenta sonreír.

—Esto no es definitivo. —Pronuncio las palabras con tal convicción que casi me las creo—. Volveré.

Angie se acerca a mí.

—Lo sé.

—Te juro que volveré. Quiero que me mantengas al día de lo que pasa en la pastelería. Dile a Patty que deje de malgastar azúcar. Recuérdale a Beth que haga las tandas de *cupcakes* de plátano más pequeñas. —Empiezo a divagar, con la intención de demorar la despedida—. Ah, y búscate un perro o algo para que no te conviertas en una ermitaña.

Angie sonríe y se limpia las lágrimas por debajo de las gafas de sol.

—Recuerdo la primera vez que te vi, recién llegada de donde san José perdió la alpargata, en Tennessee. Con las botas de vaquero, los pantalones vaqueros tintados y el pelo… en fin. —Nos echamos a reír—. Aquel primer año del que no hablamos y luego conociste a Todd. Recuerdo que deseaba que fuéramos hermanas. No me imaginé que se haría realidad. Siento no haber podido ayudarte. Daría cualquier cosa por lograr que siguieras aquí. Eres mi mejor amiga. —Una lágrima se desliza por debajo de las gafas de sol y me acerco a ella.

—Tú también eres mi mejor amiga. Eres mi hermana. Y sé que quieres que nos quedemos aquí. Bien sabe Dios que no quiero regresar allí. Pero no me arrepiento de nada. Aunque hubiera sabido que las cosas iban a acabar así… no cambiaría nada.

Me rodea con sus brazos y nos envuelve la tristeza. El manto de desesperación lleva rondándonos demasiado tiempo.

—Prométeme que me llamarás una vez por semana. Y que puedo ir a visitaros.

—Te lo prometo. —Siento que una lágrima se desliza por una de mis mejillas—. Volveré tan pronto como me sea posible.

—Cuando necesites venir, te prometo que te haré sitio. ¿Quién necesita un salón?

Ambas reímos entre dientes y, en ese momento, la realidad me golpea. Es posible que tarde mucho tiempo en verla. No sé cuándo podré reunir el dinero para hacer el viaje. Tengo lo justo para llegar a Tennessee y ya está. Hay tantas cosas que quiero decirle… Cosas que jamás he tenido la oportunidad de decir.

—Escucha. —Guardo silencio hasta que me mira—. Necesitas abrir tu corazón. Sé que ese capullo te lo rompió, pero déjalo que sane. No trabajes mucho, tómate algún tiempo para disfrutar de la vida. Y otra cosa, estás mejor con el pelo oscuro, cámbiatelo. —Le guiño un ojo.

—Gilipollas.

—Me salvaste cuando se me vino el mundo encima en aquel entonces. Y ahora me estás salvando otra vez lo sepas o no.

—Me parece que lo has entendido al revés. —Sonríe antes de abrazarme—. Cuídate. Ya os echo de menos, a ti y a los niños.

En ese momento, soy yo la que se pone a llorar.

—Ojalá…

—Sí.

—Te llamaré pronto. —Nos abrazamos de nuevo y después entro en el coche.

Menos mal que acabamos de pagarlo hace ya un año. Los niños agitan las manos para despedirse mientras dejamos el pasado atrás, pero el problema es que a partir de ahora seré yo la que tenga que enfrentarse con su infancia. Contemplo por el retrovisor cómo me alejo de la casa en la que formé una familia. Y de la vida que creí que tendría.

—¿Hemos llegado ya? —me pregunta Logan por enésima vez.

—Como vuelvas a preguntármelo, te ato en la baca —mascullo mientras cruzamos el límite del estado de Tennessee.

—¡Pregúntalo otra vez! —se burla Cayden. Y, después, empiezan a picarse el uno al otro, algo que me desquicia.

Seguimos durante horas hasta llegar a Belford County. El nudo que siento en la boca del estómago empeora con cada kilómetro que avanzamos. Es un lugar precioso. Pintoresco, acogedor y todas esas cosas. El pueblecito por antonomasia. Los recuerdos de los motivos que me obligaron a marcharme me provocan una tensión repentina. Me aferro al volante al tiempo que enderezo la espalda. El simple hecho de estar aquí despierta todos mis recuerdos. Siento que el aire empieza a cargarse. No paro de repetirme que no teníamos otra alternativa, y también que solo es algo temporal, hasta que nos recuperemos.

Mis padres ni se lo pensaron y nos invitaron a vivir con ellos cuando les conté cuál era la situación económica. El hogar de mi infancia está situado en una propiedad de 162 hectáreas y la casa es tan grande que la totalidad de los habitantes del pueblo podrían vivir en ella. Mi padre la construyó casi desde los cimientos. Mis abuelos eran los dueños de la tierra, pero él juró que le ofrecería a mi madre un hogar del que pudiera sentirse orgullosa. Cuando yo nací, habían acabado la primera fase de las renovaciones. Siempre que podía, mi padre ampliaba un poco más.

En cuanto entro en el pueblo, los dueños de las tiendas se asoman a los escaparates. Intento no agacharme en el asiento. Seguramente, sabían de mi regreso desde que mi madre colgó el teléfono. Aunque no es una correveidile, sin duda habrá compartido las noticias con todo el mundo. Su mayor deseo siempre ha sido que su hija y sus nietos se muden al pueblo.

—Niños —digo—. Ya hemos llegado.

Cayden gime y se pone de nuevo los auriculares. Logan mira por la ventanilla y descubre que hemos salido del pueblo treinta segundos después.

—¿Y ya está?

—Ajá —contesto como si nada—. Si parpadeas, te lo pierdes.

—¿Dónde está Target? ¿No hay centro comercial?

Suspiro.

—Está a unos cuatro pueblos de aquí.

La vida que ellos conocen ha desaparecido. Aquí no hay horas y horas de videojuegos, pero tampoco hay tiempo para aburrirse. Cuando se vive en un rancho, siempre hay trabajo que hacer. Yo crecí pastoreando el ganado, recogiendo huevos y ordeñando las vacas. Mis hijos no han visto un caballo en la vida, así que no saben montar.

La voz de Logan adquiere un tono agudo.

—¿A cuatro pueblos? ¡Mamá! ¿Y si necesitamos algo?

—Bueno —contesto al tiempo que me río entre dientes—, te esperas hasta que podamos ir a comprarlo.

Cayden farfulla algo muy parecido a que odia su vida. Cuando le dije que teníamos que mudarnos, llamó a su mejor amigo y le preguntó si su hermano y él podían irse a vivir con su familia. Por supuesto, no era una opción viable, pero él lo intentó. Dejar atrás a sus amigos y su colegio no le ha resultado fácil a ninguno de los dos. Yo los entiendo, para mí tampoco ha sido fácil.

Llego al final de la carretera y detengo el coche.

—Rancho de ganado Townsend —dice Logan, mientras lee lo que pone en el enorme cartel que tenemos encima—. ¿Ahora seremos Townsend?

—No —me apresuro a contestarle—. Eres un Benson y siempre lo serás. Es el apellido de tu padre. Es un regalo que nunca tendrás que devolver. —Le sonrío a través del retrovisor. Eso fue lo que mi madre le dijo a Cooper cuando éramos pequeños.

Logan suspira, aliviado.

—No lo sabía.

Cayden se quita los auriculares mientras yo me vuelvo en el asiento para mirarlos.

—Escuchadme. —Suelto el aire con fuerza—. Sé que esto no os gusta. Habéis sufrido muchos cambios en muy poco tiempo. Pero aquí hay muchas cosas divertidas que hacer. —Una mentira—. Y los colegios no son malos. —Otra mentira—. Además, podréis hacer nuevos amigos que a lo mejor son mejores que los que habéis dejado atrás. —Dios, cada vez se me da mejor—. Solo quiero que me prometáis que vais a intentar adaptaros lo mejor posible.

Ambos asienten con la cabeza. Que lo intenten o no es otra historia.

Avanzo de nuevo y enfilo el camino más largo que he transitado en la vida. Cada centímetro me parece un kilómetro. Las ruedas están unidas a la boca de mi estómago, de manera que según avanzan, el nudo empeora.

Mis padres están en el porche y nos saludan cuando nos ven llegar.

—¡Ya estáis aquí! —grita mi madre mientras salimos del coche.

—Mamá, papá. —Sonrío y miro mi casa. Solo he vuelto una vez desde que me marché, hace diecisiete años. Los niños ni siquiera tenían un año de vida, y solo estuvimos dos días. La gente del pueblo no paraba de decir delante de Todd que mi ex y yo estábamos destinados a estar juntos... Fue muy incómodo. Después de la experiencia, Todd les pagaba a mis padres el viaje para que nos visitaran dos veces al año.

—Habéis pintado —murmuro.

—Presley, han pasado casi dieciocho años, es normal que hayamos pintado.

Me sorprende que mi madre sea capaz de regañarme mientras me besa en la mejilla.

Los niños miran a su alrededor, sorprendidos. Saben que yo crecí en el campo, pero creo que su idea del campo y la mía son distintas. Todd pensaba que vivíamos en una zona rural. Yo me reía y ponía los ojos en blanco. No tienen ni idea.

Logan y Cayden asaltan a mi padre con una ráfaga de preguntas.

—¿Tienes muchos caballos, Papa? ¿Podremos montar alguno? ¿Os coméis las vacas que tenéis en el rancho? ¿Es una granja escuela? ¿Os despierta un gallo o hay electricidad? ¿Hay conexión inalámbrica?

—Niños, niños… —Les pongo las manos en los hombros—. Tranquilos. Sí, tenemos electricidad. Sí, hay unos cuantos caballos y el abuelo no necesita sacrificar el ganado para comer, lo vende. —Para sacrificarlo—. Vamos a meter el equipaje en casa y después iremos a echar un vistazo para que lo veáis todo, ¿de acuerdo?

—¡Presley! —grita Cooper mientras se acerca a nosotros. No he hablado mucho con mi hermano. Ojalá no nos resulte demasiado incómodo.

—¡Cooper! —sonrío mientras se acerca. Doy unos pasos hacia él y me abraza. ¡Es enorme!—. ¡Madre mía! ¿Levantas a pulso a las vacas o qué? Pareces un oso. —No recuerdo que fuera tan alto. No es que yo sea baja, pero él supera con creces el metro ochenta. Tiene un torso enorme y unos brazos que parecen troncos. Mi hermanito ha crecido mucho.

—Siento lo de tu marido. Habría ido, pero tenía que encargarme del rancho.

Bajo la vista mientras deseo que la gente deje de hablar de él. Estoy cansada de recibir las muestras de simpatía de la gente. No quiero ser la viuda triste que parece perdida y sola. Nadie es capaz de entender lo furiosa que me siento. No puedo evitar el odio que siento hacia Todd por lo que nos ha hecho a los tres. Encendió la mecha de una bomba y nos dejó solos para que nos apañáramos con la explosión.

—Lo entiendo, Coop. Gracias.

Me hace cosquillas en los costados y se anima otra vez.

—Mírate, pareces una chica de ciudad y todo.

—Y tú pareces un vaquero —replico entre risillas.

Él se echa a reír.

—No todos podemos irnos para conocer la vida que hay fuera de aquí. Alguien tenía que dirigir el rancho cuando tú te fuiste para estar con tu novio.

Bueno, hemos tardado menos de lo que pensaba.

—Cooper…

—Tú te fuiste y yo me quedé. Es la verdad.

Pongo los ojos en blanco y me muerdo la lengua. Tengo la impresión de que las marcas de los dientes se me van a quedar para siempre. Según mi hermano, él se llevó la peor parte. Cuando yo me fui, se vio obligado a encargarse él solo del rancho. En realidad, su sueño era marcharse del pueblo para vivir en la ciudad. Era listo y podría haberlo conseguido, pero mi padre necesitaba jubilarse y yo me fui. Está resentido conmigo desde entonces.

—Las cosas no fueron así —protesto, en un intento por defenderme.

Él niega con la cabeza.

—Te largaste con él y no volviste. Las cosas fueron así exactamente. —Cooper se acerca a mi madre, que nos observa con la mirada triste.

Parece que van a ser unos meses muy largos… o más que unos meses.

6

$\mathcal{N}$o puedo dormir. Clavo la vista en el techo del dormitorio. Es la misma habitación en la que viví los primeros dieciocho años de mi vida. Supuse que al menos habrían quitado los pósteres, pero no. Es como un viaje al pasado. Toda la casa lo es. Los niños casi han llorado al ver su dormitorio. Hay flores por todas partes, en las paredes, en las sábanas, en las molduras… Cualquiera diría que un florista ha vomitado allí dentro.

Miro el reloj. Las cinco de la madrugada. Total, mejor me levanto.

Bajo la escalera y descubro que mi madre ya está preparando el desayuno.

—Buenos días, mamá.

—Buenos días, corazón. ¿Has dormido bien?

No he dormido bien desde la muerte de Todd. Y desde luego tampoco he podido descansar desde que descubrí que los niños y yo nos quedábamos con una mano delante y la otra detrás. Pero mi madre no sabe cómo me siento y tampoco quiero preocuparla. De modo que le digo algo que la tranquilizará.

—Sí. ¿Qué hay para desayunar?

Está batiendo algo en un cuenco y me ruge el estómago. Va a ser lo único bueno de estar en casa.

—Lo de siempre. Ve al gallinero y recoge unos huevos.

—Está bien —digo a regañadientes. Siempre he detestado las gallinas. Había una con muy mala leche que siempre intentaba atacarme. Mi madre solía mandarme al gallinero cuando necesitaba reírse un poco.

Cojo la cesta que está junto a la puerta trasera desde que tengo uso de razón y salgo en busca de los animales a los que no les caigo nada bien. Es como si el tiempo se hubiera detenido. Todo sigue igual y hace que me entren ganas de gritar.

Recojo media docena de huevos y vuelvo a la casa.

—¿Presley? —Una voz ronca que conozco bien me frena en seco.

El corazón empieza a latirme con fuerza y se me hiela la sangre en las venas. No puede ser él. Me doy la vuelta despacio mientras rezo para que no sea él. No debería estar aquí, no en este momento. Levanto la vista despacio y el alivio me inunda. No encuentro los ojos azules y el pelo rubio oscuro que esperaba ver. En cambio, me topo con unos ojos ambarinos y un pelo rubio que también conozco muy bien. La única persona del pueblo que me alegro de ver.

—¿Wyatt? —Sonrío de forma automática.

—¡La leche! Me ha parecido que eras tú, ¡pero no sabía que estabas de visita! —Corre hacia mí y me levanta en volandas. Sonríe mientras menea la cabeza—. No me lo puedo creer. Presley Townsend en carne y hueso.

—Ahora soy Benson. —Me echo a reír cuando me estrecha con fuerza—. ¿Qué haces en el rancho? —pregunto cuando me deja en el suelo.

—Soy el nuevo capataz.

Le doy una palmada en el pecho, emocionada.

—¿Capataz? ¿Aquí? —No tiene sentido.

Me mira con sorna.

—No quería trabajar para mi familia, así que me vine a trabajar para tu hermano. Ya sabes cómo va la cosa, ¿no?

Wyatt Hennington forma parte de mi vida desde que nací. Su madre y la mía son amigas del alma desde que eran niñas. También es el hermano menor del chico con el que me fui. El chico que me destrozó el corazón por primera vez, con quien me comprometí por primera vez y el motivo por el que no quise volver al pueblo en la vida.

—Es… —Intento encontrar la palabra adecuada—. Comprensible, supongo.

Wyatt se encoge de hombros y esboza esa sonrisa tan irresistible que tiene.

—Creo que es algo bueno.

Estoy a punto de hacerle la pregunta que tengo en la punta de la lengua, pero no quiero saberlo.

—¿Cómo están tus padres?

Se echa a reír como si supiera lo que estoy evitando.

—Bien. Viajan mucho desde que se jubilaron.

—Eso está bien. ¿Y Trent?

—Trent es ahora el *sheriff*.

—¿*Sheriff*? —pregunto, incrédula—. ¿Han dejado que esté al mando de otras personas?

—Quién lo iba a decir, ¿verdad? Pero sigue siendo un imbécil.

—Ah, no me cabe duda de que es verdad. —Nos echamos a reír—. De todas formas, darle una placa al chico que robó un coche patrulla cuando éramos niños es... una locura.

Wyatt menea la cabeza.

—Supongo que le gustaba fingir tanto que era poli... que al final decidió serlo de verdad.

—Típico de Trent.

—Ajá. —Se mece sobre los talones—. Y Zachary es...

—Me alegro de que todos estéis bien —lo interrumpo. Ahora mismo mi corazón no soporta ni oír su nombre. Cuando pienso en Zach, pienso en la universidad. Cuando pienso en la universidad, pienso en Todd recomponiéndome el corazón después de que me lo destrozaran. Y luego pienso en cómo Todd me lo volvió a destrozar. Es mejor no pensar.

—Ya... —dice, alargando el monosílabo—. Has perdido el acento.

—En fin, diecisiete años en el norte es lo que tiene. —Sonrío—. Dios, me alegro muchísimo de verte.

Wyatt me mira de la cabeza a los pies antes de sonreír.

—Tienes muy buen aspecto, Pres. ¿Te va bien en la gran ciudad?

¿No lo sabe?

—Yo... esto... la cosa es que he vuelto para quedarme una temporada.

No debería sorprenderme de que no lo sepa. Wyatt siempre pasaba de los cotilleos del pueblo. Es el menor de los hermanos Hennington y siempre andaba metido en líos. Trent y él siempre montaban algún pollo en el pueblo mientras que... el otro hermano... estaba en el campo de juego. Y yo estaba en las gradas.

—Tengo la sensación de que se me escapa algo. —Me observa con esos ojos castaños como si intentara resolver un misterio.

—La verdad es que no creo que nadie te lo haya dicho —replico con un suspiro. Mi madre no es de las que van soltando por ahí los secretos de los demás, pero que mis padres hayan estado fuera del pueblo una semana entera seguro que ha sido la comidilla de todos. Sobre todo si se han ido a la ciudad.

Frunce el ceño.

—¿El qué?

Bien puedo quitármelo de encima de una vez.

—Mi marido murió hace cuatro meses.

Da un paso hacia mí y me pone las manos en los hombros.

—Lo siento mucho, Pres. —La voz de Wyatt está cargada de compasión—. Me había enterado de algo, pero ya sabes cómo son las cosas por aquí. Creía que era un cuento.

Ojalá lo fuera. Me aparto de él y suelto un largo suspiro.

—Es cierto. Murió y resulta que teníamos problemas económicos. Así que aquí me tienes. De vuelta al sitio que juré no volver a pisar en la vida.

—Sabes que te encanta esto. —La sonrisa que esboza me dice que sabe que preferiría vivir debajo de un puente.

—Ah, sí. —Pongo los ojos en blanco—. Es el paraíso.

Se echa a reír y luego enarca las cejas.

—En fin, algo es algo. Seguramente deberías vestirte antes de que lleguen algunos de los chicos. No están acostumbrados a estas vistas.

—¿Eh? —Me miro los diminutos pantalones cortos y la camiseta… sin sujetador. Cruzo los brazos por delante del pecho enseguida—. Menudo comienzo.

—Nos vemos por ahí, Presley Townsend. Reina del desfile. Gracias por volver y recordarnos tu belleza. —Se lleva las manos al corazón y suelta una carcajada mientras se aleja.

—¡Capullo!

Mi madre está en la puerta con cara de pocos amigos. Es demasiado pronto para esto. Me doy cuenta de que me observa con atención.

—Wyatt se ha convertido en un buen hombre. —Mi madre siempre deseó que estuviera enamorada de Wyatt. Nuestros padres casi intentaron organizarnos la boda.

—Mamá —le digo—. No empieces.

Sonríe al tiempo que levanta las manos.

—Yo no he dicho nada.

No me preocupa lo que dice. Ella cree que una mujer no debe estar sin un hombre. Conoció a mi padre cuando tenían once años y le dijo que estarían juntos para siempre. Él se echó a reír y se fue. Al día siguiente, cuando otro niño le tiró una piedra a mi madre, mi padre le dio un puñetazo, y han estado juntos desde entonces. Mi padre lo cuenta de forma distinta, pero mi madre dice que una mujer sabe de esas cosas. Recuerdo sentir lo mismo con doce años. Verlo y saber que algún día nos casaríamos. Pero luego me dejó. Como Todd. No volveré a tropezar más con esa piedra.

—No han pasado ni seis meses desde que Todd murió. No estoy preparada, ni por asomo. Me cuesta la misma vida conciliar el sueño y tengo que obligarme a levantarme de la cama todas las mañanas.

Me pone una mano en el brazo.

—Solo digo que sería bueno tener un amigo. Creo que te estás enfrentando a algunos demonios, corazón. Necesitas un hombro en el que llorar.

No quiero tener amigos aquí. No quiero estar aquí, punto. Este pueblo me volverá a encerrar poco a poco. Ni de coña voy a vivir tanto tiempo aquí como para intentar ser amable con alguien. Tengo que mantener la mente clara. Ganar dinero, quitarme la enorme deuda de encima y recuperar mi vida.

—No soy la persona más popular del lugar, mamá. Y no necesito amigos. Tengo de sobra en casa.

—Esta es tu casa. —Su voz deja claro que le he hecho daño.

Suspiro.

—Quiero decir que…

—Presley —dice en voz más baja—, sé que esto no te gusta. Pero sería mejor que te reconciliaras con tu nueva vida. A mí tampoco me gusta que la muerte de Todd y tu falta de dinero sean lo que te haya traído de vuelta a Bell Buckle, pero mentiría si te dijera que no me alegro de tenerte de vuelta. No voy a intentar averiguar tus secretos porque todas las mujeres los tenemos. —Aparta la vista—. Solo quiero que sepas que me tienes aquí.

—No es tan sencillo.

Mi madre cierra los ojos y suelta el aire despacio.

—Ojalá hablaras conmigo. Me das respuestas a medias. Tu padre y yo solo queremos ayudar. Lo mismo que Cooper.

Claro.

—Como te he dicho, mamá, solo he venido hasta que pueda salir del hoyo.

—No tiene sentido que lo hayas perdido todo, Presley. ¿No habíais ahorrado?

—Mamá, por favor. —No estoy preparada para contárselo. No estoy preparada para admitir la verdad ante nadie. Mis padres nunca lo entenderían. Joder, ni yo lo entiendo—. No quiero hablar del tema. Cuanto antes podamos irnos de Bell Buckle, mejor.

—¿Por qué odias tanto el pueblo? —pregunta mi madre con cierto resquemor—. ¿Tan malos padres somos?

—¡Por Dios, no! —me apresuro a decir—. Nunca he querido ser ranchera ni vivir en el campo. Siempre quise vivir en la ciudad, llevar una vida distinta. No es por papá ni por ti.

—¿Es por Zachary? ¿Es él quien te ha mantenido lejos todos estos años?

Me quedo sin respiración al oír su nombre. Han pasado quince años desde la última vez que lo vi, pero me sigue doliendo.

—No. —No es del todo cierto, pero me niego a recorrer ese camino, que tiene una señal de peligro enorme. Cristales rotos, metal retorcido y huesos destrozados es lo que me espera si dejo que mi corazón revisite ese lugar. Lo quise con locura.

Me dice con la mirada que no me cree.

—Sabes que él…

—No quiero oírlo —la interrumpo. No me hace falta oír nada sobre él. Ya no tiene sitio en mi vida.

Mi madre frunce los labios y niega con la cabeza.

—Como quieras. Pero que sepas que te quiero y que siempre estaré dispuesta a escucharte.

—Gracias, mamá.

—Ahora —dice al tiempo que se seca las manos en el delantal—, ¿por qué no bates los huevos mientras yo preparo el beicon?

Sonrío agradecida por el cambio de tema y me pongo manos a la obra. Ahora solo me queda buscar la manera de que nadie hable de él. Este es el problema de los primeros amores en los pueblecitos: nunca mueren.

El resto del día transcurre sin incidentes y los niños lo pasan con Cooper. Les ha prometido un día lleno de diversión. Ellos quieren ver el rancho y Cooper está encantado de no tener que verme a mí. Sé que tenía grandes sueños y que yo se los chafé, pero ha llegado el momento de superarlo. Vamos a tener que aclarar las cosas… y pronto. He repasado los libros en un intento por desentrañar el sistema contable de Cooper, tarea bastante difícil, porque casi todos sus apuntes contables están en notitas adhesivas.

Empiezo a mover papeles de un lado para otro y varias carpetas se caen al suelo. Genial.

Mientras estoy recogiendo el estropicio, oigo que la puerta corredera se abre.

—Un segundo —digo, ya que estoy de rodillas, recogiendo los papeles.

—¿Necesitas ayuda, preciosa?

Me levanto con los brazos llenos de papeles y casi los tiro de nuevo.

—Estoy bien, papá.

—¿De verdad?

No.

—Sí, estoy bien.

—De acuerdo. —Queda claro que no me cree—. Cooper no se ha matado con la parte contable del negocio. Sé que me he jubilado, pero ¿me dirás si ha metido la pata hasta el fondo?

No creo que ese sea el motivo de que haya aparecido, pero es un gesto muy tierno. Mi padre y yo siempre mantuvimos una relación muy estrecha cuando era pequeña. Soy la niña de sus ojos.

—Pues claro, papá. No tardaré en organizarlo todo.

—Siempre has sido la lista de la familia —dice con una sonrisa.

—En fin… —Me quedo callada—. No para ciertas cosas.

Mi padre se limita a asentir con la cabeza mientras esboza una sonrisa elocuente.

—Los chicos siempre fueron tu perdición, cariño. Pero creo que has hecho un buen trabajo con mis nietos.

Sí, desde luego. Son unos niños geniales, con un corazón enorme.

—He tenido suerte con ellos.

—Qué va. —Agita una mano. Mi padre se acerca al estante donde descansan todas las cintas y todos los trofeos que gané compitiendo en los rodeos—. ¿Recuerdas lo mucho que se enfadaba tu madre cuando te llevaba a entrenar?

Me echo a reír.

—Pues claro. Se negaba a dejarte comer lo que hubiera cocinado ese día.

La hermana de mi madre murió cuando era pequeña en un accidente ecuestre. Después de eso, mi madre se negaba en redondo a dejarme participar en las carreras de barriles. Mi padre me llevaba a hurtadillas. Lo llevaba en la sangre, en la cabeza, y vivía en lo más profundo de mi corazón. Creo que mi padre se dio cuenta y supo que yo encontraría la manera de hacerlo, fuera como fuese.

Era algo entre nosotros dos. Nos despertábamos tempranísimo y salíamos a cabalgar hasta un extremo del rancho. Mi padre y Cooper se iban de caza y demás, pero el vínculo que yo tenía con mi padre era especial. Al menos, eso creía yo.

Mi padre me taladra con la mirada.

—Habría pasado hambre con tal de verte sonreír cuando montabas a caballo.

—Papá… —susurro.

—Ni se te ocurra. —Aparta la mirada.

Rodeo el escritorio, le pongo una mano en el hombro y le doy un apretón.

—A lo mejor podríamos ir a dar una vuelta a caballo.

La alegría asoma a sus ojos cuando me mira.

Por fin, al cabo de un segundo, dice:

—Creo que podríamos apañárnoslas.

—Bien. —Sonrío—. Dime lo que sea.

—¿Qué te parece mañana? —pregunta con un deje esperanzado en la voz.

—Genial.

Mi padre me abraza con fuerza.

—Te he echado de menos, cariño. Te he echado muchísimo de menos.

Me aferro a él, abrazándolo con todo mi ser, mientras intento contener las lágrimas. Es maravilloso sentir que mis padres me han perdonado en cierto sentido. No me había dado cuenta de lo mucho que lo necesitaba. Me quieren y también quieren a los niños. Ellos jamás tuvieron nada que ver con el deseo de mantenerme lejos. El motivo era el pueblo, la sensación de haber fracasado y los susurros de que mi sitio estaba junto a Zach. No podía mirar a mi alrededor sin pensar en él. Eso quiere decir que mis padres, Cooper y el pueblo están ligados a él. Y Zach dejó bien claro que no quería tener nada que ver conmigo cuando decidió dejarme. Ahora debo encontrar una nueva esperanza a la que aferrarme.

7

—¿*P*or qué haces esto, Todd? ¿Por qué has decidido dejarnos así?

—Pensé que era una forma de ayudaros. —Su voz triste me envuelve.

Lo miro y veo que está igual que siempre. Pero ahora lo veo distinto. La tristeza en la mirada. No me mira, sus ojos parecen atravesarme sin verme. Empiezo a llorar cuando vislumbro el dolor que yo siento reflejado en él.

—Duele muchísimo. Estoy muy enfadada contigo —le digo mientras nos arrodillamos.

Todd me coge las manos y llora conmigo.

—Yo estoy enfadado conmigo mismo. Ojalá pudiera haber sido un hombre mejor. Intenté solucionar las cosas, pero llegó un momento en el que no pude más, Pres. No pude seguir adelante.

—¿Ni siquiera por mí? ¿Ni por Logan y Cayden? —le pregunto entre sollozos.

—Los echo de menos. Sabía que lo haría, pero de haberme quedado, les habría fallado aún más.

—¡No! —Meneo la cabeza para enfatizar la negativa—. ¡Nos has destrozado! No sé cómo seguir adelante. Nunca me he sentido tan sola ni tan asustada.

Me besa en una mejilla.

—Te repondrás, mi amor. Siempre has sido muy fuerte. Y preciosa. Me marché con la certeza de que estarías bien.

—¡Nos has dejado sin nada! —Mis emociones giran sin cesar mientras trato de obtener respuestas—. He tenido que dejar nuestra casa, nuestras vidas están patas arriba. ¿Sabes lo que supone esto para los niños? Has sido un egoísta si pensabas que esta era la respuesta. ¡Tenías otras alternativas!

Las lágrimas de Todd empiezan a caer mientras escucha mis gritos.

—Sabía que me aborrecerías. Pero también sabía que pasarías página. Te repondrás, Presley.

—¿Crees que me encuentro bien? ¡No estoy bien, Todd! ¿Por qué no hablaste conmigo?

Su mano me acaricia la mejilla.

—¿Me habrías escuchado?

Estos sueños me están matando. Todas las noches tengo alguno. Llevamos una semana en el rancho y no he dormido tranquila ni un solo día. Me siento y dejo que las lágrimas se deslicen por mis mejillas… Son lágrimas de rabia.

Rabia por lo que Todd ha hecho.

Porque me dio mucho y luego me lo ha arrebatado todo. Lo quise durante mucho tiempo y ahora tengo la impresión de que jamás he llegado a conocerlo. Habría sido difícil para él enfrentarse al lío en el que nos ha metido, pero los dos niños que están durmiendo en la otra habitación son el motivo por el que debería haberlo hecho.

No merecen lo que está pasando. Y jamás lo perdonaré… por el dolor que les ha ocasionado.

Cojo el móvil para mirar la hora.

«Uf, las dos de la madrugada».

No volveré a dormirme. Me levanto, cojo el móvil y salgo de casa para pasear y librarme de esa manera de la ansiedad que me abruma.

Mi mente es un torbellino mientras repasa la conversación que he tenido con Todd en sueños.

¿Lo habría escuchado? ¿A qué ha venido esa pregunta? Sé que es un sueño y que todo es producto de mi mente, pero esa última pregunta me ha dejado con un nudo en el estómago.

Mis pensamientos parecen calmarse a medida que mis pies me obligan a andar. La ira disminuye y me quedo con la certeza de que solo ha sido un sueño. Un sueño muy real, pero un sueño al fin y al cabo.

Me descubro delante de la cuadra de mi precioso caballo.

—Hola, *Casino*. —Sonrío al verlo acercarse a la puerta—. Siento no haber venido a verte. —Asoma la cabeza por encima de la puerta y le acaricio el hocico—. Oh, yo también te he echado de menos. Pareces cansado, amigo mío. Te están cuidando bien, ¿verdad?

Ha envejecido mucho, igual que yo, pero no puedo evitar viajar al pasado. Me lo regalaron el año anterior a mi marcha a la universidad. Creo que mis padres esperaban que me quedara cerca de casa para estar con él. Me pasé horas adiestrándolo entre partido y partido de Zach.

En aquel entonces, la vida era sencilla. El instituto, los caballos, Zach y marcharme de casa tan pronto como pudiera. Trabajé muy duro para conseguir que me aceptaran en la misma universidad en la que estaba Zach gracias a una beca completa. Le había prometido que iría a donde él fuera después de dos largos años de separación. Así pasaríamos unos años juntos y después él intentaría jugar en la liga profesional. Yo cumplí mi parte del trato. Al pie de la letra. Él me prometió amor eterno y rompió su promesa con una única decisión. Es curioso cómo funcionan las cosas.

Acaricio el cuello de *Casino*, a modo de consuelo para él y para mí.

—Bueno, ¿por qué no lo ensillas? —me pregunta una voz conocida desde atrás.

—Tú eres el capataz. —Sonrío al tiempo que me vuelvo para mirar a Wyatt—. ¿No es ese tu trabajo?

Lleva unos vaqueros azul oscuro y una camisa blanca que se ciñen a su cuerpo. Eso, sumado al sombrero Stetson que lleva, le otorga un aspecto muy viril.

—Te veo muy chulita, ¿no? ¿Qué haces levantada a estas horas?

—Yo podría preguntarte lo mismo.

—Podrías… —Sonríe de forma ufana—. Pero seguramente habrás adivinado que acabo de llegar a casa después de una cita muy interesante.

Wyatt siempre ha sido un mujeriego. Un tío joven, atractivo y de la familia Hennington. Un apellido que te ayuda a conseguir casi todo lo que quieras. Lo mismo podría decirse de los Townsend.

—No habrá sido tan interesante cuando estás aquí hablando conmigo —le suelto.

De repente, recuerdo nuestro último encuentro. Miro hacia abajo para ver lo que llevo puesto y lo pillo haciendo lo mismo.

—No me gustan los arrumacos después de un polvo.

Me echo a reír.

—Ya me lo imaginaba.

Trent y Wyatt eran famosos por el rastro de corazones rotos que dejaban. Todas las tontorronas juraban que lograrían domesticarlos. Yo fui la afortunada. Zach es tres años mayor que Wyatt y que yo. Siempre fue el más sensato, leal y responsable de los tres.

—Vamos a cabalgar, Presley Mae.

Odio mi dichoso nombre.

—Te refieres a montar a caballo, ¿no?

Con él nunca se sabe.

Wyatt suelta una carcajada ronca.

—Contigo ni se me ocurriría lo otro. Mi hermano me la corta de raíz, vamos.

—Tu hermano no tiene ningún derecho sobre mí.

—Yo no he dicho que lo tenga, guapa. Nunca lo he dicho. —Me da una palmada en el culo cuando pasa por mi lado para ensillar los caballos.

—Eres un cerdo.

En cuanto acaba, me ofrece las riendas de un caballo al que nunca he montado.

—¿Vas a subir o te vas a quedar ahí plantada? —me pregunta desde la silla del caballo más grande del establo.

—Hace mucho que no monto —confieso con miedo.

—Esto es como montar en bicicleta. Arriba —me anima.

Seguramente tenga razón. Coloco el pie en el estribo y me siento.

—¿Cómo se llama el caballo?

—*Shortstop*. —Cómo no, una posición de béisbol.

Gimo para mis adentros.

—Por supuesto. —Wyatt ríe entre dientes, consciente de que ya odio al caballo—. Me sorprende que no me hayas dado uno que se llame Zach.

Zach era el parador en corto del equipo. Mi novio era un jugador de béisbol fantástico, brillante y guapísimo... y decidido a marcharse. Los ojeadores de todas las universidades se fijaron en él y le prometieron la luna. Yo detesto el béisbol. Me lo arrebató todo.

—Lo he pensado, pero es posible que le des demasiadas patadas.

—A ti sí que te voy a dar una patada.

—A lo mejor me gusta. —Me guiña un ojo y después salimos del establo.

Acaricio el cuello de mi caballo y me familiarizo con él.

—Muy bien, *Shortstop*. Me llamo Presley. Hace mucho que no monto, así que sé bueno, ¿de acuerdo?

Shortstop asiente con la cabeza y yo sonrío. Salgo del establo con la esperanza de que dentro de poco volveré a respirar.

Wyatt guarda silencio mientras atravesamos los pastos. Se limita a avanzar a mi lado a lomos de su montura, lo que me permite un tiempo para reflexionar con tranquilidad. Siempre ha sabido cuándo presionar y cuándo mantenerse a un lado. Es una de las cosas que más me gustan de él.

Recorremos el rancho hasta llegar a un prado que conozco muy bien.

—¿Qué me dices? —me pregunta, poniendo fin al largo silencio.

Me muerdo el labio mientras lo pienso. Si avanzamos por el prado, acabaremos al galope. Algo que llevo diecisiete años sin hacer. Tengo dos opciones: asustarme o lanzarme de cabeza.

—¡Vamos!

Nos quedan unos metros hasta llegar a campo abierto y Wyatt asiente con la cabeza. Mi caballo avanza, poniéndome los nervios de punta. Hace mucho tiempo que no lo hago. Pero recuerdo las sensaciones como si las hubiera vivido ayer. Cierro los ojos al llegar a la linde de la arboleda. Cuando suelto el aire, *Shortstop* se lanza al galope.

Sonrío mientras aferro las riendas y me inclino hacia delante. Mis piernas se mueven al compás del caballo y me siento viva. En mi corazón no hay cabida para el dolor mientras vuelo. A medida que avanzamos, me adentro en un lugar donde no hay tristeza. La muerte no ronda mis pensamientos,

DIME QUE TE QUEDARÁS

solo hay aire. No tengo que esforzarme para respirar. Soy libre. La libertad ha roto las cadenas que me aprisionaban. Las cadenas que me anquilosaban.

Cabalgamos durante kilómetros a través de los prados de Tennessee. Miro de reojo a Wyatt y veo que me está mirando. Me sonríe como si pudiera adivinar mis pensamientos. Tira un poco de las riendas para aminorar el paso y pone su caballo al trote. Lo imito.

—Aquí está Presley —dice con deje inocente. Conozco a Wyatt y sé que no dice tonterías. Es un hombre que dice lo que piensa.

—Ves más de la cuenta.

—Te conozco. Te conozco desde que éramos pequeños. Así que sí, contigo veo más de la cuenta. ¿Vas a contarme lo que está pasando de verdad?

Tiro de las riendas y la libertad que sentía poco antes se evapora.

—Solo estoy tratando de recuperarme.

Wyatt guarda silencio, pero percibo la tensión en el aire.

—Nunca te has rendido —me dice. Lo miro al instante y él clava los ojos en los míos—. No lo hagas ahora. Lucha con todas tus fuerzas, porque no hay nada que no puedas hacer.

Por mi mente pasa un sinfín de pensamientos, pero soy incapaz de expresarlos. Quiero llorar, gritar, contárselo todo y correr lo más rápido que pueda. No quiero seguir sintiendo. ¿Por qué no puedo sumirme en el entumecimiento? ¿No hay alguna forma de aferrarme a esa sensación de ingravidez? Porque lo necesito mucho. Me lo merezco.

—Hoy no. Déjame un día más —replico al tiempo que espoleo al caballo.

Regresamos al galope a casa, pero la paz ha desaparecido. El subidón que anhelaba está fuera de mi alcance. La libertad es una emoción embriagadora en la que quiero sumergirme. Pero no soy libre. Me han condenado a vivir de nuevo en Bell Buckle.

Wyatt me sigue hasta el establo y sujeta los caballos mientras desmonto.

—Gracias por esto —le digo, rozándole el brazo.

Él sonríe e inclina la cabeza.

—De nada, vaquera.

—¿Sabes? —Sonrío—. Eres de las pocas cosas que he echado de menos.

Se echa a reír.

—Siempre he sabido que yo te gustaba más.

—Yo no diría tanto.

—Me alegro de que hayas vuelto. Sé que tú no te alegras y entiendo por qué te mantuviste alejada. —Hace una pausa—. Pero me alegro de que hayas regresado al lugar donde perteneces. Ahora solo necesitamos que te rías un poco más.

—No te acostumbres mucho a verme. —Le doy un empujón—. No me quedaré para siempre. —Me doy media vuelta y salgo.

—Presley —me llama él para que me detenga.

—¿Qué?

—Todos tenemos algún secreto oscuro escondido en un armario; pero cuanto más tiempo lo mantengas encerrado, más te torturará.

Se me llenan los ojos de lágrimas y lucho para contener las palabras. Quiero soltarlo todo. Contárselo todo a él o a cualquiera. Nadie entiende las imágenes que no dejo de ver. Sus ojos. Su inmovilidad. La bolsa negra en la que se lo llevaron. Me acompañan a todas horas. Quiero que desaparezcan, pero no lo consigo.

—Quiero… —empiezo—. Todavía no puedo. Quiero, pero no puedo.

Él asiente en silencio con la cabeza.

—Bueno, cuando quieras montar mi semental… solo tienes que decírmelo.

—¡Madre mía! —Me echo a reír. Nadie como Wyatt para aligerar el ambiente.

—Así me llaman.

—Qué mujeres más afortunadas —replico, asqueada.

—Oye, ¿qué harás por la noche? —me pregunta con naturalidad.

Finjo que tengo que pensarlo.

—Absolutamente nada.

—Prepárate para las siete. Necesito que alguien me acompañe a un lugar.

Lo miro como si fuera un bicho raro. Lo que me faltaba, vamos. Que me vean en el pueblo con otro hermano Hennington. No, gracias.

—Estoy ocupada.

—Desocúpate.

—Las cosas no funcionan así. Tengo a los niños.

La voz de Cooper pone fin a la pequeña discusión.

—Yo me quedo con los niños. Tú tienes que salir del rancho antes de que la gente crea que te tenemos secuestrada.

Miro a mi hermano mientras deseo darle una patada en los huevos. ¿Qué les pasa a los hombres de mi vida? Todos creen saber qué es lo mejor para mí. Toman decisiones que nadie les ha pedido que tomen. Todos son unos plastas.

—No me apetece.

—Bien —dice Wyatt, que da una palmada—. Nos vemos luego.

—He dicho que no.

—No acepto tu negativa.

—No voy a ir —insisto, con los brazos cruzados por delante del pecho.

Wyatt se acerca.

—En una ocasión, te saqué en brazos por la ventana de tu dormitorio. Lo haré otra vez. Si no estás arreglada, me acompañarás con lo que lleves puesto. —Me da unos toquecitos en la nariz con un dedo y se aleja, mientras me quedo atrás con el ceño fruncido.

No me cabe la menor duda de que es capaz de hacerlo. Y ningún miembro de mi familia se lo impediría. Joder.

8

—¡*P*resley! ¡Wyatt está aquí! —me avisa mi madre.

—Bueno, ¿es una cita? —pregunta Cayden.

—No. En absoluto. —Intento tranquilizarlo. Es imposible que salga con un hombre, mucho menos con alguien del pueblo. Nunca volveré a pasar por lo mismo. Además, Wyatt es como mi hermano—. Wyatt es un amigo del colegio. Es que necesita a alguien que lo acompañe para hacer unos recados.

Logan se acerca y me abraza.

—Echo de menos a papá.

Le tomo la cara entre las manos y le doy un beso en la nariz.

—Lo sé, cariño. Yo también lo echo de menos.

Por más cabreada que esté... lo sigo echando de menos. Que sí, que a lo largo de los años hemos tenido nuestros altibajos, como cualquier otra pareja, pero lo quería. Todd me comprendía. No era la clase de amor que prendía fuego a la cama, pero era un amor en el que se podía confiar. Jamás hubiera pensado que podría abandonarme. Hasta que lo hizo.

—No quiero un nuevo papá. —Cayden se aparta un poco y frunce el ceño—. No puedes hacerlo.

—Cayden. —Me acerco a él—. Nadie ha dicho que vayas a tener un nuevo papá. Es un amigo. Y no necesito tu permiso.

Sé que no es fácil para ellos. Han soportado un montón de cambios, sin pedirlo. Al mismo tiempo, yo tengo la sensación de que estamos en el purgatorio. Ninguno de nosotros está viviendo de verdad. Y si yo no doy los primeros pasos hacia delante, ellos tampoco lo harán. En vez de obligar a Wyatt a sacarme a rastras de la habitación, voy a salir por mi propio pie.

Cayden menea la cabeza y tuerce el gesto.

—¡Odio este sitio!

—Lo sé. Pero pasar el día con el tío Cooper es estupendo. Me ha dicho que sois una gran ayuda para el rancho. —Me pongo de cuclillas delante de ellos—. Sé lo duro que es vivir en un sitio donde no queréis estar. Yo también he pasado por eso, chicos. Es muy distinto de nuestra casa. Pero os prometo que Bell Buckle es un lugar genial para vivir. —Por primera vez desde que estoy aquí, tengo la sensación de que no es lo peor que nos podría haber pasado. Mis padres, mi hermano, Wyatt y este rancho tal vez nos hayan salvado a todos.

—¡Ni siquiera hemos salido de casa! ¡Aquí no hay nada que hacer! ¡Lo odio! —Cayden es quien está más furioso de los dos. Lleva el enfado pintado en el rostro. Mi padre me dijo que le dejara expresar su rabia. A los niños les hace falta de vez en cuando. No sé qué pensar—. Quiero volver. Puedo vivir con la tía Angie.

—Ni en sueños, campeón. Ahora mismo así es como tienen que ser las cosas.

Una lágrima le brota de los ojos. Quiero que la situación sea mejor para él. Les quitaría todo el dolor y la pena para soportarla yo, pero no puedo. Tengo que ser fuerte y confiar en que si continúo con mi vida, ellos me imitarán. Hasta ahora solo me han visto deambulando triste por los rincones y cabreada con el mundo. Voy a cambiar por ellos.

—Tenemos que sacarle todo el partido posible a la situación. ¿Es maravilloso? —Hago una pausa—. No, pero tenemos que vivir aquí una temporadita. Así que hay dos opciones: le sacamos todo el partido posible o nos pasamos el tiempo sufriendo. Tú eliges.

—Lo que tú digas. —Cayden se cruza de brazos y menea la cabeza.

—Os quiero muchísimo a los dos. Y creedme cuando os digo que también quiero volver a casa.

—Echamos de menos a nuestros amigos —dice Logan—. Cayden es un muermo.

—Os prometo que haréis nuevos amigos en cuanto empiece el colegio. —Logan aparta la vista con expresión desolada—. ¿No vais a ponerle un poquito de empeño? —Endereza la espalda y asiente con la cabeza—. ¿Qué me dices tú, Cay? —Logan le da un codazo a su hermano, pero este no me mira—. ¿Cayden?

Tiene la vista clavada en la pared y se niega a mirarme a la cara.

—Vale, puedes seguir enfadado. No voy a presionarte ahora mismo, pero no puedes faltarme el respeto. De momento, no voy a tenerlo en cuenta, pero seguiremos hablando del tema.

Cayden sigue llorando en silencio. Les beso la coronilla a ambos e intento controlar las lágrimas. Todo esto era totalmente innecesario. Solo puedo pensar en eso. El catalizador de nuestra nueva vida podría haber sucedido de un modo muy distinto.

Me recojo el pelo en una trenza a un lado, me pongo las botas y bajo la escalera. Wyatt está sentado a la mesa con mis padres.

—Vaya por Dios, y yo que quería sacarte a rastras.

Pongo los ojos en blanco.

—Siento mucho decepcionarte.

—Siempre habrá una próxima vez.

—Capullo.

—¡Presley! —exclama mi madre—. No te he educado de esa forma.

Si mi madre se enterase de cómo hablábamos de pequeños, se caería de espaldas.

—Lo siento.

—Claro que deberías sentirlo. —Wyatt sonríe con sorna—. Se me rompe el corazón al ver que la ciudad ha corrompido a mi dulce amiga.

Me entran ganas de estrangularlo.

—Será mejor que nos vayamos antes de que cambie de idea.

Wyatt suelta una carcajada y me echa el brazo por encima de los hombros.

—Eres incapaz de rechazarme. Me conozco todas tus triquiñuelas.

Mientras recorremos varios kilómetros, alejándonos del rancho, me doy cuenta de que no tengo ni idea de adónde vamos. Wyatt tampoco me lo dice, típico de él. Nunca se me han dado bien esas cosas, y él lo sabe. Juro que a los tres hermanos les encanta torturarme... siempre les ha encantado. Zach y Trent se desvivían por acojonarme. Wyatt nunca lo hizo. En cambio, se limitaba a guardar silencio cuando yo me moría por saber algo. Que era igual de frustrante.

Se dirige al bar del pueblo y el cuerpo se me congela.

—¡Ni de coña! —grito mientras intento encontrar el modo de librarme de eso—. No. No pienso entrar ahí. Lo sabes. Sabes que es el último sitio de este puñetero pueblo en el que quiero entrar.

—Quítate la tirita de un tirón.

—¡Yo sí que te voy a dar un tirón en cierta parte! —Lo fulmino con la mirada.

Se encoge de hombros.

—¿Prefieres hacerlo ahora para que se dejen de especulaciones ridículas o mejor esperas a que la cosa empeore?

Me importa una mierda lo que piensen los demás. Resoplo y paso de él.

—Podemos quedarnos aquí sentados y dejar que la gente hable. Me encantaría empañar los cristales. Tengo que mantener mi reputación. —Wyatt se acomoda en el asiento y se cubre la cara con el sombrero.

Si yo no fuera yo y él no fuera él, tampoco me importaría demasiado. Perderme en los brazos de un hombre un momento. No sentirme tan sola. Wyatt siempre ha estado buenísimo, y cuando sonríe, las chicas caen rendidas a sus pies. Pero Zach siempre fue el objetivo de mi corazón. Lo teníamos todo, o eso creía yo. Bastaba con que Zach entrase en una habitación para que todo mi ser cobrase vida. Lo era todo para mí y yo lo era todo para él. Nuestras almas se tocaban cuando estábamos juntos. Era incapaz de ver otra cosa que no fuera él, algo que cortó de raíz cualquier oportunidad que hubiera podido tener Wyatt.

—De acuerdo —digo al final, cuando las ventanillas empiezan a empañarse—. Entremos.

Me coge de la mano.

—Voy a estar contigo en todo momento. Pero creo que te las apañarás bien.

—¿Quién está ahí dentro?

—Solo he invitado a unos amigos. —Me guiña un ojo y abre la puerta.

Todo el pueblo está ahí dentro. Cuando entro, escucho vítores y silbidos por todo el bar. Sonrío y agacho la cabeza al ser el centro de atención. Nada como ser famosa en el pueblo. Fulmino a Wyatt con la mirada. Es hombre muerto.

La gente se me acerca con los brazos abiertos para saludarme. Soy incapaz de contener la sonrisa cuando el primero llega a mí.

—¡Pero si es el follonero del pueblo!

Trent Hennington me abraza con fuerza y da unas cuantas vueltas conmigo en brazos.

Me echo a reír.

—Sigo sin creerme que te permitan tener un arma.

Me deja en el suelo y me toma la cara entre las manos.

—Deberías tener miedo.

—Desde luego que lo tengo.

Sonreímos. Trent es dos años mayor que Zach. Siempre fue el hermano mayor que se regodeaba convirtiendo mi vida en un infierno. Se nos acercaba a hurtadillas a Zach y a mí, y nos hacía jugarretas. Su misión en la vida era avergonzarme, y lo conseguía muchas veces.

—No voy a monopolizarte, cariño. Será mejor que te pases esta semana para comprobar la calidad de mis esposas.

Resoplo.

—Sigues siendo un imbécil.

—Uno que te quiere.

—Los Hennington necesitáis una buena cura de humildad —replico. Trent y Wyatt tienen unos egos enormes. Es un milagro que la gente les dirija la palabra—. ¿Estás casado?

—Joder, no. Las tías se pirran por las placas.

Estoy a punto de contestar cuando mi mejor amiga del instituto chilla y pone cara de querer echarse a llorar. Trent se aparta al oírla.

—¡No me has llamado! —Me abraza y me achucha mientras sigue—. Te he echado muchísimo de menos. Fue como si hubieras desaparecido.

Me aparto un poco y sonrío.

—Lo hice. Lo necesitaba. Pero lo siento, porque debería haber mantenido el contacto.

—Cariño, de haber podido hacer lo mismo… lo habría hecho. Pero ya sabes lo que nos pasa a la mayoría. —Se echa a reír. Lo sé. Quedarse implica cierta seguridad, y a veces la gente es incapaz de cortar los hilos que la atan—. Dime, ¿por qué leches has vuelto?

Antes de poder contestar, mis ojos vuelan hacia la barra. Todo se detiene. Mi corazón. Mi respiración. El mundo entero se paraliza. Zachary Hennington está allí, mirándome. Él no se mueve y yo tampoco lo hago. El aluvión de recuerdos inunda la estancia. Nuestro primer beso, la primera vez que hicimos el amor, las promesas, la pedida de mano, el amor que llenaba nuestras vidas y el dolor por su abandono. No mueve ni un músculo mientras me mira. Casi puedo ver las preguntas que hay suspendidas entre nosotros.

«¿Eres tú de verdad? ¿Cómo estás? ¿Por qué estás aquí? ¿Por qué no llamaste? ¿Por qué me dejaste? ¿Por qué no viniste conmigo? ¿Dónde has estado? ¿Lo sientes? ¿Qué quiere decir?».

Grace me sacude el brazo para romper el momento. Seguro que ha visto el pánico en mis ojos y se da cuenta de lo que me ha llamado la atención.

—¿Lo sabías? —pregunta.

—¿Saber el qué?

—Que vive aquí.

La cabeza me da vueltas mientras intento comprender sus palabras.

—¿Qué quieres decir?

Me obliga a darme la vuelta para que no pueda verlo y se cuelga de mi brazo.

—Volvió hace un tiempo. Hace unos ocho años o así. Se ha hecho cargo del negocio familiar.

—No… —Lo miro de nuevo, pero ya no está solo. Felicia está colgada de su brazo mientras le acaricia la mejilla con un dedo. Me ve y sonríe.

Grace resopla.

—Le clavó las garras enseguida.

—¿Están juntos? —Casi me atraganto con las palabras. De

todas las mujeres del mundo tenía que ser ella. Aunque no tengo derecho a protestar. Mi cabeza lo sabe, pero mis emociones no están de acuerdo. Es perversa, y en un rinconcito perdido de mi corazón… él sigue siendo mío.

—Desde hace unos cinco años. Pero no se han casado, algo que, cómo no, es la comidilla del pueblo. Después de tanto tiempo, ¿por qué no se han casado? Yo creo que es porque él suspira por otra.

Vuelvo a mirar y ya no está allí. El corazón me late desacompasado mientras lo busco con la mirada. En cambio, veo a Felicia, que se acerca a nosotras.

—Mierda. Viene la bruja —dije Grace al ver a Felicia.

—Hola, Presley. —Su almibarada voz sureña no consigue ocultar la zorra que lleva dentro.

—Hola, Felicia.

Mira a Grace con el ceño fruncido.

—Grace.

—Zorra —suelta Grace sin titubear.

Y aquí otro motivo por el que juré no volver en la vida. Felicia Hayes es el diablo encarnado. Juro que esta mujer tiene cuernos. Su misión en la vida consiste en atormentar a los demás. Si alguien es feliz, allí que pone la diana. No me imagino viviendo con un corazón tan negro.

Se acerca con una sonrisa ufana.

—Me habían dicho que habías vuelto al pueblo, pero no me lo podía creer. Bell Buckle no ha sido lo mismo sin ti.

—Me ha costado estar tanto tiempo apartada. A ver, vivir en la ciudad es muy ajetreado. —Me encojo de hombros. Sé que, en el fondo, ella también quería irse. Pensaba casarse con alguien que la sacara de aquí. A ser posible con el que era entonces mi prometido. Nunca comprendí esa animosidad en lo tocante a Zach.

Felicia resopla.

—Seguro que estabas disfrutando de tu vida perfecta. Lo que me lleva a preguntarme qué haces aquí ahora. ¿Las cosas no te han salido bien?

Me cuesta la misma vida no abofetearla. Siempre ha tenido muchas ínfulas, como si poseyera la verdad universal. Se pasó la niñez intentando humillar a los demás. Nunca he entendido por qué es tan odiosa. Y parece que el tiempo solo ha conseguido intensificar ese rasgo de su carácter.

—Supongo que podrías decirlo así.

Se encoge de hombros al tiempo que ladea la cabeza.

—Qué pena.

Podría decirle que mi marido murió. Pero le daría igual. Y sus falsas condolencias son lo último que quiero o que necesito. No pienso darle munición con la que dispararme más adelante.

—En fin, Grace y yo tenemos que ponernos al día —digo para despacharla.

—Ah. —Mira hacia la barra, donde está Zach—. Seguro que sí. Zach y yo estábamos comentando lo mucho que te hemos echado de menos.

—Que Dios te bendiga. —Me llevo las manos al pecho—. Me siento honrada de que estuvierais pensando en mí —digo, con sarcasmo evidente.

—Seguro que sí. —Felicia se da media vuelta y se aleja.

Tal parece que algunas personas no cambian nunca, aunque tampoco esperaba mucho de esa zorra desalmada. El problema de este pueblo es que intentar evitar a alguien es como intentar no mojarte cuando llueve: es imposible.

Grace y yo charlamos un rato, mientras un montón de gente se acerca a saludar, y empiezo a relajarme. Trent consigue sacarme a bailar una canción lenta, aunque yo me paso la mitad del tiempo mirando por encima del hombro a Zach. No puedo creer que esté aquí. Si llego a saberlo, no habría vuelto en la vida, razón por la que seguramente nadie me lo dijo.

Me dirijo a la mesa a la que se sienta Grace. Wyatt está coqueteando con una pelandusca de otro pueblo. Típico.

—Bueno, ¿por qué no te has casado? —pregunto al darme cuenta de que no tiene alianza.

Se encoge de hombros.

—Soy selectiva.

Nos echamos a reír y me habla del tío con el que ha estado saliendo. Casi puedo fingir que mi vida no es un desastre ahora mismo. El ambiente del bar me permite olvidarlo un rato.

—¿Es de por aquí? —le pregunto.

CORINNE MICHAELS

—Pres. —Los ojos de Grace casi se salen de sus órbitas.

—¿Qué? —Empiezo a temblar. Mira un punto por detrás de mí y lo sé. Está ahí.

—Presley. —Su voz ronca pronuncia mi nombre como si fuera de seda. Lucho contra la reacción innata de mi cuerpo. No puede controlarme de esta manera. No se lo pienso permitir.

—Zachary. —Me vuelvo y me esfuerzo por mantener la compostura.

Es el mismo chico del que me enamoré cuando tenía doce años. Conserva la misma intensidad cuando me mira. Me arden los dedos cuando se planta delante de mí. Me ha paralizado con la mirada. Lleva el pelo rubio oscuro más corto, y la barba de dos días le da un aspecto más rudo, y es mucho más corpulento. La edad solo ha conseguido mejorar mis recuerdos.

Grace carraspea.

—Os dejo solos para que os pongáis al día.

Intento agarrarla del brazo, pero es demasiado rápida para mí.

—Estás estupenda, Pres. —Sonríe y contengo el impulso de cruzarle la cara. No estoy estupenda. No me siento estupenda. Estoy hecha una mierda y me cuesta la misma vida levantarme de la cama por la mañana. Pero ni de coña pienso decirle eso. Aunque el Zach que conocía ya se habría dado cuenta de todo eso—. ¿Cómo te encuentras? —me pregunta.

Tengo la voz por alguna parte, pero parece que se niega a cooperar.

—Bien —susurro. Joder. «Céntrate, Presley. Eres una mujer hecha y derecha que ni necesita ni quiere que vuelvan a hacerle daño»—. ¿Y tú? —Genial. Solo soy capaz de pronunciar palabras cortas.

—Me va bien. Wyatt me dijo que habías vuelto al pueblo, pero no me lo creía. Dejaste bien clarito que no ibas a volver en la vida.

Wyatt. Menudo cabrón. Sabía que iba a pasar esto.

—Claro que lo dije. ¿Y te extraña?

—Ya. —Está descolocado por algún motivo. Seguramente por mi hostilidad. Pero continúa con la incomodísima conversación—. Había pensado pasarme por el rancho, pero no creí que quisieras verme.

Suelto un largo suspiro.

—No sabía que estabas aquí, Zach. A tu hermano se le olvidó comentármelo, como también se le olvidó a los demás. De haberlo sabido… —Dejo la frase en el aire mientras me rehago un poco más—. No sé. Ahora mismo no me lo creo. No esperaba verte.

Tampoco quería verlo. No quería volver a verlo en la vida. No me cabía la menor duda de que me afectaría de esta manera. Siempre me ha pasado lo mismo. Nunca he sido capaz de controlar mi corazón en lo que a Zach se refiere. Tiene una especie de poder especial sobre mí.

—Deberíamos hablar.

No tenemos nada de qué hablar.

—¿Por qué estás en Bell Buckle? —pregunto con un deje acerado en la voz.

—Me fastidié el hombro —contesta, y me quiero echar a reír. Quiero reírme en su cara. Me rompió el corazón. Me dejó en Maine para irse a jugar en la liga profesional de béisbol y ha acabado aquí—. Volví para recuperarme, pero acabé instalándome aquí cuando mi padre sufrió un infarto.

Felicia se coloca a su espalda, sin apartar los ojos de mí.

—Aquí estás, cariño. —Le desliza los dedos por el brazo para llegar hasta su hombro—. Esperaba que pudiéramos hablar un rato los tres, Presley. Le estaba comentando a Zach cuánto tiempo ha pasado desde la última vez que estuvimos los tres en la misma habitación. Claro que la dinámica ha cambiado un poquito.

Suelto una carcajada seca.

—Sí, desde luego.

Zach no aparta los ojos de mí. Ni siquiera se da por enterado de su presencia.

—Han cambiado muchas cosas.

Felicia le apoya la cabeza en el brazo. Zach la mira, pero luego me vuelve a mirar. Felicia levanta la cabeza y sigue:

—Me encantaría invitarte a comer o algo. ¿No sería estupendo, Presley? Podríamos hablar de tu vida y de cómo nos va a Zach y a mí.

—La verdad —digo con un suspiro forzado— es que estoy muy ocupada estos días.

—Seguro que sí.

Aprieto los puños, lista para liberar meses de hostilidad, pero Zach interviene.

—Felicia —la reprende.

Por supuesto, a ella no le sienta bien que me defienda.

—¿En serio, Zach? —Aparta el brazo y resopla.

Wyatt se coloca a mi lado y me echa un brazo por encima de los hombros, pegándome a él.

—Aquí estás, vaquera. Voy a tener que ponerte uno de esos sistemas de localización.

Felicia resopla.

—Como si fuera una vaca.

Ardo en deseos de sacarle los ojos. Wyatt seguro que se da cuenta, porque me sujeta el hombro con más fuerza.

—Quería preguntarte una cosa, Felicia —dice sin venir a cuento—. ¿Has conseguido lo que querías para tu cumpleaños? Ya sabes, el día después que Presley volvió al pueblo.

—¿Por qué no nos traes unas cervezas? —le sugiere Zach a Felicia.

Felicia lo fulmina con la mirada y yo tengo la sensación de que se me escapa algo.

—¿Cómo? —pregunta ella—. ¿Estás de coña o qué?

Wyatt me pega más a él.

—Tráenos unas a nosotros también, anda.

—Que te jodan —le suelta ella. Se vuelva hacia Zach—. Cariño, vamos a la barra.

Miro a Zach, que tiene los ojos clavados en la mano de Wyatt. Este empieza a moverla despacio y yo me pego más a él. Estoy siendo muy infantil. Lo sé. No significo nada para Zach y él no significa nada para mí. Somos dos antiguos amantes que vuelven a verse cara a cara. Por supuesto, nuestra historia podría llenar una biblioteca, pero él ha pasado página. Yo pasé página. Tengo dos hijos y una vida a la que regresar. Ojalá él no estuviera aquí; y lo más importante todavía, ojalá yo no sintiera este vacío en la boca del estómago.

Wyatt tose y agita una mano delante de la cara de su hermano.

—Tierra llamando a Zach.

—¿Qué?

Felicia frunce los labios y yo contengo la sonrisa. Está cabreada.

—He dicho que nos vayamos. Pero estabas en la Luna.

Zach la mira y luego nos mira a Wyatt y a mí.

—Deberías irte, Zach. —Wyatt sonríe y me besa la mejilla—. Presley es mi cita y tengo que bailar antes de que alguien más intente robármela.

Pongo los ojos como platos al oír la palabra «cita». Zach también se centra en esa palabra.

—¿Cita? —pregunta.

—En fin, claro. Está soltera. Yo estoy soltero. No te importa, ¿verdad, hermano? —le pincha Wyatt.

Zach me mira y menea la cabeza.

—Claro que no, lo único que he querido siempre es que fuera feliz.

De no haber conocido a Zachary de toda la vida, me habría creído las pamplinas que soltaba. La situación no le gusta ni un pelo. Que yo esté aquí, que su hermano me esté tocando, que me haya visto... lo está reconcomiendo, y me alegro. Ojalá que le duela, porque las cicatrices que me dejó al arrancarme el corazón empiezan a escocer.

—¡Zach! —exclama Felicia—. ¡Vámonos!

Me percato de la indecisión de sus ojos. Me observa un rato antes de suspirar.

—Que os lo paséis bien.

—Lo mismo te digo, colega —le dice Wyatt a su espalda.

Una vez más, Zach se aleja.

Ahora solo tengo que decidir de cuántas formas puedo matar a Wyatt. Sabía que esto iba a pasar. Ver a Zach ya era malo de por sí, pero verlo con Felicia es... pura tortura.

—Baila conmigo. —Me zafo de su brazo—. Voy a pagar por esto, ¿verdad?

—Ajá. —Me doy media vuelta sin decir una sola palabra más.

Vamos a la pista de baile y una parte de mí vuelve a resquebrajarse. Wyatt me coge la mano y me pega a su cuerpo.

—No me pegues un rodillazo en los huevos ni nada de eso, por favor.

Nos movemos al compás de la música mientras él me guía por la pista de baile. Tiene suerte de que no le haya dado un pisotón en los pies.

—¿Por qué me has dejado que entre aquí sin decirme nada? —Mi voz tiene un deje rabioso—. ¿Por qué no me lo has dicho?

Me hace girar mientras nuestros pasos siguen la música.

—¿Habrías venido?

—¡No! Joder, precisamente era lo que quería. —Le aparto la mano y él se echa a reír.

—Oye, ibas a verlo tarde o temprano. El pueblo es demasiado pequeño, y de esta forma, Trent y yo hemos estado a tu lado.

—Estoy muy cabreada contigo. No sabes cuánto. Deberías haberme avisado. Deberías haberme dicho que estaba aquí. De ser amigo mío —digo y hago una pausa—, esto no me habría pillado desprevenida.

Menea la cabeza, ya que es evidente que no está de acuerdo conmigo.

—Siempre he sido tu amigo. Siempre seré tu amigo. Pero tienes una cabeza muy dura y hay veces en las que tienes que confiar en mí. —Wyatt mira hacia la barra y esboza una sonrisa torcida—. Ahora mismo, mi hermano quiere arrancarme los brazos y hacer que me los coma. —Le lanzo una miradita y veo que Zach está fulminando a Wyatt con la mirada mientras bailamos. Wyatt me pone las manos en el trasero y empezamos a girar, impidiéndome que pueda ver la barra—. La venganza es brutal.

—¿De eso se trata?

Los ojos castaños de Wyatt se clavan en los míos.

—Nunca te usaría para vengarme. Jamás. Nunca pensaría en ti de esa manera, en todo caso, serías la recompensa. —Me quedo sin aliento mientras intento descifrar qué quiere decir. ¿Está diciendo que me considera algo más? ¿Sigue sintiendo algo por mí? No. Es imposible. Debe de darse cuenta del pánico que siento, porque añade—: Solo digo que no es un juego. No arriesgaría nuestra amistad por diversión.

—Lo sé.

—Bien.

Cuando la música llega a su fin, hace una reverencia teatral.

—Sigo cabreada.

Se echa a reír.

—Ya se te pasará. De la misma manera que se te ha pasado lo suyo. —Señala la barra con la barbilla. Sé que no debo mirar, pero es superior a mis fuerzas. Zach está apoyado en la barra, mirándome fijamente mientras Felicia intenta llamar su atención. Cuando nuestras miradas se encuentran, el mundo desaparece.

No hay nadie más en la estancia, ni en el pueblo ni en todo el mundo ahora mismo.

Tal vez Zach y yo hayamos terminado, pero a mi corazón parece darle igual. Me he engañado al creer que no es así.

Pero nunca volveré a recorrer ese camino.

Recuerdo el motivo de que esté aquí. El motivo de que mi vida esté discurriendo por el camino que ha tomado. Zach se fue, conocí a Todd y estas son las consecuencias.

9

*M*e despierto al día siguiente con un dolor de cabeza monumental. Evitar durante toda la noche a Zach fue agotador. Me escabullí temprano y, por suerte, Grace se ofreció a traerme a casa.

Renuente a regodearme en la intensidad de mis emociones encontradas, decido ir al pueblo. Necesito material de oficina. Menos mal que la mayoría de la gente está en la iglesia, así puedo moverme sin llamar la atención.

—¡Dios mío! ¿Presley? —grita una mujer cuando me bajo del coche. Quizá sí que llamo la atención—. ¿Eres tú?

Me vuelvo y descubro a una de mis compañeras de instituto.

—¡Emily Underwood! —La abrazo—. ¡Estás increíble! —Lleva el pelo rubio en una larga melena que le llega hasta la mitad de la espalda y está delgadísima. Siempre ha sido guapa, pero ahora está despampanante.

—Gracias. —Se coloca bien la camisa—. He estado cantando en Nashville, y ya sabes que una buena imagen ayuda a conseguir bolos en esa ciudad.

—Madre mía. Recuerdo que te gustaba cantar cuando éramos pequeñas.

Que yo recuerde cantaba en todas las obras de teatro, en el coro y en la iglesia. Su madre y la mía son amigas íntimas. Bueno, aquí todos lo que son de la misma edad son amigos íntimos.

Emily se encoge de hombros.

—Se ve que no puedo dejarlo. Es mi pasión.

Echamos a andar por la acera.

—Es genial, Em. Me alegro muchísimo de que hayas encontrado algo que te apasione.

—Gracias. —Sonríe—. ¿Y tú qué tal? ¿Qué narices estás haciendo otra vez en Bell Buckle?

Bueno, intentando no volverme loca, nada más.

—Han pasado un serie de cosas y necesitaba un cambio. —No quiero explicarlo más.

—Bien por ti. ¡Dios mío! —exclama de forma exagerada—. ¿Has visto a Zach? —Parece alucinada—. Está para comérselo. A ver, que sí, que está con la víbora del pueblo, pero… —Suspira—. Ahora que has vuelto…

Ahora que he vuelto, ¿qué? Zach tiene novia. Yo tengo mi asquerosa vida. Punto.

—¿Te he dicho que tengo dos hijos de once años? —le suelto, intentando cambiar de tema.

Emily se detiene delante de mí.

—Buen intento, Presley Townsend. Eso de librarte de una pregunta con otra pregunta no cuela. Sabes que aquí esas cosas no funcionan.

Suspiro y decido darle unas migajas de información.

—Lo he visto. Estaba con Felicia. Nos saludamos y yo me despedí.

Debo recordar que solo tengo que responder la pregunta. No sé cómo la gente insiste en hacer algo sin que los demás se enteren, aquí es imposible. Mi madre podría haber sido detective por su habilidad para sonsacar información. Crees que te está preguntando por una cosa y en cuanto te descuidas, se lanza a la yugular.

Emily ríe entre dientes.

—¿Saltaron chispas?

—¿Podemos dejar el tema? —insisto—. Lo siento, es que ha sido una mañana muy larga y necesito café. —Y no quiero pensar en él. Bastante tengo con haberlo visto en sueños esta noche, solo me faltaba que también se conviertan en realidad.

—Ah, pues vamos a la cafetería —sugiere—. Así seguimos poniéndonos al día.

¡Mierda! No.

—Buena idea.

Pedimos sendos cafés, y de repente casi me siento humana. Todos miran cuando entro y oigo los susurros. Dios, cómo echo de menos Filadelfia. Al menos allí podía entrar en un Star-bucks sin que me miraran.

—A ver si vas a Nashville algún día. Tengo unos cuantos bolos contratados —me dice Emily mientras se bebé el café.

—Me encantaría.

—Debe de ser un cambio demasiado fuerte después de haber vivido en la ciudad.

Me echo a reír.

—Y que lo digas.

—¿Aunque hayas crecido aquí? —me pregunta.

—Es diferente de como lo recuerdo. Me he acostumbrado a tenerlo todo cerca. Los niños están sufriendo un choque cultural impresionante.

—No me extraña.

Seguimos hablando de nuestras vidas y la gente nos mira como si yo fuera una aparición. Sé que mi madre se lo ha debido de decir a sus amigas. Me extraña que a estas alturas alguien se sorprenda de verme. Aunque, claro, he pasado unos días encerrada en el rancho, fingiendo que no era real.

—Tengo que irme —anuncia Emily mientras se mira el reloj—. Espero que Zach y tú podáis hablar.

—Em, eso acabó. Hace casi veinte años. —Ojalá mi corazón lo aceptara. Verlo otra vez y saber que está cerca me tiene trastornada.

Es como si hubiera vuelto a los catorce años y me hubiera invitado a dar un paseo a caballo por primera vez. Aquella sonrisa tan segura, los vaqueros ajustados que le hacían un culo de infarto y su mirada, que te decía todo lo que no te decían sus labios. Éramos tan jóvenes y estábamos tan enamorados... Qué tontos.

—Claro. En fin, ya sabes —añade mientras se apoya en el respaldo de la silla—, la gente del pueblo todavía no se lo cree. Porque os vimos. No conservo un solo recuerdo en el que no estéis juntos. Lo vuestro es una historia de amor como las de las canciones y eso.

Me encanta que mi vida sea como una canción. Soy viuda, vivo en un rancho y el «amor de mi vida» y yo acabamos de encontrarnos. Solo me falta el perro.

—Creo que recordáis las cosas de manera distinta de como

fueron. Y ya no estamos enamorados. Además, si nuestro amor fuera tan especial, todavía estaríamos juntos.

Emily me coge una mano.

—Pres, lo digo en serio. Ya lo verás. Sois almas gemelas.

Le doy un apretón en la mano mientras niego con la cabeza.

—Eso no existe.

Ella se pone en pie y sonríe.

—Voy a fingir que no te he oído.

Me levanto y la abrazo.

—Creo que ya va siendo hora de que la gente lo olvide.

—Lo que tú digas, pero el amor no se olvida, se hace más fuerte. —Me besa en una mejilla—. A ver si quedamos pronto, ¿de acuerdo?

—Sí, desde luego.

Abro la puerta para salir y veo la camioneta que reconocería en cualquier parte. No quiero verlo tan pronto. Me tapo la cabeza con la capucha de la sudadera y echo a correr hacia el coche. Cuanto más lo evite, más seguro estará mi corazón.

Levanto la cabeza al oír que alguien llama a la puerta de mi despacho.

—¿Zach? —Me subo las gafas por la nariz y me pongo en pie. Debería haber sabido que no tardaría mucho en aparecer.

—Siento aparecer así, pero la otra noche no estábamos en el mejor sitio para hablar. —Se quita el sombrero y lo arroja sobre la silla—. Ayer te vi en el pueblo tratando de pasar desapercibida. He pensado que deberíamos intentar ser civilizados el uno con el otro.

¿Civilizados? No puede aparecer así de repente. No tiene nada que hacer aquí. No lo quiero delante de mí, ni en mi casa, el lugar que se ha convertido en mi único refugio. Ya podía haber captado la maldita indirecta el muy imbécil.

—Tu madre me ha dicho que estabas aquí. No me ha tirado nada a la cabeza, así que he supuesto que es una buena señal. —Sonríe.

—¿Qué haces aquí? —Me pongo de pie y le doy un puñetazo a la mesa—. Mi madre no te ha tirado nada porque es la típica sureña bien educada, pero yo no lo soy. He pasado tanto tiempo en el norte que me la pela estamparte la grapadora en la cabeza. —Cojo la grapadora de la mesa y echo el brazo hacia atrás para tomar impulso.

—¡Eh, eh! —exclama él con las manos levantadas—. No he venido para pelear. Solo quería ver cómo estás. Te he echado de menos.

—¡Gilipollas! —Le tiro la grapadora a la cabeza—. ¡No tienes derecho a echarme de menos!

Él se agacha y la grapadora acaba golpeando con fuerza la pared. Zach se ríe por lo bajo.

—Parece que aprendiste a lanzar después de ver tantos partidos míos.

Cojo lo primero que pillo.

—¡Pues se ve que como maestro eres un desastre!

—Felicia y yo queríamos invitarte a cenar.

Se le ha ido la olla por completo.

Zach suspira y se acerca.

—Sé que puede ser incómodo, pero he pensado que si…

—¿Si qué? ¿Si podemos ser amigos? ¿Incluso quedar de vez en cuando? Si crees que eso es posible, es que necesitas un psiquiatra. —No sé si se le ha olvidado cómo acabaron las cosas entre nosotros.

—Pres… —insiste.

—¡No me vengas con Pres! Menudo morro tienes para presentarte aquí.

—Ha pasado mucho tiempo.

Me dan ganas de asestarle un puñetazo en la cara.

—Fuera —le digo.

Zach se acerca y cruza los brazos por delante del pecho.

—No me voy hasta que no solucionemos esto. Solo quiero aclarar las cosas.

—Muy bien. —Cojo la caja de los clips y se la tiro. Otra vez fallo—. Así es como vamos a aclararlas. —Busco algo más que tirarle.

—¡Deja de tirarme cosas! —Se acerca todavía más y levanta las manos en señal de rendición.

Lo miro echando chispas por los ojos.

—No me des órdenes. No tenemos nada que hablar.

Zach suelta una breve carcajada mientras me aferra los brazos.

—Pres, creo que tenemos muchas cosas que aclarar. Ha pasado mucho tiempo. —Me suelta los brazos y me mira como diciendo: «No me tires nada».

—No tengo nada que hablar contigo.

—Si vamos a vivir los dos en el pueblo, creo que merecemos aclarar todo lo que sucedió en el pasado.

Me muerdo la lengua para no soltar cualquiera de los comentarios mordaces que tengo en la punta.

—Claro. Así sin más. Podemos aclarar por qué me dejaste hecha polvo en cuestión de minutos. Siéntate, por favor. Vamos a aclarar el pasado.

Estoy siendo sarcástica, pero él parece no darse cuenta. Zach se aleja de mí para ocupar la silla situada frente al escritorio y se sienta despacio. Por lo menos lo he asustado hasta el punto de estar atento por si le tiro algo. Lo siguiente será una bota.

—En primer lugar —dice mientras se inclina hacia delante y apoya los codos en las rodillas—, lo siento mucho. No quería hacerte daño. Te quería muchísimo y dejarte aquel día fue lo más difícil que he hecho en la vida. No pasa un solo día sin que me arrepienta de haber tomado aquella decisión.

Me apoyo en el respaldo del sillón mientras suelto el aire despacio.

—¿Así vas a empezar? Por Dios, Zach, directo a meter el dedo en la llaga.

—Si no lo digo ahora, no sé si me dejarás después. —Se pasa una mano por el pelo, un gesto que delata su nerviosismo. Por lo menos, no soy la única que está alterada—. Todavía no me he perdonado por haberte hecho daño.

Pongo los ojos en blanco y meneo la cabeza.

—No me hiciste daño. Me mataste. Pero todo eso es agua pasada. Ya lo he superado, y tú también.

—Lo de la grapadora ha sido porque ella te lo estaba pidiendo, ¿no?

—¿Intentas decir que no te he olvidado? ¿Crees que me he pasado todos estos años llorando por ti? —le pregunto con los brazos cruzados por delante del pecho. Imbécil.

—No pretendía… —Guarda silencio—. Siempre he pensado que me habías olvidado.

He pasado años deseando oír esas palabras. Quería saber por qué le resultó tan fácil abandonarme por el béisbol. Yo era su prometida. Me hizo promesas. Nunca he amado a nadie como a él. El primer amor es ingenuo. Yo confiaba en él y no le escondí nada. No contuve el amor que sentía por él, le di todo lo que llevaba dentro. Y él se adueñó de mí por completo. Hay lugares dentro de mí que Todd jamás pudo tocar porque eran de Zach. Y por eso lo detestaba. Detestaba el hecho de mirar a veces a Todd y desear que actuara como Zach. Era algo irracional e injusto, pero es la verdad.

—Así que… —Decido lanzarme a la yugular—. Felicia, ¿eh?

—Ha cambiado —dice.

—Sí, claro. —Me río.

Zach se frota los muslos con las manos. Esto es incómodo para los dos.

—¿Podemos no hablar de ella? —me suelta—. No he venido para discutir.

—Entonces, ¿de qué quieres hablar?

Aunque nunca he querido mantener esta conversación, parece que es inevitable.

—Antes no era tan difícil —contesta al tiempo que se lleva una mano a la nuca—. Antes hablábamos de cualquier cosa.

—Zach —digo con un suspiro—. No sé qué es lo que buscas. Han pasado casi diecisiete años desde la última vez que nos vimos. Y no nos separamos en buenos términos. Entre nosotros hay un montón de mierda sin resolver. Si has venido en busca de perdón, te perdono. Si has venido en busca de amistad…, no puedo.

Se endereza en la silla y guarda silencio. Espero a que diga algo después de mi discurso, pero no dice nada.

Bueno, pues me niego a añadir una sola palabra más.

Al final, carraspea.

—No he venido buscando nada. He venido porque Wyatt me ha dicho que no planeas marcharte. Al principio, pensé que estabas de paso y por eso me mantuve alejado. Sabía que no querías verme. Y, si te digo la verdad, yo tampoco tenía muchas ganas de verte.

—Vaya, gracias.

—Déjame acabar. —Menea la cabeza—. Verte saca a la luz un montón de mierda que he mantenido enterrada hasta ahora.

—Bueno, pues siento que sufras por mi culpa.

—Joder, Presley —masculla, mosqueado—. Estoy intentando ser agradable.

Me importa un pito lo que intente hacer.

—¡Quince años! ¡Quince años! ¿Agradable? ¿Crees que siendo agradable vas a borrar quince años? ¿De verdad creías que iba a alegrarme de verte? Me he mantenido alejada de este dichoso pueblo porque era muy doloroso. —Suelto el aire lentamente por la nariz—. No estoy enamorada de ti. No necesito aclarar nada. ¡Todo el mundo me habla de ti y yo no quiero hablar de ti! No hay un sitio en este pueblo que no tenga algo que me recuerde a ti. Joder, ¡hasta este escritorio!

Sus ojos se clavan en el escritorio y esboza una sonrisa. Cabrón.

—Yo también vivo con los recuerdos. No eres la única que salió perdiendo. Yo quería un futuro y tú cerraste esa puerta cuando me fui.

—Repite eso último.

—No te dejé porque no te quisiera. ¡Quería construir una vida contigo! ¡No había necesidad de que nos separáramos!

El corazón me da un vuelco. Por más que trate de luchar contra la realidad, ahí está. Existe un vínculo que me une a Zach como si fuera un hilo. Si él tira, la madeja se desenrollará. Rezo para que exista la tensión suficiente como para evitarlo. Ya he sufrido bastante durante los últimos meses.

—Sí —suspiro—. Sí que la había.

Hay tantas cosas que él no se imagina… Lo que sufrí cuando se fue. El dolor que soporté. No tiene ni idea de lo que pasé.

—Sé que te hice daño. Sé que te rompí el corazón. Y también sé que estás casada.

Me miro la mano. Zach oyó a Wyatt decir que estaba soltera. Sé que está tratando de sonsacarme información, pero la verdad es innegable.

—Mi marido murió, pero supongo que habrás oído algo al respecto —lo desafío—. Dudo mucho que tu madre no lo haya mencionado.

—Lo siento. Lo siento muchísimo —dice al tiempo que se inclina hacia delante—. Solo sabía que habías regresado por algo relacionado con él, pero trataba de que fueras tú quien lo dijera.

Tantos años… Tantos recuerdos compartidos… Es fácil mirarlo y recordarlo todo. Zach me recuerda a una época de mi vida en la que todo era… sencillo. Vivíamos como si no pudiera pasarnos nada. Teníamos pasión, confianza, amor y esperanza en el futuro con el que soñábamos. Aún veo al muchacho que tenía el mundo a sus pies. Vive en el interior de este hombre al que ya no conozco.

—Tengo que seguir trabajando. —Me pongo de pie.

—¡Mamá! —Logan entra en tromba por la puerta—. Cayden me ha quitado el iPad y ha borrado todas las fotos. —Tiene la cara roja o bien por haber corrido o por haber llorado.

—Estoy segura de que las recuperaremos —replico, en un intento por calmarlo.

Logan resopla y trata de recobrar el aliento.

—Eran todas mis fotos con papá.

Rodeo el escritorio y él me ofrece el iPad.

—Yo tengo fotos de papá. No te preocupes.

La silla cruje y Zach se levanta mientras Logan y yo lo miramos. Siento una opresión en el pecho al ver a mi hijo delante del hombre que podría haber sido mi marido. Mis ojos pasan del uno al otro.

Zach se acerca con una sonrisa.

—Hola. Soy Zach Hennington —le tiende una mano—. ¿Conoces a mi hermano, Wyatt?

—Ah, yo soy Logan —replica él al tiempo que acepta la mano de Zach—. Wyatt es gracioso. Esta mañana nos ha llevado a montar a caballo. ¡El tío Cooper y él van a enseñarnos hoy a disparar!

—¡Y un cuerno! —exclamo. ¿Qué les pasa a los hombres de mi vida?

—No seas cobarde, mamá.

Zach ríe entre dientes.

—A Wyatt le encanta que le digas que ha fallado por mucho.

Logan sonríe como si fuera una broma entre ellos.

—Gracias, tío.

—De nada.

Mi hijo sale corriendo, olvidándose por completo del problema del iPad. La actitud de Zach cambia por completo.

—¿Logan?

—Sí. Su hermano gemelo se llama Cayden. —No entiendo por qué lo pregunta.

—Has llamado Logan a tu hijo. —Empieza a pasearse de un lado para otro de la estancia. Se detiene y empieza de nuevo.

—¿Zach?

Se acerca a mí en dos zancadas y se detiene a escasos centímetros. La cercanía me deja sin aliento y la sensación de vértigo me abruma de nuevo. Levanta una mano, pero vuelve a bajarla sin tocarme.

—Tengo que irme.

Echo mano de todas mis fuerzas.

—Como siempre.

El dolor se refleja en su mirada, pero no tarda en ocultarlo.

—Ya no soy el mismo de entonces. En aquella época, ni siquiera era un hombre. Solo era un muchacho de veintidós años con muchos sueños. —Retrocede y por fin puedo respirar.

Sé que éramos unos niños. En el fondo, soy consciente de lo injusta que estoy siendo. A Zach le ofrecieron la oportunidad de su vida. Y la aceptó. Pero a raíz de esa decisión, yo me quedé destrozada. Sola en la ciudad y lejos de mi familia, con una promesa rota y el corazón hecho pedazos. Al perseguir su sueño, aniquiló mi sueño de formar una familia juntos.

—Lo sé, y de no ser por las decisiones que tomamos, ahora mismo no tendría la vida que tengo. —Pronuncio esas palabras sin saber muy bien si me alegro por ese motivo o si estoy enfadada de nuevo. Es curioso que una sola frase pueda tener tantos significados.

—Siento mucho que hayas perdido a tu marido. De verdad.

—Y yo me alegro de que hayas encontrado a Felicia —replico. Vaya gilipollez. De todas las personas que hay en el mundo, Felicia es lo peor de lo peor. Ahora mismo, lo único que quiero de Zach es que me deje tranquila.

No sé ni cómo estoy aguantando. Estar tan cerca de él es… doloroso. Lo echo de menos. Lo he echado de menos durante mucho tiempo. Sí, quise mucho a mi marido. Sí, he sido capaz de vivir sin él. Pero Zach me conocía sin necesidad de que habláramos.

Jamás tuvo que preguntarme si pasaba algo. Lo sabía sin más. Y bien sabe Dios que echo mucho de menos ese nivel de complicidad. Con Todd no llegué a ese punto ni siquiera después de diez años de convivencia. Con él era distinto.

Zach se acerca y yo retrocedo. Su cercanía no es buena.

—No voy a hacerte daño, Presley.

Pero, como en los viejos tiempos, sus ojos me dicen que no sabe si podrá cumplir esa promesa. Me está poniendo a prueba. Se está poniendo a prueba. Ambos sentimos las chispas que saltan entre nosotros. Ya sucedía hace años y la sensación no ha disminuido en absoluto. Se acerca a mí con naturalidad. El corazón se me desboca y estoy segura de que se ha dado cuenta de que se me ha acelerado la respiración.

—Zach —digo a modo de súplica.

—Solo quiero superar esta parte —aduce.

Despacio, levanta las manos hacia mis brazos. En cuanto me toca, se me escapa una lágrima. Contengo un sollozo mientras me coloca una mano en un hombro. Es una caricia inocente, pero me está matando. No se detiene. Tira de mí para acercarme a su cuerpo. Me destroza. Me devuelve a la vida. Es mi veneno y mi antídoto. Le rodeo la cintura con los brazos sin pensármelo. Seguimos abrazados sabrá Dios cuánto tiempo, pero, por primera vez desde que Todd se suicidó, me siento segura.

Y no es bueno que lo experimente en brazos de Zach.

10

—*Lo* sé —le digo a Angie mientras intento recoger el dormitorio de los niños—. Yo también te echo de menos.

Ha sido muy duro pasar de verla todos los días a esto. No tiene ni idea de lo que me provoca oír su voz. Una parte de mí quiere sonreír y alegrarse de hablar con ella. La echo muchísimo de menos. Otra parte quiere acurrucarse y llorar.

—No puedo creer que sea la primera vez que hablamos. Sé que ibas a estar muy liada, pero supuse que llamarías varias veces. —Su tono dolido me lo dice todo.

Me siento en el borde del colchón y resoplo.

—Lo siento. —No voy a mentirle y a contarle alguna patraña, aunque sé que ella me lo permitiría.

—Lo entiendo, Pres, pero aquí te echamos de menos. —Se le quiebra la voz. No soy la única a la que le han puesto la vida patas arriba. Angie ha perdido a su hermano primero y luego a los niños y a mí—. ¿Cuándo crees que podrás volver a casa?

No creo que haya conseguido entenderlo del todo. Los recibos de las tarjetas de crédito y el préstamo hipotecario que Todd contrató están todos a mi nombre como cotitular. O empiezo los trámites para declararme en bancarrota, algo que quiero evitar a toda costa, o vivo aquí y cumplo el plan de pagos que me han diseñado.

Se me escapa una lágrima mientras lidio con la verdad.

—No lo sé. A menos que me toque la lotería, va a ser una temporada muy larga.

—Menuda mierda. Sabes que lo es, ¿verdad? —Se queda callada antes de soltar su retahíla—. No deberían castigarte por su culpa. Fue él quien contrató esos préstamos. Quien pidió nuevas tarjetas de crédito. No tú. Es ridículo e injusto. ¿Y ahora los niños y tú tenéis que mudaros y tú tienes que vender tu parte de la pastelería y trabajar para tus padres? Si tú no lo hiciste, ¿por qué narices tienes que devolverlo?

Me enfurezco a medida que la escucho. Agarro con fuerza la camiseta que tengo en las manos mientras la rabia me consume.

—¡Porque era un maldito cobarde! ¡Él nos hizo todo esto! ¿Quieres respuestas? ¡Pues pídeselas a Todd!

La respiración de Angie suena entrecortada.

—Yo… yo… —No sabe ni qué decir.

Sé que le he hecho daño, por eso no he querido hablar con ella. La rabia se transforma en tristeza y decido contárselo todo. Ella no me ha hecho nada y no se merece mi hostilidad.

—Lo siento. Sé que era tu hermano, por eso me cuesta tanto hablar contigo. Estoy cabreada, Ang. Pero cabreada de verdad, me consume la rabia. —Se me escapa una lágrima—. Ya no estoy triste ni lo echo de menos. Ahora es distinto para mí. Y cuando hablo contigo, recuerdo la vida que teníamos. El trabajo que siempre quise, la casa que adoraba, los amigos y la asociación de padres que tuve que dejar atrás. —No dice una sola palabra, pero oigo sus hipidos al otro lado de la línea—. Me lo recuerdas. Me recuerdas la felicidad que un día tuve. Me duele hablar contigo y me duele saberlo.

—He perdido a todo el mundo —solloza—. Él también me destrozó la vida. Yo también tengo que lidiar con la misma rabia. Solo quiero que vuelvas. Solo quiero recuperar a mi mejor amiga, a mi hermana.

La agonía de su voz me destroza. La conozco desde mi primer año en la universidad. Hacerle daño es lo último que querría en esta vida.

—Ojalá las cosas fueran distintas.

Se sorbe la nariz.

—Yo también desearía que las cosas fueran distintas.

Nos quedamos las dos en silencio, recuperándonos del arrebato emocional y del dolor.

Angie carraspea.

—¿Qué tal Bell Buckle? ¿Lo estás llevando bien?

—Está… igual.

—¿Les gusta a los niños?

Sonrío.

—La verdad es que sí. Les encanta estar con Cooper y con Wyatt. Cayden se ha enamorado de los caballos. Y ya conoces a Logan, se adapta a todo. —Es lo que más agradezco. Tal vez hayan perdido a su padre, pero han encontrado dos nuevos modelos masculinos.

—¿Wyatt está en tu rancho?

Mierda.

—Sí, es el capataz.

Me imagino cómo funciona su mente. Le doy cinco segundos antes de que suelte la siguiente pregunta.

Cinco.

Cuatro.

—¿Qué me dices de Zach? ¿Sigue ese capullo en Los Ángeles o donde leches se fuera al dejarte?

Angie no es una fan de Zach. Lo habría castrado de haber podido hacerlo en su momento. Él no tiene ni idea del desastre que viví. Pero Angie, sí. Fue ella quien me recogió del suelo y me obligó a vivir.

—Zach está aquí.

—En fin —resopla—. Espero que le metieras un rodillazo en los huevos, le cruzaras la cara o le provocaras otra forma de daño físico. Pero ha debido de ser estupendo poder soltarle todo eso a la cara.

—Ajá.

No puedo contarle lo que siento. Tengo la sensación de que una parte de mi vida le está mintiendo a la otra parte. La red de mentiras es tan extensa que ya no sé ni dónde empieza. Las mentiras sobre la muerte de Todd. Las mentiras sobre lo que siento cuando veo a Zach. Las mentiras sobre mis deudas. Me asfixian.

—Tengo que dejarte, Ang. Te llamaré pronto. Lo prometo.

—De acuerdo —dice con voz decepcionada—. Te quiero.

—Yo también te quiero.

Cuelgo y me seco las lágrimas. Nunca le he ocultado nada. Nunca le he mentido, pero no puedo compartir eso. Ni siquiera sé muy bien lo que es. Experimento viejas emociones. Es normal. A ver, Zach fue mi primer amor. Fue mi mundo durante tanto tiempo que es normal que verlo de nuevo me ponga nostálgica. Eso es lo que pasa, nada más.

Por supuesto, mi madre me pide que vaya al pueblo para comprar algunas cosas que necesita para la cena. Al parecer, Wyatt y ella son cómplices en su plan. Obligarme a salir del rancho y a enfrentarme a la realidad de vivir aquí. Me iba bien fingiendo lo contrario.

Me dirijo al supermercado, que no es más grande que un ultramarinos normalito pero que vende muchas más cosas que los supermercados normales. Me desconcierta.

Cojo las cosas que necesito y me voy a la caja.

—Vaya —dice la señora Rooney con una sonrisa al levantar la vista—, me preguntaba cuándo ibas a venir a verme.
—Rodea la caja y me abraza.

No ha cambiado mucho. Sigue midiendo un escaso metro cincuenta. Sigue luciendo una melena hasta la mitad de la espalda, aunque ahora está salpicada de canas. Pero lo que mejor recuerdo son sus ojos. Tiene los ojos más amables del mundo. Basta con una mirada para que te sientas mejor.

—Siento no haber venido antes —me disculpo al tiempo que le devuelvo el abrazo.

La señora Rooney fue la única que no intentó hacerme cambiar de idea. Era mi persona preferida de todo el pueblo. Recuerdo venir a este sitio de niña y sentarme en un taburete mientras se lo contaba todo. Era la clase de amiga con la que podías desnudar tu alma sin que te juzgase en ningún momento. Me siento culpable por no haber venido antes a verla.

Se aparta con una sonrisa.

—Entiendo por qué te estabas escondiendo, cariño.

—No me estaba escondiendo —me defiendo.

—¿No? ¿Y cómo llamas a llevar un mes aquí y haber salido de casa solo un par de veces?

—Me estaba aclimatando.

La señora Rooney se echa a reír y menea la cabeza.

—Anda que no tienes cuento. Me he enterado de que tienes dos niños.

La pongo un poco al día sobre mi vida. Ella me dice que su marido se cayó y se rompió una pierna. Ha estado haciendo horas extra para ayudar un poco. Yo le hablo de los niños, de Filadelfia, de mi pastelería e intento centrarme en las cosas buenas.

Sin embargo, el tema del que no queremos hablar, pero del que somos muy conscientes, se agranda con el paso de los minutos.

—Presley —dice en voz baja—, siento muchísimo la muerte de tu marido.

Aprieto los labios con fuerza. Al igual que pasa cada vez que alguien lo menciona, me veo obligada a volver a ese punto. El dolor es una batalla interminable que aniquila tu personalidad. Nunca volveré a ser la misma persona de hace cinco meses. Me he visto obligada a endurecerme, a enfrentarme a la vida y a protegerme a cualquier precio.

—Gracias.

—¿Qué pasó, cariño? Todavía eres muy joven.

Me obligo a soltar una carcajada.

—No me siento muy joven que digamos. Recuerdo que todo el mundo dice que los treinta son los mejores años. Pues a mis treinta y cinco tengo la sensación de que son setenta.

—Ojalá que no se dé cuenta de la estratagema. Es una de las pocas personas a las que no quiero engañar con verdades a medias. Al mismo tiempo, es la única forma de proteger a los niños y de protegerme a mí misma.

—¡Pues espera a que tengas sesenta! —Sonríe—. ¿Te has enterado de que Zach también está viviendo aquí? Es como si el destino os hubiera reunido. ¡Ay! —suspira con teatralidad—. Ahora está con esa Felicia, que sigue siendo tan lagarta como de costumbre. ¿Lo has visto ya?

El teléfono suena y me da la excusa perfecta para no contestar la pregunta. La señora Rooney da un salto, me abraza de nuevo y se aparta para mirarme largo y tendido.

—Siempre fuiste una muchacha muy bonita, pero te has convertido en una mujer guapísima. Da igual la edad que sientas tener, estás estupenda.

Va a coger el teléfono y yo dejo un billete de veinte en el mostrador, aunque sé que no me lo va a pedir. Este sitio es muy diferente de la ciudad. Aquí se perdona mucho más. No se preocupan tanto por el dinero porque piensan eso de «Ya te veré después».

—Sabes que tiene razón —dice la voz que reconocería en cualquier parte a mi espalda.

Me doy la vuelta, sujetando con fuerza la bolsa de comida.

—¿En qué tiene razón?

Una carcajada brota de sus labios. Me aferro a la irritación que he sentido unos segundos antes. Hemos pasado de no vernos en varias semanas a encontrármelo por todas partes. Prefiero lo primero, gracias.

—En que sigues siendo guapísima.

—¿En serio, Zachary? —pregunto con un resoplido—. ¿Dónde has dejado a tu novia? —Miro tras él, fingiendo que, en realidad, quiero ver a esa zorra mala—. ¿La has dejado en el cirujano plástico? ¿En el psiquiatra? Cualquiera de las dos opciones es válida.

Insulto a Felicia por varios motivos, pero también quiero ver qué hace él. ¿La va a defender? ¿Pasa de nuevo de mí? Parece que no quiera hablar de ella y me gustaría saber la razón. Es evidente que Wyatt la detesta, al igual que la mayoría de las personas que se han visto obligadas a soportarla.

—Felicia está trabajando. Sé que le encantaría que te pasaras a verla. —Enarca una ceja.

—Antes me arranco el brazo a mordiscos. Además, no le hizo mucha gracia que habláramos.

Sonríe antes de inclinarse hacia delante. El corazón se me dispara cuando se acerca. Deja un billete de cinco dólares encima de mis veinte.

—Hay un buen motivo para eso, cariño. —Está tan cerca que soy incapaz de no aspirar su olor. Tengo su sabor en la boca. El sol, la hierba, el polvo y Zach. Huele al hogar.

Se me escurre la bolsa que tengo en las manos.

—¿Necesitas que te ayude? —pregunta.

Me he perdido tanto en él que se me ha olvidado que tenía la bolsa en la mano. Joder. Agarro bien la bolsa e intento sonreír.

—Estoy bien.

—Sí, Pres. Claro que lo estás. —Juraría que me está tirando los tejos.

—¿Intentas empeorar todavía más las cosas?

DIME QUE TE QUEDARÁS

Sus ojos me observan con atención.

—¿Por decir que sigues siendo guapa o por asegurar que estás bien? No sé cómo voy a empeorar las cosas al decirlo.

A lo mejor me estoy comportando como una tonta.

—Lo siento.

Tengo que irme. Echo a andar hacia la puerta, pero Zach me sigue. Me abre la puerta y me obliga a pasar junto a él para salir. Rezo para que Wyatt se haya quedado y me salve.

No tengo suerte.

—¿Cómo has venido? —pregunta Zach cuando se da cuenta de que no hay más coche que el suyo.

Wyatt tenía que hacer unos recados en otro pueblo y recoger varias cosas para Cooper. Yo necesitaba la camioneta y él también. Así que dijo que me llevaría a la tienda, y que ya me recogería después o que me volviera andando. Por supuesto, tener que desplazarse a otro pueblo implica que yo me quede aquí unas cuantas horas, así que decidí volver andando. Solo hay unos pocos kilómetros de distancia y así podré pensar con tranquilidad. Pero dada la presencia de Zach, rezo para que se haya quedado a esperarme.

—Wyatt se ha ido.

—Acabo de verlo. Ha dicho que, como yo estaba aquí, se podía ir. No sabía que te estaba esperando.

Joder con Wyatt. Estoy segura de que ese cabrón lo ha planeado todo. Es hombre muerto.

—Qué amable.

—Puedo llevarte al rancho —se ofrece Zach—. Tú decides.

Por un lado, no quiero andar, pero ni loca voy a meterme en esa camioneta. Es la camioneta. El lugar donde pasamos tantas noches haciendo cosas que no deberíamos haber hecho. Intercambiamos mucho amor en ese asiento delantero. No creo que pueda estar ahí dentro con él.

Zach mira el punto en el que yo tengo clavada la vista y agacha los hombros. Parece que los dos hemos caído en la cuenta a la vez.

—Puedo andar. —Mi vida ya es lo bastante dolorosa y complicada. No pienso complicarme más las cosas. Estar cerca de él es duro de por sí, porque no dejo de echar la vista atrás. Sé que no tenemos una oportunidad. Ni siquiera quiero una, pero

Zach representa lo conocido. Y yo estoy sola. Es el consuelo lo que él me recuerda.

Me mira con cierta decepción.

—¿Estás segura?

Sonrío y asiento con la cabeza.

—Gracias por el ofrecimiento.

Lanza las llaves por los aires y las atrapa mientras empieza a alejarse. Doy dos pasos y el cielo se abre sobre nosotros. La lluvia cae con fuerza, con desesperación, y me empapa la ropa y el pelo.

Corro a esconderme en el parapeto. Zach sale de un salto de la camioneta y me quita la bolsa de las manos.

—Vamos, no vas a volver andando con este tiempo.

El desánimo me embarga. Zach ha ganado otra vez.

11

—¿*T*ienes frío? —me pregunta Zach cuando entro en la camioneta. Estoy tiritando, pero no por el frío. Pego el cuerpo a la puerta, en un intento por mantenerme alejada de él todo lo posible.

—Estoy bien.

El trayecto no es largo, pero cada segundo me parece una hora. Echo un vistazo alrededor y sonrío.

—¿Me estás tomando el pelo? —Suelto una carcajada mientras paso los dedos sobre la pegatina del salpicadero. Un día que fue a jugar a Nashville se me ocurrió darle algo para que me recordara. Iba a pasar fuera dos noches, pero en aquel entonces yo era joven y tonta. Encontré una pegatina que decía: «Con amor de tu vaquera». La víspera de su partida, la pegué en el salpicadero.

Antes de irse, vino a mi casa, me abrazó y me besó hasta dejarme sin respiración. No dijo ni una palabra. Se metió en la camioneta otra vez, me guiñó un ojo y se fue. Se pasaba el día haciendo ese tipo de cosas. Me decía que necesitaba sentir algo real.

—Al principio, me negué a quitarla —me contesta mientras ríe entre dientes—. Y después llevaba tanto tiempo ahí que era imposible despegarla.

—Siento mucho haber afeado la camioneta. No pensaba que pudiera seguir funcionando tras tanto tiempo.

El rugido del motor se oye en el silencio. Recuerdo que siempre hacía un ruido escandaloso, pero juraría que nunca hasta este punto. Zach carraspea.

—No creo que se estropee nunca. Es durísima.

Arranca y ponemos rumbo a mi casa.

—Esto tiene mala pinta —digo con los ojos entrecerrados.

Zach conduce despacio mientras la lluvia arrecia. Apenas se ve nada al otro lado del parabrisas. Detiene la camioneta al lado del camino.

—No puedo ver nada. Vamos a tener que esperar hasta que escampe un poco.

La madre naturaleza es una víbora sin corazón. ¿Es que no sabe que no quiero estar en esta camioneta? ¿No puede darme un respiro, joder? Pues no. Ni hablar. Vamos a hacer que esto sea tan complicado e incómodo como nos sea posible. De repente, se oye un trueno que me sobresalta. Genial. Una tormenta de las gordas.

—¿Y? —digo después de un minuto de silencio.

—Nunca has soportando el silencio. —Zach ríe entre dientes mientras yo trato de contener los deseos de darle un puñetazo en la pierna.

—¡Eso es mentira!

—No. —Se ríe—. Siempre necesitas música o hablar. Me alegra ver que algunas cosas siguen igual.

—He cambiado mucho.

Han cambiado muchas cosas desde que él me dejó. No solo en lo referente a mi vida, sino a mí misma. Querer a alguien como lo quise a él me cambió por dentro. Pero perder a mi marido me arrancó un trozo de corazón y lo sumió en la oscuridad.

—Los dos hemos cambiado, Pres. —Tiene razón. No es el mismo muchacho que yo recuerdo—. Ya que estamos aquí atrapados, dime de qué manera has cambiado.

—No hace falta que hablemos. —Cruzo los brazos por delante del pecho y miro por la ventanilla.

Él se ríe.

—No. Pero a saber cuánto tarda en escampar.

No quiero bajar la guardia con él. Sería facilísimo rendirme y ser su amiga. No estoy preparada para estar atrapada en un coche con él. Sigo mirando el camino, tratando de ver si la lluvia amaina.

—Como quieras —dice Zach mientras abre una barrita de caramelo.

Maldito cabrón.

—¿Vas a comerte eso delante de mí? —No tengo control en lo referente al chocolate y la mantequilla de cacahuete.

—¿Quieres? —Me acerca la tentadora barrita y después la aleja—. Solo te pido una cosa a cambio.

—¿El qué? —le pregunto.

—No puedes pasar de mí mientras estemos aquí.

Corto un trozo de la barrita, me la meto en la boca y sonrío.

—Está bien. Dime de qué manera has cambiado tanto.

—Bueno, en primer lugar, ya no se me ocurre hacer el cafre en el puente cubierto. En segundo lugar, jamás iría a voltear un toro. Y, sobre todo, no intentaría robarle una barrita de caramelo a la señora Ronnie.

Recordar lo que hacíamos cuando éramos niños me arranca una sonrisa.

—Madre mía, la de burradas que hicimos cuando éramos pequeños.

—Desde luego.

—¿Recuerdas cuando salimos a la una de la madrugada para montar por el bosque? Acabamos tan perdidos que creo que llegamos a tres pueblos de distancia. Mis padres estuvieron a punto de matarte aquel día.

Zach asiente con la cabeza.

—Pensé que tu padre me mataría, sí. Lo recuerdo en el porche con la escopeta. Pero lo peor fue mi padre cuando llegué a casa. Estaba muy enfadado.

—Te castigaron durante una semana.

—Pero salía a escondidas para verte.

Sonrío.

—Lo sé. Me acuerdo.

—¿Recuerdas cuando intentamos encender la fogata y acabamos llamando a los bomberos?

No nos parábamos a pensar en las consecuencias.

—En muchas ocasiones, podríamos haber acabado haciéndonos daño o algo peor. Ahora que tengo a Logan y a Cayden, pienso muchas veces en todas las tonterías que van a hacer. Y se me ponen los pelos como escarpias.

—Bueno, por lo menos ellos no tienen a Trent dándoles ideas.

Sonrío y pongo los ojos en blanco.

—Todavía.

Zach limpia el vaho de la ventanilla y otro recuerdo me desgarra el corazón.

Es como si tuviéramos dieciséis años otra vez.

—¿Qué?

—¿Eh?

—Has dicho no sé qué sobre dieciséis. —Me mira a los ojos.

—No pretendía decirlo en voz alta.

Sonríe y se acerca a mí.

—¿En qué estabas pensando?

—En nada. Me has recordado algo que hicimos cuando éramos pequeños.

Los ojos de Zach no abandonan los míos y creo que me está leyendo el pensamiento. La intensidad de su mirada aumenta y, de repente, un recuerdo me hace retroceder en el tiempo.

—Zach... —gimo mientras mis manos buscan algo a lo que aferrarse—. Por favor, no te pares esta vez.

Llevamos meses tonteando con esto. Lo quiero. Sé que quiero estar con él durante el resto de mi vida. Quiero compartir esto con él, pero él se niega.

Me acaricia con la lengua y levanto las caderas.

—Te quiero, Presley.

Le levanto la cabeza y le coloco las manos en las mejillas.

—Te quiero, Zachary. Por favor, hazme el amor. Quiero que seas el primero.

Zach se endereza para colocarse sobre mí. Limpia con la manga el vaho del cristal que hemos empañado con nuestras respiraciones. Dentro de la camioneta hace mucho calor y yo quiero subir un poco más la temperatura.

—Pres, haremos el amor. Haremos el amor hasta que perdamos la cuenta. Pero no va a ser en esta camioneta, con mi hermano en el coche de al lado.

Me cubro y me levanto un poco en el asiento.

—¿Trent está aquí?

Zach se echa a reír y me besa.

—Estamos en el lago donde viene todo el mundo a montárselo. Claro que está aquí y por lo que parece... también está la mitad de la clase.

—Odio este pueblo. Qué ganas tengo de que nos vayamos de aquí —mascullo mientras me pongo la camiseta y Zach se sube la cremallera de los pantalones.

Una vez vestidos, me coge una mano.

—Nos iremos en cuanto sea posible, nena. Yo me largo a la universidad y tú te vienes conmigo. Después, seguro que algún equipo profesional me contrata y lo tendremos todo. Presley, tú y yo. Tú y yo. Te daré el mundo.

Zach agita una mano delante de mí y vuelvo al presente.

—Aquí Tierra llamando a Presley.

Uf. Menudo recuerdo.

—¿En qué estabas pensando? —me pregunta.

A él se lo voy a decir... ni de coña.

—En los niños —miento.

—¿En los niños?

—Sí, tengo dos —respondo, haciéndome la tonta con la intención de cambiar el tema. Intento concentrarme en recuperar el ritmo normal del corazón. Si estar tan cerca de él provoca estas cosas, necesito encontrar la manera de mantenerme bien lejos de Zach. Porque su presencia desentierra recuerdos que enterré hace mucho tiempo.

Me mira con atención, pero acepta la mentira.

—Yo estaba pensando en las cosas que hicimos en esta camioneta, en los momentos que pasamos aquí.

Me vuelvo para mirarlo. ¿De verdad quiere hablar de eso?

—¿Ah, sí?

—Sí —responde con un deje beligerante en la voz—. Tengo muchos recuerdos de esta camioneta. Y estar a tu lado me dificulta la tarea de olvidarlos.

Los truenos retumban en el exterior y los relámpagos iluminan el cielo. Se parece mucho a la tormenta que ruge en mi interior.

—Pues no te costó mucho olvidarme.

Él se inclina un poco hacia delante, pero nuestras rodillas se acaban rozando. Otra vez saltan chispas entre nosotros.

—¿Crees que te olvidé? —El tono de su voz indica que está confundido.

—¿Qué otra cosa iba a pensar? —Me encojo de hombros—. Te fuiste. Te supliqué que te quedaras. Nunca volviste.

Menea la cabeza.

—¿Cómo es posible que dos personas recuerden algo de un modo tan distinto? Nunca te olvidé. Intenté llamarte, pero no contestabas.

—Estaba furiosa. Me sentía dolida y confundida.

La distancia entre nosotros se acorta porque nuestros cuerpos gravitan el uno hacia el otro. La ira, la emoción, la frustración de casi dieciséis años salen a la luz.

—¿Y crees que yo no lo estaba?

—Por favor, explícame qué motivos tenías para estar furioso.

La cara de Zach se acerca más. La temperatura del interior de la camioneta sube a medida que la conversación se va calentando. Sus ojos me lo dicen todo. Dentro de él se está librando una batalla y yo voy a ser la primera víctima.

—Estaba furioso conmigo —dice en voz baja, aunque sus palabras transmiten fuerza—. Vi cómo se alejaba tu cara y me odiaba a mí mismo con cada kilómetro que me distanciaba de ti. Nunca lo superé. Todos los días, recuerdo aquel momento y trato de entender por qué lo hice. —Nuestros alientos se mezclan mientras escucho las cosas que tanto he deseado escuchar—. Quería regresar a tu lado todos los días. Por eso te escribía cartas al ver que no respondías mis llamadas. Por eso recurrí a Wyatt, a Cooper o a cualquiera que hablara contigo. Pero tú… —Se detiene. Contengo el aliento mientras espero a que continúe—. A ti te dio igual. Empezaste a salir con otro y te comprometiste como si lo nuestro jamás hubiera importado.

—¿Qué pretendías? ¿Que te esperase hasta que decidieras que merecía la pena estar conmigo? —Intento apartarme de él, pero me sigue.

—Creí… —Se pasa las manos por el pelo—. Creí que me darías otra oportunidad. ¡No se me ocurrió que pasarías página tan pronto, joder!

Me enfrento a su ira por primera vez.

—Zach, yo no te traicioné. No elegí a otra persona ni a otra cosa por encima de ti.

—¿Ah, no? —Se ríe—. Lo elegiste a él.

Abro la boca por la sorpresa. Qué equivocado está.

—No te atrevas a juzgarme. Me quedé sola en una universidad que tú elegiste para los dos. ¡Te seguía a todas partes, Zach! Renuncié a la universidad de mis sueños por ti. Y, después, consigues una oferta a los dos meses de que yo llegara y en menos de veinticuatro horas te habías ido. Te quería tanto que pensé que me iba a morir. Te necesitaba.

—¡Y yo te necesitaba a ti! —Me coloca las manos en las mejillas y me aferro a sus brazos—. Te necesitaba, Presley. Siempre te he necesitado. Siempre te necesitaré.

Antes de que pueda replicar, me besa en los labios. Me besa sin pedirme perdón. No puedo pensar. La niebla lo envuelve todo mientras el corazón me late descontrolado. ¿Cómo es posible que esté sucediendo esto? No sé si quiero que suceda o no. Zach me nubla la razón. Sus caricias me consumen. No sé en qué momento se me desconecta el cerebro del cuerpo, pero le devuelvo el beso. Es un beso tierno y apasionado, lento y rápido, todo al mismo tiempo. Siento un hormigueo en los labios mientras me aprisiona entre sus manos.

Recobro la conciencia al notar el roce de su lengua en la boca. ¡No! No, no voy a hacerlo. No permitiré que regrese a mi vida. No podré resistir perder a otra persona. Tuvo su oportunidad y me abandonó.

Le doy un empujón en el pecho y me mira a los ojos. Estoy furiosa con él, pero más lo estoy conmigo misma. ¿Por qué he permitido que me bese? Y lo peor, ¿por qué le he devuelto el beso? ¡Se merece que lo mande a la mierda por hacerme esto!

Levanto una mano y le cruzo la cara.

—No lo vuelvas a hacer. No tienes derecho a besarme.

—No... —Aparta la mirada, avergonzado—. No debería haberlo hecho.

—No —convengo y después suelto un suspiro entrecortado—. No deberías.

—Lo siento.

—Llévame a casa, Zach.

—Por favor —suplica—. Perdóname.

—Llévame a casa. —Me vuelvo en el asiento y cierro los ojos. Si consigo contenerme durante unos minutos, podré desahogarme después.

—¿Por qué cojones la cago siempre contigo? Es como si se me olvidara lo mucho que me odias.

Me llevo los dedos a los labios, abrumada por la culpa. Lo único que pienso cuando me acaricia es en lo mucho que he echado de menos esas sensaciones. El roce de los labios de un hombre en los míos. Me he sentido muy sola, y odio es lo último que siento por él. Nunca lo he odiado, ni siquiera cuando rezaba para hacerlo. Lo he querido con locura y una parte de mí sabe que nunca dejaré de amarlo.

—Solo quiero irme a casa.

Mete la marcha en silencio. Mantengo la vista clavada al frente mientras se acerca a mi casa. En cuanto llegamos, se detiene y bajo de un salto.

No hay nada que decir, así que no digo nada. Si hablo, me lo notará en la voz. No voy a permitir que descubra hasta qué punto me ha desestabilizado.

Pero lo ha hecho. Ha agitado hasta los cimientos de mi alma. El beso me ha recordado lo mucho que lo quiero. El hecho de que mi mundo no tiene sentido sin él, el poder que Zachary Hennington ostenta sobre mí.

Sin embargo, ya me ha abandonado en una ocasión. Parece que es un tema recurrente en mi vida. Ahora mismo no puedo ser vulnerable, y con Zach lo soy.

12

Zachary

$\mathcal{B}$esarla otra vez lo corrobora. Nunca he dejado de quererla. Ya lo sabía, pero a estas alturas no puedo negarlo de ninguna de las maneras.

En ciertos aspectos he pasado página, pero Presley..., ella lo es todo.

Aunque me tire cosas a la cabeza, me abofetee o esté enfadada... Todo eso me da igual porque ella está aquí. Ella es el motivo por el que no he podido avanzar en la vida. He intentado vivir, amar de nuevo, pero no es lo mismo.

Presley me ha destrozado, joder.

Sigo sentado en la camioneta delante de su casa y apoyo la cabeza en el respaldo. ¿Qué narices voy a hacer ahora? Está claro que ella no siente lo mismo. No, todavía me odia.

—¡Joder! —Golpeo el volante con una mano—. Joder, Zach —me digo a mí mismo—. No vayas por ahí. No puedes pensar en esa mujer porque no tienes la menor oportunidad. La dejaste escapar. —Lo digo en voz alta para tenerlo más presente—. Lo tienes crudo.

—Y que lo digas.

La voz de mi hermano, que me llega desde la ventanilla, me sobresalta.

—¿Has oído mucho?

—Todo. Supongo que te gusta hablar solo. —Wyatt abre la puerta del copiloto y sube—. La próxima vez que sean palabras de ánimo. Me han dicho que si lo haces, te vuelves más listo.

—Está claro —mascullo—. Vete a la mierda. Tú eres quien provocas todas estas situaciones.

—Tío —se ríe—. ¿Qué pensabas, eh? Por eso te dije hace semanas que estaba aquí. Por eso no paro de repetirte que arregles las cosas. Siempre te has arrepentido de lo de Presley.

Meneo la cabeza. Ojalá se equivocara.

—Me arrepiento de dejarla, no de quererla.

—Hermano. —Se pasa una mano por la cara—. Hace años ya te advertí de que tenías que dejarte de chorradas. Te pasabas la vida suspirando por ella, esperando que un día volviera y te quisiera otra vez. Hace mucho tiempo que perdiste esa oportunidad.

—Lo sé.

—¿Ah, sí? —Hace una pausa y me dan ganas de estamparle un puñetazo en esa cara de sabelotodo—. Ha estado casada y tiene gemelos. ¿Lo sabías?

—Ajá —contesto—. Lo he visto.

—¿A quién? —me pregunta, confundido.

—A su hijo, a Logan.

Ese nombre. De entre todos los malditos nombres que podría haber elegido… Y que no lo recuerde… me ha matado. Me ha arrancado el corazón y ella ni siquiera lo sabe.

—Son unos niños muy buenos. Y lo han pasado fatal —añade para recalcarlo—. Han perdido a su padre y todo lo que conocían, así que ni se te ocurra hacer el gilipollas con el corazón de su madre.

Wyatt no suele meterse en los asuntos de los demás, pero no tiene problemas en lo que a mí respecta. Sé que quiere a Presley. Siempre la ha querido y siempre la ha protegido. Para nosotros es una más de la familia. Pero en mi caso quiero que sea otro tipo de familia.

—¡Me ha dado un bofetón! —grito.

—Bueno, teniendo en cuenta la cara que llevaba, supongo que te lo merecías.

Odio a mi hermano.

—La he besado.

Se echa a reír y pone los ojos en blanco.

—Cómo no. Ella es Presley y tú no puedes evitarlo. Quieres estar con ella.

—Estoy con Felicia —le recuerdo.

—Sí, ya…

—¿Qué narices significa eso?

Menea la cabeza y suspira.

—¿Vas a tener el morro de decirme que la quieres? ¿De la misma manera que quieres a Presley? —Guarda silencio—. No lo creo.

Abro la boca para discutir, pero él empieza a hablar de nuevo.

—Nunca has dejado de desear que volviera. Con la esperanza de que te diera otra oportunidad. Pero te digo una cosa, Zach. Como le hagas daño, voy a por ti. Me da igual que seamos hermanos. Te juro que te muelo a hostias.

—No voy a hacerle daño otra vez —le aseguro. Hay ciertas cosas de las que uno puede recuperarse, pero no de dieciséis años de odio. Eso implica perdonar muchas cosas y yo también estoy enfadado por algunos motivos.

—Muy bien.

—Fuera de mi camioneta —le ordeno—. ¿Por qué no estás ahí dentro diciéndole todas estas tonterías a ella?

Wyatt coloca los pies en el salpicadero.

—¿Qué te hace pensar que no lo he hecho?

—Tengo que irme a casa. —No aguanto más la conversación—. Fuera.

Sonríe.

—Zach, lo único que te digo es que tengas cuidado. No solo por ella, también por ti, porque acabaste hecho un guiñapo que daba hasta pena. Estoy seguro de que ella fue la causa de muchas de tus lesiones y el motivo por el que volviste a casa.

—¿Cómo?

Se equivoca de parte a parte. Volví a casa por mis padres. Me lesioné porque eso es lo que pasa en el béisbol, joder.

—Lo que has oído.

—Te juro que como no te bajes de la maldita camioneta ahora mismo… —Dejo la frase en el aire para que él la complete como quiera.

—Saluda a Felicia de mi parte. —Se baja de la camioneta.

Felicia y Wyatt no se pueden ver ni en pintura. Ella lo odia en la misma medida que él la detesta. Ese es el motivo de que mi hermano sea el capataz en este rancho y no en el de mi familia.

Le hago un gesto obsceno con la mano y salgo pitando de la propiedad de los Townsend. Decido que tengo un lío demasiado grande en la cabeza como para volver a casa. Felicia no es tonta. No me quita el ojo de encima desde que Presley volvió. Y qué oportuna ha sido, por cierto. El día que iba a proponerle matrimonio a Felicia se presenta ella en el pueblo.

Quiero a Felicia, pero no es justo para ella. No cuando la miro y deseo que sea Presley. Tengo que decidir qué narices quiero hacer. Así que pongo rumbo al único sitio donde siempre me he sentido en casa. El campo.

Salgo de la camioneta, aspiro el olor de la hierba recién cortada y me relajo. No hay nadie más que yo. Echo a andar hacia mi posición, dándole puntapiés al suelo.

—He pasado gran parte de mi vida aquí —les digo a los dioses del béisbol. En mi cabeza, son reales—. Os pedí que me dejarais jugar en la liga profesional, pero ¿a qué coste? ¿Tenía que perderla? ¿No podríais haberme dejado conservar las dos cosas? —Camino en círculos—. Me obligasteis a elegir, y ahora mirad dónde estoy. Sin béisbol. Sin Presley. Y sin respuestas.

Los recuerdos me inundan la mente. Pero uno en concreto, uno contra el que he luchado durante mucho tiempo, me golpea en la cara como si fuera una pelota, y retrocedo en el tiempo.

—Bueno, Zach. —El representante del equipo se pone de pie con una sonrisa—. Nos alegra que formes parte de la familia de los Dodgers. Te esperamos en Los Ángeles para finales de semana.

¡Joder! ¡Joder! Voy a jugar en la liga profesional. No me lo puedo creer. Es la recompensa por todos los años de esfuerzo. Tengo en la punta de los dedos el dinero, los viajes, la vida que he deseado ofrecerle a Presley. Presley. Tengo que contárselo.

—¿A finales de semana? —pregunto para confirmarlo.

—Sí, estamos en plena temporada. El entrenador te quiere en el equipo lo antes posible.

—Necesito hablar con mi prometida. —Titubeo un segundo.

El representante suspira.

—Lo siento, hijo. Tienes que firmar ahora o no hay acuerdo. Si renegociamos en el futuro… —Hace una pausa—. No podré ofrecerte tanto como ahora.

No voy a dejar pasar esta oportunidad. Voy a jugar en la liga profesional. Es lo que siempre he deseado y lo tengo delante. Presley me dará un sopapo si no acepto el dinero que me ofrecen. Cojo el bolígrafo.

—Firmaré.

Acabo con el papeleo y salgo corriendo en su busca. Estoy deseando verle la cara cuando le diga que nuestros sueños por fin empiezan a hacerse realidad.

—¡Pres! —grito cuando la veo salir de clase.

—¡Hola! —Ella sonríe mientras se acerca a mí. Cualquiera diría que a estas alturas ya no me parece tan guapa, pero no es así. Ni siquiera me fijo en las otras chicas que pasan a mi lado. Ninguna de ellas se acerca a lo que tengo—. ¿Estás bien? Nunca vienes a buscarme entre clases —dice mientras esos ojos verdes me miran con preocupación.

—Cariño —sonrío—. Lo he conseguido.

Abre los ojos y la boca.

—¿Qué has conseguido? —Sonríe al instante.

—¡Un contrato!

—¡Zach! ¡Es increíble! —Salta a mis brazos y yo trastabilleo hacia atrás entre carcajadas—. ¿Dónde? ¿Con qué equipo? —me pregunta, emocionada—. ¡Dios mío! ¿Qué te han ofrecido? Espera, ¿quién te lo ha ofrecido? —No para de hacerme preguntas, una tras otra. Se aparta de mí y me coge una mano.

No puedo creer que esto esté sucediendo.

—En Los Ángeles. Con los Dodgers.

—¿En California? —susurra—. Pero está en la otra punta del país. Yo… —Se le acelera la respiración—. ¿Cuándo tienes que darles una respuesta?

Y entonces caigo en la cuenta. Tendré que dejarla otra vez. Después de haber pasado dos años separados.

—Ya he firmado el contrato.

Presley retrocede un paso y se aferra el estómago como si acabara de asestarle un puñetazo.

—¿Ya has firmado? ¿Sin hablar antes conmigo?

—No será tan traumático —intento decirle—. Me mar-

charé esta semana y buscaré una casa estupenda para que viva-
mos. Tú podrás ir en cuanto acabe el semestre. Te prometo que
todo saldrá bien. —A lo mejor puedo convencerla de que las
cosas no van a ser tan difíciles.

No dice ni pío. Tiene los ojos llenos de lágrimas y yo ya no
estoy tan contento.

—No puedo acompañarte ahora mismo, Zach. No voy a
dejar la universidad. Tú... —añade, y después se da media
vuelta—. No puedo creer que no lo hayas consultado antes
conmigo.

—Pres... —Intento que me mire—. Sé que será difícil,
pero podemos conseguir que funcione.

—Estoy en el primer semestre de mi primer año. No puedo
abandonar. Me alegro por ti, pero no sé... —Se muerde el labio—. Menudo palo me acabas de dar.

Le cojo una mano.

—Me ha dicho que si no firmaba ahora, podría perder el
contrato.

—Se supone que somos compañeros. ¿Por qué no lo has
hablado conmigo?

—Quería hacerlo. Pero luego pensé que no te parecería
mala idea cambiar de universidad y mudarte.

Es evidente que me equivoqué.

—¿Y si después te ceden a otro equipo? ¿Y si te llaman
dentro de tres semanas? Hemos estado mucho tiempo separados, no puedo repetirlo tan pronto. —Se le quiebra la voz a mitad de la frase.

—Sí que podemos. Podremos vernos y solo tienes que estudiar tres años más. Después, podrás venir a vivir conmigo o
pedir un traslado de expediente a California.

Nos irá bien. Solo tiene que calmarse. Presley es mi prometida. Es mi mundo entero y juntos superaremos esto.

—¿Quieres que espere tres años? ¿Quieres que te espere
aquí sentada mientras tú recorres todo el país con todas esas
chicas que están deseando encontrar la menor oportunidad
para tirarse al jugador de béisbol? No. Ni hablar. Esto es injusto. Ya he esperado dos años para poder venir aquí. —No hay
ira en su voz, solo tristeza.

—Pues entonces vente conmigo.

Se cambia los libros de un brazo al otro y me mira.

—¿Para esperarte sentada en California mientras tú viajas por todo el país? ¿Crees que eso va a funcionar?

—Haremos que funcione.

—Zach. —Suspira y se limpia las lágrimas—. Creo que no lo entiendes. He venido a esta universidad por ti. He rechazado la beca que me concedieron, me he mudado y he tenido que pedir más préstamos para que podamos estar juntos. Comprendo que este es tu sueño. —Se le llenan los ojos de lágrimas otra vez—. Pero ¿qué pasa con los míos? He trabajado mucho para poder estar aquí. El plan de estudios de veterinaria de esta universidad es uno de los mejores del país. No puedo irme detrás de ti sin más. No es justo. Y no tengo fuerzas para mantener otra vez una relación a distancia. Los últimos dos años han sido insoportables. Si te vas, estarás todo el rato concentrado en el béisbol, no tendrás tiempo para nosotros. Los dos sabemos que te pasarás el día viajando. Por no mencionar a todas las chicas que se te echarán encima. Lo siento, no estoy lista para vivir así.

Los últimos dos años han sido difíciles, pero esta etapa será más fácil. Porque podré pagarle un billete de avión y podremos vernos.

—Sí, pero este es mi sueño, Presley. Ahora mismo puedo vivir del béisbol. No puedo rechazar esta oportunidad. No lo voy a hacer. Me marcho mañana.

No sé muy bien qué espera, pero el béisbol también forma parte de mi vida. Esta es la oportunidad que esperaba y no voy a desaprovecharla. Ya nos las apañaremos para que lo nuestro funcione.

—En ese caso, supongo que hasta aquí hemos llegado —dice con un hilo de voz, entre sollozos.

—¿Que hasta aquí hemos llegado? —grito—. Y una mierda. No vamos a cortar por esto. ¡Estamos comprometidos!

Las lágrimas que Presley ha contenido hasta entonces empiezan a deslizarse por sus mejillas. Detesto hacerla llorar. Intento acercarme, pero ella levanta una mano.

—No, Zach. No puedo vivir alejada de ti como hasta ahora. Me habría vuelto loca en Tennessee de no ser por Wyatt, Grace y Emily. ¿A quién tengo aquí? Angie es mi única amiga. Estoy sola aquí porque me prometiste que estaríamos juntos. —Se le quiebra la voz—. ¡Se supone que vamos a casarnos y ni siquiera has hablado conmigo antes de firmar ese contrato! —Su enfado aumenta con cada palabra que pronuncia—. Estoy muy orgullosa de ti. Me alegra muchísimo que hayas conseguido esta oportunidad, pero esto no afecta solo a tu vida.

Quiero estrecharla entre mis brazos, pero cada vez que me acerco a ella, Presley retrocede.

—No —le suplico—. ¡No estás viendo la imagen completa!

—La imagen que me has vendido hasta ahora era la de pasar juntos los dos años siguientes hasta que tú acabaras en la universidad, casarnos, vivir juntos, y después entrar en el mercado de fichajes de la liga profesional. Has hecho lo que has hecho a mis espaldas.

—Pero ahora no tenemos que esperar tanto. Puedo jugar ya —le explico. No entiende que esta es mi oportunidad—. ¿Y si me lesiono este año, jugando aquí? Tal vez no se me presente de nuevo esta oportunidad.

—Lo entiendo. Soy consciente de los riesgos, y tienes razón al decir que esta es tu oportunidad. Ya has firmado el contrato y te vas a mudar, pero yo no puedo hacerlo. No puedo pasarme tres años aquí, esperándote sentada. Y tampoco voy a mudarme a California. Te pasarás el día entrenando o jugando, lo que significa que no nos veremos. Para mí tampoco es justo.

No puedo perderla, pero tampoco puedo abandonar el béisbol.

—Presley, no pienso renunciar a ti. Ya me he pasado estos dos años sin ti.

—Lo sé. Me perdí la graduación, solo te veía durante las vacaciones e incluso entonces tenías que entrenar. —Se le llenan los ojos de lágrimas al recordar el tiempo que hemos pasado separados—. Yo era la que tenía que soportar las llamadas en mitad de una borrachera, la que tenía que oír que tenías a un montón de chicas encima mientras yo estaba a mil kilómetros.

—Nunca te he…

—No. No he acabado, Zachary. —Dejo que continúe mientras intento pensar en alguna manera para arreglar esto—. Me las he apañado a duras penas para pasar dos años sin ti, esperándote. Lo hice porque te quiero muchísimo y porque supuse que cuando pasaran, por fin estaríamos juntos. Y ¿ahora me haces esto? ¿Se supone que tengo que seguirte a todas partes?

Intento decirme que solo está molesta. Que no lo dice en serio. Que en cuanto pase la sorpresa inicial, lo entenderá todo.

—Este es mi sueño. La liga profesional. Todo aquello por lo que he trabajado. No puedo renunciar a esto. Siempre has sabido que esta era mi meta.

Inspira hondo mientras me mira a los ojos.

—Pues vete —dice al tiempo que trata de recuperar el aliento.

—Tengo la impresión de que me estás obligando a elegir entre el béisbol y tú. No puedo hacer esto. ¿No entiendes que no puedo elegir?

Renunciar a mi sueño de estar con ella… no es posible. Pero conozco a Presley, sé que está molesta, pero me quiere.

—No, Zach. —Resopla—. Estás eligiendo lo que quieres. Y me parece bien. Pero yo elijo lo que es mejor para mí. No voy a cambiar de universidad y no voy a vivir amargada los próximos tres años mientras tú recorres el país. Me alegro de que te hayan elegido. —Siento un rayito de esperanza—. De verdad que estoy muy orgullosa de ti. Y te quiero tanto que me duele. —Esa es la Presley que conozco—. Pero eso no significa que pueda estar contigo mientras tú haces esto. Quiero que seas feliz, pero necesito asegurarme de que no estoy haciendo el imbécil.

No paro de decirme que está enfadada. Sí, teníamos un plan distinto, pero esta es una oportunidad única en la vida. Detrás de mí hay mil jugadores más que matarían por que les ofrecieran el acuerdo que yo he conseguido. Doy un paso hacia ella y no retrocede.

—Te quiero.

—Yo también te quiero.

—Pues entonces dime que esto no acaba aquí. Podemos encontrar el modo.

Se acerca, me besa y después da un paso enorme hacia atrás.

—Ojalá pudiéramos. Pero he pasado los dos últimos años siendo tu novia en la distancia. No puedo repetirlo.

—Está bien, pues entonces nos daremos un tiempo hasta que acabes la universidad.

—¿Un tiempo? —Cierra los ojos—. ¿Y qué va a pasar? ¿Podremos salir con otras personas?

—No lo sé. Ya veremos. —En el fondo de mi mente, sé que no va a funcionar. No porque no nos queramos, sino porque es una historia totalmente distinta. He hablado con un par de chicos que jugaron en la liga profesional y ninguna de sus relaciones duró mucho—. Estoy dispuesto a intentarlo.

Presley se limpia las lágrimas que resbalan por sus mejillas.

—Zach, quiero una vida contigo. No pasar separados los próximos años. —Me pone el anillo de compromiso en la palma de una mano—. Siempre te querré. Adiós.

Antes de que pueda decir algo, echa a correr. Podría ir tras ella. Quiero ir tras ella, pero mis pies no se mueven. Veo cómo se aleja el amor de mi vida sin hacer nada.

13

Presley

—¿*P*uedes acercarte hoy al rancho Hennington?

Miro a Cooper como si le hubiera salido otra cabeza. Sabe que es el último sitio al que quiero ir.

—¿Por qué no puede ir Wyatt a por el caballo? Es el rancho de su familia.

—Oye, es un asunto de negocios. Les hemos comprado dos caballos más a los Hennington. Necesito a Wyatt en los prados. Los demás están ocupados y tú trabajas para mí. —Cooper se esfuerza mucho en mostrarse serio.

Me echo a reír.

—Casi me has convencido.

—No estoy bromeando. Necesito que estés allí antes de las cinco.

Han pasado dos semanas desde la última vez que vi a Zach. Dos semanas sin verlo. Es como si diéramos un paso hacia delante y dos hacia atrás. Creía que estábamos llegando a alguna parte en la camioneta, pero luego tuvo que fastidiarla besándome. Compartimos unos momentos de claridad solo para que el pasado los eclipsara.

—Coop, no puedo. —Empiezo a repasar mentalmente todas las excusas posibles. Mi hermano sabrá que miento, pero no puedo hacerlo.

—No te lo estoy pidiendo.

—No voy a ir.

—No todo gira a tu alrededor y alrededor de tu vida amorosa, Presley. A algunos no nos queda alternativa. Algunos tuvimos que renunciar a nuestros sueños para enfrentarnos a la realidad. Ha llegado el momento de que madures y te enfrentes a la tuya.

¿Qué sabrá él de la realidad? He pasado un infierno esperando que las cosas mejoren un poquito. Pero no, cada vez que siento un mínimo alivio, pasa algo más.

—Vaya —replico—. Debe de ser estupendo estar sentado en tu torre de marfil mientras me juzgas. ¿Crees que no he tenido que madurar? ¿Que no he vivido en el mundo real? ¿Crees que no he tenido que renunciar a mis sueños? A ver si espabilas de una puta vez.

Me levanto y Cooper pone los ojos en blanco.

—¿Qué más da si has tenido que volver a casa?

—No he vuelto a casa, Cooper. Lo he perdido todo. Absolutamente todo lo que tenía en la vida. Lo he perdido todo. Mi marido, mi pastelería, mi casa, mis amigos, el colegio de los niños. Di algo y lo habré perdido también. Así que ya puedes decirme qué realidad es esa a la que no me enfrento, hermanito del alma.

Cooper y yo estábamos muy unidos de niños. Como solo nos llevábamos dos años, pasamos mucho tiempo juntos. Entre que él salía con mis amigas y que se aliaba con los Hennington para atormentarme, siempre estábamos en el mismo sitio. Además, teníamos que ayudar en el rancho. Pero este tío... este hombre tan furioso no es el Cooper que yo conocía.

—No pienso discutir contigo.

—Sí —le exijo—. Claro que lo vas a hacer. Quiero recuperar a mi hermano.

—Vale. —Levanta las manos y las deja caer de nuevo—. Nos dejaste a todos, Presley. No solo te fuiste para estudiar en la universidad. Te marchaste. Nunca volviste de visita ni para ver cómo estaba la familia. Ni siquiera me enteré de la existencia de tu marido hasta después de que te casaras. Y ya no te hablo de conocer a mis sobrinos. ¿Cuántos años tienen? Esta es la primera vez que he pasado tiempo con ellos... La primera vez en toda la vida.

Siempre había pensado que eso le dolería. Pero nunca había imaginado hasta qué punto. Siempre he supuesto que Cooper estaba cabreado por no poder marcharse del pueblo.

—Tenías las puertas de mi casa abiertas.

—No quería ir a Filadelfia. Quería que volvieras a casa. Esta es tu casa. Este es el lugar donde disfrutaste de toda una vida que fingías que no existía. —Por más cabreado que parezca, percibo el dolor que subyace en sus palabras.

Se me llenan los ojos de lágrimas al oír unas palabras que se clavan como cuchillos. Mi intención no ha sido la de hacerles daño a mi hermano o a mi familia. Pero no quería volver nunca a este lugar. No quería verme obligada a enfrentarme a las personas que habían dicho que Zach y yo estábamos locos, que éramos demasiado jóvenes. Ver su lástima y oír sus cuchicheos era algo que sabía que no podría soportar.

—Las cosas no fueron así. No podía volver a casa y enfrentarme a los rumores.

—¿A quién le importa lo que piensan los demás, joder? Si nos hubieras dado una oportunidad, habrías descubierto que todo el mundo estaba triste por ti. Pero nunca nos diste la maldita oportunidad de demostrártelo. Te escondiste y te fabricaste una nueva vida en la que no éramos bienvenidos.

Cooper tiene razón. Debería haber vuelto a casa en algún momento. He excluido a todos los habitantes del pueblo de mi vida. A mis padres, a mi hermano y a cualquiera que estuviera relacionado con Zachary. No quería pensar en él, y punto. Oír su nombre era como si me arrancasen el corazón del pecho.

He pasado de oír disculpas y condolencias durante meses a disculparme yo a todas horas.

—Lo siento, Coop. Lo siento de verdad. Te quiero. —Doy un paso y lo cojo del brazo—. Era más fácil evitaros.

Veo cómo la beligerancia abandona las facciones de mi hermano.

—Tal vez lo fuera para ti. Pero me dolió una barbaridad perder a mi hermana.

Solo quiero empezar a sentirme normal de nuevo. No quiero que haya tensión con Cooper ni con otra persona. Mi hermano ha sido constante con los niños desde que hemos vuelto. Quiero que recuperemos la relación que tuvimos en otro tiempo.

—Siento muchísimo haberte hecho daño. —La sinceridad impregna cada sílaba que pronuncio—. ¿Podemos pasar página? ¿Podemos encontrar la forma de recuperar la relación que teníamos?

—Claro —asegura con una sonrisa—. Si limpias el estiércol del establo durante el próximo mes, encontraré la forma de quererte de nuevo.

—¡Me estás vacilando! —Me echo a reír.

Cooper me abraza con fuerza.

—Habría estado a tu lado en todo momento. Siempre estoy aquí. Deja de ser tan terca y acepta la ayuda que te ofrecemos.

Me fundo con mi hermano en un abrazo y me sincero un poco.

—Estoy tan cabreada… Tan triste…

Me abraza con fuerza.

—Lo sé, Pres. Todo se arreglará.

Dejo que me consuele porque estoy demasiado cansada para mantener la fachada. Y con Cooper no me hace falta.

14

—No creerías que ibas a poder esconderte para siempre, ¿verdad? —dice Wyatt mientras se apoya en el poste—. Lo mejor de los pueblos pequeños es eso, que son pequeños.

Hasta ahora he conseguido esquivarlo en la medida de lo posible. Y nuestras conversaciones han sido cortas y siempre de temas de trabajo.

—No me estoy escondiendo.

Esboza una sonrisa rápida.

—Estás escondiendo más de lo que quieres admitir.

—En fin, si te lo contara, no conseguiría lo que me propongo.

Son las cuatro de la madrugada y creía que iba a estar a salvo aquí fuera. Mis sueños han empeorado muchísimo desde el beso. Ahora Todd se me aparece y me acusa de haber querido a Zach todo este tiempo. Sé que son cosas de mi subconsciente, que me está jugando una mala pasada, pero me despierto empapada de sudor todos los días. Ahora incluso intento no quedarme dormida. Es preferible a las dichosas pesadillas.

—Todos escondemos algo, ¿no?

—¿Y qué escondes tú? —pregunto cuando se acerca.

Wyatt me observa como si fuera capaz de averiguarlo.

—No estamos hablando de mí. Te conozco, Pres. Tienes que contárselo a alguien, cariño. Te está carcomiendo.

—No tienes ni puta idea de lo que dices.

Se echa a reír.

—Sé que estás muy cabreada. El cabreo te rezuma por los poros. Y eso impide que estés realmente aquí.

Niego con la cabeza, irritada. ¿Por qué tiene que presionarme? Todo el mundo me deja que pase el luto a mi manera, todos menos Wyatt.

—No tienes derecho a decirme cómo debo vivir. Pues claro que estoy muy cabreada. A ver si consigues encontrar a alguien en mi misma situación que no lo esté.

—No eres la primera que tiene que lidiar con la muerte. —Habla con voz compasiva aunque sus palabras no lo sean—. No lloras, Pres. Prácticamente no vives. Esos niños —dice al tiempo que señala la ventana de su dormitorio— están viviendo. Están ayudando en el rancho, ríen y empiezan a conocer a la familia que no conocían. Están viviendo, sí, pero tú… —Se detiene y siento una opresión en el pecho. Se planta justo delante de mí. En sus ojos castaños hay una expresión sincera y honesta—. Tú te limitas a dejarte llevar.

Las manos de Wyatt me acarician los brazos.

—No sé cómo sentir algo que no sea rabia.

Asiente con la cabeza.

—Entiendo lo de la rabia.

—Quiero que pare.

—Ven a dar un paseo conmigo —sugiere—. Quiero que veas algo.

Mis alternativas están claras: me vuelvo a la cama y me da la tabarra después o me enfrento a lo que sea ahora. Si acaso me permite marcharme, claro. Se le da de vicio salirse con la suya. Y, la verdad sea dicha, una parte de mí no quiere estar sola.

—Está bien, pero solo porque me coaccionas.

—¿Desde cuándo haces algo voluntariamente? —me pregunta y se echa a reír para rebajar la tensión.

Me encojo de hombros.

—A lo mejor lo hice una vez.

Echamos a andar por la propiedad hacia el arroyo. Cuando éramos niños, era nuestro lugar preferido. Wyatt y yo nos sentábamos en la enorme roca que hay en mitad del agua. Hablábamos de todo lo que íbamos a hacer, de cómo viviríamos el uno al lado del otro y de que nuestros hijos serían inseparables. Los sueños de los amigos que viven en pueblecitos pequeños.

—¿Sabes una cosa? —pregunta cuando nos acercamos lo suficiente para oír el rumor del agua—. Sigo esperando que vuelvas a casa.

Lo miro, confundida.

—Esto… —digo—. Estoy en casa.

—No, sigues estando lejos —replica—. Todavía te falta la mitad del corazón, vaquera. —Echa la cabeza hacia atrás para mirar las estrellas—. ¿Alguna vez te has preguntado qué hay ahí fuera? Es un mundo muy grande, lleno de muchísima gente que busca algo distinto. Dime una cosa. —Me mira a los ojos—. ¿Qué deseas?

Se me rompe el corazón porque la certeza de que mis deseos jamás se harán realidad me corre por las venas.

—Da igual lo que desee, porque nunca se hará realidad.

—No sé qué decirte. Siempre puedes pedir un deseo, pero eso no significa que tus deseos se cumplan. A veces tienes que elegir entre lo que deseas y lo que quieres de verdad.

—Lo que tú digas, Yoda.

Nos quedamos en la orilla del arroyo y yo miro al cielo, preguntándome dónde está Todd. Si puede vernos y oír la conversación. Me pregunto si sabe lo que alberga mi corazón, lo que alberga el corazón de los niños. Le doy vueltas a las decisiones que he tomado y a las consecuencias que han tenido. Opciones que a veces damos por sentadas hasta que nos quedamos sin opciones y queremos retroceder en el tiempo.

—Súbete. —Wyatt se agacha.

Resoplo.

—No voy a subir a caballito.

—Mujer —protesta—, siempre has sido peor que un dolor de muelas.

Se da la vuelta, se agacha de nuevo y me rodea las rodillas con los brazos. No tengo tiempo ni de responder antes de verme colgada sobre su hombro.

—¡Wyatt Hennington! ¡Suéltame!

Se mete en el arroyo.

—¿Estás segura?

—No —gimo—. Algún día tendrás que dejarme hacer lo que me dé la gana por primera vez.

Wyatt se echa a reír.

—Lo dudo mucho. Casi siempre te equivocas al elegir. He decidido que es mejor ahorrarnos más quebraderos de cabeza y hacerlo así.

—Mira quién habla.

Unos cuantos pasos y estamos en la roca. Me deja en el suelo y encojo las piernas para dejarle sitio.

—Vamos a hablar. Estás atrapada aquí hasta que sueltes toda la mierda que llevas dentro.

No le digo que puedo cruzar el arroyo perfectamente. A ver, tiene poco más de medio metro de profundidad. Sin embargo, no creo que sea esa la cuestión.

—¿Qué quieres que te diga?

Se acerca un poco y me da un golpecito con el brazo.

—Empieza por el motivo de que hayas vuelto.

—Mi marido —empiezo, y tengo que tomar aire varias veces antes de continuar—. Nos ha dejado entre la espada y la pared.

—¿A qué te refieres?

Ah, me refiero a tantas cosas que sería un no parar de hablar. Esto es lo que más me cuesta. ¿Hasta qué punto tengo que contarle? ¿Por qué estoy ocultando todas sus faltas? Es evidente que a Todd le importaban una mierda, ¿por qué deberían importarme a mí? En parte es por orgullo, lo sé muy bien. No quiero que la gente se entere de lo imbécil que fui. Porque hay que ser tonta para no darse cuenta de que tu vida se está yendo a la mierda.

—No tenía ni idea de ninguno de los aspectos de mi vida. No sabía que Todd había perdido el trabajo ni que estábamos de deudas hasta el cuello. Así que cuando murió, me cayó encima una montaña de problemas.

Wyatt me frota la espalda.

—¿Y has vuelto para poner en orden tu vida?

—He vuelto porque no tenía dónde meterme. Lo perdimos todo. Literalmente. Fui una idiota, Wyatt.

—No fuiste una idiota. Si tu marido no te lo contó, ¿cómo lo ibas a saber?

Suelto una carcajada estrangulada.

—Si no te das cuenta de que tu marido ha perdido el trabajo, es porque eres una egoísta que no dejas de mirarte el ombligo. No tenía ni idea de lo mal que estaban las cosas. Podría haber arrimado el hombro, pero Todd siguió como si todo fuera normal. Pero no lo era. Era... es... espantoso.

—No sé si eras egoísta o más bien no querías enterarte.

Es verdad, no quería saber nada de nada. Dejé que Todd se encargase de todo lo relacionado con la economía doméstica porque se dedicaba a eso. Para él era lo más normal del mundo encargarse de las facturas mientras yo me encargaba del resto de la casa. Al echar la vista atrás, llego a la conclusión de que era una ignorante. Debería haber estado al tanto de nuestra situación. Y si soy totalmente sincera conmigo misma, las señales estaban ahí, pero yo las enterré todas para no tener que verlas.

—¿Crees que doy lástima?

—¡Claro que no!

—Tengo treinta y cinco años, soy viuda con dos hijos y vivo con mis padres.

Suspira.

—Vale, a lo mejor sí que das un poquito de pena.

Le doy un codazo y se echa a reír.

—Capullo.

—Mira, la vida es un juego. Has jugado tus cartas y has perdido la partida. Eso no te convierte en una perdedora. Solo tienes que encontrar a otro que te dé cartas nuevas.

Meneo la cabeza y sonrío.

—A ver si dejas de ver *Casino*, que nunca has estado en Las Vegas.

—No tengo que pasar por un casino para saber cómo jugar.

—Supongo que es mejor que citar estrofas de Kenny Rogers.

—Hablo en serio. —Cambia el tono de voz—. No eres una tonta por querer a alguien o confiar en esa persona. A veces, la otra persona te corresponde y otras veces está enamorada de tu hermano.

—Wyatt —digo en voz baja.

—Sabes que te he querido desde que tengo uso de razón. Sé que nunca estaremos juntos. Lo acepté hace mucho tiempo, pero me gusta acojonarte cuando se me presenta la oportunidad. Algún día, dejaréis de hacer el tonto y arreglaréis el follón que habéis montado entre los dos.

Me he pasado toda la vida queriendo a Zach. Wyatt me

contó lo que sentía cuando Zach se fue a la universidad. No lo dijo en plan «Deja a mi hermano por mí». Me explicó que tenía que decírmelo para poder pasar página. Lloré cuando me contó lo que sentía. Lo quería, pero no de esa forma. También se lo contó a Zach, aunque con él la cosa no fue demasiado bien.

Le busco las manos y me da un apretón.

—Habría sido más fácil si fueras tú.

—Habría sido más fácil si no fueras tú.

Los dos nos quedamos en silencio mientras el arroyo borbotea a nuestro alrededor. Bostezo y Wyatt me pega a él. Apoyo la cabeza en su hombro con los ojos cerrados. Habría sido muy distinto de haberlo elegido a él. Wyatt me habría obligado a echar raíces. Nunca ha querido marcharse de aquí. Quería dirigir el rancho de su familia, dedicarse a la cría de caballos, sentar cabeza y tener niños. De alguna manera, acabamos distanciándonos tanto que ni siquiera estábamos en el mismo estado.

Wyatt carraspea y me despierta del duermevela en el que me he sumido.

—Está amaneciendo. Es hora de volver.

—Cinco minutos más —protesto. El agua helada me cae encima y chillo—. ¡Ya vale!

Me pongo en pie de un salto mientras sigue echándome agua.

—Buenos días, vaquera. Me alegra ver que ya estás lista para volver. Me preocupaba que quisieras dormir para siempre en este sitio.

—Qué raro que ninguna chica se haya querido casar contigo todavía —bromeo.

—¿Te cargo al hombro o vas a ser una buena chica?

Me subo a caballito a su espalda y echamos a andar hacia la casa. Se mueve con tanta soltura que apoyo la cabeza en su hombro. Wyatt no me deja en el suelo como creo que hará al llegar a la orilla. Al ver que sigue andando, me relajo.

—Gracias por este rato —digo cuando se acerca a la puerta.

—Si no vas a hablar conmigo, búscate a otra persona. Por aquí no falta gente que te quiere. Incluso el capullo de mi hermano... los dos, de hecho.

Cuando llegamo, me deja en el suelo.

—No creo que Zach y yo vayamos a hablar en breve.

Levanta la vista y sonríe.

—No estés tan segura, cariño.

Me doy la vuelta y me encuentro a Zach sentado en el escalón. El sombrero le cubre la cara y es evidente que está dormido. La madre que lo parió.

—¿Por qué? —le pregunto al cielo—. ¿Por qué me torturas?

Wyatt me besa en la mejilla antes de darme un empujoncito en su dirección.

—O lo despiertas tú o lo hago yo.

—Me voy dentro. Déjale claro que no tengo nada que decirle.

No pienso enfrentarme a él. Me besó hace dos semanas y ha mantenido un absoluto silencio desde entonces. Y tampoco hay rumores de que haya cortado con esa mala zorra. Así que es evidente que, una vez más, Zach ha escogido otra cosa. No debería sorprenderme. No debería dolerme, porque no significo nada para él. Joder, yo sería la destrozahogares en esa situación. En fin, si hubiera sido la instigadora...

Da igual, no importa. No quiero hablar con él y no tengo por qué hacerlo.

—Te juro que... —masculla Wyatt mientras yo rodeo la casa para entrar por la puerta delantera. Me da igual si cree que me estoy comportando como una niña. Me pregunto si sabe lo que su hermano hizo cuando se empeñó en llevarme a casa. Me encantaría presenciar esa escena, porque así tendría el placer de ver cómo Wyatt le da una paliza.

Me incorporo en la cama con un jadeo. El reloj marca las doce del mediodía. No recuerdo haberme acostado, pero es evidente que lo hice.

Me visto a toda prisa y bajo la escalera.

—Hola, corazón —dice mi madre mientras pela patatas—. Ya me estaba preguntando cuándo ibas a bajar.

—Lo siento, mamá. He debido de quedarme dormida de nuevo.

Sonríe y sigue a lo suyo.

—Últimamente no has dormido mucho. He supuesto que te vendría bien el descanso.

Levanto la vista al oírla. Creía que lo había estado ocultando bien. Parece que no.

—Es que ha sido muy duro.

Suelta el cuchillo, se seca las manos y rodea la encimera.

—Podrías tomarte el día libre para ir al pueblo. A lo mejor podrías ir a la peluquería.

Contengo un gemido. Entrar en la peluquería del pueblo es como regresar a la década de los ochenta. Y no solo porque no han remodelado el local desde entonces, sino porque los estilismos parecen anclados en ese año. El asunto es que no puedo seguir escondiéndome.

—A lo mejor voy a Nashville —digo como si nada.

Mi madre resopla.

—Creo que te atenderían mucho mejor aquí en el pueblo. Voy a llamar a ver si Victoria tiene un hueco.

No pierde el tiempo y se va a por el teléfono.

—Buenos días —saluda mi padre al entrar.

Mi madre parlotea por teléfono mientras mi padre me sonríe.

—Sálvame, papá.

Se echa a reír y me besa en la mejilla.

—Ay, cariño. No hay salvación posible cuando se le mete algo en la cabeza. Los chicos van a ayudar a Cooper a mover el heno más tarde, por si quieres echarles una mano.

—La tarea que más detestaba.

—Parece que les gusta esto. —Suelta el sombrero sobre la mesa.

Me siento y cojo un *muffin*.

Por mucho que mi subconsciente quisiera que detestaran este sitio, porque yo lo hago, me alegro de que se estén adaptando. Han sufrido tantos cambios y lo han pasado tan mal como yo. Agradezco mucho que mi hermano, que Wyatt y que mi padre estén aquí para guiarlos.

—Se están esforzando. Pero considero que ha sido duro el cambio de la ciudad aquí.

—Ha sido estupendo verlos con los caballos. Tienen un talento innato. Ni han dudado a la hora de ayudar a Zachary.

El *muffin* se me cae al suelo.

—¿Qué? —pregunto, levantando la voz—. ¿Qué quieres decir con eso de ayudarlo?

Me levanto mientras intento tranquilizarme, pero tengo todo el cuerpo en tensión.

—Zach ha venido para traer los caballos que te negaste a ir a buscar. Si dejaras de ser tan terca, no tendría que haberse tomado la molestia de venir desde la otra punta.

Resoplo.

—Venir desde la otra punta. —Por favor. Si hay poco más de un kilómetro de distancia y solía venir andando todos los días—. ¿Cuándo se ha ido?

Mi padre se levanta, se pone el sombrero y suelta un largo suspiro.

—Ahora mismo está con los niños.

No digo ni media palabra. Salgo por la puerta como una bala. No tiene permiso para estar con mis hijos. No lo quiero cerca de ellos. Si llegan a enterarse de lo que hubo entre Zach y yo, se harán demasiadas preguntas. Además, no quiero que les caiga bien.

Me voy al picadero y veo que los niños están sentados en la cerca. Mecen los pies mientras observan, inclinados hacia delante. Zach está delante de ellos con el caballo y oigo sus carcajadas. Hacen que me detenga en seco. Los dos se están riendo. He echado muchísimo de menos ese sonido. Se me escapa una lágrima mientras me llevo una mano al pecho. Ha pasado mucho tiempo desde que alguno de nosotros se ha sentido feliz. Han sido muchos meses sin sentir absolutamente nada.

Zach alza la vista y nuestras miradas se encuentran.

Por más cabreada que estuviera hace unos minutos, en este momento soy incapaz de sentir rabia. Cayden y Logan se han mostrado tristes o totalmente apáticos conmigo, y aquí están de nuevo, al parecer completos.

—No siempre es un capullo integral. —Wyatt me da un codazo al darse cuenta de lo que estoy mirando.

—Eso es debatible.

Zach y los niños se echan a reír de nuevo. Les da las riendas a los niños y los veo andar con unas sonrisas enormes.

—¿Cuándo vas a despertar, Pres?

Lo miro, presa de la frustración. Estoy hasta la coronilla de que me presione.

—No empieces.

Levanta las manos en señal de rendición.

—Yo no he dicho nada. —Se calla—. Pero voy a decirte que…

—Es superior a tus fuerzas.

—Creo que esos niños necesitan ver que su madre sonríe y ríe. Necesitan ver que no pasa nada por volver a ser felices.

Wyatt me rodea la cintura con un brazo. Me pega a él y los ojos de Zach vuelven a clavarse en los míos.

—Te quieren, Presley. Te ven y se dan cuenta de que apenas puedes funcionar. Es duro para unos niños ver a su madre en ese estado. Así que… —Me abraza con fuerza—. Ve y demuéstrales que te alegras de que ellos vuelvan a ser felices.

Seguramente tenga razón. No quiero que piensen que está mal vivir la vida. Porque eso es lo que quiero para ellos. Joder, es lo que quiero para mí. Quiero dejar de revivir aquella noche. Me está matando. Tengo unas ojeras enormes, la ropa me queda grande y no puedo con mi vida.

Me acerco despacio al cercado e intento mantener la compostura.

—Niños —digo con una sonrisa.

—¡Mamá! —Logan se acerca corriendo—. ¡Mira! ¡Son nuestros nuevos caballos! ¡El de Cayden y el mío!

—¡Vaya! —Me ha dejado de piedra—. No sabía que teníais caballos propios.

—¿A que es la leche?

—¡Claro que sí! ¿Les habéis puesto nombre ya?

—¡No! ¡Cay! —le grita Logan a su hermano—. ¡Tenemos que ponerles nombres!

Los niños salen corriendo y empiezan a dar vueltas por el picadero con los caballos. Sonrío. Cada vez que uno de los caballos hace algo, los dos sonríen de oreja a oreja. Me recuerda a las Navidades que Todd y yo les compramos las bicis que querían. Tuvimos que forrarlos de la cabeza a los pies para que pudieran montar con el frío que hacía.

—No puedo creer que Cooper y mi padre puedan permitirse esto —digo.

Alzo la vista y Zach sonríe.

—En fin, tu padre ha comprado dos caballos nuevos, pero he creído que a los chicos a lo mejor les gustaba tener los suyos propios.

—¿Es cosa tuya? —pregunto—. ¿Les has regalado dos caballos?

—No pueden vivir en una granja sin un caballo.

—Zach —susurro—. Es demasiado.

La ternura me inunda el corazón. Sé lo que cuesta un caballo. Hennington Horse Farm siempre ha sido una explotación muy lucrativa. Crían, adiestran, cuidan y venden algunos de los mejores caballos del estado. El gesto sobrepasa cualquier cosa que yo merezca. La última vez que nos vimos le di un bofetón. Sin embargo, aquí está, regalándoles caballos a mis hijos. Me recuerda al muchacho del que me enamoré.

—Recuerdo lo que era ser niño. No creo que esté siendo fácil para ellos. Un caballo puede ser una terapia estupenda. Piensa en todas las noches que salíamos a montar para liberar la mente. He supuesto que con lo de su padre, lo de mudarse a un sitio nuevo y no conocer a nadie...

Soy una bruja de lo peor. Aquí está él, desviviéndose por mis hijos y yo venía para darle un puñetazo en la cara. Miro a los niños mientras acarician sus caballos.

—Gracias, Zach. De verdad que no sé qué decir. Me has dejado sin palabras.

—Vale con un «Gracias, Zachary». —Hace una breve pausa—. «Eres el hombre más guapo y amable que he conocido en la vida».

Me echo a reír.

—Sigues viviendo en tu mundo de fantasía.

Los dos nos quedamos observando a los niños. Wyatt entra en el cercado con ellos y les da unos cuantos consejos.

—¿Estás seguro? Es mucho dinero. Si supone un problema, podemos llegar a algún tipo de acuerdo.

—De eso nada.

—De verdad, no tenías que hacerlo.

—No. —Se queda callado—. Sí que tenía que hacerlo. Quería hacerlo por ellos. Y por ti.

Ni siquiera los conoce, pero siempre ha tenido un gran corazón y debilidad por los niños.

—Ojalá pudiera pagarte.

Zach me coge del brazo.

—No te lo permitiría.

Bajo la vista hasta el punto donde sus dedos me tocan la piel y los dos nos apartamos.

—Mira, lo que pasó hace dos semanas...

—Déjalo —me apresuro a decir. Lo último que me apetece es hablar de ese viaje en coche. Lo único que conseguiríamos es despertar emociones no deseadas.

Suspira y aparta la vista.

—Cuanto más finjamos, peor se pondrán las cosas. No debería haberte besado.

—No. No deberías haberlo hecho.

—Sé que no estás preparada.

—¿Que no estoy preparada? —Me echo a reír—. ¿Que no estoy preparada para qué? ¿Para el hecho de que tengas novia? ¿Que no estoy preparada porque mi marido murió hace menos de seis meses? ¿O tal vez porque no nos hemos visto desde hace...? —Me interrumpo para contar mentalmente—. ¿Desde hace quince años?

—No digo que quiera estar contigo, Presley. Quiero decir que no estás preparada para perdonarme por algo que sabes que fue lo correcto. O, al menos, la opción que cualquiera habría tomado.

Suspiro y cierro los ojos. No dejamos de darle vueltas a lo mismo.

—Era lo correcto para ti, Zach. Era la opción correcta para ti. Es un tema recurrente en mi vida. —Me doy cuenta de repente. Me enamoro de hombres que anteponen sus necesidades a las mías.

—¿Qué quieres decir?

—Quiero decir que no era lo mejor para nosotros. No era lo que yo quería. Era lo que tú querías. Si no me hubieras sacado de aquí para abandonarme al poco tiempo, habría sido distinto. No estoy enfadada porque escogiste esa opción, estoy enfadada porque decidiste nuestra vida sin consultarlo conmigo.

Menea la cabeza y suelta un largo suspiro.

—¿Crees que no tomé esa decisión por los dos? Podría habértelo dado todo. El dinero que iba a ganar nos habría permitido conseguir la vida que soñábamos.

Menudos pájaros tenía en la cabeza. Zach no habría empezado en los equipos de primera. Creía que el dinero estaba allí, pero se le olvida que los jugadores de las ligas menores casi no llegan a fin de mes. Además, yo no estaba preparada para esa vida. Habíamos acordado que se presentaría a la selección tras su segundo año, no al principio de su primer año. Así habríamos pasado casi tres años juntos cuando todo se decidiera. Pero enterarme de que lo hizo todo sin decirme ni una sola palabra... me dolía.

Yo solo quería tener voz y voto a la hora de decidir cómo iba a ser nuestra vida.

Me quedo callada mientras siento una terrible opresión en el pecho. Estoy hasta la coronilla de ese tiovivo. Quiero bajarme. Todo esto es agua pasada, pero no dejamos de sacar el tema.

—¿Te importa que lo dejemos? ¿Por favor? Cambiaría muchas cosas de nuestro pasado. Ya no quiero estar enfadada.

Zach da un paso hacia mí.

—Lo hice pensando en ti —dice en voz baja—. Creí que así podría ser el hombre que tú veías.

—No me apetece hablar de esto.

—Estaba preparado para dártelo todo. Podría habértelo dado todo.

—Ahora se lo puedes dar a Felicia.

Zach se aparta de repente.

—Se lo he contado todo.

Se me desboca el corazón.

—¿Te ha perdonado?

Me mira con atención.

—Entiende que es una situación difícil para los dos. Felicia no es la chica que recuerdas.

—Tal vez. No lo sé, a mí me parece la misma.

—Por fin lo entiendo. —La voz ronca de Zach tiene un deje guasón.

—¿El qué?

—No me quieres. Lo has dejado claro. Pero tampoco quieres que esté con otra. ¿Creías que iba a pasarme la vida solo y llorando por ti, Presley?

De nuevo hemos dado un paso hacia delante y dos hacia atrás. Por supuesto que no lo creía. Ojalá lo creyera, pero es imposible. Me he esforzado en no pensar en Zach. Porque amarlo estuvo a punto de destrozarme. Incluso tantos años después, mi corazón sigue añorándolo. Zach es el trozo de alma que me falta. Pero ya no me pertenece.

—Gracias por los caballos. A lo mejor algún día podemos comportarnos sin rencores. —Enarco una ceja y le doy una palmadita en el pecho.

Zach se acerca un poco.

—Sé que a lo mejor no me haces caso, pero siempre estaré aquí si me necesitas. Formas parte de mi vida desde que tengo uso de razón. Detestaría que no formaras parte de ella. Te he echado de menos. —Me mira fijamente a los ojos—. No recuerdo un solo día en el que no haya pensado en ti. Así que si quieres que interprete al malo… de acuerdo. Lo haré porque creo que necesitas a alguien a quien odiar.

Suspiro al tiempo que niego con la cabeza.

—Nunca he querido odiarte.

—Pero lo haces, y lo acepto. Me he pasado mucho tiempo odiándome a mí mismo. Recuerda lo que te he dicho.

Es imposible que recuperemos lo que tuvimos. No soy la misma chica de entonces. Aprecio el gesto, ya sea sincero o motivado por el sentimiento de culpa. Pero en lo que a mí respecta, hay una línea que Zach no puede cruzar. No sé si puedo ser amiga de alguien a quien quise, y a quien quiero, tanto.

15

*E*n mi escritorio hay un montón de documentos de los que necesito encargarme. Echo a andar hacia el despacho, donde veo a Cooper sentado con el sombrero sobre la cara. Me acerco con sigilo y salto, para asustarlo con el ruido. Se levanta de un brinco, preparado para luchar. Me echo a reír mientras él me fulmina con la mirada.

—No tiene gracia.

—Ah, pues para mí sí.

Se limpia el polvo del pantalón y se sienta de nuevo.

—La venganza es un deporte del que soy campeón.

Lo sé perfectamente. Cooper y yo siempre estábamos peleando. Mi madre solía amenazarnos con darnos una buena zurra. Una vez saqué toda la ropa de mi hermano, la metí en una bolsa de basura y la enterré. Estuvo cuatro días sin cambiarse de pantalón ni de camisa, hasta que mi padre me amenazó con vender mi caballo si no les decía dónde la había escondido.

—Yo tampoco es que sea una perdedora precisamente, querido hermano.

—¡Ja! —exclama—. Nunca me has ganado.

—Lo que tú digas —replico, pasando de sus tonterías—. ¿Qué te trae por el despacho?

Cooper y Wyatt no tienen tiempo durante el día para aparecer por aquí. La verdad, no sé cómo se las apañaban antes de que yo llegara. A estas alturas, por fin he logrado desentrañar el inexistente sistema para archivar que seguían. Mi madre los ha ayudado en la medida de lo posible, pero cuando mi padre se jubiló, también lo hizo ella. Y mi hermano, en vez de buscar a alguien que se hiciera cargo del papeleo, decidió fingir que no existía.

—Aquí no me molesta nadie.

—Aaaah —replico con una sonrisilla—. ¿Otra vez te están dando la lata mamá y papá?

Quieren más nietos. Quieren que mi hermano se case. Y cada vez que logran arrinconarlo, se lo dejan bien claro.

—Mamá está intentando que quede con una chica de un pueblo cercano.

—¿Es guapa? —Su cara lo dice todo—. Entendido.

—La verdad es que estoy aquí porque los niños quieren ir de acampada, para explorar. Quiero llevármelos durante tres días, con los caballos. ¿Te parece bien?

Yo he participado en unas cuantas de esas excursiones. No son fáciles.

—¿Por qué no empiezas con un día?

—Porque van a ser hombres. Deja de verlos como si fueran bebés.

—No los veo como si fueran bebés.

—Ya. A ver —dice con un deje exasperado en la voz—, vamos a preguntárselo a ellos. Si dicen que sí, que lo dirán porque soy la caña…, les darás permiso.

Todos los peligros posibles pasan por mi mente. Yo he participado en muchas excursiones similares, pero sabía cómo dispararle a un coyote. Sabía qué peligros debía evitar. Logan y Cayden nunca han ido de acampada. A Todd no le gustaba la naturaleza y yo nunca insistí. Me contentaba con viajar a las grandes ciudades y con alojarme en hoteles. La idea de Todd de hacer algo arriesgado era buscar un hotel sin servicio de habitaciones.

—No sé yo…

—Vamos, Pres. Vas a criar a un par de gallinas. Será genial cuando empiecen el colegio dentro de un mes. ¿Vas a mandarlos a la escuela sin saber cómo se pone el cebo en el anzuelo?

El muy imbécil tiene razón.

—Está bien. Se lo preguntaremos a ellos. —Wyatt carraspea desde el vano de la puerta—. A ver si lo adivino… ¿esto te parece una buena idea?

—Vaquera, ha sido idea mía.

Debería habérmelo imaginado.

Tal y como Cooper predijo, los niños estuvieron encantados. Salieron corriendo para empezar a guardar cosas en las mochilas antes incluso de que yo dijera que sí. Logré que Cooper me prometiera unas cuantas cosas antes de dar mi aprobación. En primer lugar, llevan caballos experimentados. Mis hijos no saben montar y todavía no conocemos las personalidades de sus nuevos caballos. En segundo lugar, o mi padre o Wyatt tendrían que acompañarlos.

Mi padre accedió, pero dijo que estaba demasiado mayor como para salir de excursión con jovenzuelos. Wyatt dijo que tenía planes, pero que Trent estaba libre este fin de semana y que estaría encantado de ir. Algo que en un primer momento me hizo decirles que ni hablar, pero al final me recordaron que era el *sheriff*. Mis argumentos cayeron en saco roto. Si la gente supiera las trastadas que ha hecho Trent...

Se marcharon hace casi una hora y mi madre se ha ido para jugar a las cartas con la señora Hennington y la señora Ronney, y supe al instante que iban a jugar a las cartas porque le dijo a mi padre que iban a ensayar las canciones del coro de la iglesia. Esas mujeres llevan treinta años sin ensayar.

Siguiendo el consejo de mi madre, y el de todos los demás aunque no se lo haya pedido, llamé a Grace para pasar una noche de chicas. Gracias a mi estrés, he perdido un montón de peso y me puedo poner ropa muy mona. Pedí por Internet algunas cosas más ajustadas que las que he podido ponerme desde que tuve a los gemelos. Esos niños destrozaron mi cuerpo.

Ya vestida con los pantalones cortos negros y la camisa sin mangas, me coloco delante del espejo para mirarme. Contemplo mi reflejo con una sonrisa y suelto el aire con fuerza. Me siento guapa. Y lo más importante: me siento como una mujer. Tengo curvas, el pelo ondulado y largo, el maquillaje acentúa el verde de mis ojos, y los pantalones cortos me hacen un culo estupendo. Al menos, he conseguido algo bueno de todo lo que me ha pasado. Me pongo las botas vaqueras y echo a andar hacia el porche.

—¿Has quedado con algún tío bueno o algo? —me grita Grace desde el coche.

—Ya sabes... —me río y me subo al coche.

Grace me dijo que ella conducía para que yo pudiera relajarme. Me parece absurdo que piense que necesito conductor, pero estoy cansada de discutir con todos por todo, así que me dejo llevar. Ese es mi plan para esta noche: relajarme y sonreír.

Grace mete la marcha casi dando botes en el asiento.

—Me alegra mucho que me hayas llamado. Necesitaba salir. Desde que lo dejé con Trent, no he salido.

El tema me provoca curiosidad.

—¿Qué pasó?

Grace resopla.

—Tú mejor que nadie sabes lo que es salir con un Hennington.

—Lo siento, Grace.

Me coge la mano.

—Tranquila, ya lo he superado. Está buenísimo y demás, pero no voy a suplicarle a un hombre que me quiera.

Grace le tenía el ojo echado a Trent desde que éramos pequeñas. De los tres hermanos, era el que más bueno estaba con diferencia. Pero a estas alturas, ya no es así. ¿Por qué no pueden ser feos? ¿O que les falte un testículo o lo que sea? No, tienen que ser perfectos a su modo. El sentido del humor de Wyatt aumenta su atractivo y además su trabajo lo mantiene en forma. Zach ha mejorado con los años, y sigue teniendo un gran corazón. Y el aura autoritaria de Trent incita al pecado. Esos imbéciles de los Hennington...

Detiene el coche delante del bar del pueblo y echo la cabeza hacia atrás.

—Aquí no, Grace.

—Zach no va a venir. Así será más sencillo si nos pasamos bebiendo.

No entiendo cómo sabe que Zach no va a venir. Pero echo un vistazo por el aparcamiento y no veo su furgoneta.

—A ver si lo adivino —digo con una sonrisa porque creo que ya lo he entendido—. ¿Va a venir otro?

—Trent está con tus hijos, ¿no? —me pregunta.

—No me refería a Trent.

Grace se queja.

—A ver, me gusta un tío, pero no me dirige la palabra si Trent está cerca. Ese gilipollas va por ahí como si fuera mi dueño o algo parecido. Así que puedes ser mi compañera de marcha o como quieras llamarlo.

Hace mucho tiempo que no hago algo parecido. Pero si hay alguien con quien me apetece seguir manteniendo una buena amistad, es con Grace. No ha intentado sonsacarme información ni una sola vez y con ella no me siento incómoda. Ha estado a mi lado sin presionarme. Y eso es un regalazo en este pueblo.

—Está bien. —Sonrío—. Vamos a ligar con unos cuantos vaqueros.

Salimos del coche e intento tirarme un poco de los pantalones cortos.

—¿Tengo pinta de zorrón? —le pregunto.

Grace suelta una risilla antes de taparse la boca.

—Cariño, un poco más cortos y parecerían unas bragas.

—Madre mía. —Intento volver al coche, pero ella me agarra de un brazo.

—Presley, estás increíble. Era una broma —añade, en un intento por tranquilizarme—. Lo digo en serio. Ojalá tuviera un cuerpo como el tuyo, y eso que no he tenido hijos.

—Ahora sí que estás mintiendo.

—Ni hablar. Por favor —me suplica—, si no está, nos iremos a otro pueblo.

El mohín de Grace me recuerda a mis hijos. Algún día conseguiré endurecerme.

—De acuerdo.

Entramos en el local frecuentado por todo el mundo. Grace me coge de una mano y se abre paso entre la multitud. Menos mal que no conozco a mucha gente. Encontramos un hueco libre en la barra y pedimos unas cervezas. Es gracioso que, desde que Todd murió, haya empezado a recordar las cosas que me gustaban. Cuando estaba casada, bebía vino o vodka, ahora bebo cerveza y whisky. Antes detestaba ponerme botas o ropa ajustada, y ahora aquí estoy con las dos cosas. No sé si cambié por él, o si estaba tratando de no ser la chica de campo que era.

Pero la transformación no ocultó a la persona que yo era realmente.

—Pero qué ven mis ojos… —oigo que dice la voz de Felicia a mi espalda.

Me vuelvo con el ceño fruncido.

—Hola, Felicia.

Grace me mira de reojo.

—Me alegro de verte —dice—. Pensaba que Zach y tú estabais en Nashville.

—Y lo estábamos. —Sonríe—. Pero Wyatt llamó diciendo que había no sé qué emergencia en el rancho. Ya sabes como es nuestro rancho.

¿Nuestro? Grace me da un apretón en el brazo antes de que yo pueda decir algo.

—Estamos de noche de chicas, así que ya os veremos después. —Tira de mí y me aleja.

—¿La has oído?

—Está como una cabra, pero a ti no deben preocuparte las chorradas que suelte por la boca.

Me echo a reír por la elección de sus palabras.

—¿Ves al vaquero al que le has echado el ojo? —le pregunto, porque si no… nos largamos.

—¡Sí, lo veo! —contesta, prácticamente dando saltos—. ¿Qué pinta tengo?

La miro de arriba abajo, le atuso el pelo y le bajo la camiseta por un hombro. Siempre ha sido guapa. Lleva el pelo recogido en una trenza lateral y el delineador negro resalta el intenso tono azul de sus ojos.

—Estás perfecta.

—Trent… —dice—. No, no voy a pensar en ese hombre. Ya tuvo su oportunidad. Lo he superado.

Sin embargo, a los hermanos Hennington les cuesta aceptar que sus relaciones han acabado.

Miro a mi alrededor para tratar de ver quién es el vaquero que le interesa, pero me cruzo con la mirada de Zach. Mierda.

—Grace, está aquí.

Mis palabras la dejan sin aliento.

—¿Quién, Trent?

—No. —Suspiro—. Zach.

—¿Y qué? No estás con él. Ni siquiera te gusta.

Conozco a Grace y ella me conoce a mí. Vale que no me guste. Vale que ni siquiera busque una segunda oportunidad con él, pero es innegable que seguimos mirándonos con interés. Ambos tratamos de luchar contra el vínculo que nos une, pero los nudos son demasiado fuertes.

—Muy bien. No pasa nada. —Intento hacerme la dura, pero la sonrisilla que veo en sus labios me deja claro que no cuela—. Cierra el pico.

Levanta las manos.

—Yo no he dicho nada.

Vuelve la cabeza y suelta un suspiro.

—¿Qué pasa? —le pregunto.

—Necesito un chupito. Soy una cobarde.

Niego con la cabeza. Grace siempre ha sido tímida. Siempre nos tocaba a alguna de las amigas empujarla para que se arriesgara. Me alegro de ver que algunas cosas no han cambiado.

—De acuerdo, pues vamos a por unos chupitos.

Nada como infundirse valor con el alcohol.

Grace le pide a Brett, el camarero, un Buttery Nipple y yo me pido un Jameson con hielo. Brett se graduó con nosotras y siempre estaba organizando fiestas. Es gracioso que lo haya convertido en su trabajo. Nos ofrece las bebidas con una sonrisa y sin dejar de mirarnos. No soy mucho de chupitos, pero me emborracharé tanto como ella sin que después me duela la cabeza.

—¡No es justo que la única que ha pedido un chupito sea yo! —se queja Grace.

—¿Quieres cambiar? —Levanto mi vaso.

Brindamos y ella se bebe el combinado de un trago. Yo bebo un sorbo de whisky, echo un vistazo a mi alrededor y disfruto de la música. Grace mira hacia la pista de baile con cara triste. Me siento mal porque no se lo está pasando bien. Apuro la bebida al instante y pido otra ronda para las dos. El humor de Grace mejora a medida que bebemos.

Dos rondas más y, sin saber muy bien cómo, Grace me convence de que pida un par de chupitos de los suyos. Me siento ligera y libre. Es como flotar…, pero con dos bloques de cemento en los pies.

Zach y Felicia están bailando una lenta y me cuesta la misma vida no montar un pollo. La sensación de felicidad que me invadía desaparece. La odio. Esa zorra asquerosa. Lo odio. Es un imbécil. Odio a los hombres porque son unos gilipollas que te rompen el corazón y después te obligan a vivir una vida que no querías.

Apuro lo poco que me queda del whisky y le agradezco a Dios que todavía haya en el mundo un hombre, Jameson, que me haga sentirme bien.

Después miro a Zach, que me sonríe. «Que te den, a ti y a tu sonrisa. Te odio». Le devuelvo la sonrisa.

—¿A qué viene esa cara tan larga? —me pregunta Grace con lengua de trapo.

Cierro los ojos para no verlos más.

—La odio. La odio de verdad. Y es fea.

Grace mira hacia la pista y se ríe.

—Por dentro y por fuera.

—Exacto. —Suelto una risilla—. Da igual, de todas formas no lo quiero. Que se quede con la estúpida de su novia, con ese pelo y esos labios tan ridículos que tiene. Zach ni siquiera me gusta.

—Claaaaro —replica, alargando la palabra mientras se cae del taburete—. ¡Mierda!

Nos reímos a carcajadas. Joder, estoy como una cuba.

—¿Cuánto hemos bebido?

—¡No lo suficiente! ¡Camarerooooo! —Grace estampa la mano en la barra—. Otra ronda para mi amiga y para mí.

Nos tomamos otra ronda a la que nos invita un hombre muy amable que está sentado en el extremo de la barra. Grace y yo vamos ya borrachas.

—¡A bailar! —grita Grace o al menos creo que lo hace.

Llegamos dando botes a la pista donde empezamos a bailar agarradas con lo que creemos que son los pasos correctos. Llevo haciendo esto toda la vida, así que me muevo gracias a la memoria muscular.

Al final de la canción, un vaquero muy guapo me agarra de un brazo.

—¿Quieres bailar?

—¿Por qué no? —Sonrío.

Me pega a su cuerpo y me guía por la pista. Me echo a reír y apoyo la cabeza en su torso para no marearme. Sus manos son fuertes y firmes. Este tipo de hombres tienen las manos así si mal no recuerdo. Son bruscos y fuertes, y tienen unos músculos para morirse. Pero este vaquero en concreto no sabe todo lo que llevo encima, así que le dejo que tantee las aguas. Además, ahora mismo… me da todo igual.

—Eres Presley Townsend, ¿verdad?

—Benson, pero sí.

—En fin, estás tan guapa como siempre.

Eso me detiene al instante.

—¿Te conozco?

Se echa a reír al tiempo que me planta una mano justo encima de la nalga derecha.

—Preciosa, te he conocido toda la vida. Pero siempre has sido intocable.

Levanto la cabeza y veo que Zach nos está fulminando con la mirada, a mí y a mi pareja de baile. Le devuelvo la mirada brevemente y después miro al vaquero otra vez.

—Bueno, pues ya no soy intocable. —Levanto poco a poco una mano, acariciándole el pecho.

Me roza la mejilla con los labios y dice:

—Ya lo veo.

Vuelvo la cabeza para poder mirar otra vez al hombre que durante mucho tiempo interpretó ese papel. Está mirando a Felicia, que en ese momento le echa las manos al cuello para besarlo. Me echo a temblar y aparto las manos del vaquero.

—No me encuentro bien. Ahora vuelvo —le explico y corro al baño. Estoy mareada, pero no por el alcohol.

Tardo unos cuantos minutos en recuperarme. La estaba besando, pero es su novia. Es algo irracional que a mí me importe, una completa locura. He estado casada. Tengo dos hijos. Es evidente que he tenido una vida después de estar con él. Pero no se me ha pasado por la cabeza que él pudiera hacer lo mismo. Me aferro al lavabo mientras intento recuperarme.

Mi mente insiste en rememorar su mirada. Sus besos. Lo llevo tan dentro del alma que no sé cómo sacarlo. No quiero que esté ahí, porque ya no me pertenece.

Me prometo en ese instante que no voy a quedarme atrapada en esos sentimientos nunca más. Lo que estoy experimentando solo es fruto de la pérdida y del dolor que se proyectan en el pasado. Las arenas del tiempo han descendido y nos han enterrado a Zach y a mí. Ya va siendo hora de que me busque un nuevo reloj de arena.

Cierro los ojos y doy un paso hacia atrás, preparada para vivir esta nueva vida de borracha.

—Cuidado —oigo que alguien dice detrás de mí.

—¿Te he pisado? Pobre chica. —Diría que lo siento, pero es Felicia, así que no lo digo. Ahora mismo, me importa un pito si le hago daño. Además, no estoy segura de poder hablar de forma coherente.

Grace abre la puerta.

—¿Pres? ¡Por fin te encuentro!

Felicia la mira antes de mirarme otra vez a mí.

—Zach me lo masajeará. Me alivia todos los dolores. —Se encoge de hombros—. Estoy segura de que recuerdas lo que se siente. O a lo mejor no.

Paso de estar irritada a ponerme como una furia en un santiamén.

—Vete a la mierda. —Me acerco a ella con los puños apretados—. Estoy segurísima de que preferiría aliviarme a mí antes que a ti.

¡Madre mía! Lo que acabo de decir.

El resoplido de Grace me indica que sí, lo he dicho en voz alta. Se coloca detrás de mí e intenta apartarme de Felicia.

—¿Por eso está aquí conmigo?

—¿Por eso me besó? —«Sigue así, Presley. Estás en racha». Siento ganas de darme un puñetazo. No debería haber dicho eso. No debería dejar que Felicia me irrite. Tengo que irme y despejarme. Pero, ahora mismo, me siento de maravilla. No estoy ocultando lo que siento ni me paro a pensar. Estoy soltándolo todo.

Grace tira de mí hacia la puerta.

—Pres, vamos a bailar.

—Ya me lo ha contado. —Felicia cruza los brazos por delante del pecho—. Me ha dicho que no sintió nada cuando lo hizo. Y que eso confirmó que formas parte del pasado.

Me duele tanto que llega a ese agujero donde había enterrado todas las emociones. Fue un error ridículo que no significó nada. A lo mejor solo fue por el recuerdo de los viejos tiempos. O a lo mejor fue por algo, pero hay una parte de mí que todavía lo quiere. Y oírla decir eso... me hace daño.

—Eres una zorra —dice Grace, mientras me saca del cuarto de baño.

—Quiero otro whisky —le digo.

Ella asiente y me frota la espalda.

Zach está justo al lado de la puerta cuando salimos. Nuestras miradas se encuentran y estoy segura de que ve lo que me está pasando.

—Presley, ¿estás bien? —Su voz me alivia aun en contra de mi voluntad. Lo miro y por una vez recuerdo las cosas buenas. La facilidad con la que conseguía que me sintiera protegida. La capacidad de demostrar sus emociones. Su corazón, que siempre fue mío. Recuerdo las noches que pasé entre sus brazos mientras me prometía que siempre estaríamos juntos. El roce de sus labios sobre los míos y mi renuencia a perder todo eso.

Cierro los ojos mientras las lágrimas caen. Pero no voy a permitir que él lo vea.

—No —contesto mientras nos alejamos.

Es una respuesta sincera.

Y dolorosa.

Pero es la primera verdad que le he dicho.

Grace me pega a su costado y seguimos andando. Las lágrimas no dejan de caer, porque el alcohol ha liberado todo lo que yo había escondido. Me siento en el taburete con la cabeza entre las manos.

—Qué idiota soy —digo, mientras Grace me frota los brazos.

—Grace, pídele un vaso de agua. Voy a llevarla fuera para que le dé un poco el aire —dice la voz grave de Zach junto a mi oído.

Levanto la cabeza y, aunque lo veo todo borroso, sé que es él. Sería capaz de verlo aunque estuviera ciega.

—Vamos fuera, no hace falta que te vean. —Me tiende una mano y no titubeo siquiera. Cuando nuestras pieles se rozan, siento un dolor en el pecho. No quiero sentirlo más. ¿Por qué no puedo cerrarme a las emociones? Tengo la cabeza hecha un lío y cuantas más vueltas le doy, más me acerco a él. Las caricias de Zach desatan una miríada de emociones.

Una vez que salimos, aparto mi mano de la suya.

—¿Qué haces aquí? ¿Por qué tienes que estar aquí? ¿Por qué no me dejas tranquila?

—¿Por qué estás tan empeñada en alejarme?

—¡Porque me confundes! —Las lágrimas caen de nuevo mientras contemplo esos ojos azules que tanto he echado de menos—. ¿Y qué más te da? ¿Por qué estás aquí fuera y no dentro con ella?

—Porque estás mal —contesta, como si eso tuviera sentido.

—No tienes ni idea, Zach —replico entre carcajadas—. No te imaginas siquiera lo mal que estoy.

—Cuéntamelo. Siempre he sido tu amigo. Habla conmigo, cuéntamelo. Suéltalo, Presley. ¿Qué es lo que te tiene tan mal que ni siquiera eres capaz de ver lo que tienes delante?

La ira brota desde la boca de mi estómago. Odio, arrepentimiento, miedo y desolación, todo aflora a la vez. Lo miro y ansío que lo entienda. Él tiene la culpa. Todd tiene la culpa.

—¡Tú y él! Sois iguales. Los dos me habéis abandonado. Os lo di todo, todo, y vosotros me dejasteis tirada como si no fuera nada. —La agonía que siento surge por todos los poros de mi cuerpo—. ¿Tan mala soy? ¿Tan poco valgo? ¿Es que no lo ves, Zach? —Se me quiebra la voz—. Me dejaste sola y asustada. Y después viene Todd, me ayuda a recuperarme y va y se ahorca, porque yo ni siquiera merecía que lo hablara antes conmigo. Me dejó a mí, y dejó a esos niños, como si no valiéramos nada. ¡Dios! —Me aferro la cabeza mientras estallo por dentro. No puedo dejar de llorar ni de sentir. Mis palabras brotan como la lava de un volcán—. ¡Egoístas! ¡Los dos sois unos malditos egoístas!

—Presley… —Se acerca a mí, pero cuando me toca, retrocedo—. Eso no fue lo que pasó conmigo.

Sus palabras no me reconfortan.

—¡Fue exactamente así! No me recupero porque la herida que me dejaste es tan profunda que no sanará nunca. ¡Necesitaba que te quedaras conmigo! Te quería tanto que una parte de mí murió cuando me dejaste. ¡Ni siquiera era consciente de lo destrozada que me dejaste! Pero me recuperé. Conseguí recuperarme y encontré una segunda oportunidad. ¡Y necesitaba que Todd se quedara! ¡Necesitaba que tú te quedaras! —Retrocedo mientras un sollozo me estremece el pecho—. ¿Por qué no pudiste quedarte sin más?

Pero ese es el problema, que nadie se queda.

Los brazos de Zach me rodean antes de que pronuncie otra palabra. Me aferro a él como si fuera mi tabla de salvación. Ahora mismo lo necesito con todas mis fuerzas. No sé por qué. Mi mente no es capaz de procesar otra cosa que no sea el dolor que siento y el consuelo que él me ofrece. En este momento, me siento segura a su lado. Me abraza mientras lloro.

—Lo siento —dice mientras me estrecha con más fuerza—. Siento mucho haberte hecho daño, Presley. No te imaginas lo mucho que te quería. —Sigue abrazándome mientras continúa hablando—: No quería dejarte. Quería encontrar la manera de solucionar las cosas.

Me ayuda a mantener la cordura. No puedo hablar ni pensar. Me limito a dejar que me abrace. No quiero que se vaya porque temo que acabaré hecha pedazos de nuevo.

Zach se aparta, y me sujeta la cara entre las manos. Me limpia las lágrimas con los pulgares.

—Pero tu marido… debía de estar desesperado. Nadie te dejaría a menos que no tuviera alternativa.

—Para —suplico—. No debería haberte dicho nada. —Durante todos los meses transcurridos, esta es la primera vez que lo he dicho en voz alta. La mentira de su muerte ha sido la carga que he llevado sobre los hombros y que ha acabado aplastándome.

—¿Lo has ocultado durante todo este tiempo? —me pregunta, y me tiemblan los labios mientras veo el dolor en sus ojos. Aunque no conociera a Todd, es consciente de la agonía que me acompaña—. Pres, ¿quién más lo sabe?

Me tiembla el cuerpo mientras asimilo la realidad de lo que he hecho. Le he contado mi secreto a la última persona que quería que lo supiera. Decido echar marcha atrás.

—Me has entendido mal.

Me mira con los ojos como platos.

—¿Qué parte he entendido mal?

—Es que estoy borracha. No lo he dicho en serio.

Zach se aleja justo cuando alguien abre la puerta.

—¡Aquí estás! —Felicia clava la mirada en las manos de

Zach, que siguen en mis muñecas—. Nene —dice mientras se acerca—, te estaba buscando.

Me zafo de sus manos y me limpio la cara. No voy a permitir que ella me vea.

—Hola —dice Zach con voz temblorosa—. Presley se encontraba mal. No quería dejarla sola.

Felicia pone los ojos en blanco y lo abraza por el torso.

—Pues yo la veo bien. —Oigo el suspiro de Zach mientras ella retuerce el puñal—. Vámonos a casa.

Siento el amargor de la bilis en la garganta y me dan ganas de vomitar. Odio a esta tía.

—Solo unos minutos más. —Zach me mira de nuevo mientas se zafa de sus brazos—. No tardo.

Felicia baja los brazos. Es evidente que está enfadada. Sin embargo, Zach acaba de conquistar un trocito de mi destrozado corazón. Solo ha necesitado una mirada, una decisión, un segundo, para confirmar todas las razones por las que lo quise en el pasado. Me ha elegido a mí... antes que a ella.

—Zach... —digo mientras Felicia cruza los brazos por delante del pecho—. Estoy bien. —Nada más lejos de la realidad, pero no quiero seguir hablando. No quiero recibir la lástima que va a ofrecerme después de descubrir mi secreto.

Grace sale por la puerta tambaleándose un poco.

—¡Madre mía! ¿Dónde estabas? —Se lleva una mano al pecho.

—Lo siento —me disculpo y esbozo una sonrisa falsa.

Felicia aprovecha la distracción para pegarse a Zach, y está claro que eso lo incomoda.

—Como no te encontraba, pensaba que te habías ido o yo qué sé.

Me acerco a ella con la esperanza de tranquilizarla.

—Estoy bien. Estábamos a punto de entrar.

Me coge del brazo y regresamos al interior del bar. Me detengo un segundo, miro a Zach por encima del hombro y articulo con los labios: «Gracias».

Él asiente con la cabeza y rezo para que me guarde el secreto. Solo me faltaba que la gente descubriera lo que sucedió de verdad. Bastantes rumores hay ya y bastante está hablando la gente... Si saliera a la luz... Sería imposible pararlo.

16

*G*race se esfuerza para que me olvide de todo. Bailamos, pero mi cabeza no deja de darle vueltas a lo fácil que me ha resultado contárselo a Zach. Y a lo mucho que me ha gustado estar entre sus brazos. Me aterra, porque sería facilísimo volver al mismo sitio. Es el hombre que me enseñó a amar. Es el hombre con el que me imaginé envejeciendo, teniendo hijos, pero también es el hombre que me destrozó.

—¿Te lo estás pasando bien? —pregunta Grace casi sin aliento.

—Genial. —Sonrío. La verdad es que… quiero meterme en la cama y llorar. Aunque deteste el hecho de habérselo contado a Zach, lo que más me duele es haberlo contado.

—Mentirosa.

—Un poquito.

Me apoya la cabeza en el hombro.

—Podemos irnos.

—No, tranquila. Podemos quedarnos un poco más. Además, tu hombre viene hacia aquí.

El hombre que Grace lleva toda la noche mirando la invita a bailar. Es graciosísima. Sé que no le gusta de verdad, pero también sé lo que es intentar olvidarse de un Hennington. Que Dios la ayude.

Miro hacia la pista de baile, al punto donde Zach está abrazando a Felicia. Me imagino en su lugar. Me imagino la sensación de su cuerpo, el contorno de su torso, sus fuertes brazos y cómo es capaz de hacerte olvidar todo el dolor. Cuando éramos jóvenes, era capaz de hacerme olvidar todas las preocupaciones. Nunca me sentí asustada. Adoraba esa cualidad suya. Creo que eso fue lo peor de perderlo, la incertidumbre. Ver a Felicia compartir eso con él me resulta difícil. ¿Sabe la clase de persona que es él? ¿Sabe que es muchísimo mejor que ella?

Pongo los ojos como platos al ver que Zach me está observando. Me quedo sin respiración porque compartimos algo a través de esa mirada. Solo percibo su arrepentimiento y yo le concedo mi perdón. Me doy la vuelta con la esperanza de interrumpir la conexión, pero tengo la sensación de que me han arrancado el corazón del pecho.

Puedo hacerlo.

No pienso enamorarme de él otra vez. No. El problema es que estoy borracha y no pienso con claridad.

Incapaz de controlarme, vuelvo a mirarlo. Me sonríe y luego mira a Felicia, que menea la cabeza. Esta se vuelve para mirarme y resopla. Me vuelvo y voy a la barra. No me hace falta presenciar su discusión de enamorados.

—Parece que hay problemas en el paraíso. —El camarero esboza una sonrisilla al tiempo que me sirve la bebida.

—Ni idea. —Me niego a mirar, pero estoy segura de que se refiere a Zach y a Felicia.

Se echa a reír.

—Podría hacerte la retransmisión. A él no parece hacerle gracia que estemos hablando. —Brent me coge la mano y se inclina hacia mí—. Voy a darle un empujoncito. —Me acaricia los labios con la mano y empieza a preocuparme la posibilidad de que me bese—. Tú sígueme la corriente.

Cierro los ojos y vuelvo un poco la cabeza para que no pueda besarme de verdad. Cuando los vuelvo a abrir, veo que Zach aparta a Felicia de su cuerpo.

Vuelvo la cabeza a toda prisa y Brent sonríe con sorna.

—Invita la casa.

Pasan unos minutos y me obligo a no mirar. No ha venido hasta la barra, así que es evidente que Brent está muy equivocado. Además, ¿por qué quiero que venga? No puedo relacionarme de nuevo con él. Por aquello de tropezar con la misma piedra dos veces y tal.

—Pres… —Una mano me toca el hombro y resoplo, sobresaltada. El estómago se me tensa al sentir la caricia.

Me vuelvo y me encuentro a Zach.

No sé qué decir.

—Presley, hay un problema. Tenemos que irnos.

La confusión se apodera de mí.

—¿Qué quieres decir?

—Acaba de llamarme Wyatt.

—¿Está bien? —Me pongo en pie de un salto, presa del pánico—. ¿Qué pasa?

Zach aparta la vista y el miedo me abruma.

—Wyatt está bien —se apresura a decir—. Pero ha pasado algo y tenemos que volver al rancho.

—No sé qué me estás diciendo.

Suelta un suspiro pesaroso.

—Es Cayden.

Me quedo boquiabierta al tiempo que se me entumece el cuerpo.

—¿Qué? —susurro—. ¿Cayden? ¿Qué pasa con Cayden? —pregunto a voz en grito.

No puedo soportar que les pase algo a mis hijos. No puedo soportar otra pérdida. Moriré con ellos. No seré capaz de superar nada más. Ya estoy a un paso de perder los papeles.

—Trent y Cooper estaban montando el campamento y los niños salieron con los caballos. Fueron a buscarlos, pero no encuentran a Cayden. Han buscado por todas partes y nada.

—¡Ay, Dios! —grito—. ¡Tenemos que irnos! ¡Ahora mismo! —vuelvo a gritar y cojo el bolso. Aquí estoy yo, emborrachándome, mientras uno de mis hijos está perdido en el bosque. Se me pasa la borrachera de golpe. No me queda ni rastro de los efectos del alcohol. Solo pienso en encontrar a mi hijo. El pánico y el peligro forman un torbellino tan turbulento como mis emociones. Esto no puede estar pasando.

—Brent, reúne a un grupo de hombres. Necesitamos toda la ayuda posible —ordena Zach.

Es uno de esos momentos en los que parece que todo se mueve a cámara lenta. Me paraliza el miedo. Es como si tuviera los pies pegados al suelo. Estoy aquí plantada mientras la gente se mueve a mi alrededor. Zach me toca el hombro y me estremezco.

—Me voy.

—Vamos. —Me sigue mientras corro hacia el coche—. Voy contigo.

—¡Zach! —grita Felicia—. ¿Qué narices estás haciendo?

No me detengo. No tengo tiempo. Salgo por la puerta y me doy cuenta de que no tengo mi coche.

—¡Mierda!

Me doy la vuelta para ir a buscar a Grace y veo que Zach se está zafando de los brazos de Felicia. Ella le está gritando mientras él intenta llegar hasta mí.

—¡Joder, Felicia! —grita él—. Me voy. Nadie conoce esos bosques mejor que yo. Dile a alguien que te lleve o vete andando. Terminaremos la conversación más tarde. —Corre hacia mí y señala su camioneta—. Súbete.

No titubeo. Los dos subimos de un salto y Zach mete la marcha atrás. No digo una sola palabra mientras volamos por los caminos. Solo pienso en lo asustado que tiene que estar Cayden. Está solo en el bosque, de noche. Muchas cosas pueden torcerse. Nunca ha ido de acampada, así que no sabe qué hacer si se separa del grupo. Debería haberles dicho muchas cosas antes de acceder a que fueran al bosque.

—No puedo… —empiezo a decir. Respiro de forma acelerada y el corazón me late muy deprisa—. Seguro que se siente muy solo.

—Seguro que está bien —intenta calmarme Zach—. Lo encontraremos.

—No lo sabes.

—Lo encontraremos, Presley.

Meneo la cabeza porque no me puede prometer nada. Sé que quiere ayudar, pero con la suerte que tengo…

—No me hagas promesas, Zachary. Ya las has roto antes.

—No pienso romper esta.

Llegamos a mi casa antes de lo que habría creído posible, o tal vez solo me lo parece. Me bajo de la camioneta de un salto y Zach me sigue. Mi padre nos espera delante del establo.

—¡Papá! —Corro hacia él.

—Todo va a salir bien, corazón. —Me rodea con sus fuertes brazos.

—¿Y Logan? —Echo un vistazo a mi alrededor, jadeando.

Mi padre me sujeta un hombro y me toca la mejilla con la mano libre.

—Está arriba con tu madre. Está bien, aunque preocupado.

Alzo la vista y veo a mi madre en la ventana. Echo a andar hacia la casa, pero menea la cabeza y se lleva un dedo a los labios.

—Deja que duerma —me dice mi padre en voz baja—. Vamos a encontrarlo, Presley. Cooper, Trent, Wyatt y todos los demás están buscándolo. —Mi padre siempre ha demostrado mucha confianza, pero incluso él parece algo aturdido.

No soporto quedarme aquí. Si Logan está a salvo, tengo que centrarme en Cayden. Tengo que salir a buscarlo.

—Nosotros también vamos a salir.

—Ya me lo suponía. He hecho que ensillen los caballos con todo lo que vais a necesitar. Yo saldré con otro grupo dentro de veinte minutos para seguir otra ruta.

Entro corriendo en el establo. Zach me sigue de cerca, porque los dos sabemos que no hay tiempo que perder.

—¿Estás bien para montar? —me pregunta.

Monto de un salto y lo fulmino con la mirada.

—Vámonos.

—Entendido.

Salimos hacia la zona en la que están. Tardamos media hora en acercarnos. Tengo los nervios a flor de piel al pensar en todo el tiempo que estamos perdiendo. Pero es mucho más fácil adentrarse en esa zona a caballo que en coche. No le digo una sola palabra a Zach. Una parte de mí ni siquiera se da cuenta de que me acompaña. Solo quiero encontrar a mi hijo.

Por fin nos acercamos a la zona de las cataratas en la que solíamos acampar.

—¡Presley! —grita Zach a mi espalda y se pone a mi altura.

—¿Qué pasa? —pregunto mientras la adrenalina corre por mis venas—. No podemos perder tiempo. Tenemos que encontrarlo. —Hablo deprisa y azuzo al caballo para que avance, pero me sujeta las riendas.

—Para.

—Vamos —mascullo—. ¡Es mi hijo! —Es lo único que me importa. No pienso quedarme aquí parada escuchando lo que sea que quiera decirme. Solo quiero encontrar a Cayden. Soy una imbécil por haberle permitido venir. Debería haber sabido que Cooper y el gilipollas de Trent no serían capaces de cuidarlos.

—Tienes que parar un momento. Necesitamos un plan. Piensa un segundo.

Una parte de mí quiere darle una patada en los huevos, pero tiene razón. Si empezamos a dar vueltas por el bosque, nunca lo encontraremos.

—No sé qué hacer —confieso, y me siento más inútil que nunca en la vida.

—¿Adónde puede haber ido? ¿Qué le gusta?

Intento concentrarme en sus preguntas. No sé lo que los niños han visto de día. No estoy segura de que hayan seguido una ruta especial, pero seguro que fue lo primero que comprobaron Cooper y Trent. ¿Qué más hay aquí afuera? Logan seguiría un animal, pero Cayden siempre ha adorado el agua. Y entonces se me enciende la bombilla.

—¡Las cataratas!

Zach echa a andar delante de mí, agachándose y desviándose para evitar árboles y ramas. Mi caballo lo sigue, y yo me concentro en no perderlo de vista. Mi padre ha colocado luces en las partes traseras de las sillas de montar, así que veo un puntito.

—¡Cayden! —grito mientras sigo cabalgando. Con la esperanza de que me oiga.

Me llega el eco de la voz de Zach, haciendo lo mismo.

Cabalgamos durante lo que me parece una eternidad hasta que oigo el borboteo del agua. Aminoro la marcha y enciendo la linterna mientras sigo gritando.

—¡Cayden!

—Ve por la derecha, yo iré por la izquierda —dice Zach.

Busco por toda la zona de las cataratas. La luna llena brilla en el cielo y ayuda a iluminar el bosque, que suele estar muy oscuro.

—¡Por favor, Cayden! —En algún momento, mis gritos se han convertido en sollozos. Estoy cansada, me siento débil y emocionalmente exhausta. Pero no me derrumbaré, no cuando mi hijo me necesita. Sin embargo, las lágrimas resbalan por mis mejillas mientras lo busco—. ¡Cay! —Lo necesito mucho. Me da igual que estuviera enfadado, solo quiero tenerlo entre mis brazos—. Cayden, por favor, Cayden.

Zach se acerca a mí y se baja del caballo. Me coge de la cintura y me insta a bajar.

—Mírame —me ordena—. Voy a encontrarlo.

—Debe de estar muerto de miedo —digo, y me aferro a sus brazos mientras me echo a temblar—. ¡Es culpa mía! No debería haber permitido que viniera.

—No es culpa tuya. Nada de esto es culpa tuya. —Me toma la cara entre las manos y yo le agarro las muñecas—. Tienes que ser fuerte. Sé que estás asustada. Pero confía en mí, Presley. No voy a volver a casa hasta haberlo encontrado sano y salvo, ¿entendido?

Lo creo. Pronuncia las palabras con tanta certeza que sé que lo dice en serio. Me besa la frente antes de soltarme.

—No puedo perderlo, Zach.

—No vas a hacerlo.

Recupero la compostura y hago acopio de la fuerza que me queda. ¿Dónde si no podría haber ido? Hay demasiados senderos. Zach y yo bebemos un poco de agua y él llama a Wyatt. Hablan de las zonas que han batido y de que la partida de búsqueda consiste en toda la población de Bell Buckle. Todo el mundo ha salido a caballo, en todoterrenos y en camionetas para buscarlo.

Zach corta la llamada.

—Vamos a seguir arroyo abajo. Si le gusta el agua, tiene sentido que siga su curso.

He perdido la habilidad de tomar decisiones, así que asiento con la cabeza y rezo para que Zach encuentre a mi niño.

17

Avanzamos a paso vivo, llamándolo a gritos y buscando cualquier cosa que nos dé una pista. Zach habla con los demás, pero de momento nada. Debemos de llevar unas dos horas avanzando junto al arroyo. Mi esperanza se va apagando con cada minuto que pasa.

La preocupación me atenaza la garganta y me deja sin respiración. Solo acierto a tomar pequeñas bocanadas de aire.

Me pregunto si está dormido, si tiene frío o está asustado, o si está herido. Los recuerdos me asaltan, uno tras otro. La primera vez que lo tuve en brazos, después de que naciera. Su manita entre mis dedos. Su voz la primera vez que dijo «ma». Recuerdo cómo me miraba cuando hacía alguna trastada. Cayden siempre ha sido el más travieso de los dos, pero era tan mono que resultaba imposible enfadarse con él.

Cuando yo era pequeña, mi madre decía que Dios te aprieta, pero no te ahoga. Bueno, pues yo ya no puedo más.

Zach aminora el paso para esperarme.

—¿Estás bien?

—Estoy fatal.

—¿Necesitas descansar un rato? —me pregunta.

Lo miro sin más. No pienso detenerme. Nada va a impedirme proseguir con la búsqueda.

—Cada minuto que perdamos es un minuto que a él le puede hacer falta.

—Al menos come algo —dice mientras me ofrece una barrita energética—. Has bebido mucho y necesitas energía si quieres seguir adelante.

Tiene razón. Acepto la barrita y le doy unos cuantos bocados.

—Gracias —digo en voz baja—. Te agradezco que estés haciendo esto.

—Haría cualquier cosa por ti —replica mientras se aleja al trote.

Tiro de las riendas, detengo mi caballo y espero a que él mire hacia atrás.

—No puedes decirme esas cosas —protesto—. No puedes jugar conmigo. ¿No te das cuenta de que estoy muy tocada?

Zach acorta la distancia que nos separa.

—Estás dolida, no tocada.

—¿A qué estás jugando? —Meneo la cabeza—. Estás con ella. ¿Por qué me dices estas cosas?

Zach desmonta de un salto y coge las riendas, obligándome a detenerme donde estoy.

—¿Sabes que había planeado pedirle matrimonio el mismo día que tú volviste a Bell Buckle? ¿Sabes por qué Felicia no tiene un anillo en el dedo?

No quiero escucharlo.

—No puedes hacerme esto ahora. —Se me llenan los ojos de lágrimas mientras rememoro todo lo que ha pasado esta noche. Es demasiado.

Zach mira al cielo y, después, suelta el aire despacio.

—Tienes razón. Este no es el momento. Cuando estés lista, después de que encontremos a Cayden, y quieras saber la verdad, aquí estoy. —Suelta las riendas y se aleja hacia el agua.

Me duele el pecho por muchos motivos. Quiero saber lo que siente, pero al mismo tiempo no quiero saberlo. Lo observo mientras se agacha y se echa agua en la cara. Todos estamos agotados, asustados, y rezamos para que se produzca un milagro.

No sé por qué, pero también desmonto. Mis pies se mueven por voluntad propia y me llevan junto a Zach. Solo necesito estar cerca de él. Necesito una llamita de esperanza que me diga que todo va a salir bien. Me rodea la espalda con los brazos y me doy la vuelta para pegarme a él.

—Abrázame —le pido.

Y lo hace.

Me estrecha entre sus brazos. Me siento segura. Me abraza como hace mucho tiempo que nadie lo hace.

Cierro los ojos y me permito descansar en la seguridad que me prodiga. Intento encontrar el equilibrio, sentir el mundo que me rodea y sosegarme. Me siento muy perdida, como si fuera a la deriva y esperase que algo me anclara. Ahora mismo tengo la impresión de que por fin me han sujetado y tal vez sea capaz de sostenerme en pie, sola. Entre sus brazos, puedo luchar.

Me aferro a su camisa y lo miro a los ojos. Me aferro a él con todas mis fuerzas. No quiero separarme. No quiero seguir a la deriva.

—Zach —susurro—. No me sueltes.

Sus manos siguen en mi espalda mientras yo hablo. No me suelta. Me mira a los ojos e inclina la cabeza para apoyar la frente en la mía. Nos quedamos así, abrazándonos, mientras rezo para que Dios me permita encontrar a mi hijo.

«Por favor, lo necesito. Ya he perdido muchas cosas».

Zach aparta la cabeza de la mía. Abro los ojos y lo miro, pero está buscando algo.

—Presley… —dice al tiempo que aparta los brazos. La serenidad que sentía se desvanece al instante—. Mira, ¡allí!

Miro en la dirección que me indica. Hay un caballo atado a una rama.

—Cayden —murmuro—. ¡Cayden! —grito mientras echo a correr tan rápido como me lo permiten las piernas.

—¡Cayden! —grita Zach, que está buscando por la zona—. ¿Dónde estás, campeón?

Seguimos llamándolo mientras corro hacia el árbol.

—Es el caballo de mi padre. ¡Es *Shortstop*! —le digo a Zach mientras registramos la zona—. Ha estado aquí. —Tomamos direcciones opuestas para buscarlo.

—¡Mamá! —grita Cayden.

Rastreo la zona, tratando de encontrar de dónde procede la vocecilla.

—¡Lo he encontrado! —grita Zach, que ya está corriendo colina abajo—. Estamos aquí, Cayden.

El corazón me late desbocado contra las costillas mientras corro hacia ellos. Empiezo a llorar y resbalo. Avanzo lo más rápido que puedo y, en cuanto lo veo, respiro de nuevo.

—¡Cayden! —El alivio me inunda. Está bien.

Zach lo envuelve con su cazadora y yo lo estrecho entre mis brazos. Lo abrazo mientras lloro.

—Estás bien. Gracias, Dios mío, estás bien. —Le toco la cara y le aparto el pelo para asegurarme de que no está sangrando.

—¿Estás herido? —le pregunta Zach.

Cayden llora entre mis brazos y afirma en silencio con la cabeza.

—Me caí. Até a *Shortstop* a la rama y luego no pude volver a montar. Lo siento, mamá.

—Tranquilo —le digo—. Lo importante es que estás bien. —Le beso la coronilla y miro a Zach, que me sonríe y suspira.

—No puedo andar —añade Cayden.

Zach no titubea. Se acerca, lo levanta en brazos y empieza a subir la colina.

—Agárrate fuerte, campeón.

Cayden le echa los brazos al cuello mientras Zach lo lleva colina arriba. Cuando llegamos a la cima, se agacha y Cayden prácticamente salta hasta mis brazos.

—Te tengo, cariño. —Me parece un sueño. La verdad es que no sabía si podríamos encontrarlo. He intentado no pensar en todas las cosas que podían haber sucedido, pero eso lo reconozco ahora que por fin lo hemos encontrado.

Zach me frota la espalda con una sonrisa perenne en los labios.

—Nos tenías preocupados, chaval.

Cayden cierra los ojos y se echa a llorar.

—No sabía dónde estaba. Recordé que el tío Cooper nos dijo que nos quedáramos siempre cerca del agua, pero no sabía en qué dirección iba.

—Has hecho lo correcto —lo tranquiliza Zach—. Voy a llamar a los demás —añade al tiempo que le alborota el pelo.

—Zach —lo llamo—. Gracias por mantener tu promesa. Gracias por todo. —No creo que alcance a imaginar siquiera lo que esto significa para mí. Esta noche ha sido todo lo que yo necesitaba. Protector, salvador y amigo. Zach ha llenado todos los huecos vacíos que he sentido en los últimos seis meses.

Asiente una vez con la cabeza y se aleja con el teléfono pegado a la oreja. Le oigo hablar a lo lejos para comunicarles a los demás que lo hemos encontrado. Desde distintos puntos del bosque se oyen los vítores y los silbidos de alegría. Todo el mundo ha ayudado en la búsqueda y todos nos vamos a casa con una sonrisa.

El cansancio vence a Cayden, que se queda dormido entre mis brazos. No han pasado más de cinco minutos, pero se ha quedado frito. Está agotado por todo el ejercicio físico y el desgaste emocional que ha sufrido. Zach se acerca de nuevo y le acaricia la cara mientras él duerme.

—Se parece a ti —murmura.

—Bueno, eso significa que Logan también se parece a mí. —Me echo a reír y miro a mi mundo mientras duerme. Después, miro a Zach, que aparta la mano y también aparta la vista con rapidez.

—Los dos se parecen.

—¿Zach?

No sé por qué insiste en alejarse. Es evidente que no le estoy enviando señales muy claras, pero él también se muestra contradictorio. Está con Felicia, pero me besa; la deja en el bar, pero viven juntos. Y lo peor es que me acojona. Porque ya sé lo que es sufrir. He experimentado más dolor por culpa de los hombres que he querido del que debería sufrir una mujer. Por supuesto que me muestro recelosa. Y ahora que sabe la verdad, espero que él me entienda.

—Deberíamos regresar. Lo llevo yo en mi montura y así tú puedes guiar a *Shortstop*.

—Claro.

Subir a Cayden al caballo con Zach no es tarea fácil. Pesa mucho y se niega a despertarse. Tras unos cuantos minutos lo conseguimos. Avanzamos a la par mientras Zach se abre paso por el bosque como si formara parte de su propiedad. Es alucinante que conozca la zona tan bien. Mi gratitud aumenta a medida que avanzamos. No hablamos, pero no dejamos de mirarnos de reojo.

Me pregunto si alguna vez tendré la capacidad de volver a confiar. ¿O es algo que Todd me ha arrebatado para siempre? Me siento dolida, enfadada y confundida, pero en lo más profundo de mi ser quiero ser feliz. Y me pregunto si habrá algún motivo por el que Zach haya regresado de nuevo a mi vida.

Y

Llegamos al establo y el silencio se rompe con los gritos y los aplausos. Todo el pueblo está presente. Miro a Zach y él ríe entre dientes. Así es la vida en el campo. Si la tragedia que soporté en Pensilvania hubiera tenido lugar aquí, las cosas habrían sido muy distintas. La casa se habría llenado de gente, la comida inundaría la cocina y no habría tenido ni un minuto para estar sola.

Mi padre toma a Cayden de los brazos de Zach y lo abraza. La culpa y el arrepentimiento me abruman. He privado a mis padres del tiempo que podrían haber pasado con mis hijos. No los han visto crecer, y me arrepiento por eso.

—Mamá… —Logan sale corriendo en cuando oye el jaleo—. ¡Cayden! —Echa a correr hacia su hermano y ambos acaban en el suelo.

Me llevo una mano a la boca mientras lloro. Aunque no me creo capaz de sobrevivir si algo le hubiera sucedido a Cayden, soy consciente de que también habría perdido a Logan. Porque su hermano es su mundo. Noto que alguien me pone una mano en el hombro y, cuando me vuelvo, descubro a mi hermano, cubierto de tierra y de sudor.

—Pres —dice con un deje de culpa.

—No ha sido culpa tuya.

—Debería haberlos vigilado mejor.

Cubro su mano con la mía.

—Sé que nunca les harías daño a propósito.

Me estrecha entre sus brazos, me da un beso en la mejilla y esconde la cabeza en mi cuello. Sé que mi hermano no llora, pero se estremece mientras me abraza. No alcanzo a imaginar lo asustado que ha debido de estar él también. Al saber que estaban a su cuidado, que yo lo he perdido todo y que la pérdida de Cayden nos habría destrozado por completo.

—No pasa nada, Coop.

Menea la cabeza y suspira, aliviado.

—Voy a preparar los caballos para mañana.

Que es su forma de decir que sigue afectado.

—Muy bien.

Muchos nos abrazan, se acercan para conocer a los niños y

me echan la bronca por no haber ido a verlos. Ha sido una noche muy larga y los niños no tardan en irse a la cama. Mis padres se escapan poco después que ellos. Sin embargo, aunque estoy agotada, no puedo pensar en dormir.

Me traslado al porche trasero para ver amanecer. Es un nuevo día. Necesito recordármelo.

Cada vez que sale el sol, yo soy quien decide si quiero seguir o no en la oscuridad, y hasta ahora he elegido mal. Todd tomó su propia decisión, pero eso no significa que no pueda encontrar una nueva luz en mi vida.

Me siento en el balancín del porche tapada con una manta y confiando en que las heridas empezarán por fin a cicatrizar. Sé que no va a ser fácil. Hay muchas cosas que necesito aceptar, pero acabo de comprender que debo hacerlo por mucha gente. Por los niños, por mis padres, por mi hermano, por Grace, por Zach... Pienso en él.

En lo que me hace sentir. En lo que siempre me ha hecho sentir.

—Hola. —Zach me mira mientras yo vuelvo a la realidad—. Pensaba que estarías dormida. —Sube despacio los escalones mientras yo me levanto.

—Y yo que tú te habrías ido.

Me acerco a él, sin saber por qué está aquí.

—Me había ido, pero luego decidí que quería comprobar cómo estabas.

—Ah.

Se ríe entre dientes.

—No podía dormir.

—Yo tampoco. —Está tan cerca que puedo oler su colonia. Incluso después de una noche tan larga, de estar en el bosque, huele como si fuera mi hogar.

Me acerco un paso más.

Y otro.

Estoy tan cerca que tengo que levantar la cabeza para mirarlo a los ojos.

Aspiro su olor, siento su calor corporal y no puedo evitarlo. Lo deseo. Lo necesito. Le echo los brazos al cuello y tiro de él para capturar sus labios. Lo beso. Lo beso y le entrego todo lo que siento. Él no pierde ni un segundo. Me abraza y me pega a su cuerpo. Me aferro a su cuello para mantenerlo justo donde lo necesito. Es un beso frenético, pero Dios..., es maravilloso.

Su lengua me presiona los labios y los separo gustosa. En cuanto nuestras lenguas se rozan, estoy perdida. Me pongo de puntillas y me levanta aferrándome el trasero. Parecemos dos adolescentes. Dejamos de besarnos cuando él me estampa de espaldas contra el poste, pero yo no tardo en besarlo de nuevo.

Necesito ese beso. Necesito que me recuerde la mujer que soy. Llevo toda la vida queriendo a este hombre, y ahora mismo necesito que me quieran. Gime sin separarse de mis labios y lo siento en el alma. Quiero ahogarme en él. Nos besamos y nos clavamos las uñas. He perdido la noción del tiempo y de cualquier otra cosa que no sea él.

Después de sabrá Dios cuánto, Zach me sujeta la cara entre las manos y se separa de mí.

El pecho me sube y me baja con rapidez mientras nos miramos a los ojos.

—Yo... —empiezo, pero me detengo. No sé qué decir. He sido yo quien se ha tirado encima de él y la última vez que me besó, le crucé la cara. ¿Ahora voy y lo beso? Mierda. ¿Qué estoy haciendo?—. Lo siento —me apresuro a añadir, mientras me deslizo hasta el suelo—. No sé qué narices me ha pasado. No puedo creer que...

Zach suspira mientras mira a nuestro alrededor.

—No podía... En fin... —Se pasa una mano por la cara—. No puedo. —Otro silencio—. No puedo hacer esto.

—Lo sé. No sé en qué estaba pensando. —Intento explicarme—. Esta noche me han pasado demasiadas cosas y está claro que no pensaba con claridad.

Zach retrocede un paso y levanta una mano para silenciarme.

—No me refería a eso.

Me siento confundida.

—Entonces, ¿a qué?

—No puedo fingir. No puedo hacer esto contigo. Sé que lo sabes.

—¿El qué sé?

—Presley, pregúntamelo otra vez —me ordena—. Pregúntame por qué no es mi mujer. Pregúntame por qué no le he pedido matrimonio.

El corazón se me dispara y se me queda la boca seca. Se acerca a mí hasta que las puntas de nuestros pies se rozan. Esos ojos tan azules, ese pelo rubio oscuro y esa barba de dos días me dejan sin aliento. Zach Hennington siempre ha sido el hombre que me provoca mariposas en el estómago.

—¿Por qué? —La pregunta sale de mis labios antes de que pueda evitarlo.

El viento me azota el pelo y la frialdad de la mañana me provoca un escalofrío.

—Porque cuando volviste, lo supe. Supe que nunca podría mirar a otra mujer como te miro a ti. Si cierro los ojos, es a ti a quien veo. Siempre has sido tú, Presley.

—Pero sigues con ella.

—No —replica—. Ya no. No es justo para ella, aunque me digas que tú no sientes lo mismo. Aunque me vaya de aquí hoy sabiendo que no existe la menor posibilidad de que haya algo entre nosotros..., te esperaré.

Separo los labios y siento un nudo en el estómago.

—Pero... —Intento asimilar lo que acaba de decir—. Vosotros...

Me acaricia una mejilla.

—Se ha acabado. Voy a cortar con ella en cuanto amanezca. No es la mujer a la que quiero.

—Zach —digo al tiempo que suelto el aire—. Ya no me conoces. Estoy muy tocada. He pasado por un infierno y ya no soy la chica que recuerdas. A ver, que si no quieres seguir con ella porque es... ella, vale. Pero no lo hagas por mí.

—No quiero que digas nada. Solo quiero que sepas que lo he dicho muy en serio. —Aparta la mano mientras se acerca para besarme en la frente—. No es por ti, Presley. Es porque siempre has sido tú.

Se da media vuelta y se aleja, dejándome más confundida que la última vez que me dejó. Esta vez la pelota está en mi tejado. Y no tengo ni la menor idea de lo que hacer.

18

—*M*amá —oigo que Cayden me dice desde la puerta.

—¿Qué pasa?

—¿Puedo dormir contigo?

Es la segunda noche esta semana que viene a mi dormitorio.

—Pues claro. —Aparto la ropa de cama y se acuesta a mi lado.

Cayden se relaja mientras le acaricio el pelo. Solía hacerle lo mismo cuando era un bebé. Cayden tenía terrores nocturnos y la única manera de que se durmiera era acostarme a su lado hasta que por fin el sueño lo vencía. Todd nunca era capaz de tranquilizarlo el tiempo necesario. Creo que Cayden sabía que a mí me podía engatusar para quedarme más. Cuando eran pequeños, solía desear que el tiempo pasara deprisa. Quería que hablaran, que anduvieran y que comieran solos. Ahora daría lo que fuera por recuperar aquella etapa.

Empieza a respirar más profundamente.

—Lo echo de menos —susurra.

—¿A quién? —pregunto, aunque sé a quién se refiere.

—A papá.

—Ya lo sé.

He intentado por todos los medios librarme de la rabia que me consume. Saber que podríamos habernos evitado todo este dolor hace que casi sea imposible. Me cuesta la misma vida aceptarlo. No hubo señales de advertencia. Era feliz, se mostraba cariñoso y estaba viviendo una mentira. Eso es lo que mi cabeza me repite una y otra vez.

—¿Estaba enfermo?

Y esto es lo que más odio.

—No, no que sepamos. —Desvío el tema con verdades a medias. Diría que, en cierto modo, debía de estar mal, pero sé que no es lo que Cayden me está preguntando.

Se da la vuelta y me mira a la cara. Sus enormes ojos verdes están llenos de inocencia, una inocencia que yo me desvivo por preservar. El mundo está lleno de verdades espantosas; los niños no deberían soportar su peso.

—Quiero volver a casa —dice con lágrimas en los ojos—. Echo de menos a mis amigos y echo de menos mi dormitorio. Echo de menos a la tía Angie.

—Ojalá pudiéramos. De verdad que sí. —Le doy un beso en la cabeza—. Yo también la echo de menos. Pero ahora esta es nuestra casa. Tienes que concentrarte en las cosas buenas que tiene Bell Buckle. —Le dijo la sartén al cazo...

—Me gusta mi caballo.

—Ahí tienes. —Sonrío.

—Me gusta el tío Cooper y Wyatt. Es muy gracioso.

—Es un pieza. —Los dos nos echamos a reír—. Somos amigos desde que era pequeña. ¿Lo sabías?

Cayden pone los ojos como platos.

—¿Te conocía cuando eras joven?

—Oye —lo regaño—, que sigo siendo joven.

—Lo que tú digas, mamá.

Le hago cosquillas y empieza a reír sin cortarse. Es un sonido que he echado de menos. Incluso ahora, cuando reímos, parece que nos cuesta hacerlo.

—Tengo veintinueve años. Dilo —le ordeno.

—No los tienes.

—Dilo o sufrirás la cólera de mis cosquillas.

Cayden se retuerce y sigue riéndose mientras se niega a decirlo. Al final, se da por vencido.

—¡Vale! Tienes veintinueve.

Me tumbo como si estuviera agotada y resoplo.

—Qué amable eres al decir algo así.

—Sigue soñando, mamá.

—Petardo.

Los dos nos echamos a reír y luego nos calmamos.

Parece algo normal. Es como si hubiera recuperado mi vida. Decir tonterías, reír y vivir el momento sin más. Necesitamos más de esto. Yo lo necesito. Nunca podré ser de nuevo quien fui, pero eso no quiere decir que no pueda ser feliz. Y los niños son mi felicidad.

—¿Mamá? —pregunta Cayden después de un largo silencio.

—¿Mmm?

Se queda callado un segundo antes de seguir hablando.

—¿Puedo montar a caballo hoy?

Me coloco de costado.

—¿Tu caballo?

—Sí, ¿crees que podríamos salir a montar juntos?

Es la primera vez que me ha pedido acompañarlo en sus cabalgadas. Suele pedírselo a Cooper, a mi padre o a Wyatt. Suponía que necesitaba compañía masculina, y todos son «vaqueros de verdad».

—Me encantaría.

—Wyatt nos ha dicho que eras una amazona estupenda.

—¿Era?

—Dice que ahora no lo eres tanto. —Cayden se echa a reír.

Me contengo para no reprenderlo porque me está hablando durante más tiempo seguido del que me ha hablado desde hace meses. Se ha mostrado muy distante, encerrado en sí mismo, y se negaba a dejar que me acercase a él. Lo último que quiero es que se cierre en banda de nuevo.

—Gané un montón de rodeos.

Jadea.

—¿Montabas toros?

—No. —Me echo a reír—. Participaba en carreras de barriles.

Pasamos la siguiente media hora hablando de cómo era la vida aquí cuando yo era pequeña. Le hablo del arroyo y de algunas de mis actividades preferidas. Hablamos un poco de Wyatt, de Zach y de Trent. Me hace un montón de preguntas y me gusta contestarlas. Siempre he mantenido una relación estrecha con los dos niños, pero Cayden siempre ha sido muy reservado. Rezo para que este sea un punto de inflexión para él… y para mí.

Y

—Presley —me dice mi madre desde la cocina—. ¿Puedes ir al pueblo y traerme unas cuantas cosas?

Aunque no quiero, nunca me niego. Mis padres me han salvado en muchísimos sentidos.

—Claro.

Cojo la lista de lo que necesita y las llaves. Los niños están con Wyatt y Cooper, arreglando cercas o algo así. Me encanta ver que los hombres de mi vida arriman el hombro y toman a mis hijos bajo sus alas. Trent los llevó a dar una vuelta en el coche patrulla el otro día y ahora Logan no deja de repetir que será *sheriff*. Que Dios me ayude.

Llego a la primera tienda, donde una emocionadísima señora Rooney me saluda.

—¡Presley! —Se acerca corriendo—. Tu madre me ha dicho que ibas a venir y me moría por verte.

—La vi la otra noche.

—Sí. —Sonríe—. Pero han cambiado muchas cosas.

No tengo la menor idea de qué ha cambiado en dos noches, pero estamos en Bell Buckle. Tengo dos opciones: meterme de lleno en la locura de los cotilleos locales o comprar lo que he venido a buscar y marcharme. Me decanto por la segunda opción.

—Necesito harina y chocolate.

—¿Vas a preparar una tarta?

—Se ve que mi madre sí.

Leo la lista y me doy cuenta de que necesita cosas rarísimas.

—Me he enterado de que Zach se portó como todo un héroe —intenta decir como si nada.

Y ya empezamos. Sabía que no iba a durar mucho, pero vi a Zach hace dos días y no he vuelto a saber de él. Tampoco es que esperase hacerlo, pero al mismo tiempo él parecía muy seguro. A lo mejor Felicia y él tienen algo más fuerte de lo que me ha dicho. Sea como sea, no quiero que el pueblo piense que vamos a volver a estar juntos.

—Sí, encontró a Cayden, aunque ya lo sabe. —Sonrío y ella asiente con la cabeza—. ¿El chocolate está detrás de usted? —Echo un vistazo a mi alrededor, pero hay tantas cosas que soy incapaz de encontrar nada.

—Lo tienes justo aquí, cariño. —Rodea el mostrador y coge la bolsa—. ¿Has visto a Zach desde entonces?

De no conocer a esta mujer de toda la vida, le habría dicho que metiera las narices en sus asuntos. Sin embargo, mi madre me daría una paliza si lo hago... ya tenga treinta y cinco años o no.

—Debería irme.

—Claro. —Sonríe. Se toma su tiempo en la caja registradora, hablando de sus hijos y de los nuevos artículos que va a vender en la tienda. La escucho mientras rezo suplicando poder marcharme antes de que anochezca.

Después de unos cuantos minutos y de un montón de preguntas, me cobra.

—Gracias, señora Rooney. Nos veremos pronto.

—Eso, que no se te olvide. Y que no se te olvide tampoco llamar a Zach. Tengo entendido que le encantaría ver a Cayden. Cuidado al volver a casa.

Suelto el aire.

—Ajá. —Que interprete la respuesta como quiera.

Compro lo que mi madre necesita en otras dos tiendas y me subo al coche. Una vez sentada, me tomo un segundo para golpearme la cabeza contra el volante.

—Ese imbécil de Zach —repito una y otra vez, dando rienda suelta a mi frustración... contra mi cara. Dejo de hacerlo en cuanto me siento mejor. Las preguntas se repiten con cada persona.

«¿Cómo está Zach? Me alegro tanto de veros juntos de nuevo. ¿Habéis pensado en volver? Siempre estuvisteis destinados a estar juntos».

Me están matando a cámara lenta.

Hago ademán de dar marcha atrás, pero me detengo al ver la dichosa camioneta al otro lado de la calle.

No pienso quedarme acobardada. Puede ver mi coche. Salgo del aparcamiento y lo pillo mirándome gracias al retrovisor. Bajo la ventanilla y lo saludo con la mano mientras me alejo. No entiendo cómo puede quedarse ahí plantado sin intentar siquiera hablar conmigo. A ver, que me lancé sobre él literalmente. Siento un nudo en la boca del estómago al pensar en lo que dijo. Lo creí, quería que sucediera con toda mi alma. Pero no fui yo quien hizo un montón de promesas. Es hora de que Zach decida si está dispuesto a ir a por mí.

Trabajar en el rancho no es el trabajo de mis sueños ni mucho menos. Me encantaría abrir una pastelería en el pueblo, pero duraría un día antes de que veinte mujeres me llevaran sus productos caseros para venderlos. Sin embargo, hoy por fin puedo salir del despacho, para variar.

—Su carroza espera, señora Townsend. —Wyatt me hace una reverencia.

—Aún no termino de entender por qué te dirijo la palabra.

—Asúmelo, Pres —dice y se echa a reír—. Soy el ying de tu yang.

—Eres la mierda que he pisado.

—Soy el pan de tu mantequilla.

—Eres un doloroso grano en el culo.

Me palmea el culo.

—Ahora sí que te duele.

Le quito el sombrero de la cabeza y subo a mi caballo.

—Cuidado conmigo, vaquero. —Una emoción cruza por su cara, pero se recupera enseguida.

—¿Sabes a qué prado vamos a moverlos? —pregunta, centrándose en la tarea.

—Ajá. —Acaricio el cuello de *Shortstop*. El caballo y yo tenemos una relación muy íntima. Creo de todo corazón que protegió a Cayden aquella noche. Podría haberlo tirado al suelo o haberse internado a saber dónde. Pero permitió que Cayden lo guiara—. ¿Quién más me acompaña?

Voy a liderar un grupo que va a trasladar ganado de un extremo de la propiedad al otro. Me encantaba ese trabajo de pequeña. Toda la familia salía para reunir las vacas, trasladarlas y pasar el día juntos. Cooper va a llevar a los niños en el todoterreno al destino final.

—Cuentas con unos cuantos chicos, conmigo y… con Zach.

Lo miro de golpe.

—¿Cómo?

—Ya sabes, alto, tonto, ojos azules y con un corte de pelo espantoso.

Meneo la cabeza con la boca abierta. Si hubiera cortado con Felicia, como me dijo, me habría enterado a estas alturas. Es evidente que no dijo en serio lo que me dijo. Me duele porque confié en su palabra. Creía que íbamos a empezar de cero de una manera o de otra. Los sentimientos que seguimos albergando el uno por el otro me asustan. No quiero que me pisoteen el corazón, y ahora mismo es como me siento.

—No te preocupes. —Menea la cabeza—. No va a cabalgar contigo.

Ardo en deseos de tirarle algo a la cabeza.

—Lo que tú digas. El campo es grande. —No hay motivos para que lo tenga que ver. Puede guiar a las vacas mientras yo voy a por las rezagadas. Ya tengo un plan.

Mi familia posee una propiedad muy extensa y mi padre siempre ha creído que el ganado necesita recorrer largas distancias de vez en cuando. Antes de que inventaran los móviles y todas las cosas de las que disponemos ahora mismo…, pasábamos varios días en un traslado largo. Era una versión de las vacaciones familiares. Eso no va a pasar esta vez. No pienso acampar con Zach. Ni de coña.

Wyatt se echa a reír.

—Ay, vaquera. Algún día te despertarás del sueño en el que estás viviendo.

Lo fulmino con la mirada.

Llevo el caballo hasta el camión y dejo que se aclimate. Hay casi veinte kilómetros hasta el punto donde se encuentra el ganado. Es imposible que los caballos aguantaran el viaje hasta allí y la vuelta en un solo día. Además, me niego a levantar una tienda de campaña con cualquiera de los Hennington. Ya encontraré la forma de volver a casa.

El camión para dos caballos solo tiene un ocupante. Me hago una idea de quién tiene pensado Wyatt que ocupe el otro lugar y quién va a conducir.

—Buenos días, Presley. —La voz ronca de Zach me sobresalta cuando aparece junto a la ventanilla.

—¡Por Dios!

Esboza una sonrisa guasona.

—¿Preparada para el día?

—No sabía que íbamos a pasarlo juntos.

—He llegado a la conclusión de que ya me has dado largas más que de sobra. Es agradable salir del despacho. —Zach le da una palmada a la ventanilla y rodea el vehículo para llegar al lado del conductor.

La cosa no pinta nada bien.

Se pone detrás del volante como si no tuviera la menor preocupación. Yo estoy de los nervios. ¿Cómo es que no se da cuenta? ¿Cómo es posible que no sepa que deberíamos hablar de lo que pasó? Me cruzo de brazos y respiro hondo. Vale. Puedo seguirle el juego.

—¿Qué pasa? —me pregunta mientras enfila el largo camino.

Lo miro como si se hubiera vuelto loco.

—¿En serio?

—Parece que no te alegras de verme.

—¿Cómo está Felicia? —pregunto con voz ponzoñosa. Sé que me dije que sería fría y distante, pero pensar en ella me convierte en una arpía. Es una zorra de lo peor, y aunque Zach y yo jamás volviéramos a estar juntos, no me gustaría que estuviera con él.

Zach se coloca bien el sombrero y sonríe.

—Si hubieras devuelto mis llamadas, lo sabrías.

—Llamaste ayer y estaba ocupada. —La verdad es que no quise devolverle la llamada...; estaba cabreada por el hecho de que no me llamara antes.

—Supuse que me devolverías la llamada.

—¿Por qué no pasaste por aquí? —pregunto—. Sabías perfectamente dónde estaba.

Me mira con expresión ardiente. Y con esa mirada me derrite sin más.

—Sé muy bien dónde estás, Presley.

—No me has contestado.

Zach se aparta del camino y se vuelve para mirarme.

—Felicia y yo ya no estamos juntos. Me he pasado estos días ayudándola a mudarse, buscándole un sitio para vivir. Verás —dice y hace una pausa—, todo lo que dije fue en serio. Pero tenía que ser justo con ella, de manera que ir a tu casa después de terminar una relación de cinco años era imposible. Así que… —Se aparta y vuelve a ponerse en marcha—. Estás en el triángulo del bateador.

Empiezo a asimilar la información.

Zach ya no está con Felicia.

Yo estoy soltera.

Él conduce mientras repaso todas mis inseguridades y sopeso si es factible incluso el hecho de pensarlo siquiera. Por atracción sexual no va a ser…; nunca hemos tenido problemas en ese sentido. Sé que somos compatibles. Sé que somos capaces de amarnos el uno al otro y sé que yo siempre lo he querido. Y si soy del todo sincera, sé que él me quiere. No habría dejado a Felicia si no me quisiera. No me miraría de la forma en la que me mira. No estaría aquí ahora mismo. Pero Zach me ha hecho daño.

Claro que no somos los mismos.

No soy la misma chica de entonces y nunca lo seré. Es injusto creer que Zach es el mismo. Son muchas cosas a tener en cuenta. El estómago me da un vuelco y el corazón se me acelera.

Llega a la cerca que tenemos que pasar para mover el ganado. Mientras abre la puerta del coche, lo cojo del brazo.

—¿Cómo va el marcador? —pregunto, siguiendo su analogía. Zach se comunica mejor empleando términos de béisbol.

Sonríe y ladea la cabeza.

—Cariño —dice con ese acento sureño más presente que nunca—, no hay *strikes* ni eliminados, y acabamos de empezar la primera entrada.

Camuflo la carcajada con una tos.

—Tienes que mejorar tu juego, Zachary Hennington. Todavía ni estoy segura de querer batear.

Los ojos de Zach brillan y su sonrisa se ensancha.

—Soy muy bueno leyendo a la bateadora y creo que está preparada para levantar el bate del hombro. La pregunta es —comienza y se inclina hacia delante— si va a conseguir batear o la van a eliminar.

—Mmm. —Me doy unos golpecitos en la barbilla con el dedo—. Depende de lo bueno que sea el lanzador.

—Las lanza siempre al centro.

—¿Y si la bola traza una curva?

Me coge de la mano y me da un tirón.

—El lanzamiento es perfecto, Presley. No va a cambiar de altura, ni va a trazar una curva ni va a perder velocidad. Ni siquiera va a ser una bola rápida. Es el único lanzamiento posible cuando el lanzador quiere que el bateador golpee. —Sus labios están muy cerca. Todo mi cuerpo se tensa mientras me pregunto si me va a besar. En cambio, sus labios rozan mi mejilla—. El lanzador casi le está suplicando a la bateadora que golpee. Quítate el bate del hombro, cariño.

Me suelta y se baja de la camioneta silbando. Me quedo sentada, boquiabierta, con la respiración agitada. ¿Qué pasa si me eliminan?

19

Mientras preparamos los caballos, siento la mirada de Zach clavada en mí. Lucho con uñas y dientes para no mirarlo. Sé que debo decir algo, en un sentido o en otro, pero el miedo supera mis deseos. Debo ser cuidadosa con mi corazón. Necesito estar segura de que estoy preparada incluso para considerar la idea de otra relación.

Eso sí, mentiría si dijera que no lo deseo.

Siempre lo he deseado. Y ahora estamos aquí, tantos años después, y tenemos una segunda oportunidad.

—Zach —digo, pero antes de que pueda añadir algo más, Wyatt y los demás se acercan.

—Habéis venido con tranquilidad —se burla Wyatt—. He pensado incluso que os habíais parado para echar uno rapidito.

Zach lo mira furioso, pero claro, a Wyatt nada lo molesta. Es mejor pasar de él.

—Y yo pensando que todos los Hennington tenían el mismo aguante. Supongo que eres el débil de la camada. —Me encojo de hombros y monto a *Shortstop*.

La ironía es para echarse a reír.

—Asegúrate de montar bien a nuestro *Shortstop*, pero no lo dejes con agujetas —se burla Wyatt como si me hubiera leído el pensamiento.

—Capullo.

—Me han llamado cosas peores.

Oigo que Zach se ríe entre dientes y le saco la lengua a Wyatt.

—Qué madura… —se burla antes de darle un guantazo a mi caballo en la grupa, haciendo que salga disparado hacia delante.

La corredora que fui en otra época cobra vida. Me inclino

hacia delante permitiendo que la velocidad del caballo fluya por mi cuerpo. Se me acelera el corazón con cada paso que da *Shortstop*. Me entrego al momento. El viento me azota la larga melena castaña, sonrío de oreja a oreja y por fin tengo la impresión de que mis ojos ven de nuevo el mundo.

Nos acercamos a la linde de la arboleda y sé que es imposible que la atravesemos volando, de manera que tiro de las riendas para aminorar la velocidad y doy media vuelta para regresar con Zach y Wyatt. Respiro con dificultad, pero me siento de maravilla.

Es liberador.

—Buen intento para que el caballo galopara. —Sonrío al llegar junto a Wyatt—. Pero da la casualidad de que sé montar, por si se te había olvidado.

—He pensado que podemos recuperar a nuestra vaquera poco a poco.

—He regresado en cuerpo y alma. —Miro a Zach, que está sentado sobre su caballo, y la imagen resulta embriagadora. Su confianza en sí mismo y lo seguro que se siente refuerzan su imagen. Sus ojos no me abandonan en ningún momento, haciéndome creer que soy la única persona que existe.

Sin que sirva de precedente, Wyatt guarda silencio, o a lo mejor es que yo no lo he oído. Porque en este momento, solo veo, oigo y siento a Zachary Hennington. No sé cómo puedo resistirme, si acaso decido hacerlo, porque debería hacerlo, pero ahora mismo, en este momento, tengo muy claro lo que voy a hacer. Y creo que él también lo sabe.

—Bueno —dice Wyatt al tiempo que da una palmada—. Voy a empezar a, en fin, ya sabéis, a trabajar. Vosotros seguid con vuestro concurso de miradas silenciosas y después si eso ya seguís al rebaño. Vance y yo iremos delante.

Respiro hondo y asiento con la cabeza.

—¿Preparado? —le pregunto a Zach.

En vez de contestarme, se adelanta.

—Batea, Pres. ¿Qué es lo peor que puede pasar?

—Que me hagas daño.

—No lo haré.

—No creo que vayas a hacerlo a propósito, pero no sabes qué pasará en el futuro.

Zach suelta una carcajada.

—Sí lo sé. En mi futuro, solo estás tú. Sé que cuando volviste fue como si el mundo se enderezara de nuevo. Deberías haber formado parte de mi vida desde el primer momento, pero en aquel entonces no estaba preparado para ti.

Siento una dolorosa punzada en el corazón y la esperanza florece en mi interior. ¿Es posible que entonces no estuviéramos preparados? Dicen que todo sucede por un motivo, tal vez en aquel entonces no podríamos haber logrado que la relación funcionara y esa fue nuestra señal. Sin embargo, todavía no sé si estoy preparada para arriesgarme a confiar o no. Y eso sería injusto para los dos.

—Oye —dice, devolviéndome a la realidad—, no es necesario que contestes ahora. Pero sí quiero que sepas que te esperaré. —Me guiña un ojo y azuza al caballo en dirección al ganado.

Miro al cielo y cierro los ojos.

—¿Por qué no puedes enviarme una señal? —le pregunto a quienquiera que esté allá arriba.

Aferro con fuerza las riendas y me acerco a los chicos. Es hora de trabajar. Me esperan por lo menos nueve horas durante las cuales podré reflexionar a fondo.

Tardamos casi una hora en conseguir que las vacas se muevan en la dirección que queremos. Hoy están lentas y aunque resulta difícil manejarlas, Zach y yo trabajamos bien juntos. Todas las rezagadas son devueltas al rebaño y no tardamos en encontrar nuestro ritmo.

Agradezco que nos separen unas quince vacas. Porque de esta forma puedo sumirme en mis pensamientos. Me pregunto si Zach está dispuesto a aceptar a dos niños cuyo mundo acaba de hacerse añicos. Ganárselos no va a ser fácil. Querían mucho a su padre y arrastran unos cuantos traumas residuales.

Wyatt me espera.

—Te necesito a la izquierda.

—¿Eh?

—Que vayas a la izquierda. Zach necesita ayuda. —Sonríe. Claro que sí…

—Yo creo que va bien.

—Bueno, yo soy el capataz y te estoy diciendo que vayas a la izquierda.

—Pero yo soy la hermana del dueño.

Chasquea la lengua.

—De todas maneras, aquí el jefe soy yo.

—Y una mierda. ¿Por qué estás haciendo esto? —le pregunto.

—Porque eres una testaruda. Tienes delante de las narices a un hombre bueno que te quiere. Y vas a pasarte no sé cuántas horas convenciéndote a ti misma de que no debes hacerlo o sí debes hacerlo. —Enarca las cejas—. Justo lo que pensaba.

Suspiro. No lo entiende. Creo que nadie lo entiende, porque esto no es sencillo.

—¿Y crees que dejar que él me presione es lo adecuado?

—Creo que los dos estáis asustados. Zach sabe que has perdido a tu marido y que tienes a Cayden y a Logan. Es consciente de todo lo que eso implica. Ya me he asegurado yo de que lo tenga claro. ¿La cagó cuando era joven? No. Le prometieron una cifra acojonante y la oportunidad de jugar al béisbol durante toda la vida. —Wyatt deja de hablar, de modo que tengo la oportunidad de meditar sobre el último comentario. En el fondo de la mente, siempre lo he tenido claro. Pero la mujer destrozada que soy no lo acepta. Wyatt no lo sabe todo—. Pero si quieres darle una oportunidad a otro Hennington, aquí me tienes.

—Lo nuestro no funcionaría nunca. Y lo sabes —añado con delicadeza.

—Lo sé. Siempre has querido a Zach, así qué ¿por qué sigues aquí? Ve a quererlo.

Ojalá fuera tan fácil.

A regañadientes, me voy hacia la izquierda.

—Wyatt dice que necesitas ayuda en este lado.

—¿Ah, sí? —Zach sonríe—. A veces no es tan malo.

—A veces.

Avanzamos despacio para comprobar si alguna vaca se aleja del rebaño. Zach da el primer paso.

—Necesitamos hablar de muchas cosas. La noche que salí del bar contigo dijiste algunas. Te he dado un poco de tiempo, pero no puedes seguir viviendo así.

Se me tensa el cuerpo porque sé qué camino va a llevar la conversación. Y hablar de la muerte de Todd es lo último que quiero hacer.

—Estoy haciendo lo que necesito.

—Presley... —Se lleva una mano a la nuca—. Necesito saber en qué estás pensando. Le estás mintiendo a todo el mundo, pero yo no soy todo el mundo.

Me he preguntado por qué le conté la verdad desde el momento que lo hice. ¿Por qué se lo dije a la última persona que quería que lo supiera? De todas las personas con las que podría haber metido la pata, tenía que haber sido con Zach. Sin embargo, la única explicación que encuentro es que, en algún lugar de mi corazón, necesitaba que lo supiera. Tal vez porque sabía que no usaría la información en mi contra. Zach no me juzgaría jamás.

—No. —Guardo silencio—. No lo eres.

Eso no significa que pueda hablar de esto. He enterrado ciertas partes de aquel día tan hondo que no sé si podré encontrarlas. Resucitarlo todo, enfrentarme a lo que sucedió, puede destrozarme de nuevo. Las pesadillas y los recuerdos de mi marido son dolorosos. Ahora mismo estoy enfadada. Me he aferrado a esa emoción para seguir adelante. Resucitar la tristeza sería demasiado difícil.

—Lo único que te pido es que no me trates como a los demás. Por más preocupada que estés por lo que el futuro nos depare o deje de depararnos, yo tengo las mismas dudas, Pres. Sé que fui yo quien te dejó. Y me he arrepentido desde aquel maldito día. Pero me dejaste hecho polvo, joder.

Lo miro con un sinfín de preguntas en la mente.

—¿Te dejé hecho polvo?

—Sí —contesta con un resoplido—. Te quería. Tú fuiste el motivo de que aceptara jugar con los Dodgers. No lo iba a hacer solo por mí.

—Sé que eso es lo que crees. Si hubiera dejado la universidad por ti, habría hecho el tonto. La gente ya me tomó por tonta cuando rechacé la universidad a la que quería ir para trasladarme a Maine. No quería pasarme toda la vida persiguiendo tus sueños. Es imposible que hubiéramos durado otros dos años mientras tú viajabas, rodeado de chicas, y yo me quedaba estudiando en la universidad.

Echa la cabeza un poco hacia atrás mientras sopesa su respuesta.

—Podríamos haberlo conseguido. O tal vez no. No lo sé porque tú nos robaste esa oportunidad. ¿Crees que soy el único culpable?

—Lo pensé durante mucho tiempo. Sin ti, tenía la impresión de que me estaba muriendo. Te llevaba tan adentro que, cuando te fuiste, me sentía vacía. Aquel fin de semana Todd fue a visitar a Angie y me abrazó mientras lloraba. Así fue como empezamos. Él logró reunir los trozos de mí que tú destrozaste.

Sé que lo que Zach dice es cierto. Me rendí en cuanto él se fue. Era joven y tonta, sí, pero me lancé de cabeza a una relación con Todd. Dios, me asustaba tanto estar sola…

Pero mi vida con Todd no fue mala. Tuvimos hijos, amor, felicidad y habría envejecido a su lado.

—Yo te habría abrazado.

—No desde California —le recuerdo.

—No, supongo que no.

Guardamos silencio mientras seguimos avanzando despacio. Hay cosas con las que necesito lidiar antes de seguir adelante. No solo en lo referente a Zach, sino en muchos aspectos de mi vida. Hace bien en mostrarse cauteloso. El dolor de la pérdida aún me inunda el corazón, pero también lo tengo lleno de ira por muchos motivos.

Nuestra historia es complicada. Las cicatrices son profundas. Están marcadas a fuego en mi persona y crearon la deformidad que tengo por corazón.

No puedo seguir adelante sin más.

No puedo olvidar sin más.

Y, después, llegó mi marido y reabrió esas heridas. El hombre que se suponía que estaría a mi lado para lo bueno y para lo malo. Los votos que pronunciamos y la vida que compartimos ya no existen.

—¿En qué estás pensando? —me pregunta Zach.

—En ti, en Todd, en mí y en si podré pasar página —contesto con sinceridad—. Hay muchas cosas entre nosotros. Mucha historia, y no es tan simple como intentarlo otra vez.

Zach asiente con la cabeza.

—No creo que lo sea.

—¿Y qué crees entonces?

Zach suspira y detiene el caballo.

—Wyatt —grita—. Seguid. Presley y yo os alcanzaremos dentro de un rato.

Miro a mi alrededor, confundida.

—No podemos...

—Solo serán unos minutos —me interrumpe, mientras desmonta. Me mira y me quita las riendas de las manos—. Baja.

Su voz no admite réplica. Paso una pierna por encima del caballo, pero el otro pie se me traba en el estribo, de manera que estoy a punto de caerme, aunque los fuertes brazos de Zach me sujetan. Mis manos se apoyan en su torso, y siento los latidos de su corazón bajo los dedos. No nos movemos. Nos limitamos a mirarnos a los ojos sin más. Sus brazos me estrechan con fuerza cuando me pega más a él.

Quiero besarlo y sentir sus labios sobre los míos. Percibo la misma batalla en sus ojos.

—Ya nos hemos besado dos veces —dice con voz ronca y baja—. Una vez me lancé yo y la otra, fuiste tú. —Enarca las cejas y sonrío—. La próxima vez... —Hace una pausa—. No quiero que nos echemos para atrás.

—¿Y si te beso ahora mismo? —le pregunto sin aliento. El deseo se ha apoderado de todo mi cuerpo. Tocarlo, estar entre sus brazos, es lo único que recuerdo. Pero ahora es más fuerte, está mucho más bueno y lo tengo delante.

Sonríe y acerca la cabeza a la mía.

—En ese caso, ya has bateado.

¿Puedo resistirme? Es Zachary. Siempre ha formado parte de mi alma. No sé si podré separarme de él... aunque quiera hacerlo. He vivido mi vida sin él y volvería a sobrevivir a una ruptura, pero creo que me arrepentiría si no lo intentara.

—Zach —susurro. Una parte de mí misma está atascada. La otra espera que él me diga lo que debo hacer.

Se acerca y cierro los ojos. Pero en vez de rozarme los labios, me besa la frente.

—Pres, no puedo decirte si estás preparada. Lo único que puedo decirte es que siempre te he querido. Siempre he cerrado los ojos y te he visto a mi lado. Nunca te he olvidado.

—¿Y todos lo problemas que hay entre nosotros?

—¿Cómo cuáles?

—Como el hecho de que tengo dos hijos pequeños que acaban de perder a su padre. Y yo sigo muy tocada por eso. O el hecho de que estoy sin blanca y he tenido que mudarme. Los últimos seis meses han sido tan traumáticos que no puedo dormir. Me duele todo. —Se me llenan los ojos de lágrimas—. Estoy cansada de sentir dolor. Y tú me asustas. Puedes hacerme mucho más daño sin saberlo.

Siento que se le acelera el corazón. Esos ojos azules me miran con dulzura y calidez.

—No puedo garantizar que esto vaya a funcionar. Mentiría si dijera que no hay obstáculos. Sé que tienes a Cayden y a Logan. No intentaría empezar nada contigo si no quisiera que tus hijos formaran parte de mi vida. —Me estrecha aún más—. Seré su amigo. Dejaré que me conozcan y que vean que no todos los Hennington son imbéciles. —Ambos nos reímos y yo meneo la cabeza.

—No sé yo… —replico a modo de broma.

—Sé que tu marido murió y sé cómo lo hizo. En cuanto a que estés en la ruina… —Guarda silencio un momento—. Me importa una mierda. Que tengas o no dinero es algo sin importancia en lo que a mí respecta. Quiero ver a dónde nos lleva esto y si funciona, quiero cuidarte. Tenemos un montón de cosas que resolver. Esto no va a ser fácil, cariño.

Ya nada parece serlo.

—No quiero que sea fácil, Zach. Lo que quiero es que no duela.

—Jamás he pretendido hacerte daño.

—Sé que no me puedes prometer que no vayas a hacérmelo.

—No —replica, sonriéndome—. Pero puedo prometerte que no vas a echarme fácilmente. Voy a conquistarte, Presley Mae. Voy a recordarte que, a veces, merece la pena arriesgarse para conseguir la recompensa.

Me besa en la nariz y me suelta. Me quedo quieta, sintiéndome abandonada. La ausencia de sus brazos me provoca un escalofrío.

Sé que me conquistará porque no tengo fuerzas para oponer mucha resistencia.

Espero que esté preparado.

20

—*N*o creo que podamos recorrer más terreno hoy —dice Wyatt cuando el sol empieza a ponerse—. Todavía nos quedan unos cuantos kilómetros y el ganado no está cooperando.

Las últimas horas han sido horribles. Hemos avanzado a paso de tortuga, y da lo mismo lo que hagamos, parece que tenemos que perseguir vacas extraviadas durante veinte minutos.

Estamos a medio camino, así que es imposible que demos la vuelta o que terminemos el viaje. Sabía que no debería haberme metido en este berenjenal. De alguna manera, los dioses se las apañan para joderme. Ahora me veo obligada a acampar con Zach, con Wyatt y con Vance, que es el compañero de Wyatt. Genial.

—Tengo que llamar a los niños —digo y echo a andar hacia los árboles—. Esto es maravilloso.

Wyatt se echa a reír.

—Yo te arrebujaré. Siempre tengo sitio en mi saco de dormir para ti, vaquera.

Miro de reojo a Zach y veo que fulmina a Wyatt con la mirada de tal forma que habría atemorizado a cualquier otro hombre. Wyatt se da la vuelta y lo mira con una sonrisa.

—¿Qué pasa, Zach? ¿No te va bien la tienda?

—Te voy a mandar tan lejos de una patada en el culo que tardarás bastante en volver a Tennessee. —La voz de Zach suena muy grave y amenazadora.

—Por favor —resopla Wyatt—. Te he visto pelear.

—Presley —masculla Zach—. Anda, ve a llamar a los niños. Yo ayudaré a Wyatt a montar el campamento. —Agarra a su hermano de la nuca, haciendo que Wyatt retroceda—.

Lo tendremos todo en orden antes de que vuelvas, ¿a que sí, Wyatt?

El aludido intenta darle un codazo, pero no atina.

—¡Suéltame antes de que te parta la cara!

—Me tienes hasta la punta de la…

—Ah, ¿pero tienes una? —replica Wyatt al tiempo que gira el cuerpo.

Es un atisbo de lo que espera a Logan y a Cayden en el futuro.

Hombres…

Meneo la cabeza y me alejo. Mi padre contesta al primer tono.

—Hola, corazón.

—¿Cómo sabías que era yo? —Sonrío. Mis padres se niegan a usar un teléfono con identificador de llamada.

—Sé cuándo me necesitas. —A veces, mi padre consigue que todo sea mejor. Jamás me he alegrado tanto de esa habilidad como en este momento—. ¿Qué tal el trayecto?

—Lento. —Suspiro—. Qué ganado más terco.

Se echa a reír.

—No sabes cómo te entiendo.

Estoy segurísima de que se refiere a mí.

—Seguro que sí, papá.

—Supuse que ibais a pasar la noche fuera. Es un traslado largo.

—Pues yo no lo creía necesario.

—Cariño —dice, y el acento se hace más evidente—. Deberías saber que esos dos están compinchados. Han elegido los puntos más alejados de la propiedad. No creo que pudieran haber encontrado un trayecto más largo o más puñetero por más que lo intentaran.

Pues claro que era cosa suya. Cabrones.

—¿Lo sabías?

Se echa a reír y me lo imagino meneando la cabeza.

—Ajá.

¿Eso quiere decir que está compinchado con Zach? No tiene sentido. A mi padre le gustaba bastante, pero cuando me rompió el corazón y me dejó en Maine… perdió todo el respeto que le tenía. Mi padre es un hombre orgulloso, y le habían arrebatado a su niñita (al menos en su cabeza) y la habían abandonado.

—Ya hablaremos del tema cuando vuelva a casa.

—Claro que sí. —Suelta una carcajada nasal—. ¿Llamas para hablar con los niños?

—Sí, papá.

—Están con Cooper. Se quedan con él esta noche. Dijo que ya suponía que llamarías y que dejaras de preocuparte. Están bien.

Gimo.

—Ya veremos cómo… —empiezo, pero dejo la frase en el aire. No fue culpa de Cooper. Y sé que no volverá a permitir que se separen de él—. Da igual. ¿Seguro que no puedes venir a buscarme? Para mantenerme alejada de los Hennington.

—Me he pasado media vida intentándolo, cariño. No funcionó antes y desde luego que no va a funcionar ahora. Deja que tu hermano pase tiempo con sus sobrinos sin intervenciones tuyas. Ahora… —Carraspea—. Ten cuidado ahí fuera. Te veré mañana. —Cuelga antes de que pueda hablar.

Es lo que tiene Dawson Townsend. Cuando ha terminado, ha terminado.

Bajo la vista al móvil y me encuentro un mensaje de texto.

COOPER: Pásatelo bien esta noche.
YO: Lo has tramado todo.
COOPER: Dijiste que querías salir del despacho.
YO: Gilipollas. No me refería a una noche
en el campo con tus peones.
COOPER: Niñata.
YO: Te odio.
COOPER: Yo más.

Me echo a reír por ese intercambio tan infantil. He echado de menos a mi hermano. Siempre fue muy protector conmigo, aunque idolatrara a Zach. Se encaraba con él si yo lloraba o me cabreaba. Zach podría haberlo hecho papilla, pero dejaba que Cooper gritase y lo amenazara. Cada vez que veía que Zach le daba a Cooper la oportunidad de sentirse más fuerte, me enamoraba más de él.

—No puedes esconderte para siempre. —La voz de Zach me sobresalta. Me pasa las manos por la espalda hasta apoyarlas en mis hombros.

—No me estoy escondiendo.

Me clava los dedos y empieza a masajearme el cuello, aliviando la tensión.

—Si tú lo dices… —replica, y sigue dándome un masaje.

Cierro los ojos y libero parte del estrés. Sus caricias me permiten relajarme. Me siento segura bajo sus manos. Aunque lleve mucho tiempo diciéndome que es lo último que debería sentir. Yo era muy joven. Fuimos un par de idiotas al creer que podríamos tenerlo todo sin pagar un precio. A la vida le da lo mismo que estés enamorado, siempre hay que pagar un precio por la felicidad, y nosotros no estuvimos dispuestos a hacerlo.

—¿Crees que tenemos una oportunidad de verdad, Zach?

Deja de masajearme el cuello y pega su torso a mi espalda. Me echa un brazo sobre los hombros y yo me aferro a él.

—Creo que todo sucede por un motivo. Hay una razón por la que estás entre mis brazos ahora mismo. Una razón por la que no tomé las decisiones que lo habrían evitado. El hecho de que me lesionara el hombro y de que tú tuvieras que regresar… todo sucede por algo. Y si no es por nosotros, ¿por qué si no?

Me aprieto con más fuerza los brazos mientras sopeso sus palabras.

—Pero no entiendo lo de Todd.

—Yo tampoco entiendo el motivo. ¿Erais felices? —Se le tensa la voz.

—Eso creía. Sé que no te resulta fácil oírlo. —Me vuelvo para mirarlo a la cara.

—Presley. —Me toma la cara entre las manos—. Estuviste casada. Tienes dos hijos. Te dejé hace casi dieciséis años. Sería una tontería por mi parte creer que no has tenido una vida o que no has amado.

Se me llenan los ojos de lágrimas.

—Lo sé, pero pensar en Felicia y en ti… —Me aparto un paso.

—Tienes que confiar en mí. La única forma de que descubramos si podemos tener algo es ser sinceros. ¿Me jode saber que otro hombre te ha tocado? Sí. —Zach se acerca—. ¿Quiero pensar en que él estuvo a tu lado porque yo me marché? No. —Le rodeo una muñeca con los dedos—. Pero que Dios me ayude, Presley, porque quiero oírlo todo. Quiero saberlo todo. La parte buena, la parte mala, la parte triste y la parte alegre, y luego quiero el resto también.

Se me escapa una lágrima cuando mis defensas se derrumban.

—Me da miedo que las heridas nunca cicatricen. No sé cómo hacerlo.

La rabia que me consume ha evitado que consiga avanzar. Todd me quitó todo lo que conocía. Mi casa, mis amigos, Angie e incluso la libertad económica de la que disfrutaba. Lo perdimos todo por su culpa. Aunque yo también perdí a mi marido. Me duele saber que todo lo que compartimos se ha convertido en recuerdos. No fue violento ni me fue infiel. Era el mismo hombre que me sujetó la mano durante las treinta y seis horas que duró el parto. El que me apoyó cuando decidí montar mi negocio. Hay una parte de él que, por más furiosa que esté, siempre tendrá un rinconcito en mi corazón.

Zach nunca tuvo que quererme mientras una parte de mi corazón pertenecía a otro.

—No espero que te olvides de él. —El dolor que siente apenas se nota en su voz, pero puedo verlo en sus ojos—. Sé que es una parte de ti. Y ya estás sanando, solo tienes que permitir que suceda.

—Te he querido desde que tengo uso de razón. Nunca he sido capaz de dejar de quererte, y nunca podré hacerlo. Pero tendrás que ser paciente. —Me tiembla la voz. En mi interior se está librando una lucha de emociones encontradas. Lo quiero, pero no quiero hacerlo. Lo amo, pero no debería. Podría sanarme, pero también podría destrozarme. Los pensamientos se contradicen entre sí. Aunque hay una idea que cobra fuerza para alzarse sobre todas las demás: no quiero vivir sin él. Ya sea amigo mío o algo más serio.

Cierra los ojos y apoya la frente en la mía.

—Seré paciente.

—Pero paciente de verdad.

Se echa a reír y levanta la cabeza.

—Lo sé. Pero puedes abalanzarte sobre mí y besarme cuando te dé la gana.

Me río por lo bajo y meneo la cabeza.

—No sé lo que me pasó.

—Por mí, adelante —bromea.

—Seguro que sí.

—Estoy a tu entera disposición.

Lo miro a los ojos.

—Me alegro de oírlo.

La sonrisa de Zach se ensancha.

—Te he echado de menos. He echado esto de menos. Siempre... encajamos bien.

Le pongo una mano en la mejilla. Su barba me pincha la palma. Le acaricio la cara con los dedos para recordarme que es de verdad. Zach siempre me ha parecido un sueño. Una preciosa esperanza que nunca se haría realidad. Pero este momento no es un sueño.

—¿Sabes por qué no podía volver? —le pregunto.

—No.

Suspiro y bajo la mano. Implica reconocer muchas cosas. No es algo de lo que me enorgullezca. Adoraba a mi marido, jamás lo puse en duda. Pero una parte de mí sabía que si veía a Zach, sería incapaz de marcharme.

—Por ti —admito.

Zach deja caer las manos y retrocede un paso.

—No lo entiendo.

—Yo tampoco. —Me tiembla la voz—. Nunca pude entender por qué cada vez que me permitía el lujo de pensar en ti, me dolía. No sé si se debía al final tan abrupto que tuvimos o a los recuerdos que había enterrado tan hondo y que resucitaban. —Me doy media vuelta y clavo la vista en el bosque mientras intento lidiar con mis emociones—. Sabía que si te veía, que si volvíamos a estar cerca... —Me doy la vuelta para que pueda verme la cara—. Tú serías el lugar donde mi corazón encontraría consuelo de nuevo.

Zach se frota la cara antes de levantar la vista al cielo.

—¿Sabes cuántas veces estuve tentado de ir a buscarte?

Niego con la cabeza.

—Una vez fui a ver a tu padre. Le supliqué que me dijera dónde estabas, pero me soltó que ya había tenido mi oportunidad y que la había desperdiciado. Que estabas comprometida, que eras feliz y que me habías olvidado.

Me quedo boquiabierta al oírlo. No lo sabía. Mi padre no lo ha mencionado ni una sola vez durante todos estos años.

—No creo haber sido capaz de olvidarte en ningún momento. Quería a Todd. Adoraba nuestra vida. Adoraba lo feliz que me hizo. Pero tú te las has apañado para formar parte de mí. ¿Tiene sentido lo que digo?

Se acerca a mí.

—Yo también amé después de perderte. Pero nunca se acercó a lo que sentía por ti.

Cuando dos personas se quieren sin inhibiciones, tal como nosotros, no es posible volver a ser el mismo. La conexión que compartimos es algo que nunca podremos reemplazar. Aprendí a amar de otra forma, y mi alma por fin ha encontrado el camino de vuelta a Zach.

—Quiero que me beses —susurro con voz suplicante.

Me rodea con un brazo y me pega a él. Empiezo a respirar de forma superficial al darme cuenta de que va a pasar de verdad. Voy a permitir que me bese. Voy a besarlo porque es lo único en lo que soy capaz de pensar. Hemos compartido dos momentos muy distintos, y ahora quiero esto. Los ojos de Zach se convierten en dos pozos de color índigo. Los tonos rosados, rojizos y anaranjados de la puesta de sol lo enmarcan. Todo es cálido y hermoso a nuestro alrededor.

—¿Estás segura, cariño?

—Te he querido desde que tenía doce años, Zachary Hennington. Fuiste mi primer beso, mi primer amor y el primer hombre que me tocó. Quiero que me beses y yo necesito besarte.

Al mirarlo a los ojos, recuerdo todo lo que ha pasado en los últimos meses. Les ha regalado los caballos a los niños, encontró a Cayden, me consoló en el bar, me ha estado cuidando y ha dejado a Felicia para que tengamos una oportunidad. No hay garantías de que podamos volver a estar juntos, pero ha corrido ese riesgo por mí.

Me aprieta la cadera con una mano mientras que con la otra me sujeta la cara. Me acerca despacio a él y cierro los ojos. En cuanto nuestros labios se tocan, me estalla el corazón. Todo mi interior se tensa y lo agarro del cuello. Siento demasiadas cosas a la vez. Estoy asustada, feliz y triste, me consume la desesperación por que no se acabe nunca, y también la esperanza. Es como si hubiera encontrado mi sitio de nuevo. Zach es mi hogar. Zach es el lugar que siempre he conocido y que siempre he deseado.

Nos abrazamos con fuerza mientras nuestros labios se mueven, sincronizados. Me mete la lengua en la boca y gimo. Me pega todavía más a su cuerpo mientras me besa con pasión. Le rodeo el cuello con los brazos, inmovilizándolo donde necesito que esté. Él asume el control y luego lo hago yo, en un toma y daca recíproco.

No recuerdo la última vez que me besaron con tanto ardor.

Abandona mi boca y desliza los labios por mi cuello. Me sujeta la cabeza de modo que pueda saborearme la piel con la lengua.

—Zachary —gimo cuando regresa a mis labios.

Estamos tan pegados que parecemos una sola persona. Solo soy capaz de sentirlo a él. Forma parte de mí y yo formo parte de él.

No pienso mientras los segundos pasan, perdida entre sus brazos. Mi mente flota en una nube mientras él me mantiene a salvo. Estoy segura, no hay dolor. Me arrebata los pensamientos que me han atormentado y los sustituye con la luz del sol. Solo siento la calidez. Solo veo la luz. Solo experimento la felicidad.

Da por terminado el beso y los dos jadeamos en busca de aliento.

—Joder —dice, entre jadeos.

—Eso mismo. —Intento calmar los latidos de mi corazón—. Joder.

—Pres —dice con ternura. Levanto la vista y me acaricia el labio con el pulgar—. ¿Estás…? —Deja la frase en el aire antes de intentarlo de nuevo—. ¿Te ha gustado?

Acaba de conquistar otro trocito de mi corazón.

—Sí. —Sonrío—. Me ha gustado.

No hay garantías de que vaya a salir bien, pero no quiero pasarme el resto de la vida preguntándomelo. Y si todavía nos besamos así…

—Me alegro.

—¿Zach?

—¿Sí?

—Tenemos que hablar de muchas cosas. Llevo viuda muy poco tiempo. Los niños no están preparados para verme con otro hombre. —Quiero hacérselo entender. Tengo que hacer lo mejor para ellos—. No digo que nos escondamos, pero mientras averiguamos si puede salir bien o no, no quiero restregárselo por las narices.

Asiente con la cabeza.

—Dejaré que seas tú la que marque el ritmo, pero pienso pasar mucho tiempo contigo. Me he pasado la mitad de la vida sin ti y no voy a permitir que perdamos más tiempo.

—De acuerdo —accedo—. Supongo que soportaré pasar tiempo contigo —añado con sorna al tiempo que me abraza de nuevo.

La expresión dura de su mirada se suaviza.

—Así que lo supones, ¿verdad?

—Será doloroso, pero lo soportaré.

Zach me sujeta la nuca y entierra sus dedos en mi pelo.

—¿Lo soportarás?

Se me dispara el pulso. Siento que los huesos se me derriten cuando me da un tironcito del pelo, haciéndome un poco de daño.

Muy despacio, agacha la cabeza, pero sus labios se posan en mi cuello. Su cálido aliento, mezclado con el frío reguero que deja su lengua, me provoca un nudo en el estómago.

—No creo que hayas tenido que soportar nada conmigo. —Su voz ronca es seductora—. Entonces era un crío. Te prometo que he madurado mucho.

—Mmm —gimo cuando me mordisquea el lóbulo de la oreja.

—No tendrás que soportar nada. Solo sentirás placer.

Madre del amor hermoso.

—Promesas, promesas, Zachary.

—Ay, cariño. —Me obliga a echar la cabeza hacia atrás para mirar sus ojos azules—. Te prometo eso y mucho más.

Ir despacio va a ser muy difícil si no deja de decir estas cosas.

Puede que me rinda muchísimo antes de lo que había creído. Porque si fui incapaz de resistirme a un Zach adolescente y torpe, ni de coña voy a ser capaz de mantenerme lejos del hombre seguro de sí mismo, seductor y guapísimo que tengo delante.

21

Zach

¿*C*ómo es posible que tenga tanta suerte? ¿Qué he hecho para merecer esta oportunidad? Nada. Absolutamente nada. Jamás he pensado que volvería a verla. Parecía que el mundo lo había decidido hacía mucho tiempo y, sin embargo, aquí estoy, abrazándola.

La beso de nuevo en los labios porque estoy esperando a que se dé cuenta de que no debería hacer esto. Así que voy a aprovecharme de todas las oportunidades que se me presenten para tocarla.

—Vamos a regresar. —Miro esos ojos verdes y percibo su temor—. ¿Pres?

Ella aparta la mirada y juguetea con su pulsera.

—Es que… —empieza, pero deja la frase en el aire—. No sé ni dónde ni cómo vamos a dormir.

Es tan tierna que me dan ganas de echarme a reír. En realidad, no tiene motivos para preocuparse. A menos que quiera hacerlo, porque me voy a pasar la noche empalmado solo con la idea de tenerla tan cerca. Presley siempre ha sido mi perdición. Porque siempre he tenido claro que era lo único bueno del mundo.

—Relájate —le digo al tiempo que tiro de ella para estrecharla contra mi pecho—. Tú dormirás en la tienda y nosotros, alrededor del fuego. —No sé si ese es el plan de Wyatt, pero así van a ser las cosas. Ni de coña va a meterse en la tienda con Vance o con mi hermano, que parece incapaz de dejar las manos quietecitas.

La oigo soltar un enorme suspiro.

—Vale. Lo siento, es una ridiculez.

—Vamos. —La suelto a regañadientes. Mientras regresamos al lugar donde están mi hermano y Vance, trato de trazar un plan.

Aunque haya muchas cosas buenas entre Pres y yo, también hay un montón de porquería. Necesito proceder con mucho tiento. No puedo asustarla, pero tampoco puedo arriesgarme a que crea que no me interesa. Porque nada más lejos de la realidad. Pero solo hace una semana que Felicia se mudó. De la misma manera que a mí me preocupa si Pres será capaz de amar después de lo de su marido, ella debe de estar preocupada por lo mío con Felicia.

—¿Estás bien? —me pregunta.

Sus ojos verdes brillan a la luz de la luna. Me acerco porque necesito besarla. Debo sentir sus labios contra los míos para recordar que está a mi lado, joder. Que está aquí y que no es un sueño disparatado, fruto de mi imaginación. Sigo moviéndome hasta acortar toda la distancia que nos separa. Al oír que se le altera la respiración, retrocedo.

—Mierda. —Cierro los ojos y vuelvo la cabeza.

—Oye —me dice ella, que me da un apretón en un brazo—. ¿Qué pasa?

No quiero admitir esta gilipollez delante de ella. No tiene por qué saber que el simple hecho de que esté dispuesta a concedernos esta oportunidad me hace tan feliz. Porque si en su corazón hay la menor esperanza de que lo nuestro funcione, voy a encontrarla y a aferrarme a ella con las dos manos. Presley es mía. Siempre lo ha sido. Siempre lo será. Y voy a asegurarme de que así sea.

—Iba a besarte —confieso. Es cierto, y también es la única parte de mis pensamientos que estoy dispuesto a compartir.

—¿Por qué te has parado?

—¿Quieres que te bese?

Esta mujer... No acabo de entenderla, algo que antes nunca fue un problema. Era capaz de leerle el pensamiento por mucho que ella tratara de impedirlo.

Aparta la mirada.

—No lo sé. ¿Qué estamos haciendo exactamente?

—Yo diría que estamos saliendo.

—¿Saliendo?

—Ajá. Ese tipo de relación en la que el chico intenta que la chica vea lo perfecto que es… Algo que tú ya sabes hasta cierto punto. Lo nuestro es como salir, pero sabiendo de antemano que encajamos a la perfección.

Sonríe y menea la cabeza.

—Zach, sabes que hemos cambiado.

—Sí. Por eso me he parado. —Aunque quiera reclamarla otra vez. Quiero ser el último hombre de su vida.

Es un pensamiento cavernícola, ya lo sé. Pero la idea de que otro hombre la toque me pone como una moto.

Presley se acerca a mí y me acaricia una mejilla. Me quedo paralizado mientras permito que sea ella quien marque el paso. Me cuesta la vida misma no estrecharla entre mis brazos. Llevo años esperando esto. No he vuelto a ser el mismo desde que ella salió de mi vida, o, mejor dicho, desde que yo salí de la suya.

—A veces, te miro y vuelvo a ser una niña —confiesa con una sonrisa—. Como si fuera nuestro primer beso o el día que descubrí lo que se siente cuando me abrazas. Estaba segurísima de que siempre estaríamos juntos. —Cierra los ojos y la pego a mi cuerpo. Apoya la cabeza en mi pecho y siento una dolorosa punzada en el corazón. En cierto modo, yo fui el culpable de todo esto—. No quiero que me guste tanto, Zach.

—¿A qué te refieres?

Levanta la cabeza y me mira a los ojos.

—Me asusta lo sencillo que me parece estar contigo. La sensación de que el mundo vuelve a estar encarrilado. Como si esto estuviera destinado a suceder, pero no tiene sentido. Teniendo en cuenta cómo se vino todo abajo, no debería resultarnos tan… fácil.

Tiene razón en unas cuantas cosas, pero a mí no me parece que sea tan sencillo. Es muy difícil. Mi cabeza sabe que ya no somos los mismos adolescentes; pero mi corazón, no. Lo único que tiene claro es que ha vuelto a latir.

—Esto no es fácil, cariño. Es muy complicado. Yo también estoy confundido, pero sé que ahora mismo lo único que quiero es abrazarte. No intento adelantarme a los acontecimientos. Estoy tratando de disfrutar del momento.

Miro esos preciosos ojos verdes y me pierdo en ellos. No recuerdo la última vez que me sentí tan tranquilo. Ella es el aire que respiro, y espero que no vuelva a asfixiarme de nuevo.

—Vale. Vivir el momento.

Me río entre dientes.

—No sé si serás capaz de que tu cabeza no se adelante.

Sonríe y asiente en silencio.

—Lo sé. Pero voy a intentarlo.

Siempre ha hecho planes. Sus objetivos estaban claros desde que éramos niños. Era muy irritante, pero Pres necesitaba esa estabilidad. Mis hermanos y yo hacíamos todo lo que podíamos para que se relajara. Y cuando lo hacía... era lo más bonito del mundo. Presley sin inhibiciones es embriagadora.

Sus manos me instan a inclinar la cabeza. Lucho contra mis deseos y trato de recordar que ella todavía está descubriendo sus sentimientos. Aprieto los puños contra su espalda para no tomar el control, y después siento su aliento en los labios.

—Vivir el momento —susurra antes de besarme.

La abrazo con fuerza, estrechándola contra mi cuerpo. Sus labios se mueven sobre los míos y me parece surrealista. Lo único que he perdido en la vida vuelve a estar entre mis brazos. No voy a permitir que esto se acabe. Le daré lo que quiera si de esa manera consigo redimirme.

Durante años, me he engañado a mí mismo diciéndome que estaba mejor sin ella. Le he mentido a todo el mundo al decir que Presley y yo éramos demasiado jóvenes y que no nos queríamos lo suficiente. En mi caso no era cierto. La quería demasiado. La quería lo suficiente por los dos, pero nunca se lo demostré... aunque en aquel entonces pensaba que sí lo hacía.

Ella se aparta.

—Vamos a lograr que esto funcione —afirmo. Y no es discutible.

—Eso espero, vaquero.

Me echo hacia atrás con una sonrisa en la cara. Así era como me llamaba cuando se ponía cariñosa.

—Vaquero, ¿eh?

Sé que lo recuerda. El deje travieso de su voz y su sonrisilla son pruebas más que suficientes. Hay algunas cosas que por más que tratemos de olvidar... siempre viven en nuestros corazones.

—¿Vas a ponerme a prueba?

Veo como cobra vida delante de mí. La primera vez que la vi estaba triste, era incapaz de sonreír. Desde entonces, se está convirtiendo poco a poco en la chica que conocí. Sé que en mi caso es igual. Ella me hace sentir cosas que no sabía que faltaban en mi vida. El simple hecho de estar cerca de ella hace que me sienta entero de nuevo. Llevo a esta mujer tan dentro de mí que es una locura.

—Creo que todo lo que nos sucede en la vida es una prueba. No sé si la superaremos, pero tengo muy claro que soy incapaz de fingir que no siento nada por ti.

—Sois conscientes de que os estamos oyendo, ¿verdad? —Wyatt se ríe desde el campamento. Debemos de estar más cerca de lo que pensaba.

Presley apoya la cabeza en mi pecho.

—Ay, Dios.

—Podéis marcharos —le suelto.

—Ni hablar —replica mi hermano.

Le froto la espalda con las manos.

—Vamos a regresar antes de que se pongan a hacer el tonto.

—Demasiado tarde —dice ella.

—Cierto —convengo mientras me río entre dientes.

Echamos a andar hacia el campamento y los chicos nos dicen unas cuantas cosas, porque son incapaces de actuar como personas maduras. Wyatt es el peor de los dos, pero cuando ve que Presley se siente incómoda, lo deja. Jamás olvidaré el día que me dijo que estaba enamorado de ella. Me dejó sin saber qué hacer.

Es mi hermano.

Ella es mi vida.

Acababa de perderla y él fue a verme a California. Estábamos bebiéndonos unas cervezas y me lo soltó de repente. Me dijo que nunca haría nada al respecto, pero que la quería y que yo era un maldito imbécil.

Y tenía razón. Yo era un imbécil, pero no voy a volver a serlo jamás. Presley no podrá librarse de mí tan fácilmente.

22

PRESLEY

—*M*e lo he pasado bien. —Miro a Zach, que está en el primer escalón.

Me siento ridícula, pero soy incapaz de borrar la sonrisa. La noche que hemos pasado ha sido lo más. Verlo, después de pasar la noche soñando con él mientras lo tenía a mi lado. Ha sido muy dulce y se ha comportado como un auténtico caballero. No he pensado ni una sola vez en la enorme deuda que intento saldar ni en el hecho de que tengo treinta y cinco años y vivo en casa de mis padres. He sido Presley. Una mujer que ha pasado un infierno, pero que está empezando a remontar el vuelo. No me quedé hecha un ovillo y me dejé consumir junto a Todd. Eso cuenta para algo, y me merezco ser feliz de nuevo.

—Me alegro de haber ido.

—Yo también. —Sonrío.

—Vendré mañana para echarles un vistazo a los caballos de los niños.

—Que no se te olvide pasar por el despacho. —Me muerdo el labio inferior. Vuelvo a ser una adolescente, joder.

Zach sube los escalones despacio.

—Lo haré. Que no te quepa la menor duda.

Retrocedo un paso, no porque no quiera estar cerca de él, sino por lo mucho que lo deseo. Los niños podrían estar en cualquier parte y quiero que esto quede entre nosotros. Si la gente se da cuenta de que estamos juntos, será la comidilla del pueblo. Ya han hablado bastante de mí, gracias.

Él sigue avanzando y yo sigo retrocediendo.

—Nos veremos mañana —digo mientras camino de espaldas. Sigo haciéndolo hasta que me doy con la puerta mosquitera—. Adiós, Zach.

Su carcajada profunda hace que el corazón me dé un vuelco.

—Adiós, Presley.

Una vez al otro lado de la puerta mosquitera, me despido de nuevo con la mano y él guiña un ojo. Cierro la puerta y pego la espalda a la madera. Va a ser imposible. Los sentimientos que enterré tan hondo están saliendo a la luz. Recuerdo lo especial que me hacía sentir. Cuando te miran como si fueras la única persona sobre la faz de la Tierra es… excitante.

Respiro hondo varias veces para recuperar la compostura. Antes de poder hacerlo, oigo que los niños bajan la escalera corriendo.

—¡Mamá!

—¡Hola, niños! —digo con voz temblorosa. Echo la vista atrás una última vez, con la esperanza de ver a Zach, pero se ha ido. Me asusta desear que no lo hubiera hecho.

—¿Qué tal la acampada? ¿Has visto algún oso? ¿Intentaron comerte los coyotes? —Me lanzan las preguntas a bocajarro mientras yo los abrazo.

—Os he echado de menos.

—Nosotros nos lo hemos pasado pipa, así que no te hemos echado de menos —dice Cayden con toda la sinceridad del mundo. Logan se echa a reír.

—Vaya, muchas gracias. —Sonrío.

Logan se encoge de hombros.

—El tío Cooper es gracioso, mamá.

—Cuando éramos pequeños, me tiraba del pelo y me escondía las muñecas —digo en un intento de que se pongan de mi parte.

Cayden pone los ojos en blanco.

—¿Y qué?

—Pues que es un petardo.

—Lo que tú digas —dice Logan, pasando de mí—. ¿Va a venir Zach hoy para ayudarnos a adiestrar a *Flash* y a *Superman*?

—No, Zach acaba de irse a casa.

Pues claro que lo iban a preguntar.

—Jooo —protestan.

—Podéis pedirle al abuelo que os ayude a adiestrar a *Flash* y a *Superman* —les sugiero.

Todavía me asombran los nombres que les han puesto a los caballos. No debería sorprenderme tanto, porque el mes pasado Cooper encontró su vieja colección de cómics y dejó que los niños los leyeran. Desde entonces, no hablan de otra cosa. La discusión acerca de qué caballo va a ser el más rápido basta para que me sangren los oídos.

—Hola, corazón. —Mi madre me rescata.

—Hola, mamá.

—¿Has tenido un buen viaje? —pregunta al tiempo que les da a los niños una galleta de su alijo secreto. Que era el peor secreto guardado del mundo.

—¡Gracias! —exclaman los dos al unísono.

—Ahora, fuera de la cocina —les ordena—. ¡Largo!

—Vamos, Logan. ¡A ver si *Superman* usa su visión láser con la tortuga de tu caballo! —se burla de su hermano.

Logan sale corriendo detrás de él.

—¡Mi caballo tiene criptonita!

Me echo a reír y me apoyo en la encimera.

—¿Y bien? —pregunta de nuevo.

—Sí, ha estado bien.

—¿Zachary y tú habéis pasado la noche juntos? —pregunta, intentando sonsacarme mientras finge que no me está prestando atención.

Sé que podría sincerarme con ella. Por más que le guste cotillear, jamás me traicionaría. Mi madre ha sido la comidilla del pueblo y no querría que yo pasara por lo mismo. Además, sabe que es la forma más rápida de conseguir que salga pitando de aquí.

—Cada uno ha dormido en su sitio. Wyatt y Cooper tienen que dejar de interferir.

—Solo quieren que seas feliz.

Cojo una galleta y me fulmina con la mirada. ¿Por qué los niños pueden comerlas y yo no?

—Tengo hambre. —Me encojo de hombros y le doy un mordisco—. No pueden forzar el asunto. Zach me hizo mucho daño y todavía tengo que lidiar con mis mier... con mis problemas. —Consigo morderme la lengua para no usar una palabra malsonante. Tiene una cuchara de madera y su puntería es increíble.

—Te quiere. Siempre te ha querido.

—No pienso vender la piel del oso antes de matarlo, que lo sepas.

Asiente con la cabeza mientras remueve lo que sea que tiene en la olla.

—Entiendo.

Espero a que me dé su opinión, pero no dice ni pío.

—¿Y ya está? —pregunto, incrédula. Mi madre siempre me ha dejado clara su opinión.

—Eres una mujer inteligente, Presley. No tengo que repetirte lo que ya sabes. Ahora... —suspira—. Dame ese rodillo.

Se lo doy mientras me pregunto en qué universo alternativo me encuentro. Mi madre siempre ha dejado muy claro lo que pensaba de los Hennington. Me suplicaba que saliera con otros chicos, pero ninguno me llamó la atención. Creo que hay personas a las que quieres tanto que te hacen imposible fijarte en nadie más. Zach lo hizo conmigo.

—¿Mamá?

—¿Mmm? —pregunta, sin prestarme atención.

—¿Qué pensaste cuando me casé con Todd?

Coloca la masa de la tarta, se limpia la mano y coge la mía.

—Creí que estabas totalmente destrozada.

—¿Destrozada?

—Sí, corazón. No te permitiste tiempo para recuperarte. Te lanzaste de cabeza a querer a ese chico. En aquella época me decías que te ayudaba a mantener la compostura. Pero te echabas a llorar en cuanto mencionabas a Zach. Creo que te obligaste a amar a Todd para que tu corazón no llorase por Zach. —Se queda callada un momento para que yo asimile lo que acaba de decir—. No digo que lo vuestro no fuera real. Pero que me hayas hecho esa pregunta... —Mi madre vuelve la cabeza y sigue a lo suyo.

Me siento en el taburete, observándola, mientras pienso en lo que ha dicho. Yo era una chica débil en aquel entonces. Necesitaba a Zach para todo. Fue el motivo de que me mudara a Maine y el motivo de que me hundiera. Angie me decía que tenía que «superarlo», pero no podía. No sabía cómo olvidar a alguien que era la mitad de mi persona.

Y luego apareció Todd. Él tapó los agujeros que Zach había dejado.

—No, no era lo mismo, pero lo quería —digo al cabo de un rato.

—No lo pongo en duda. —Levanta la vista—. Creo que aprendiste a quererlo. Razón por la que funcionó. No teníais una historia perfecta en mitad de un tornado. Como el que os absorbió a Zach y a ti y después os dejó tirados. Pero Todd y tú teníais una base fuerte. Ojalá que el Señor no te lo hubiera arrebatado. Tan joven... —Menea la cabeza—. No tiene sentido que pasen estas cosas.

Cierro los ojos y todo mi cuerpo se tensa. Ha repetido lo mismo varias veces y siempre me encojo. No es culpa de Dios. Fue culpa de Todd.

—El Señor no se lo llevó, mamá —digo sin pensar.

Levanta la cabeza y me mira con curiosidad.

—¿A qué te refieres?

Suelto un largo suspiro y llego a la conclusión de que es el momento de sincerarme con mi madre.

—Hay mucho más acerca del... del motivo de que estemos aquí. —¿Cómo narices pronuncio las palabras? Me muero de vergüenza y de dolor.

Mi madre suelta el cuenco que tiene entre las manos y rodea la isla de la cocina.

—¿Qué pasa? —Me coloca los dedos bajo la barbilla para obligarme a mirarla a los ojos. Su mirada tierna me devuelve a la infancia.

Se me llenan los ojos de lágrimas y empiezo a llorar a medida que fluyen las palabras.

—Se suicidó. Todd nos metió en problemas económicos y escogió... escogió dejarnos. Dios no lo hizo. Dios no se lo llevó. Él nos dejó.

El corazón me golpea el pecho cuando ella me rodea con los brazos. Me abraza con fuerza y yo me aferro a ella. A veces, una mujer solo necesita el abrazo de su madre. Es una de esas ocasiones. Temo que me juzgue, pero no lo hace. Me ofrece todo su amor y su apoyo mientras me desahogo. Siento cómo se agita su pecho mientras llora conmigo.

Al cabo de unos minutos, me besa la coronilla y me mira con los ojos enrojecidos.

—¿Los niños?

—No lo saben —contesto al punto—. No pueden enterarse. Nadie puede saberlo. —Le suplico con la mirada. Necesito que me guarde el secreto.

—Está bien. —Asiente con la cabeza—. ¿Quién más lo sabe?

—Solo Angie y el padre de Todd. —Hago una pausa—. Y Zach.

Una expresión dolida aparece en sus ojos, pero se recupera enseguida.

—Entiendo.

—No. —Le cojo la mano—. No es lo que crees, mamá. Estuve bebiendo y él estaba allí, y Felicia me hinchó las narices y Zach solo quería tranquilizarme. Y luego empecé a gritarle y me salió sin más.

Me da unas palmaditas en la mejilla.

—No estoy enfadada, preciosa. Es que me entristece tu situación. Ojalá me lo hubieras contado. Tu padre y yo no entendíamos por qué no tenías dinero si Todd era un genio con el dinero.

—Sí, fue un genio para joderme con el dinero.

Mi madre se sienta y le cuento los detalles. Dejo salir cada pedazo horrible de la verdad, lo cual me resulta liberador y agotador a la vez. Las lágrimas se secan y reaparecen, el dolor brota de mi pecho, pero aunque quedan muchas partes rotas de mí… empiezo a sanar. Su comprensión, su calidez y sus caricias me dan la oportunidad de llorar a un nivel más profundo. No perdono a Todd. No lo perdono por nada. Pero tal vez una parte de mí comprende su desesperación.

—Creo que deberías venir de visita. —Angie intenta animarme a hacerlo.

—Ojalá pudiera. Tengo que trabajar. Ya sabes por qué.

Mi madre nos ha ofrecido dinero, pero lo he rechazado. Creía que sería más fácil, pero la necesidad de delegar en los demás es lo que, en cierta forma, me ha metido en este lío. Si me hubiera involucrado más en todos los aspectos de mi vida, lo habría sabido. Pero me limité a vivir creyendo que todo estaba bien. Por más que desee que nada hubiera sucedido, no puedo cambiar las cosas. Tengo que cuidar de mí.

—Te echo de menos una barbaridad.

—Pues yo más.

—Y bien que haces —bromea.

Paso del comentario.

—¿Has decidido ya cuál será el *cupcake* del mes? —pregunto. Echo muchísimo de menos la pastelería.

Se echa a reír.

—Pues sí. Pero no es un *cupcake*.

—Ajá… —digo, confundida—. ¡Pero es el *cupcake* del mes!

—¡He escogido un *muffin*!

—¿Un *muffin*? ¿Quién narices pide un *muffin* en una pastelería especializada en *cupcakes*?

Juro que esta mujer tiene serrín en el seso.

—Hemos vendido más esta semana que desde hacía mucho tiempo.

Oh. En fin, pues vale. Supongo que, en el fondo, los *muffins* son *cupcakes* sin cobertura.

Hablamos de los dos tíos a los que les ha dado la patada en las últimas semanas. Yo siempre he necesitado estar con alguien. Angie, en cambio, disfruta de su espacio y de su libertad. Es la personificación de la chica de ciudad. No creo que deje su apartamento en la vida.

—¿Los niños van a empezar pronto en el colegio?

—Sí, dentro de tres semanas. —Contengo un gemido. Va a ser muy duro para ellos. No tienen ni idea de lo distinto que va a ser el ambiente.

—Se las apañarán. He hablado con Cayden esta semana. Parece emocionadísimo.

Me echo a reír.

—Sí que lo está. Pero creo que es porque por fin va a salir de casa.

—También adora su caballo —añade con un deje desalentado.

—Lo quiere con locura.

Puede cabrearse porque Zach se lo regalara, me da lo mismo.

—En cuanto a… —empieza Angie—. Mierda. Te tengo que dejar. Hablamos pronto, ¿de acuerdo?

Gracias a Dios que podemos evitar el tema un poco más.

—Te quiero.

—Yo más.

Colgamos y me tiro de nuevo en la cama, a punto de desfallecer. Va a ser una guerra total. Va a abrir todavía más el abismo que nos separa. Nunca lo aceptará, y yo tengo que hacerme a la idea de que voy a perder a mi hermana.

—¿Me quisiste alguna vez? —pregunta Todd, rezumando odio por todo el cuerpo—. ¿Fui yo a quien querías?

Estoy harta ya de esta conversación. Pues claro que lo quise. Era mi marido. Solo quiero que deje de hacerme esto.

—¿Cómo te atreves a preguntármelo? —le grito, presa de la hostilidad—. ¡Tú has hecho esto! ¡Tú has escogido esto! ¡Tú! ¡No yo! —Quiero que entienda que no es culpa mía. Pero no deja de martirizarme todas las noches.

Se acerca un paso.

—Te quise cuando él no lo hizo. Estuve a tu lado. ¿Y ahora vas a volver con él como si no te hubiera dado la patada?

¿Cómo se atreve a cuestionar mis actos?

—¡Menuda cara tienes! ¿Crees que iba a quedarme sentada llorando por ti? ¿Qué pasa con mi corazón? ¿Qué pasa con todo el daño que has causado? No dejas de lanzar acusaciones como si yo hubiera desencadenado todo esto.

Todd me coge los brazos y empiezan a caer las lágrimas. Es la primera vez que nos tocamos desde que me dejó. Aparto los brazos de un tirón.

—Presley. —Se le quiebra la voz.

—No —sollozo—. No, no puedes. Te has ido. No estás aquí para ayudarme. —Todo mi interior se resquebraja. Es un fantasma, una ilusión, pero parece muy real—. Te fui fiel durante todos los años que estuvimos juntos. Te quería. Tuve hijos contigo.

Suelta un suspiro profundo.

—Los dos sabemos que es mentira.

Abro los ojos de golpe y me enfrento a la tristeza de su mirada.

—¿Mentira?

—Los dos sabemos que no querías tener hijos conmigo. Los niños vinieron al mundo después de una noche de borrachera en la que te olvidaste de tomar la píldora. No nos engañemos, por favor.

Me acerco a él con el puño cerrado y le golpeo el pecho.

—Te odio.

—¡Yo también me odio! ¿Por qué te crees que te dejé?

Me estremezco y caigo al suelo. Ya no me quedan fuerzas.

—No voy a vivir así.

—Dime por qué te ha resultado tan fácil volver con él. —Se arrodilla y me coge la mano—. ¿Por qué tan pronto? ¿Por qué te cuesta tanto olvidarte de él?

Lo miro con la cara bañada en lágrimas.

—No lo sé.

—Yo sí —dice con un suspiro—. Porque siempre ha sido él.

Me despierto y me incorporo en la cama, sin aliento. Solo ha sido un sueño. Habría jurado que era verdad, pero sé que mi mente me está jugando una mala pasada. El corazón me late desenfrenado en el pecho mientras en mi cabeza se repiten una y otra vez sus últimas palabras: «Porque siempre ha sido él».

23

ZACH: Ven a verme al establo.
YO: ¿A qué establo?
ZACH: Al tuyo.

*S*algo de casa pese al calor sofocante. El sol pega tan fuerte que se podría freír un huevo en el suelo. Hoy no esperaba ver a nadie y el despacho solo tiene un ventilador, así que me he puesto unos vaqueros cortados, una camiseta blanca de tirantes y mi sombrero de vaquero.

—¿Zach? —lo llamo al tiempo que echo un vistazo a mi alrededor.

Avanzo un poco. Me agarra nada más verme.

—Ven aquí. —Su voz parece un poco tensa mientras me abraza por la cintura—. Estás… —añade con un deje ronco.

—¿Qué? —pregunto, confundida por el hecho de que esté tan molesto.

Su mirada recorre despacio mi cuello. Veo que respira con fuerza mientras me mira el pecho. Me está devorando con los ojos y yo también empiezo a respirar más rápido. Siento el calor de su mirada, el de su cuerpo y el roce de sus dedos en la espalda. El mundo que nos rodea se desvanece.

—¿Sabes lo guapa que eres? ¿Lo mucho que te deseo ahora mismo?

Zach ha sido muy paciente. Lo nuestro es como un tren que avanzara muy despacio. Un tren que ni siquiera ha intentado acelerar.

—Vaquero… —murmuro. Sus ojos vuelan hasta los míos y sonrío.

No nos hace falta más.

Me mira mientras me enreda las manos en el pelo. Y después me besa. Se me cae el sombrero con la ferocidad del beso. Le rodeo la cintura con las piernas mientras él avanza hacia el interior del establo en busca de un rincón más oculto. Le echo los brazos al cuello y mi pelo nos envuelve, momento en el que siento que solo existimos nosotros. Lo beso con frenesí. Él me besa de la misma manera. Cuando llegamos al extremo de la cuadra, me apoya contra la pared a fin de usar las manos para explorar mi cuerpo.

No quiero que pare jamás.

Sus ásperos dedos me rozan la piel y tengo que controlarme para no gemir. Me aferra las manos y me las inmoviliza por encima de la cabeza. Lo abrazo con más fuerza con las piernas, pero por un motivo diferente. Quiero más.

Aparta los labios de los míos y suelto un gemido de protesta.

—Dime cuándo quieres que pare, Presley.

Lo miro a los ojos y asiento en silencio con la cabeza. Ahora mismo, la respuesta es nunca.

No sé si es el calor del día o la pasión que nos envuelve, pero me estoy abrasando.

Me mantiene las manos por encima de la cabeza mientras me lame el cuello. Intento respirar a medida que la caricia desciende. Con la mano libre, me acaricia un pecho y apoyo la cabeza contra la pared.

Después se aparta de mí, dejándome en el suelo con las piernas temblorosas. Introduce una rodilla entre ellas y la uso para sostenerme. Sin decir una palabra, me mira a los ojos mientras me acaricia y me pellizca el pecho.

—¿Te gusta? —me pregunta mientras me suelta las manos.

—Sí.

—¿Puedo seguir tocándote?

—Sí —contesto sin pararme a pensar.

Me baja el tirante de la camiseta y el del sujetador por el hombro.

—Eres preciosa. Siempre lo has sido, pero es como verte con otros ojos.

Bien. Dios.

Baja los otros dos tirantes, pero no me desnuda. Me coloca las manos en el cuello y me invita a besarlo de nuevo. Nos besamos sin que me acaricie. Estoy a punto de suplicar, pero su boca ahora mismo es lo único que deseo.

—¿Pres? —La voz de Wyatt nos detiene.

Zach me coloca los tirantes en su sitio y me silencia poniéndome un dedo en los labios.

—¿Presley? —me llama Wyatt de nuevo—. ¿Dónde narices se ha metido?

Me van a pillar montándomelo con Zach en el establo. Es un *déjà vu*. Zach sonríe y me aprisiona entre sus brazos. Quiero besarlo otra vez. Parece que no puedo mirarlo sin que eso me suceda.

Oigo que los pasos de Wyatt se acercan. Cierro los ojos y espero que diga algo.

Pero, en cambio, retrocede.

En cuanto se marcha, suelto un suspiro aliviado.

—Casi nos pilla.

—Estoy seguro de que sabe que estábamos aquí.

—Podría haber sido Cooper.

Zach me cubre los labios con los suyos, silenciándome de forma efectiva. Después, se aparta y me entierra las manos en el pelo.

—Nos vemos esta noche.

—Allí estaré.

—Zach. —Le doy un guantazo en el pecho. Estamos sentados en la manta, abrazados, mientras me cuenta las jugarretas que Trent y él le están haciendo al nuevo adiestrador de su rancho—. Qué malos sois. Trent y tú necesitáis algún pasatiempo.

—Creo que yo ya lo he encontrado. —Me besa en la mejilla y tira de mí para abrazarme.

—¿Yo soy un pasatiempo?

—Más bien un deporte.

Me echo hacia atrás con la boca abierta por el espanto.

—¿Un deporte?

—Un maratón, quizá. —Se ríe entre dientes—. Pero no pasa nada, cariño. Me gusta todo el entrenamiento que estamos haciendo.

Suelto una risilla y me apoyo de nuevo en él.

—A lo mejor te obligo a sentarte en el banquillo.

Sus labios me rozan una oreja y siento un escalofrío.

—No sé yo si de verdad quieres hacerlo.

Tiene razón. No quiero. Cada día que pasamos juntos debo luchar contra mis sentimientos por él. Cuando estoy entre sus brazos, es imposible no ceder. Es como regresar al punto en el que lo dejamos cuando éramos tan jóvenes, a la parte buena. Siento que el deseo se apodera de mí cuando me toca, y eso me asusta. Porque sería muy fácil perderme en él. Permitir que la pasión reine, pero eso sería un error. Un error que me dejaría más hecha polvo todavía. Así que, de momento, nos estamos tomando las cosas con tranquilidad.

—Espera y verás. —Lo miro mientras sus brazos me estrechan con más fuerza.

Llevamos ocho noches quedando en este sitio. Bajo las estrellas, en el arroyo que separa nuestras propiedades. Intento recordar que ya no tenemos dieciséis años, pero es fácil olvidar el mundo cuando estoy con Zach.

—Lo de hoy en el establo ha sido divertido —comenta.

El deseo que acabo de controlar me abruma de nuevo.

—Sí —convengo con una carcajada—. Ha sido divertido. A lo mejor lo repetimos algún día. —Le doy un codazo.

Él gime.

—¿A lo mejor?

—Nunca se sabe —bromeo.

Guardamos silencio mientras él me abraza. Quiero avanzar en mi relación con él. Pero, al mismo tiempo, estoy disfrutando con este ritmo tan lento.

—Está saliendo el sol. Deberíamos volver a casa —me dice al oído—. No vaya a ser que te conviertas en una calabaza.

—Tengo que dormir un poco. Estoy agotada. —Más que nada porque no quiero soñar y porque me paso las noches en vela para estar con Zach.

—Yo también. —Chasquea la lengua—. Felicia me dijo ayer que tengo muy mala cara.

El simple hecho de mentar su nombre me cambia el humor.

—¿Le dijiste que es porque te tengo despierto toda la noche? —replico, medio en serio, medio en broma.

Zach se aparta un poco. Sé que está tratando de calibrar

cómo responder. Anoche me dijo que Felicia está intentando convencerlo de que vuelva con ella. Como hemos acordado que no vamos a airear lo nuestro, está entre la espada y la pared. Odio a esa mujer. Sé que es incansable. Si quiere volver con él, usará todos los trucos a su alcance.

—Pres… —me dice con un suspiro exasperado—. Estoy haciendo lo que quieres que haga.

—Lo sé. —Soy consciente de que es así. Sé que está respetando mis deseos. Es demasiado pronto. Ahora mismo las cosas son divertidas, pero ¿qué pasará cuando pongamos los pies en el suelo?

Al final, tendré que enfrentarme a los asuntos pendientes que aún tenemos.

Y no sé dónde nos dejará eso.

—Confía en mí. —Me coge una mano—. Preferiría decírselo a todo el mundo, pero has dejado muy claro que no estás preparada para eso.

Aparto la vista, confundida. Tengo la impresión de que todo lo que pasa en mi vida es un gran secreto. Y me resulta desquiciante. Los secretos que guardo están mejor escondidos. Si salen a la luz, ensombrecen todo lo demás. Necesito más tiempo.

—Todavía no. Espero que lo entiendas, pero de momento quiero disfrutar de esto. Tenemos al pueblo en vilo, y si las cosas salen mal…

—¿Te preocupa lo que piense la gente? —me pregunta.

—No mucho, me refiero a que mucha gente se te echará encima y a mí me pasará igual. Ahora mismo nadie nos incordia. Tan pronto como estemos seguros…

—Presley, yo estoy seguro. No te confundas.

Levanto una mano para silenciarlo.

—Sé que quiero intentarlo. Ahora mismo, esto me parece estupendo. —Paso los brazos por debajo de los suyos y lo miro a los ojos—. No estoy diciendo que tengamos que pasarnos la vida escondiéndonos. Solo por ahora. —Lo beso en los labios—. Quiero tener tiempo para nosotros. Sin que nos molesten.

Se inclina sobre mí, de manera que sus labios rozan los míos.

—Puedo esperarte. Si eso es lo que quieres, puedo esperarte toda la eternidad.

Me pongo de puntillas para acortar la escasa distancia que

nos separa. Sus dedos me rozan la base de la espalda mientras me pego a él. Es un beso dulce. Sin lenguas, sin una pasión desbordante, pero lleno de confianza en que vamos a conseguirlo. Si hay algo que tengo claro es que Zach puede hacerme feliz. Solo tengo que permitírselo.

—Pareces agotada —dice Wyatt después de abrir la puerta del despacho—. Más o menos como mi hermano.

Sabía que no tardaría mucho en darnos la tabarra. Sobre todo, después de que casi nos viera ayer en el establo. Estoy segurísima de que ha sumado dos y dos.

Me inclino hacia atrás, y suelto el bolígrafo en el escritorio.

—He estado teniendo pesadillas.

—¿Todavía?

Se me ha olvidado que él estaba al corriente.

—Sí, están empeorando.

—¿Tu marido? —me pregunta, preocupado.

Le he contado a Zach que sufro pesadillas, pero no hemos hablado de ellas a fondo.

—Es como si fuera real. Discutimos y me dice un montón de cosas dolorosas… Sé que todo está en mi mente.

—Lo está.

—Pero no puedo luchar contra ellas.

Wyatt rodea el escritorio y se sienta delante de mí.

—¿Contra qué estás luchando, vaquera?

Siempre he podido confiar en Wyatt, pero en este momento tengo la impresión de que hay demasiadas personas al tanto de lo que me sucede.

—Contra la culpa, supongo.

—¿Por lo tuyo con Zach?

Teniendo en cuenta lo que Wyatt siente por mí, esto está muy mal. No quiero hacerle daño, sobre todo porque es uno de mis mejores amigos. Sin embargo, es la única persona en la que confío.

—Nos estamos tomando las cosas con mucha calma.

Se ríe.

—Lo dudo.

—No —insisto—. Lo digo en serio.

—Zach y tú solo conocéis la máxima velocidad, Presley. O estáis o no estáis. No soy ni ciego ni idiota. Y la gente que lo rodea tampoco lo es. Joder. —Se ríe—. Medio pueblo ha apostado para ver cuánto tardáis. Eso sí, ha tardado más de lo que pensaba en darle la patada a Felicia.

Gimo.

—¡Por esto! ¡Por esto no quería que la gente se enterara! Porque no es asunto suyo, joder.

Wyatt se inclina hacia mí.

—Me alegra ver que has vuelto, vaquera.

—¿Qué? —replico, molesta.

—Ese joder. Creo que es la primera vez que te ha salido la vena natural.

Lo miro sin dar crédito.

—¿Eso es lo que sacas en claro de lo que he dicho?

Sonríe.

—Me limito a señalártelo.

—Gracias.

Pero no se lo agradezco. En realidad, me encantaría darle un puñetazo para borrarle esa sonrisa tan ufana. ¿Por qué la gente insiste en meterse en mi vida?

Wyatt me da un guantazo en una pierna.

—Solo diré una cosa: por mucho que me pese admitirlo, lo correcto es que Zach y tú estéis juntos. Es vomitivo estar cerca, porque es imposible no mirar. Todo el mundo debería desear un amor como el vuestro. Eso sí —añade y suspira mientras se pone en pie—, no digo que no podáis cagarla... porque ya habéis demostrado que sois capaces de hacerlo.

—Gilipollas.

—Lo digo en serio. No tenéis dos dedos de frente en lo referente a enmendar lo que destrozasteis. ¿Cuánto tiempo lleváis juntos a escondidas? —me pregunta.

Uf. No creo que nos estemos escondiendo exactamente. Estamos siendo discretos. Además, no está considerando una parte importante en esta ecuación.

—Y, dime, amigo mío, ¿qué debería decirles a Logan y a Cayden?

Aparta la vista, se encoge de hombros y masculla algo entre dientes.

—Esos niños son muy buenos, Presley. Dales la oportunidad de sacar sus propias conclusiones.

Tiene razón. Son niños buenos.

—Quiero estar segura de que vamos en serio.

Wyatt se ríe con tantas ganas que acaba dándose palmadas en un muslo.

—Ay, esa es buena.

—No sé de qué te ríes —le suelto con seriedad.

—Tú y yo sabemos que es tan serio como lo ha sido siempre.

Lo único que sé es que tengo dudas. No por Todd o por los niños. Por Zach. Si le entrego mi corazón, ¿será capaz de soportar el camino que nos espera? ¿Será capaz de sortear esas partes que tengo tan dañadas que ni siquiera sé dónde empiezan y dónde acaban? Las pérdidas que he soportado me han cambiado, me han dejado huella en el corazón y han alterado el curso de mi vida.

Y, después, pienso en el pasado.

En los errores que he cometido a lo largo del camino. Me he hecho daño de muchas formas. He hecho cosas que creía que me iban a reportar felicidad y de las que al final me he arrepentido.

Era joven, tonta, y creía que sabía lo que estaba haciendo. Creía que Zach regresaría. Estaba desesperada por olvidarlo. Quería contarle todo lo que estaba sintiendo, pero en cambio... huí a la carrera.

Miro a Wyatt con lágrimas en los ojos.

—Espero que lo sea. Es que no sé si puedo confiar otra vez en sus promesas.

Se acerca y se agacha delante de mí.

—¿Por qué estás tan segura de que va a hacerte daño?

—Porque los únicos dos hombres a los que he querido en la vida me han dejado. Ambos voluntariamente.

La sorpresa asoma a los ojos de Wyatt y espero que me haga la pregunta.

Le suplico que me la haga, porque no voy a mentir.

Cierra los ojos, suelta el aire por la nariz y después me mira.

—Algún día te darás cuenta de lo equivocada que estás, vaquera.

No añade nada más. Me besa una mano y sale por la puerta. Ojalá que ese día llegue pronto, porque estoy muy cansada.

Retomo el trabajo pensando que la conversación ha llegado a su fin, pero al cabo de un minuto alguien llama a la puerta.

—Joder, Wyatt.

—Bueno —dice una voz que no es la de Wyatt desde la puerta—. No soy ese Hennington en concreto, pero hay quien asegura que soy el más guapo.

Me acomodo en el sillón con una sonrisa en la cara.

—Estoy de acuerdo.

Zach entra con un ramo de flores.

—Son para ti.

Rodeo el escritorio con una enorme sonrisa.

—Eres un encanto. —Sin pensarlo, le doy un beso tierno—. Gracias.

Él asiente con la cabeza.

—He venido a por Logan y Cayden.

—¿Ah, sí?

No sabía que habían quedado. Lo normal es que los chicos me lo digan de inmediato. Zach lleva unos días enseñándoles a domar los caballos. Ha sido maravilloso con ellos y, aunque no lo demuestro, esto es muy importante para mí.

—¿Por qué no montas con nosotros?

Miro por la ventana y me muerdo el labio. No lo sé. Los cuatro juntos...

—Presley... —me dice él con cariño.

El corazón se me acelera al pensar que los cuatro pasemos tiempo juntos.

—Yo... creo que... ¡uf! —exclamo, exasperada—. Está bien, pero con una condición.

—¿Cuál?

—Nada de insinuaciones.

Zach ríe entre dientes.

—Ni se me ocurriría.

—Mentiroso.

—Bueno, está bien, a lo mejor una o dos. Pero seré bueno.

Lo miro con cara de que no me engaña ni por asomo. No sabe ser bueno. Y sus hermanos tampoco.

—Ya veremos.

—Si soy bueno, ¿tendré recompensa? —me pregunta con una sonrisa traviesa.

¿Cómo puedo dudar de lo que siento por él cuando se comporta así? Nunca sonrío tanto como cuando él está a mi lado. Es como si Zach me quitara el peso del mundo de encima para que yo descanse. O tal vez es que la felicidad es así. Liberadora.

—A lo mejor tienes que esperar hasta esta noche. —Le guiño un ojo y me alejo hacia la puerta.

Lo oigo gemir a mi espalda y no puedo contener la sonrisa.

Salimos en dirección al cercado donde mis hijos ya están trabajando con los caballos. Es asombroso ver lo cómodos que se sienten en el rancho después de llevar aquí solo unos meses. Cayden lo ha pasado mal con su caballo después de haberse perdido en el bosque, pero Wyatt y Cooper han sido esenciales a la hora de ayudarlo a recuperarse. Soy muy afortunada por contar con todos los hombres de mi vida.

—¡Mamá! —Logan me saluda con la mano mientras corre hacia mí—. ¿Vas a montar?

—¡Sí! —Sonrío y su sonrisa se ensancha.

—Tu madre siempre me ganaba cuando hacíamos carreras —dice Zach, que apoya un brazo en la cerca.

Dios, con esa postura está buenísimo.

Los vaqueros ajustados, el sombrero y esa pinta de que el mundo es suyo. Con él cerca todo parece más brillante. Es como si fuera el sol y derramara calidez y belleza sobre las cosas que antes eran oscuras y frías.

—Bueno —digo, intentando recuperar la compostura—, siempre has sido muy lento.

—Te dejaba ganar.

Resoplo.

—Y un cuerno.

Logan se echa a reír.

—Mamá, ya sabes que los chicos somos mejores.

Lo miro con las cejas enarcadas.

—¿Ah, sí, chiquitín?

—Ay, Dios —masculla Cayden—. Ya la has liado.

—¿Qué significa eso? —pregunto, aunque no me hace falta. Los chicos saben desde pequeños que me encanta competir. A lo mejor es la corredora que llevo dentro. Me encantaba verlos competir en cualquier cosa, y me encantaba verlos esforzarse al máximo. Hacíamos competiciones para todo. Normalmente era yo quien ganaba, pero si lo hacía Todd, era una fiesta.

Cayden levanta las manos.

—Significa que ya te has puesto en el modo «Mamá es la mejor». Ahora te pondrás muy tonta y harás el baile ese que haces cuando ganas.

Logan se ríe.

—Creo que deberías imitarla otra vez.

Miro a Cayden con cara de pocos amigos.

—Ni se te ocurra.

Él mira a Zach y sonríe. Mi hijo empieza a dar saltos y a agitar las manos en el aire mientras sacude el culo. Yo me río, él se ríe y Zach se parte de risa sin poder evitarlo.

—Chicos, sois muy graciosos.

—Zach —sigue Cayden—, y después, hace esto. —Se inventa una serie de movimientos que yo no he hecho en la vida.

Zach le da una palmada en la espalda.

—Deberías haberla visto cuando era joven y ganaba una carrera.

Todos empiezan a imitarme, y cada imitación es peor que la anterior. Me planto con los brazos cruzados como si me molestara. Pero no me molesta. En absoluto. Ahora mismo, mis hijos están creando un vínculo con Zach. Pasan mucho tiempo con él todos los días, cuando acaba el trabajo en su rancho. Les ha estado enseñando a ser «rancheros».

Pero esto es algo más. Zach les está enseñando a ser amigos. Está construyendo algo con Logan y Cayden sin saberlo. Lo miro con tanta calidez en el alma que bien podría estallar ahora mismo. No hay nada falso en lo que está sucediendo. No lo está haciendo porque se sienta obligado o porque quiera conquistar mi corazón. Lo está haciendo porque se preocupa por mis hijos.

Podría no haber tenido otra oportunidad en la vida. Pero justo en este momento me doy cuenta de que mi amor por Zach nunca murió.

24

—¿*Q*ué dices, cariño? ¿Preparada para que te den una buena patada en el culo? —pregunta Zach mientras los niños sonríen.

Primero me dice «cariño». Y luego suelta «culo» delante de los niños. Claro que son críos y han dicho y oído cosas peores, así que lo dejo pasar. Ninguno de los dos parece molesto por el apelativo cariñoso, pero estamos en el sur y aquí todo el mundo dice «cariño».

Miro a Zach de arriba abajo al tiempo que me doy unos golpecitos en la barbilla con un dedo.

—Bueno —digo como si nada—, no tengo muy claro que seas un digno rival.

Cayden se echa a reír.

—Creo que podría ganarte, mamá.

—Eso crees, ¿verdad? —pregunto—. ¿Sabías que soy la persona que más premios ha ganado en carreras de barriles de todo Bell Buckle?

Logan resopla.

—¿De entre las diez personas que viven aquí? Y la mitad es familia tuya.

—Cuidadín, petardo —digo medio en broma. Creo que es genial que se lo estén pasando bomba, pero tampoco hay que pasarse—. Mi título no es cualquier cosa por aquí.

—¿También fuiste la reina del baile de otoño, mamá? —Cayden le da un codazo a Logan mientras se sientan para mirarme. Saben qué decir para picarme. Todd solía reírse de mi estatus social a todas horas. Como si ser guapa fuera un pecado.

Zach se acerca y les echa los brazos a los chicos por encima.

—Claro que lo fue. Me sorprende que no duerma con su tiara.

—¿También quieres jugar? —pregunto al tiempo que me encojo de hombros—. Porque me acuerdo de alguien que también consiguió su corona.

—Era un semental —replica Zach sin despeinarse—. Las mujeres me adoraban. Pues claro que fui el rey.

Me llevo la mano al corazón con teatralidad.

—Ay, rey Zach. ¿Cómo se podrían comparar tus leales súbditos contigo?

Logan se echa a reír.

—Estáis como cabras.

—Vas a acabar castigado —digo mientras sonrío con superioridad.

—Tú vas a perder con Zach. Apuesto cinco dólares. —Logan echa el brazo por encima del hombro a Zach.

—Eso —conviene Zach—. Logan y yo sabemos de lo que hablamos.

—¿Cay? —pregunto mientras este se lo piensa—. ¡No podéis abandonarme los dos y poneros de su parte!

De ninguna manera mis dos hijos se van a pasar del lado oscuro. ¿Dónde está la lealtad? Claro que no me voy a engañar, porque el hecho de que estén estrechando lazos con él me hace muy feliz. A Zach siempre se le han dado bien los niños, y Cayden y él están muy unidos desde la noche que lo encontró en el bosque. Sin embargo, parece que hay una especie de barrera entre Logan y él que impide el acercamiento.

Cayden masculla:

—Supongo que te escojo a ti.

Me echo a reír.

—Petardo.

—Está bien. —Zach da una palmada—. Estas son las reglas. Vamos hasta el viejo cobertizo y volvemos. El primero que llegue aquí, gana. Te acuerdas del camino, ¿verdad, Presley Mae?

Ladeo la cabeza y pongo un brazo en jarras.

—Me acuerdo perfectamente, Zachary Wilber.

—¡Wilber! —grita Logan—. ¿Te llamas Wilber de segundo? —Se retuerce de risa.

Zach da un paso hacia mí y sé que he metido la pata.

—Vamos, Zach —digo al tiempo que retrocedo—. Has usado mi segundo nombre. Es justo.

—Wilber es un nombre con mucha historia en mi familia.

—Sí —digo, dándole la razón con las manos en alto—. Y un nombre precioso. —Miro a los gemelos, que se están riendo con expresión traviesa—. Uno que yo intentaría eliminar, pero eso no viene al caso.

—Creo que necesitas una buena paliza.

—No te atreverías.

Mira a los niños y sonríe.

—Es verdad. No me atrevería.

Se queda quieto y mi corazón se calma un poco. A lo mejor no he metido la pata.

Antes de poder decir una sola palabra más, corre hacia mí y me pilla por sorpresa. Me agarra las piernas y me carga al hombro.

—¡Zach!

La tierra da vueltas bajo mi cabeza mientras me hace girar. Voy a matarlo.

—Discúlpate.

—¡Jamás! —grito, aunque me estoy mareando.

—¡Hazlo!

—¡Déjame en el suelo, so capullo!

Me da una palmada en el culo.

—Discúlpate y di que te gustaría llamarte Wilber.

Las carcajadas de Cayden y de Logan resuenan en mis oídos mientras Zach sigue dando vueltas.

—¡Está bien! —grito cuando se me nubla la vista—. ¡Siento que tus padres te pusieran Wilber!

Se echa a reír.

—Va a ser que no.

Suelto una carcajada y me sujeto a su cintura cuando empieza a girar más deprisa. El pelo flota a mi alrededor, pero solo oigo los vítores de los niños, animándolo. Me da igual que parezcamos tontos. Por primera vez en muchísimo tiempo, todos somos felices. Los niños están riendo, felices, traviesos, y yo me siento igual.

—¡Dilo, mamá!

Le doy una palmada a Zach en las piernas y se para.

DIME QUE TE QUEDARÁS

—Lo siento y ojalá pudiera ser tan guay como tú y llamarme Wilber.

—Buena chica —dice Zach al tiempo que me deja en el suelo. No me suelta, ya que todo empieza a darme vueltas. Trastabillo, pero Zach me rodea con los brazos al punto. Me aferro a sus fuertes hombros y me enfrento al deseo de besarlo. Es muy guapo; nunca tuve la menor oportunidad. Teniendo en cuenta la historia que compartimos y el paso de los años, cualquiera diría que no me afectaría, pero, en todo caso, me afecta todavía más.

Me muerdo el labio para no ceder al impulso, pero veo que el deseo asoma a sus ojos. Es imposible negar la atracción que sentimos. Han sido semanas durante las cuales hemos pasado las noches juntos, ahuyentando demonios.

—Me voy a caer.

—No lo permitiré.

Miro sus ojos azules, en busca de algo que me indique lo contrario, pero no lo encuentro.

—Yo… —empiezo, pero Zach me salva.

—Y ahora —dice en voz alta—, ¿estás preparada para que te enseñe quién manda aquí?

—¡Equipo Zach! —grita Logan.

—Equipo Mamá —dice Cayden sin el menor entusiasmo.

—¡Cay! —protesto con los brazos en jarras. Este niño… Lo he traído al mundo, lo menos que puede hacer es fingir estar de mi parte.

Se encoge de hombros.

—Lo siento, mamá. Quiero que Zach te dé una paliza.

—Niños —digo, y luego voy a por el caballo.

Shortstop está ensillado junto al caballo de Zach. Rodeo el caballo para comprobar la cincha y asegurarme de que nadie intenta sabotearme. No me fío ni un pelo de estos chicos.

Zach me roza la espalda con el torso cuando estoy inclinada comprobando los cascos del caballo.

—Lo siento —se disculpa con una sonrisa.

—Sigue así, vaquero.

Lo vuelve a hacer, y el tono grave de su voz resuena con cierta ronquera.

—Sabes lo mucho que me gusta que me llames así.

Me levanto y miro a los niños, que están enzarzados en una especie de discusión. También ayuda que tengamos un animal enorme bloqueando su campo de visión. Me acerco a Zach, le recorro el pecho con un dedo y disfruto del estremecimiento que le provoco.

—Lo sé. A lo mejor esta noche te lo digo sin que haya nadie cerca.

Zach echa la cabeza hacia atrás y me sujeta por los brazos.

—Vas a volverme loco.

—Tú sí que me estás volviendo loca solo con mirarte.

Me lo estoy pasando en grande. Me recorre con la mirada y la posa en mis pechos. Arqueo la espalda, haciendo que resalten. La ajustada camiseta blanca que llevo deja poco a la imaginación, además de que su boca los ha recorrido hace menos de doce horas. Hemos estado tonteando, pero no hemos cruzado esa línea durante la última semana y sé que está desesperado. Pero ahora mismo, no es algo sexual sino parte de mi plan.

—Joder, Pres, me estás matando.

Y mi plan funciona.

—Ayyyyy —le digo—. ¿Va a ser... duro... montar?

De repente, me mira a los ojos. En su mirada veo la certeza de que ha adivinado mi plan.

—Juegas sucio.

Esbozo una sonrisa torcida.

—Juego para ganar.

Zach se coloca bien el paquete mientras masculla algo.

—¡Vamos a correr, niños!

Me subo a lomos de *Shortstop* y Zach se echa a reír.

—Estás lista.

—No has montado. —Ladeo la cabeza—. ¿Qué pasa?

—Hay cosas que nunca cambian —masculla Zach mientras rodea su caballo, andando de forma rara.

Me dirijo al punto de salida mientras Zach se afana en montar. En fin, no hay motivos para no empezar ya.

—¡Cuenta atrás, Cayden!

—Preparados.

—¡No! —grita Zach.

—Listos.

—¡Presley! ¡No hagas trampas! —grita al tiempo que monta de un salto.

—No soy yo quien hace la cuenta atrás —replico con una sonrisa inocente.

—¡Ya! —anuncia Cayden, y salgo disparada.

Sé que Zach me va a alcanzar enseguida. Corro todo lo deprisa que *Shortstop* puede hacia el árbol. Wyatt, Cooper, Zach y yo solíamos hacer carreras a todas horas. Wyatt siempre nos ganaba. Juro que hacía trampas de alguna manera. Solo hubo una carrera en la que yo estuve a punto de ganar. Pero Zach y yo siempre estuvimos a la par. Hay una forma de dar la vuelta para conseguir el mayor punto de apoyo, pero no recuerdo si es a la izquierda o a la derecha.

—Vamos, *Shortstop* —lo animo a correr más rápido. Volamos por el camino, concentrados únicamente en nosotros. Necesito todo el tiempo que pueda conseguir. Además, solo quiero ganar.

Los árboles aparecen ante mí y oigo la voz de Zach a mi espalda.

—Cuidado, cariño, que te voy a coger.

—Mierda.

Me inclino hacia delante y azuzo a *Shortstop* con la esperanza de que corra más deprisa.

Tomo la curva con Zach pegado a mis talones.

—Te voy a pillar —se burla.

La meta está a la vista. Quiero ganar, pero lo conozco. No me lo va a permitir.

Llegamos a la zona en la que nos ponemos a la par. Los dos azuzamos todavía más a los caballos y veo que los niños están gritando mientras dan botes.

Da igual quién gane la carrera. Creo que he ganado muchísimo más.

Según Logan, Zach ha ganado. Por supuesto, Cayden acepta el veredicto, así que me toca perder por una vez. Cabritos.

Zach ejecuta su baile de la victoria y los niños se suman. Me echo a reír mientras los veo hacer el tonto. En cuanto terminan de celebrarlo y de burlarse de mí, nos vamos a dar un paseo a caballo. Los niños montan con seguridad. Zach ha hecho un trabajo estupendo. Tienen una postura excelente en la silla y mantienen el control en todo momento.

—¿Podéis hacer otra carrera? —pregunta Logan cuando devolvemos los caballos a las cuadras.

—Creo que Zach tiene que trabajar —contesto.

—Es muy divertido, mamá.

Sonrío.

—Sí que lo es. Lo conozco desde hace mucho tiempo.

Se apoya en la pared.

—Lo sé. Wyatt nos dijo que Zach y tú fuisteis novios mucho tiempo.

Ay, Dios. En fin, supongo que tarde o temprano iba a salir a la luz.

—Sí. —Sonrío—. Lo fuimos durante mucho tiempo. Y luego conocí a tu padre.

Logan asiente con la cabeza como si lo comprendiera. Me siento a esperar la siguiente pregunta, porque lo conozco. Tiene más de las que yo me pueda imaginar, Cayden y Zach siguen en el cercado y quiero darle las respuestas que está buscando. Logan es más bueno que el pan. Echa de menos a su padre y yo seguramente lo esté haciendo fatal a la hora de consolarlo.

—¿Crees que a papá le caería bien Zach? —me pregunta sin mirarme a la cara.

Joder, ni de coña.

—Creo que si tu padre conociera a Zach ahora, le caería muy bien.

Es lo más que puedo acercarme a la verdad. Todd odiaba a Zach. Pero Todd tenía una versión muy sesgada de su persona. Todd solo veía al hombre que me había abandonado de la peor forma posible. Yo estaba destrozada y Todd me cuidó.

—Genial. —Logan vuelve a reflexionar en silencio.

—¿A ti te cae bien? —pregunto.

—Creo que es un tío muy guay. Y creo que le gustas, mamá.

El comentario me descoloca. Me sorprende que uno de los dos se haya dado cuenta.

—¿En serio?

Se encoge de hombros.

No quiero hacerle la pregunta, pero no sé si tendré otra oportunidad.

—Creo que a Zach les caéis muy bien Cay y tú.

—¿A ti te gusta? —me pregunta con lágrimas en los ojos.

—Siempre querré a vuestro padre. Gracias a él os tengo a Cayden y a ti. Nadie podrá cambiar eso jamás, ¿entendido?

Tengo el corazón en un puño mientras lo miro a los ojos. Veo el dolor que oculta tan bien. Mis niños están muy dolidos por la ausencia de Todd. No se merecen sufrir más.

—Te quiero, mamá.

Lo abrazo con fuerza.

—Yo te quiero más.

Los hombros de Logan se estremecen un poco cuando ladea la cabeza para mirarme.

—Me cae bien Zach, y si a ti te gusta, no pasa nada.

—Eres un buen chico, ¿lo sabes?

Mi hijo cierra los ojos y me abraza con más fuerza.

Cayden y Zach entran en el granero y Logan se aparta. Se frota la cara con los brazos y recupera la compostura.

Los niños se van corriendo mientras dicen algo de unas galletas. Después de la conversación con Logan, me siento un poco descolocada. Tengo la sensación de que el mero hecho de pensar en una relación con Zach es ir demasiado deprisa.

—Oye. —Zach me pone una mano en el hombro—. ¿Qué pasa?

—¿Crees que estamos yendo demasiado deprisa?

Aparta la mano del hombro y me coge la mano.

—¿Qué te hace pensar eso?

—Logan se ha dado cuenta de que hay algo entre nosotros, y no dejo de pensar que a lo mejor es demasiado pronto.

—¿Sientes que lo es?

—¿No es lo que acabo de decir?

Zach me acaricia el dorso de la mano con el pulgar.

—No, has dicho que no dejas de pensarlo. ¿Qué sientes de verdad?

Me pongo de pie en un intento por contener mis emociones. Me siento feliz, puedo respirar y quiero estar con él todas las noches. La mejor parte del día son las noches que paso con Zach. Lo echo de menos en cuanto se aleja de mí. Y no creía que estuviéramos yendo demasiado deprisa hasta que Logan ha hecho ese comentario.

—Me siento confundida —contesto al final.

—No somos pareja formal, Pres. Nos conocemos de toda la vida y, la verdad, vamos muy despacio. Llevo enamorado de ti desde que tengo uso de razón. Te conozco mejor que tú misma. ¿No lo entiendes, nena? Estamos hechos el uno para el otro. —Me suelta los dedos y me coge la cara entre las manos—. Conozco todo tu ser, adoro todo tu ser, y no tengo prisa alguna, pero no creo que estemos yendo demasiado deprisa. Creo que estamos encontrando el camino para llegar hasta el lugar en el que teníamos que estar.

Cierro los ojos y pego los labios a los suyos mientras asimilo sus palabras.

Yo siento lo mismo. Ojalá no hubiéramos tenido que pasar por el infierno que hemos vivido para encontrar nuestro sitio, y rezo para que los niños consigan aceptarlo.

25

Zach

*Q*uiero que esta noche sea perfecta. Presley necesita salir de sus pensamientos y dejarnos ser una pareja. Su problema es que piensa más de la cuenta. Siempre lo ha hecho.

—¿Estás seguro? —me pregunta Wyatt mientras me ayuda a cargar la camioneta.

—No, pero estoy cansado de dormir en una piedra.

Se ríe.

—Dudo mucho de que ese sea el motivo, pero de momento me lo trago. Eso sí, a Presley no se la vas a colar. Te conoce.

He planeado la noche al detalle. He quedado con Presley, pero esta vez las cosas no serán como han sido durante las tres últimas semanas. Ya que se niega a que vayamos a algún sitio a divertirnos, lo de esta noche será una cita forzosa.

—Carga la camioneta y cierra el pico —le digo, recordándole que tiene trabajo—. No he pedido tu opinión.

Wyatt ha venido para traerles algunas cosas a mis padres. De algún modo, ha acabado quedándose más de una hora para decirme que tengo el rancho hecho un desastre. El muy cabrón no quiso ayudar cuando mis padres lo necesitaban, pero ahora parece saberlo todo. El día que traje a Felicia para que me ayudara a gestionar el rancho, Wyatt se marchó y se fue a trabajar para los Townsend. En vez de comportarse como un hombre maduro y adulto, me dejó tirado.

Mi padre sufrió un infarto y tuvo que jubilarse, así que yo asumí las riendas. Mis padres se partieron los cuernos por mí, así que era lo menos que podía hacer. Gracias a mi padre, pude asistir a todos los campamentos de béisbol que quise, viajar y disfrutar de clases particulares. Y todo porque el béisbol era mi sueño.

—Aquí van unas cuantas mantas más porque es muy friolera. —Wyatt arroja otra bolsa a la camioneta.

—Lo sé.

—Zach, no sé lo que sabes. Espero que estés preparado para lo que sea que estás haciendo. Presley puede pensar que está preparada, pero tú tienes una venda en los ojos.

Y allá vamos otra vez, joder.

—No eres su hermano. Eres el mío. Así que empieza a comportarte como tal. —Le doy un empujón en el pecho con su sombrero—. La quiero. Jamás le haría daño. Y me da igual lo que a ti te parezca, pero esto no es para echar un simple polvo. Me preocupo por ella y por eso lo hago.

Que piense lo que quiera. La verdad es que todo esto es por el bien de Presley. Es por ella. No por mí ni por el dolor de huevos con el que acabo todas las noches. Presley no duerme a menos que yo la abrace. Es imposible que esté cómoda acostada en esa dichosa piedra, así que hoy voy a complacerla como se merece. Me daría de cabezazos contra la pared por no haberlo pensado antes.

—Lo que tú digas, Zachary. Solo tú sabes lo que más le conviene, como siempre.

—¿Se puede saber qué te pasa?

Wyatt resopla.

—Llevo un tiempo viendo cómo quedáis a escondidas y no he dicho ni pío. ¿Te parece correcto actuar así? Si no está preparada siquiera para que la gente sepa que estáis juntos, ¿cómo vais a ir en serio?

—No la veo a escondidas. Ya no somos niños. Presley tiene hijos que necesita proteger. En todo esto hay más cosas de las que tú crees.

Que se largue ya con sus opiniones a otro sitio. No sé desde cuándo es un experto en relaciones, cuando ni siquiera ha tenido novia formal.

Wyatt cruza los brazos por delante del pecho.

—Yo diría que hay muchas más que tú no sabes. Pero oye, ¿quién soy yo para hablar? —Regresa al interior de la casa.

Paso de contestarle. A veces, refunfuña mucho en lo concerniente a Presley. Tienen una amistad especial y la respeto.

Pero al mismo tiempo la detesto. Detesto que la conozca tan bien como lo hace.

Subo a la camioneta de un salto y me encamino al lugar donde hemos quedado. Solo que esta vez nuestra noche será muy distinta.

> YO: Hoy he salido temprano.
> PRESLEY: Acabo de acostar a los niños.
> YO: Perfecto.
> PRESLEY: No he dicho que sí.
> YO: No has dicho que no. Tengo una sorpresa.

Espero que muerda el anzuelo con eso. Es una sureña testaruda a la que le encanta sacarme de quicio. Como no la presione, seguramente seguirá deshojando la margarita.

> PRESLEY: Ah, ¿qué tipo de sorpresa?

Ya la tengo.

> YO: De las que tienes que ver. Tus padres lo saben.
> Ven a nuestro sitio de siempre.

Hablé con su madre esta mañana, cuando se me ocurrió la idea. Sonrió, me dio unas palmaditas en una pierna y me dijo que volvía a estar de mi parte. Un Townsend menos que ganarme. Sé que su padre será harina de otro costal.

> PRESLEY: ¿Qué estás tramando, Zachary Hennington?

Me encanta cuando usa mi nombre completo. Solo lo hace cuando está enfadada o tiene ganas de jugar.

> YO: Cariño, ya puedes venir al sitio de siempre.
> He preparado una cita ardiente.

Espero que, al leerlo, aparezca una sonrisa enorme en su preciosa cara. Voy a demostrarle lo especial que es y que ella es la única que existe para mí.

26

Presley

*B*ajo la escalera después de acostar a los niños y me encuentro a mi padre sentado en su sillón.

—¿Vas a alguna parte, corazón? —pregunta sin apartar la vista de la tele.

—Hola, papá —digo, como si volviera a tener quince años.

Suelta una carcajada seca.

—Ya. No creas que no sé que te vas todas las noches con ese chico.

Me siento como una adolescente.

—Estoy segurísima de que ya no es un chico, y yo tengo más que superada la mayoría de edad. —Le doy un beso en la mejilla y él masculla de nuevo.

—Nos veremos por la mañana.

Sonrío y le doy un apretón en el hombro.

—Te quiero, papá.

Me mira.

—Te quiero, Presley.

Hay días en los que me pongo de vuelta y media por haberme alejado tanto de mi familia, y hoy es uno de esos días. Mis padres han sido mi ancla todos estos meses. No me han pedido nada, y me lo han dado todo.

Salgo por la puerta trasera y me envuelvo en la manta que siempre dejo en el porche. No sé por qué, pero hoy me he cambiado. Supongo que cuando recibí el mensaje de texto, tuve la sensación de que tenía que esforzarme un poco. Llevo un vestido blanco y corto, de tela calada, con un cinturón marrón. Me he rizado el pelo por la mañana, de modo que cae en suaves ondas. Me he puesto las botas de vaquero por la sencilla razón de que suele ser una mala idea andar por el campo hasta el arroyo con otro tipo de calzado.

Tampoco es que vaya hecha unos zorros, pero nunca me arreglo mucho.

Llego al punto de encuentro y allí está Zach, apoyado en su camioneta.

—Hola, guapa. —Se acerca a mí y me abraza.

—Hola. —Sonrío al instante. Intento mirar por encima de su hombro, pero me da la vuelta para que no pueda ver.

—Intentas matarme, ¿verdad?

—¿Yo? —pregunto, confundida.

—Por el vestido.

Sonrío.

—A lo mejor se me ha ocurrido torturarte.

—En fin. —Me besa en los labios—. Creo. —Otro beso—. Que lo estás consiguiendo. —Y otro—. Buen trabajo. —Esta vez, cuando nuestros labios se rozan, lo retengo.

Zach me entierra una mano en el pelo y cierra el puño sin hacerme daño. Adoro su forma de besarme. Me besa con fuerza y con pasión, pero nunca es violento. El hecho de que alguien consiga hacerte sentir segura y fuerte al mismo tiempo es una sensación que se te sube a la cabeza.

Nuestras lenguas se enzarzan en un duelo mientras me pierdo en las caricias de Zach. Es superior a mis fuerzas. Estar junto a él me vuelve loca. Es como si el tiempo que hemos pasado separados hubiera amplificado las cosas. Cuando me toca, me cuesta la misma vida no abalanzarme sobre él para acariciar cada centímetro de su cuerpo.

Zach afloja las manos y me toca la mejilla.

—Tengo un plan.

—Lo recuerdo —digo con sorna.

Me coge de la mano y me lleva hasta la camioneta. No es la vieja, es nuevecita.

—¿Es tuya?

—Tengo dos. Nuestra camioneta y esta.

Tiene sentido. La mayoría de los rancheros tienen varios vehículos, pero hay algo especial en que sea «nuestra» camioneta. Alberga muchos recuerdos. Algunos buenos y otros no tanto, pero son nuestros.

De repente, me doy cuenta de que ha dicho «nuestra camioneta».

—¿Crees que la otra es nuestra camioneta?

Zach arranca el motor y me mira con una sonrisa traviesa.

—Pues claro. Hemos creado muchos recuerdos en ella. Todavía miro el asiento del acompañante y te veo haciendo el *striptease* aquel después de que consiguiera la carrera que nos dio el partido.

Hay algunos recuerdos que supongo que nunca olvidaremos.

—Era joven.

—Estabas desnuda.

—¡Llevaba puestos el sujetador y las bragas!

Zach enfila el camino con una sonrisa enorme en la cara.

—Pres, tenías unas bragas blancas aquella noche que era como si no llevaras nada. Y te quitaste el sujetador si no me falla la memoria.

Me remuevo en el asiento mientras él le da golpecitos al volante.

—Te equivocas, guapo. Tú me quitaste el sujetador.

De eso me acuerdo, colega.

La tensión sexual entre nosotros estaba por las nubes cuando éramos adolescentes. Yo no quería esperar mucho, pero me aterraba que en cuanto nos acostáramos, me dejara. Zach siempre quiso irse y tal vez yo sabía que no duraríamos.

—Lo recuerdo. No dejabas de moverte en el asiento. Te levantabas el pelo y dejabas que el viento lo agitara. También recuerdo que fue la primera vez que me di cuenta de que una mamada al volante podía ser peligrosa.

—¡Zach! —Me pongo como un tomate—. No puedo creer que hayas dicho eso.

Se encoge de hombros sin arrepentirse en lo más mínimo.

—Fue un día genial.

—¿Adónde vamos?

Entrelaza los dedos con los míos.

228

—Vamos a tener una cita.

—Pero todo está cerrado, ya son las diez. —Miro el reloj—. Y no estoy preparada.

Me odio por decir la última frase. Ojalá se me pasaran las tonterías. Zach ha sido casi perfecto. El día de hoy me lo ha recordado. La forma en la que se ha comportado con los chicos, la carrera y cómo lo han animado los dos niños.

—Lo sé, nena. Es una cita en la que solo estaremos nosotros dos. Confía en mí.

Le doy un apretón en los dedos.

—Lo hago. Lo siento. No he dicho en serio lo de que no estoy preparada. Creo que solo estoy asustada.

—Relájate.

Se adentra en un terreno que sé que pertenece a los Hennington. Tiene un estanque al final, donde solíamos nadar de niños. Trent me acojonaba con historias de sanguijuelas que me dejarían seca. Me tiré un año viendo como Wyatt y Zach se bañaban sin que les pasara nada antes de atreverme a zambullirme en el agua. Trent vivía para atormentarme... y se le daba de vicio, por cierto.

—¿El estanque? —pregunto.

Zach no contesta, se limita a seguir conduciendo. Hay luna llena esta noche y cuando llegamos junto al estanque, el reflejo me deja sin aliento.

—Zach —susurro. Por toda la orilla del estanque hay farolillos con velas que proporcionan una luz maravillosa. Hay una especie de tienda de campaña, a modo de cenador, con sillas y una pantalla para darle intimidad. Echo un vistazo por la zona mientras el corazón me da un vuelco en el pecho—. Es perfecto.

Zach me coge de la mano.

—Vamos. —El orgullo es evidente en su voz. Tira de mí hasta dejarme delante de la camioneta, y los faros nos iluminan—. Baila conmigo.

No pronuncio una sola palabra. Me limito a rodearlo con los brazos y dejar que el miedo se desvanezca. La música de la radio de la camioneta suena a nuestro alrededor, pero no distingo la canción. Siento la música. Siento los latidos de Zach bajo mis manos, pero sobre todo nos siento a nosotros. Somos la música de este momento. Él es el ritmo al que bailo. Y nuestra música es una hermosa sinfonía.

—Eres como un sueño del que espero despertarme en cualquier momento —me susurra al oído.

Lo miro a los ojos.

—Te entiendo.

—Creía que te habías ido para siempre. —Me acaricia la cara con el pulgar—. Creía que no volvería a tocarte en la vida.

Esbozo una lenta sonrisa y apoyo la cabeza en su mano.

—Yo creía lo mismo. —Se suponía que esto no iba a pasar. Aprendí a amar mientras me faltaba una parte de mí misma. No fue fácil, pero me iba bien. Nunca esperé que mi realidad se convirtiera en esto.

Me levanta un poquito para que lo mire a los ojos directamente.

—No me hace mucha gracia cómo hemos llegado hasta aquí, pero me alegro de que sea así. Te he echado de menos, Pres. Eres mi corazón.

Y me derrito.

—Me estás poniendo muy difícil resistirme a ti, Zachary.

Zach se inclina hacia delante y me besa con pasión. Me aferro a su pelo y lo atraigo hacia mi cuerpo. Nuestros labios se mueven con fervor. Quiero que sienta lo mucho que significa para mí. Lo mucho que esto significa para mí. Bailar bajo las estrellas sin nada más que los faros iluminándonos. Detesto lo bien que me conoce. Ha planeado una cita que es la no cita más perfecta del mundo.

Me toma la cara entre las manos cuando aparta los labios.

—Tengo que parar.

Lo invito a seguir. Todo mi cuerpo grita que esta es la noche definitiva. Hemos soslayado el tema, me ha pedido que sienta. Quiero sentirlo. Por entero.

Pero no lo hago. En cambio, retrocedo.

—Lo siento. —Se acerca a mí—. A veces me cuesta recordar que todavía no estamos en ese punto.

—Te deseo, Zach. —Las palabras brotan de mis labios antes de que pueda detenerlas.

Pone los ojos como platos.

—No quiero presionarte.

Ni se me ha pasado por la cabeza. Albergaba la esperanza de que esta noche fuera la definitiva, pero me sorprende que haya sido capaz de no abalanzarme sobre él. Sé lo que siento. Quiero estar con él.

Necesito estar con él.

Si no supiera lo increíble que puede ser, a lo mejor me contendría. Pero ha pasado mucho tiempo para mí. Una parte de mí necesita que la cuiden. Sé que él lo hará. Confío en él.

—¿Qué hay en el cenador? —pregunto con voz seductora.

La primera vez que Zach y yo hicimos el amor fue en una tienda de campaña. Creo que sé lo que hay ahí dentro.

Me doy la vuelta, pero él me sujeta de la muñeca.

—Te prometo que no es lo que piensas.

Lo miro con una sonrisa tierna.

—Lo sé, vaquero.

Aunque me dijera que esa había sido su intención, me daría igual. En fin, a lo mejor no. Pero ahora mismo solo me fijo en que se ha tomado la molestia. Se ha esforzado para que todo en nuestra primera «cita» sea especial. Al igual que él.

—No tenemos que hacer nada. Solo quiero que durmamos juntos bajo las estrellas. Quiero abrazarte toda la noche. Eso es todo, Pres.

Echo a andar, llevándolo hasta la tienda.

—Yo también lo quiero, Zach.

Lo oigo suspirar. Quiero todo eso después.

En cuanto entramos en la tienda, la cierro para que no se cuelen insectos ni otros invitados indeseados. Zach me mira y yo me doy la vuelta hacia él. Me quito la cazadora vaquera, dejando al descubierto el vestido de escote palabra de honor. Una vez más, ha tirado la casa por la ventana.

La tienda está llena de velas y farolillos. Pero en el centro hay una cama con mantas y almohadas. Y nada de colchón hinchable, no, es una cama de verdad. Debió de ponerse manos a la obra nada más dejarme.

—Dime que es real —masculla.

Me llevo las manos a la espalda para bajarme la cremallera.

—Es real.

Se acerca a mí y me coge de las manos para evitar que me

quite el vestido. Después me suelta las manos y me abraza con fuerza.

—No tenemos que hacer nada, Pres.

Le acaricio la mejilla con los dedos, dejando que su barba me haga cosquillas.

—Nunca he estado más segura de algo. Quiero que me hagas el amor. Quiero que me des esta noche.

Apoya la frente en la mía.

—Te daré todas las noches.

Zach pega los labios a los míos al tiempo que me coge en brazos. Me aferro a su cuello cuando echa a andar hacia la cama. Me tumba con cuidado y se queda encima de mí. Sigue besándome despacio. Los dos nos tomamos nuestro tiempo porque tenemos toda la noche.

Me acaricia el cuello con los labios y besa cada centímetro de piel hasta llegar a mi hombro.

—Eres perfecta —susurra.

Arqueo la espalda mientras me acaricia el cuerpo con las manos. Me estremezco bajo sus caricias, pero no de frío. El cálido aire estival me provoca un leve sudor. Cierro los ojos y respiro hondo para saborear el momento. El olor a musgo, a hierba y a campo me inunda. Todo lo que representa Zach.

Le paso las manos por el pelo y él aprovecha la postura para bajarme del todo la cremallera. Deja el vestido así, y sé que me está dejando a mí marcar el ritmo.

—Te deseo —repito para dejarlo claro—. Deseo que estemos juntos.

—Siempre te he deseado.

Me pongo de rodillas y el vestido se desliza por mi cuerpo. No llevo sujetador y eso parece jugar a mi favor. Zach me devora con los ojos. Emite un gemido ronco y me acerco a él.

—Tócame —le suplico—. Por favor.

No me hace esperar. Empieza a acariciarme en un abrir y cerrar de ojos. No es que no hayamos llegado tan lejos en las últimas semanas, pero es distinto. Yo también lo siento. Ha caído una barrera entre nosotros. Los dos sabemos dónde vamos a acabar.

Volvemos a besarnos cuando me acaricia los pechos. Me pellizca un pezón y hace que esté a punto de caerme de la cama.

Quiero sentir su piel. Le coloco una mano en el pecho. Se aparta un poco y me mira con expresión interrogante. Le quito la camiseta por la cabeza. Nada me gusta más que mirarlo. Aunque pasemos de los treinta, Zach tiene el cuerpo de un veinteañero. Su torso es ancho y sus abdominales están tal cual los recuerdo. Todos y cada uno de los músculos son firmes y míos para tocarlos a placer. Dejo que mis dedos vaguen mientras exploro su cuerpo.

—Sigues siendo el hombre más atractivo que conozco.

—Eso es porque somos la pareja perfecta. —Me besa el cuello—. Tú eres lo más bonito del mundo. Porque estás hecha para mí. —Se desliza hacia arriba y me besa de nuevo justo por debajo de la oreja—. De la misma manera que yo estoy hecho para ti.

Me echo hacia atrás y le tomo la cara entre las manos.

—Siento un torbellino por dentro. No sé cómo explicarlo. —Quiero que lo sepa, pero me veo incapaz de expresarlo con palabras. A lo mejor tampoco estoy preparada. Es abrumador saber, en lo más hondo de mi corazón, que esto tenía que pasar.

—Limítate a sentir —me ordena Zach antes de apoderarse de mi boca.

Me desliza las manos por la espalda y me aferro a sus hombros. Me apoya sobre la almohada y cierro los ojos para obedecer y limitarme a sentir.

Deja un reguero de besos por mi cuerpo, adorando mis pechos y lamiéndome los pezones. El fuego corre por mis venas. Solo puedo pensar en nosotros dos juntos ahora mismo. No recuerdo la última vez que me sentí tan venerada. Cada caricia tiene un propósito. Marcarme a fuego y unirme a él.

—Si quieres que pare… —me recuerda.

—No pares.

Zach engancha los dedos en el elástico de las braguitas y tira de ellas. Levanto un poco las caderas para facilitarle la tarea. Me quedo totalmente desnuda ante él, en todos los sentidos. Dejo que vea mi cuerpo y mi corazón. La última vez que Zach me vio desnuda, tenía dieciocho años. No tenía estrías, celulitis, cicatrices ni kilos de más. Tenía las tetas en su sitio, sin evidencias de los estragos de dos críos. El miedo empieza a hacer mella en mí. ¿Y si no le gusto? Cierro los ojos y vuelvo la cabeza.

—¿Qué pasa?

—Nada —me apresuro a decir.

De repente, siento su peso sobre mí de nuevo.

—Presley. —Me aparta el pelo de la cara—. Mírame, nena.

Abro los ojos despacio.

—El tiempo ha hecho que seas todavía mejor de lo que recuerdo. Aunque tú veas imperfecciones… yo solo veo belleza.

Se me escapa una lágrima.

—¿Cómo sabes lo que tienes que decir?

Se encoge de hombros y sonríe.

—La verdad es que no lo sé. Solo te digo lo que siento. Te demuestro lo que veo. Si eso es lo que tengo que decir… —Hace una pausa—. Bueno, solo refuerza lo que ya sé.

El corazón me late con fuerza en el pecho y rezo para que no se dé cuenta. Sé que me quiere. Lo veo en sus ojos cuando me mira, y si él está prestando atención, también lo ve en los míos. Pero sé que no puedo decírselo ahora mismo. Tal vez hayamos establecido que no tenemos una agenda concreta. Es una locura creer que no nos enamoraríamos, teniendo en cuenta que no sé si alguna vez he dejado de quererlo, pero no se lo diré esta noche.

Se lo demostraré.

Para asegurarme de que no pronuncia las palabras, levanto la cabeza y pego nuestros labios. Nuestras lenguas juguetean mientras nos concentramos en el momento. Le desabrocho el cinturón y los pantalones antes de bajárselos. Zach se los quita con rapidez y me hace girar, de manera que acabo encima de él.

Gimo al sentir su erección entre los muslos.

—Te necesito.

Me levanta de modo que lo miro desde arriba. Me muevo para conseguir la fricción que tanto necesito. El pelo me cae por la cara y él levanta el cuerpo para retomar el control. Me besa y me acaricia la espalda con los dedos. Me pego a él, disfrutando al máximo de cada segundo entre sus brazos.

Zach vuelve a ponerme debajo, de espaldas en el colchón. Se desliza sobre mi cuerpo, dejando un reguero de besos. Eso se le daba de vicio incluso de jóvenes. Su lengua y su boca se las apañaban para trabajar en perfecta sincronía y para asegurarse de que yo perdía la cabeza.

—Zach —susurro en la penumbra.

—Tengo que saborearte, Presley.

—A lo mejor salgo ardiendo.

Se ríe contra mi piel, pero no replica. En cambio, me lame el clítoris.

Entierro las manos en su pelo cuando lo hace de nuevo. Intento mover las caderas, pero me sujeta para seguir lamiéndome y besándome. Cada pasada de su lengua hace que mueva la cabeza de un lado a otro. Mascullo palabras ininteligibles mientras me lleva a nuevas cotas de placer. Estoy perdida, floto en el aire, ligera como una pluma, y me da igual si no desciendo en la vida.

—¡Zach! —grito cuando vuelvo a la tierra. Sigue con sus caricias hasta que me calmo.

Sube por mi cuerpo.

—Podría ahogarme en ti.

Abro los ojos y sonrío.

—Podría dejarte.

Se quita los *boxer* y lo veo desnudo. Cada centímetro de su cuerpo vuelve a ser mío. Fue el primer hombre que dejé que me penetrara, y sabrá Dios si será el último.

—Si quieres que pare… —dice, ofreciéndome una escapatoria.

Le acaricio la cara con una mano.

—Quiero que me hagas el amor.

—Me alegro un montón de que lo digas —dice con una sonrisa cálida y tranquilizadora.

Busca un condón. Mientras se lo pone, siento que se me forma un nudo en el estómago por un sinfín de motivos. ¿Y si no es tan bueno como lo recuerdo? ¿Y si a él no le parece bueno?

—Zach… —El miedo hace que me tiemble la voz.

—¿Qué pasa? —Me mira con los ojos muy abiertos, seguramente al darse cuenta de mi inquietud.

Ahora me siento como una tonta.

—Nada. Solo estoy pensando en tonterías.

—Presley. —Cambia un poco de postura—. Puedo esperar.

Quiero echarme a reír. Ni de coña vamos a esperar más. Yo tampoco puedo esperar. Es que no quiero que sea una mierda.

—Yo no. Estoy preparada.

Se deja caer contra mí y lo siento en mi cuerpo.

—No dejes de mirarme —me dice.

Clavo la vista en esos insondables ojos azules y veo tanto amor que se me forma un nudo en el pecho. Todo lo que he perdido en los últimos ocho meses me ha traído hasta aquí. Hasta un hombre que me quiere. Que se ha interesado por mis hijos. Que queda conmigo todas las noches para abrazarme cuando no puedo dormir.

Es el niño que me cogió de la mano cuando mi abuela murió y yo tenía demasiado miedo para entrar en casa. El adolescente que le dio un puñetazo en la nariz a Armando Delgado cuando intentó besarme, pero que luego le buscó hielo. El hombre al que nunca conocí, pero que siempre ha vivido en mi corazón.

Cuando me penetra, el mundo se detiene. No suenan los grillos, no brillan las luciérnagas, no hay nada en el mundo salvo nosotros dos. Nos miramos a los ojos mientras me penetra hasta el fondo. Se me llenan los ojos de lágrimas y, después, resbalan por mi cara. Es demasiado. Demasiadas emociones, demasiados pensamientos, demasiados sentimientos, y soy incapaz de contenerlo todo.

Zach se inclina hacia delante y me seca una lágrima con los labios.

—Dios, Pres.

—Es maravilloso sentirte —consigo decir con voz estrangulada.

—No llores, nena.

Tengo que explicarme, pero es imposible tranquilizarlo.

—Son lágrimas de felicidad. Soy muy feliz ahora mismo.

Se siguen humedeciendo mis mejillas mientras hacemos el amor. Zach me seca cada una de ellas y me susurra lo perfecta que soy. Lo insto a ponerse de espaldas y empiezo a moverme sobre él. Necesito sentir el poder que otorga el control, y sé lo mucho que le gustaba esta postura.

—Estoy a punto... —dice mientras me mezo adelante y atrás.

Me muevo con frenesí, disfrutando de la tensión de su cara y de la fuerza de sus brazos que me estrechan aún más. Le acaricio el torso con las uñas y él me aferra las muñecas.

—Déjate ir, Zach. —Intento moverme todo lo deprisa que puedo.

Es incapaz de contenerse y grita mi nombre una y otra vez cuando se corre.

Mientras recuperamos el aliento, me abraza con fuerza. Me quedo tumbada con una mano sobre su corazón. Tenemos que decirnos muchas cosas, pero solo quiero estar así. Con las piernas entrelazadas, completamente saciados y abrazados el uno al otro.

—¿Pres? —dice mientras me acaricia la espalda con un dedo.

—¿Mmm?

—¿Dormirás hoy aquí?

Levanto la cabeza y sonrío.

—Sí, creo que puedo hacerlo.

Me abraza con fuerza hasta que no hay separación entre nuestros cuerpos y cierro los ojos. Me quedaré aquí todo el tiempo que pueda, porque ahora mismo todo parece estar bien.

27

—*D*eberías ondularte el pelo y recogértelo —me dice Grace mientras me pongo delante del espejo.

—Estoy tan cansada que tienes suerte de que pueda abrir los ojos. —Sigo arreglándome. Emily ya se ha arreglado. Esta noche canta en Lucky's, en el pueblo. Todo el mundo estará allí, porque nadie va a ir a Nashville.

Han pasado tres semanas desde que Zach y yo hicimos el amor, y seguimos viéndonos. Salgo de casa a escondidas todas las noches y me meto en la cama de nuevo al amanecer. Menos mal que todavía recuerdo en qué punto crujen los escalones. De todas formas, creo que mi madre lo sabe desde hace mucho. Me ha soltado un montón de indirectas sobre las ojeras que tengo y las briznas de hierba que llevo en el pelo.

—Emily dice que es obligatorio que asistas. —Se coloca detrás de mí para peinarme—. Voy a recogértelo.

Una vez arregladas, regresamos a la planta baja. Cooper alza la vista, clava la mirada en Grace y lo que veo hace que me pregunte si...

La observa un poco más de la cuenta, refunfuña algo y sigue leyendo. Interesante.

—¡Hola, Coop! —Grace le da un pescozón en la parte posterior de la cabeza y eso me obliga a contener una carcajada. Parece que los sentimientos no son mutuos.

—Grace —dice mi hermano, frotándose la cabeza—. ¿Vais a ver a Emily? —me pregunta mientras trata de mantener la mirada apartada de Grace.

Esbozo una sonrisa cómplice.

—Creo que deberías venir.

Me mira muy serio, lo que confirma mis sospechas.

—Ajá —dice Grace con voz cantarina—. Seguramente necesitemos carabina.

Cooper se niega con una excusa patética, pero lo dejo pasar. Grace ha sido la chica de Trent durante un tiempo. Y cuando un Hennington reclama a una mujer, todos los demás retroceden. A menos, por supuesto, que seas un Townsend. Ya me imagino cómo va a ir la cosa…

—¡Pásatelo bien, mamá! —dice Logan, que está con mi padre pasando canales en la tele.

—Sed buenos.

—No saldremos de casa, mamá —replica Cayden, que trata de bromear.

—Muy bien —digo al tiempo que le alboroto el pelo.

Grace y yo salimos hacia el lugar donde sé que estará Zach y tendré que fingir que no hay nada entre nosotros. Todavía seguimos manteniendo un perfil bajo, pero no sé cuánto tiempo seré capaz de estar lejos de él. De hecho, sé que no podré hacerlo. Cuando lo tengo cerca, soy incapaz de mantenerme alejada de él. Con Zach me siento feliz y hace que todo sea más luminoso. La oscuridad no es un vacío cuando él está a mi lado. Además, desde que lo hicimos, solo pienso en desnudarlo cuando lo veo.

—Grace —digo.

—¿Por qué pronuncias mi nombre como si me fueras a decir algo malo?

Meneo la cabeza.

—No es malo.

—¿Vas a admitir por fin que Zach y tú estáis juntos otra vez? —me pregunta con una sonrisa traviesa.

—¿Lo sabes? —replico, un tanto sorprendida.

—Claro que lo sé —contesta entre carcajadas—. Presley, todo el mundo lo sabe. A ver, Zach se pasea por el pueblo como si hubiera ganado el campeonato estatal. Y tú no paras de sonreír en ningún momento. Los dos tenéis pinta de no dormir mucho por las noches… —Me da un codazo en el brazo—. No somos tontos, pero os hemos permitido pensar que era un secreto.

Me quedo boquiabierta. Porque en realidad pensaba que nadie lo sabía.

CORINNE MICHAELS

—Esto es increíble —musito—. Creía que...

—¿Que no lo sabíamos?

—¡Sí!

—Ni se te ocurra meterte a actriz. —Grace aparca el coche y se vuelve hacia mí—. Me alegro por ti, Pres. Desde que volviste has estado muy triste. —Me coloca una mano en el brazo—. Sé que no ha debido de ser fácil volver, pero te queremos. No me he casado y no he tenido hijos, así que no me imagino lo que es perder un marido. Pero quiero que sepas que siempre podrás hablar conmigo. Y no te miento si te digo que me alegro mucho de que Zach y tú tengáis una segunda oportunidad.

Sonrío y asiento con la cabeza.

—Yo también me alegro y eso me asusta.

—¿Por qué?

—Porque es demasiado pronto.

Grace niega con la cabeza.

—Yo creo que ya iba siendo hora. Tú no recuerdas a la Presley y al Zach que yo recuerdo. Una pareja que todos deseábamos ser. Os queríais tanto que todo el mundo estaba celoso de vosotros. —Se ríe—. A ver... que corté con seis chicos porque no me miraban como Zach te miraba a ti.

—¡Estás loca! —exclamo—. Es imposible que creyeras que lo nuestro era lo normal.

—Exacto, Presley. No lo era. Era muy especial. Creo que todos lloramos cuando cortasteis. No me malinterpretes —se apresura a añadir—. Creo que hiciste lo correcto. Te pasaste los dos últimos años de instituto esperando poder reunirte con él y cuando por fin lo consigues, él firma ese contrato como si tú no importaras.

—Gracias —replico en voz baja.

—Pero erais muy jóvenes. Zach era un tontorrón que solo veía el dinero que podía ganar.

Entiendo lo que quiere decir. Durante los últimos meses, he logrado comprender que en aquel entonces yo era demasiado inocente como para entender lo que estaba pasando en realidad. ¿Me gustaría que las cosas hubieran sido distintas? Sí. A lo mejor. No lo sé. Si Zach no hubiera firmado el contrato, yo no tendría a mis hijos, y la verdad, ellos lo son todo para mí.

—Creo que las cosas siguieron su curso natural —admito—. Pero he estado enfadada con él demasiado tiempo. No quiero que el pueblo entero se meta donde no debe.

Grace suelta una carcajada.

—Entiendo que estuvieras enfadada. Los hombres tienen la costumbre de colarse en tu corazón y de hacerse un hueco para siempre.

Aaah. Grace y Trent. Me pregunto qué está pasando exactamente en este pueblo. Grace y Cooper se han echado unas miraditas muy significativas.

—Entremos —dice Grace, cuya sonrisa se ensancha.

Entramos en el bar y mis ojos recorren el interior en busca de Zach. Lo que veo no es lo que esperaba. Felicia está colgada de su brazo mientras él habla con Trent. Lo está acariciando y ha apoyado la cabeza en su hombro. Zach no le está prestando atención, pero me importa un pito. La observo mirarlo embobada mientras él habla y la rabia me consume.

¿Está loca o qué? Es mío. Hemos pasado la noche en su casa y nos hemos separado casi al amanecer. Ya puede estar quitando sus sucias garras de mi hombre.

—Bueno… —mascullo.

Grace clava la vista en la escena que yo estoy contemplando y gruñe.

—Pres —me dice para distraerme—. Escúchame, la única forma de que soluciones esto es si vas directa y…

No dejo que acabe la frase. Sé exactamente lo que tengo que hacer.

Mis pies se mueven con rapidez mientras acorto la distancia que nos separa. La sangre me hierve por la ira mientras pienso en las últimas semanas durante las cuales Zach me ha abrazado, me ha besado y me ha hecho el amor como si fuera la única mujer de la tierra. ¿Y esa lagarta lo está tocando? Ni hablar. Y una mierda. Voy a enseñarle ahora mismo lo que debe tocar y lo que no. En cuanto a Zach… en fin, a él también voy a decirle cuatro cosas.

Zach pone los ojos como platos cuando ve que me estoy acercando. Mira a Felicia y después me mira de nuevo.

«Sí, la has cagado».

No aminoro el paso ni me detengo. Me planto delante de

Zach, lo agarro del cuello y tiro de él para besarlo en la boca. Aquí, en mitad del bar del pueblo. Lo beso. Para que todo el mundo sepa que estamos juntos. Zach no titubea. Me coloca las manos en la espalda y me pega a él. Sus labios se mueven al ritmo que imponen los míos mientras los presentes estallan en silbidos y en vítores. No sé cuánto tiempo dura, pero me parece una eternidad.

Acabo de reclamar al hombre que siempre ha sido mío. La preocupación por lo que la gente pueda pensar se desvanece. Grace tiene razón, lo nuestro siempre ha sido especial.

Una vez que siento que he dejado clara mi postura, me aparto de él. Zach esboza una sonrisa arrogante.

—Hola, cariño.

—La has cagado.

—Si así es como vas a castigarme, no pienso quejarme.

Bajo la cabeza y lo miro con gesto serio.

—La has cagado. Mucho.

—Felicia —dice mientras me pega a su costado—, he decidido que voy a ir a la subasta benéfica la semana que viene. —Lo miro, confundida—. Consígueme dos entradas, Presley me acompañará.

—Y asegúrate de reservarnos también una habitación de hotel —añado—. Seguramente necesitemos un poco de intimidad después.

Felicia resopla y se va.

—¿Así que vamos a ir a una subasta benéfica?

—Creo que lo he dejado claro.

Lo miro y recuerdo el motivo que nos ha llevado a montar esta escena.

—¿Por qué estaba colgada de tu brazo exactamente?

Tira de mí para pegarme por completo a su torso. Me frota la oreja con la nariz mientras susurra:

—Está borracha y yo no quería ser desagradable. Nada más. Pero tú has desvelado nuestro secreto de una manera espectacular.

Me echo hacia atrás para mirarlo a los ojos.

—Supongo que ya va siendo hora de que las mujeres de este pueblo sepan que no estás disponible.

Zach se ríe entre dientes.

—Presley —dice con esa voz tan grave—. No he estado disponible desde que cumplí los quince. —Me besa la frente, me estrecha con fuerza y sigue hablando con Trent como si no hubiera pasado nada.

Miro a Grace, que está mirándome con los brazos cruzados y una enorme sonrisa.

Bueno, pues se acabó lo de esconderse.

Wyatt aparece de repente con una chica a la que no conozco.

—Vaya, vaya, los señores que creían que estaban engañando a todo el pueblo...

—Cierra el pico, gilipollas —le suelta Zach al tiempo que le da un puñetazo.

Wyatt se frota el hombro.

—Me siento dolido. Me parto los cuernos para que entendáis que sois idiotas, consigo que volváis a ser pareja y ¿me pagas con un puñetazo? Capullo.

—¿Tú has sido el artífice de esto? —le pregunto con una sonrisa burlona.

—Pues sí, vaquera. ¿De qué otra manera ibas a abrir los ojos?

Me encanta que, pese a todo lo que hay entre nosotros, Wyatt logre que me sienta a gusto a su lado.

Me inclino hacia él y lo beso en la mejilla. Quiero decirle muchas cosas, pero este no es el lugar. Wyatt me ha ayudado a ver más allá de mi propio dolor. Es mi mejor amigo y tengo mucho que agradecerle. Algún día espero que encuentre todo lo que desea.

—Eres un gran amigo. Algún día harás muy feliz a alguna mujer. —Miro a la chica que lo acompaña. Básicamente, lleva la parte de arriba de un biquini y unos pantalones cortos más diminutos que mis bragas—. Aunque espero que sea a otra —añado como si tal cosa.

Él se ríe.

—Creo que ya has bebido.

—Ni una gota.

—Pues deberías hacerlo, porque nadie puede domar a esta bestia salvaje que llevo dentro.

Su sentido del humor es su defensa. Y lo entiendo, porque

sé que todos lo necesitamos a veces. Yo me he escondido detrás de mis muros mucho tiempo y, la verdad, de no ser por él todavía estaría allí. La seguridad es un lujo que nunca debemos dar por sentado. Cuando mi mundo se vino abajo, la vulnerabilidad que experimenté me asustó. Me llegó al alma. Y aunque Wyatt no ha sufrido una experiencia traumática similar a la mía, también ha padecido lo suyo.

—Lo único salvaje que hay en ti es el pelo —bromea Zach, que le da un empujón.

Wyatt le hace un gesto obsceno con la mano, coge su bebida y le echa el brazo por los hombros al ligue de la noche.

—Nos vemos, capullos.

Zach y yo pedimos algo para beber. Él una cerveza, y yo un vaso de Jameson. Grace me lleva a la pista de baile. Reímos como dos tontas y bailamos como en los viejos tiempos. Las canciones se suceden, pero nosotras seguimos donde estamos. Me encanta bailar. Me encanta saber que no voy a meter la pata cuando bailamos alguna canción *country*. Me sé todos los pasos.

—Madre mía. —Grace se ríe—. Zach está a punto de darle una paliza al tío ese que te está mirando. —Me obliga a volverme y lo veo mirando a alguien.

Mis ojos vuelan hacia el lugar que él esta mirando y me río. Es el tío con el que bailé la noche de la borrachera.

—No se ha dado cuenta de que he besado a Zach antes, ¿verdad?

Seguimos fingiendo que no me importa hasta que veo que Zach estampa la botella de cerveza en la barra y echa a andar hacia él.

—Mierda. —Me apresuro a acercarme y Grace me sigue.

Alcanzo a Zach antes de que llegue hasta su víctima.

—¿Adónde vas, vaquero? —Le sonrío.

Se le pasa el cabreo de inmediato.

—A ponerle las cosas claras a alguien.

—No merece la pena.

—Tú lo mereces todo.

—¡Ooooh! —Lo beso en los labios—. Qué mono eres.

—Me gustas así —me dice Zach mientras sigue andando.

—¿Así, cómo?

Se inclina hacia mí y su aliento me hace cosquillas en la piel.

—Feliz.

A mí también me gusta, pero me asusta la posibilidad de que lo nuestro acabe rápido. Nuestra relación ya no es un secreto entre Presley y Zach. Ya no podemos ir despacio porque todo el mundo lo sabe. Es posible que mañana hagan un desfile en el pueblo para celebrarlo. Tendré que decírselo a mis hijos de inmediato, y quién sabe cómo acabará la cosa.

La siguiente canción es una de mis preferidas.

—Baila conmigo —le ordeno.

Me rodea la espalda con un brazo y me levanta del suelo para llevarme a la pista de baile. Una vez que me suelta, me coge de la mano. Me encanta. Me encanta que haga eso aquí. Que me abrace cuando bailamos. Me coloca la mano libre en la nuca para poder guiarme mientras la otra me sujeta las manos que he apoyado sobre su pecho.

Nos movemos en armonía sin decir palabra. La letra habla de que si la chica cae, el chico la levantará. Me imagino que es Zach quien la canta. La letra me resulta muy significativa. Porque es algo que Zach haría. Me levantaría si yo me cayera.

Zach me hace girar por la pista de baile sin apartar los ojos de los míos en ningún momento. Me guía con facilidad porque yo estoy completamente hipnotizada. Empieza a cantar la letra y se me llenan los ojos de lágrimas. El bar desaparece de mi alrededor mientras él me dedica esas palabras que tanto significado tienen para los dos. La canción acaba, pero seguimos en la pista, abrazados.

—Te quiero, Presley.

Se me para el corazón mientras lo miro y entonces lo descubro. Otra vez me he enamorado hasta las cejas de Zachary Hennington. El chico que me robó el corazón cuando éramos pequeños ha vuelto a hacerlo. Pero esta vez es más fuerte. Lo supe la noche que hicimos el amor por primera vez. Bueno, más bien la primera vez que lo vi de nuevo. Supe que no podría desafiarlo. Siempre hemos sido Presley y Zach, y siempre lo seremos.

Se me llenan los ojos de lágrimas.

—Yo también te quiero.

Me estrecha aún más entre sus brazos y me besa.

La gente empieza a aplaudir y me aparto de él riéndome.

Miro a mi alrededor al oír que alguien sigue aplaudiendo. Supongo que se trata de Wyatt, haciendo el tonto como siempre.

Pero me encuentro con unos ojos verdes que hace meses que no veo. Angie deja de aplaudir, se limpia las lágrimas y echa a andar hacia la puerta.

28

—Vuelvo enseguida —le digo a Zach y salgo corriendo detrás de ella. Joder. Sabía que no iba a ser plato de buen gusto, pero no pensaba que fuera a suceder así. No se me ha pasado siquiera por la cabeza que pudiera enterarse de esta forma.

Abro la puerta y echo un vistazo. Angie se aleja a toda prisa del bar, meneando la cabeza. La conozco desde hace casi una vida y suele discutir. Es de las que se cierran en banda y no se mueven hasta que cree que le están haciendo caso. Angie solo huye cuando se siente herida.

—¡Angie! —grito. Se para y se da la vuelta para mirarme con una mezcla de tristeza y rabia. En vez de esperar, acelera el paso—. ¡Angie! ¡Para! —Corro hacia ella, pero no se detiene—. ¡Joder! Para ya.

Angie se para y me fulmina con la mirada.

—Menudo morro tienes. ¿Me dices que me pare? ¿Por qué no paras tú? —Esta es la mujer que conozco.

—No te atrevas a ir por ahí. —Me preparo para defenderme—. No sabes por lo que he pasado y no tienes derecho a juzgarme.

—¿Zach? ¿Estás saliendo con Zach? —Por más furiosa que esté, detecto el dolor de su voz. Lo ha visto todo. Hasta el último detalle de todo lo que soporté, y todas las noches que pasé sollozando entre sus brazos—. ¿En serio, Pres? ¿Después de todo? ¿El maldito Zachary Hennington? A ver, ¿por qué no retrocedes en el tiempo y vuelves a ser una cría? Ah, no, que ya lo eres. ¿En serio?

No sé qué decir. Hay un montón de cosas que no están bien en esta dichosa situación y no sé qué parte tengo que evitar. Pero sé que no me equivoco. No es lo mismo que hace diecisiete años, cuando era una cría. Somos adultos y nos hemos tomado nuestro tiempo, hemos hablado y hemos resuelto los problemas del pasado. No es una aventura. Lo quiero.

—Sí. En serio —digo con tiento—. No somos los mismos, Angie.

—¿No? —Se echa a reír—. ¿No es el mismo tío que te abandonó cuando más lo necesitabas? ¿O no eres la misma que se casó con mi hermano? Porque esa mujer nunca habría vuelto con él.

Quería ser diplomática, pero quiere meter a Todd en este asunto. Me niego a que lo use de arma. Creo que no recuerda muy bien quién me ha hecho más daño.

—¿Tu hermano? ¿Te refieres al mismo que me endosó una deuda de doscientos mil dólares y que luego se suicidó? ¿El responsable de que haya vuelto a Bell Buckle? ¿Te refieres a ese? —le pregunto con desdén—. ¿El que dejó a sus gemelos sin padre? ¿A su mujer sin marido? Mejor no empecemos a tirar de la manta.

Resopla y se seca una lágrima.

—No puedo creerlo. Creía que te morías aquí. —Empieza a andar de un lado para otro—. Creía que mi pobre hermana y mis sobrinos estaban empantanados en Tennessee, odiando su vida. Y vengo y te pillo dándote el lote con tu ex. El tío que te jodió la vida, en tus propias palabras.

—Ya vale.

Se tensa por entero. Me doy cuenta del debate interno que la abruma.

—Estoy muy enfadada, pero sobre todo porque me has mentido, Presley. ¡A mí! A tu mejor amiga. La que te ha acompañado en cada paso del camino. ¿Cómo has podido hacerlo?

Y esta es una de las cosas que me angustian. Detesto no haberle dado la oportunidad de enterarse por mí. Me daba demasiado miedo lo que fuera a decir. Mi corazón no soportaría su rechazo.

—Quería decírtelo, pero sabía que ibas a reaccionar así. —Me acerco a ella—. Has formado parte de mi familia desde hace mucho tiempo y no quería saber lo que opinabas de esto.

—¿Y por eso me has mentido?

—No te mentí —intento defenderme—. No te lo conté

porque no habíamos llegado al punto en el que estamos ahora hasta después de hablar contigo. —Me odio nada más pronunciar esas palabras—. No. —Resoplo—. ¿Sabes qué? No.

—¿No? —Me mira, confundida.

—¡No! —Me cabreo—. No pienso convertir esto en algo que no es. Lo quiero. Lo quiero, Angie. Y si tú me quisieras, lo entenderías. Porque me merezco ser amada de nuevo. No tengo por qué pasarme el resto de la vida anhelando algo que Todd me quitó. —Empiezo a dar vueltas mientras las lágrimas resbalan por mi cara—. Me lo merezco. Y desde luego que no pienso sentirme mal porque Zach y yo nos hayamos reencontrado.

Resopla.

—¿Lo quisiste alguna vez?

Sé a quién se refiere. Contengo las ganas de abofetearla.

—No pongas en duda mi amor por Todd.

Se siente dolida y está molesta, pero yo no soy la mala de la película. Me ha costado mucho entenderlo. No le estoy siendo infiel a su recuerdo ni lo estoy mancillando. Él escogió morir y yo he escogido vivir.

Se lleva las manos al pelo y chilla:

—¡Joder, Pres! Tenía tantas ganas de verte. Necesitaba abrazarte y asegurarme de que estabas bien. ¡No me esperaba esto! De haberlo sabido…

—¿Qué? —Me encaro con ella—. De haberlo sabido, ¿qué habría pasado, Angie?

—Habría estado preparada.

—¿Quieres que sea infeliz? —pregunto, asqueada.

—Ah, sí, claro, quiero que llores todos los putos días. —Angie pone los ojos en blanco—. Por supuesto que no. Solo quería que confiaras en mí.

Ojalá supiera que me moría por contárselo.

—Si hubiera creído que te alegrarías aunque fuera un poquito por mí, lo habría hecho. ¿No te das cuenta? Tu opinión es importante, y sabía que no iba a ser nada buena.

Levanta la vista al cielo, inspira hondo y me mira de nuevo.

—Odio haber reaccionado así. Solo quería hacerte sonreír. No quería que fuera Zach.

Pero ha sido Zach quien me ha ayudado. Vivía en un infierno hasta que él empezó a hacerme ver el camino. Angie habría sido mi ancla de haberme quedado en Pensilvania. Pero la vida no me llevó por ahí, me trajo de vuelta a casa.

—No eres tú quien decide.

Se cabrea de nuevo.

—¿Cómo has podido perdonarlo después de que te dejara embarazada? —me grita.

—Joder, Angie. —Miro a nuestro alrededor para asegurarme de que no hay nadie—. Nunca le conté lo del bebé.

—¿No lo sabe? —El tono acusatorio de su voz hace que me estremezca.

—No —digo—. Yo… tengo toda la intención de decírselo, pero no he encontrado el momento adecuado.

Menea la cabeza.

—Tienes un problema muy gordo con los secretos, Presley. Un día de estos te van a joder pero bien.

No es la conversación adecuada para mantenerla a las puertas de un bar.

—Para ya.

Angie se da la vuelta y percibo lo decepcionada que está conmigo. Pienso decírselo a Zach. He repetido las palabras en mi cabeza cientos de veces, pero luego soy incapaz de pronunciarlas en voz alta.

—Estoy intentando solucionarlo. Poco a poco. —Tengo la sensación de que me veo obligada a lidiar con un montón de mierda. Soy consciente de que no estoy haciéndolo bien—. Lo siento. —Le pongo una mano en el hombro. Hace mucho que no la veo. La he echado de menos—. No quiero discutir. Por favor —le suplico.

—Yo tampoco. —Suspira con pesar—. Aunque debería haberlo sabido. No he dejado de repetirme que esto iba a pasar. Debería haber sabido que acabarías de nuevo con él.

Le doy un golpecito en el brazo.

—¿Querías ser mi salvadora?

—Soy tu salvadora. Joder, soy la mejor mujer del mundo. —Sonríe—. Te odio. Y odio que, aunque quiera estrangularte, siga queriéndote.

—Yo también te odio. —La cojo del brazo y la estrecho con fuerza—. Te he echado de menos.

—Ya lo veo.

Le doy un guantazo en el hombro.

—Siempre tienes que ir de listilla.

Angie se aparta con un suspiro.

—¿Los niños saben lo vuestro?

—Todavía no —contesto—. Solo llevamos un par de semanas yendo en serio. Nos lo hemos tomado todo muy despacio, a paso de tortuga. Pero creo que Logan se lo huele.

Vamos hasta el banco que está contra la pared. Sé que le está costando asimilar todo esto, y, la verdad, a mí también. Todo se ha vuelto muy real en las últimas horas. Zach y yo hemos intentado ir despacio, pero el tren ha descarrilado. Me toma la mano entre las suyas y recuerdo la última vez que nos vimos.

—Sigues teniendo el pelo hecho un asco —digo de repente.

—Tú estás muy canija.

—Deberías dejar de ser tan guapa.

Angie sonríe.

—He salido a mi hermana.

Apoyo la cabeza en su hombro y contengo las ganas de llorar.

—Lo siento muchísimo.

—Yo también.

—Deberíamos volver antes de que Zach y Grace monten una partida de búsqueda. Ya sabes lo que el sur opina de vosotros los yanquis.

Se echa a reír.

—Te juro que es como un universo paralelo. ¿Sabías que no hay ni un solo Starbucks por los alrededores?

—Sí, me he dado cuenta.

Angie se moriría aquí. Solo conoce la vida en la ciudad y la adora. Casi se le fue la pinza en Maine durante cuatro años. Pero teníamos un montón de bares. Encontró la forma de cambiar el café por la cerveza.

—Creo que debería saludarlo —dice mientras apoya la cabeza contra la mía.

—Significaría mucho para mí que pudierais llevaros bien. Y también para los niños. Les cae muy bien.

—¡Pero si les regaló un caballo a cada uno! —Se echa a reír—. A mí también me caería bien si me regalase un maldito caballo.

Meneo la cabeza.

—Anda, vamos.

Nos levantamos, pero al darnos la vuelta, veo que Zach sale por la puerta y se dirige hacia nosotras. El estómago me da un vuelco y rezo para que la cosa vaya bien. Angie resopla detrás de mí. Empezamos bien…

—Hola, Zachary… —dice Angie con voz melosa.

—Angelina. —Usa su nombre completo y sonríe—. Ha pasado mucho tiempo.

—¿En serio? —pregunta con evidente sarcasmo—. Supongo que sí. Seguro que me has echado de menos.

—Vale —digo en voz alta en un intento por controlar la situación. Conozco a Angie y también conozco a Zach, que se enfrentará a lo que le eche.

—¿Estás bien? —me pregunta él al tiempo que me frota el brazo.

Le cojo la mano y me pego a él.

—Estoy bien. Angie no sabía que…

No se lo he dicho a nadie hasta esta noche, pero veo la expresión decepcionada de su mirada. Sabe que Angie es una hermana para mí. Siempre se llevaron bien hasta que él me dejó. Luego ella empezó a odiarlo.

—Siento muchísimo lo de tu hermano. —Zach da un paso hacia ella y Angie agacha la cabeza—. Sé que estabais muy unidos de jóvenes.

—Gracias —dice con sinceridad.

Angie puede ser muchas cosas, pero no es cruel. También ha pasado por un infierno. No es una persona mezquina, aunque tiene mucho genio. Además, siempre puedo contar con ella para estar de mi parte. Su lealtad y su amistad han sido inquebrantables.

—Vamos a por una copa —sugiero.

Regresamos al bar y les presento a Angie a los demás. Grace y ella comparten su amor por la pintura. Angie le habla de los museos y de las galerías de Filadelfia y de Nueva York. Trent y Angie parecen calarse enseguida. Él le enseña la placa y ella le suelta que no le impresiona en absoluto. Es la leche verla en acción, y Grace adora a una mujer capaz de ponerlo en su sitio. Ojalá intentase hablar un poco con Zach, pero desde luego que es terca como una mula.

Todos bebemos unas cuantas copas y estamos disfrutando de la compañía. Zach se sienta a mi lado y me pone la mano en la nuca, acariciándome la piel de forma distraída. Yo le pongo las manos en el muslo y, de vez en cuando, nos inclinamos el uno hacia el otro.

—Dime, Angie. —Zach se dirige a ella—. ¿Cuánto te vas a quedar en el pueblo?

Ella se acomoda en el asiento y se cruza de brazos.

—¿Ya quieres librarte de mí, Hennington?

—Ang —le advierto—, no creo que…

—Me voy a quedar para el cumpleaños de los niños. —Le dirige una mirada que hace que me entren ganas de abofetearla. Como si lo estuviera desafiando—. Mi hermano los llevaba a un partido de *hockey* todos los años por su cumpleaños. Se me ha ocurrido que podríamos ir a Nashville para ver jugar a los Predators.

Todd lo convertía en todo un evento. A medida que iban creciendo, más elaborado era el día. Era algo especial que hacían los tres. Ese día, Angie y yo nos íbamos al spa, así que yo estaba encantada con el trato.

—Estoy seguro de que les encantará —digo con una sonrisa—. No les hizo mucha ilusión cuando yo les ofrecí lo mismo.

—Yo soy la tía molona.

—Ya. —Me echo a reír—. Lo sé.

—Pero vamos, ahora que he venido, no te entristezcas si las clases de equitación pasan a un segundo plano —sigue ella con sorna.

Zach ni se inmuta.

—Ya veremos.

Angie no tiene ni idea de lo obsesionados que están con los caballos. Ni con Zach. Con cada día que pasa, Logan se abre más a él. Cayden ya cree que es el más «guay» de todos los Hennington. Logan sigue creyendo que es Trent. Pero no tengo ni puñetera idea de por qué. Creo que es por la placa.

Wyatt se ha convertido en un hermano para ellos. Lo ven como su igual, seguramente porque se comporta como si lo fuera.

Angie se vuelve hacia Grace al tiempo que pone los ojos en blanco. Vamos a tener que hablar largo y tendido.

—Vaquera. —Wyatt llega de donde estuviera con su ligue de turno—. ¿Qué tenemos aquí? —pregunta con una sonrisilla guasona.

—Te presento a mi hermana, Angelina.

Angie me fulmina con la mirada por usar su nombre completo y después mira a Wyatt. Se queda absolutamente paralizada a primera vista. Ay, mierda. Creo que mi hermana está disfrutando de ver a otro Hennington. Son como miel para las moscas.

—Hola, Angel. —Wyatt rezuma encanto y ella cae rendida. Ya he visto antes esa expresión. Wyatt se está preparando para convertirla en su siguiente objetivo.

—Angie —lo corrige ella.

—Pues me habrías engañado.

Trent se atraganta con la cerveza y Zach se echa a reír.

—Sutil, hermanito —dice Zach—. Te ha quedado muy sutil.

—Como una almorrana —suelta Trent, burlándose también de Wyatt.

Zach le da un codazo a Trent.

—Piensa con el culo, en eso tienes razón.

—Ya basta —los reprendo a los dos en voz baja—. Angie, te presento a Wyatt.

—¡Ay, Dios! —Se pone en pie de un salto y lo abraza—. ¡Gracias! Llevo años oyendo hablar de ti, y Presley dice que eres igualito que yo…, pero con pene.

Madre mía…

—¡Angie!

—¿Qué? —Me mira y menea la cabeza—. ¿Qué pasa? ¿No se pueden decir esas cosas por aquí? No sé qué es aceptable y qué no.

—Angel. —Wyatt pronuncia el sobrenombre con mucho acento sureño—. Puedes decir lo que te dé la gana por aquí. Y cuanto más sucio, mejor.

—Me gusta —dice ella con una sonrisa.

—Me lo creo. —Lo tenemos muy crudo con estos dos.

—Dos de los tres no están mal —sigue ella, con la vista clavada en Zach.

Él se echa a reír. Yo no. En cambio, me levanto y la arrastro hasta el cuarto de baño para poner fin a estas gilipolleces. Su enfado no tiene justificación. Si quiere cabrearse con alguien, que lo haga conmigo.

Wyatt se interpone entre nosotras.

—¿Te apetece bailar? —le pregunta a Angie con la mano tendida.

Juro que lo he visto con una mujer cuando entró. No me sorprendería que la hubiera dejado tirada por alguna parte. Qué tío. No sabe a lo que se enfrenta con Angie. Se lo va a comer con patatas. Claro que puede ser divertido.

—Me parece genial. —Ella se levanta y se encoge de hombros.

A lo mejor así se pone de mejor humor. Puede que Wyatt ayude a rebajar la tensión.

Se alejan con Grace y un renuente Trent. Me vuelvo hacia Zach.

—Siento lo de antes.

—No tienes que disculparte por nada. —Me mira con una sonrisa cariñosa—. Sé que Angie te quiere y que quiere protegeros a los niños y a ti.

—Es verdad. Y estuve casada con Todd mucho tiempo. No creo que me haya imaginado con otra persona, y mucho menos... Perdón.

Se echa a reír.

—No te preocupes.

—Pero me siento mejor.

—¿Cómo?

—Porque ahora no tenemos que escondernos. Podemos ser Zach y Presley. No tendremos que fingir una vez que hablemos con los niños.

Algo que va a suceder. Sobre todo ahora que la bocazas de la tía Angie anda por aquí. Será incapaz de quedarse callada. Y como Zach y yo hemos dado los pasos necesarios y hemos admitido que nos queremos, tengo la sensación de que es el momento adecuado.

—Presley —dice con ternura.

—¿Sí?

—Te quiero. Lo digo en serio. Da igual lo que pase cuando hablemos con Cayden y con Logan. Da igual que a Angie o al resto del mundo no le guste vernos juntos. Estoy contigo. Estoy comprometido con lo nuestro para que salga bien.

No tiene ni idea de lo que le provoca a mi corazón. Cada vez que habla, me enamoro un poco más. Siempre fue un libro abierto conmigo, pero hemos alcanzado nuevas cotas. Me inclino hacia él y le pongo la mano en el pecho.

—Te quiero, Zachary Hennington. Desde el primer beso que nos dimos, estoy loquita por ti.

Nuestros labios se tocan y oigo un montón de vítores.

—¡Bésala como si te fuera la vida en ello, Zach!

Hago ademán de volver la cabeza, pero él me toma la cara entre las manos. Me besa con pasión y me obliga a ladear la cabeza. Siento como su lengua se introduce en mi boca y suspiro contra sus labios. Me abraza y controla cada movimiento. Estoy atrapada, perdida, totalmente cautiva. El corazón me late con fuerza mientras sigue besándome con tanta pasión que me deja sin aliento. Ninguna mujer debería morir sin antes experimentar algo así.

—¿Habéis terminado ya? —pregunta Wyatt, y nos apartamos.

Me arden los labios y me tapo la boca.

—Lo siento —digo con una carcajada.

Zach gruñe y se coloca bien el paquete.

—Es culpa tuya.

—No me eches la culpa, Zachary —bromeo.

—Bueno, Zach —dice Angie detrás de nosotros—, creo que tenemos que hablar.

La miro, pero pasa de mí.

—Ang —digo.

—Ya sabes, enterrar el hacha de guerra ahora que te estás tirando a mi hermana de nuevo.

—Ay, Dios —mascullo—. Para ya, por favor.

Angie sigue pasando de mí.

—Ha pasado mucho tiempo entre nosotros.

Me vuelvo para mirarla.

—¿Entre vosotros?

Se encoge de hombros.

—Lo que quiero decir es que estuve a su lado cuando te largaste para triunfar en el béisbol. Me aseguré de que no acabara en el manicomio porque tú te habías pirado para labrarte una brillante carrera. —El suelo se abre bajo mis pies. La miro y le suplico con los ojos que no diga nada más—. ¿Por fin has entendido que te equivocaste al dejar a nuestra chica?

—Lo hemos hablado todo —asegura él, que me abraza.

—Sí, Angie. —Le dirijo una mirada elocuente—. Ya lo hemos superado. Vaya —digo, decidida a poner fin a la conversación—, se ha hecho tarde. Hace mucho que no te veo. Mejor nos vamos y nos seguimos poniendo al día mañana.

—Puedo llevarla a casa —se ofrece Wyatt.

—¿No has venido con alguien? —le pregunto.

Wyatt se encoge de hombros.

—Esta me gusta más.

Angie lo mira y suelta una carcajada.

—Sí que somos iguales. Pero yo estoy segura de que la tengo más grande.

—¿Quieres que lo comprobemos, Angel?

—Angie.

Wyatt se echa a reír.

—Cuestión de semántica.

—Ya vale. —Me sale la madre que llevo dentro—. Yo me iré con Angie, ya que ha venido en coche.

Zach me rodea con un brazo.

—¿Te veo luego? —me susurra al oído—. No puedo dormir sin ti.

Miro esos ojos azules que tanto adoro.

—Claro que sí.

No siempre se nos presenta una segunda oportunidad, pero creo que Zach y yo estábamos destinados a reencontrarnos. De haberse quedado a mi lado en aquel entonces, nunca habríamos sabido cómo era la vida sin el otro. Me alegro de que con todo el sufrimiento que he pasado, haya podido encontrar mi salvación.

29

—*E*stá bien, así que ¿os veis a escondidas todas las noches? —me pregunta Angie, que está acurrucada en mi cama. Ha decidido que necesitamos dormir juntas como lo hacíamos cuando éramos jóvenes.

—En realidad, no lo hacemos a escondidas.

—¿Sales por la puerta principal?

Resoplo.

—No.

—¿Lo sabe alguien?

—No.

—¿Sales por la ventana? —me pregunta.

—No. —Me río—. Salgo cuando acuesto a los niños y vuelvo antes de que se despierten. Es como salir con alguien solo por las noches.

Hemos hablado de todo durante la última hora. Se ha reído cuando le he contado lo de la carrera y ha sonreído algo más cuando menciono el nombre de Zach. Espero que vea lo feliz que me hace. Lo mucho que han cambiado las cosas desde que él está a mi lado.

—No me gusta —reconoce—. Pero me alegro por ti.

Me siento a su lado en la cama y le cojo una mano.

—Sé que es duro para ti. También lo es para mí. Pero no me he lanzado de cabeza a esto sin más. Me ha ayudado de muchas maneras a asimilar la decisión de Todd. No lo entiendo, no creo que pueda hacerlo nunca, pero ya no estoy tan enfadada.

Angie asiente con la cabeza.

—Ojalá yo tampoco lo estuviera.

—¿A qué te refieres?

—A que mi hermano podría haber hecho muchas otras cosas en vez de lo que hizo. Me cuesta mucho trabajo hacerme a la idea. Porque no era necesario que las cosas acabaran así.

Cierro los ojos e intento concentrarme en lo que quiero decir.

—No, no tenía por qué haber acabado así. Podríamos haberlo superado, pero supongo que para él era muy duro. Entiendo que fuera un golpe para su orgullo. De verdad que sí. —Eso fue lo que me mantuvo aislada cuando regresé al pueblo. No quería que nadie lo supiera. Detestaba haber tenido que volver a casa de mis padres. Todavía me cuesta aceptarlo—. Pero yo era su mujer. Se suponía que debía ser su compañera. Y decidió por su cuenta que no podía soportarlo.

—Ajá —me interrumpe—. Y nos jodió la vida a todos.

—A lo mejor... —digo con mucho tiento—. A lo mejor pensó que así nos estaba salvando.

Los ojos de Angie se llenan de lágrimas.

—Yo también he estado sola, Pres.

—Lo sé.

—No. —Niega con la cabeza mientras se sienta—. No creo que lo sepas. Hablaba con él casi todos los días. Hablaba contigo y con los niños. Erais mi familia. Mi hermano me arrebató eso. Y me dejó con un sinfín de preguntas. Y después tú tampoco querías hablar conmigo —añade con labios temblorosos—. Lo entendía, pero me dolía.

—Lo siento mucho.

—No lo sientas. No hace falta. —Se limpia las lágrimas—. No estoy enfadada ni molesta contigo. Lo que pasa es que quiero que vuelvas a casa.

No sé si alguna vez volveré a Pensilvania. Si las cosas con Zach marchan bien, quién sabe dónde acabaremos; pero cuando cierro los ojos por las noches, ya no veo las luces de la ciudad. Veo estrellas. Veo ojos azules, luciérnagas y colinas. Mi corazón está aquí. Mi corazón está con el hombre que seguramente me esté esperando en el arroyo.

Angie está muy dolida y no quiero que siga sufriendo.

Pero ahora mismo no quiero volver a la ciudad.

ϒ

Angie se queda dormida después de que hablemos un poco más. Voy a llegar tarde, así que le mando a Zach un mensaje de texto para avisarlo. Como no me responde, supongo que se ha quedado dormido en la camioneta. Las dos últimas noches no hemos dormido mucho.

Esta noche no iremos al estanque. Quiero asegurarme de estar en casa temprano. Además, espero poder encontrar la manera de decírselo a los niños. Creo que Cayden se lo tomará muy bien, pero Logan es un misterio.

Llego al arroyo, pero no hay ni rastro de él.

Le mando otro mensaje de texto.

YO: Hola, vaquero… Estoy aquí.

Me siento en la piedra y rememoro la otra noche.

—Creo que si lo nuestro va bien, deberíamos construir una casa aquí —digo, acurrucada entre sus brazos. Acabamos de hacer el amor y, por maravilloso que haya sido, esto es mucho mejor. Zach está tumbado boca arriba y yo tengo la cabeza apoyada en su pecho. Siento los latidos de su corazón en la oreja mientras me acaricia la espalda.

—¿Ah, sí? —replica, tratando de contener la emoción.

—Bueno, si soy capaz de mantenerte a mi lado.

Se ríe.

—A lo mejor consigo librarme de ti.

—¡Ja! —Le digo en la cara después de incorporarme—. No te atreverías.

Zach levanta la cabeza, me aparta el pelo de la cara y sonríe.

—No sé yo. —Levanta la manta—. Estás muy buena. —Me pasa una mano por el muslo moviéndose lentamente hasta la parte delantera—. Pero eso no es nuevo.

—¿Ah, sí? —le pregunto mientras separo las piernas—. Tú tampoco estás mal.

Sus labios me rozan un hombro y me estremezco.

—Todos los chicos decían que si alguna vez me dejabas, harían cola por ti.

Niego con la cabeza.

—¿Por eso te negabas a cortar conmigo?

Sus dedos me rozan el clítoris y se me escapa un gemido. Sigue acariciándome, trazando pequeños círculos.

—No —contesta con la voz más grave de lo normal—. Mataría a cualquiera que te tocara. Presley Mae, lo eres todo para mí.

Quiero responderle, pero en cuanto pronuncia las últimas palabras me penetra con un dedo. Echo la cabeza hacia atrás, apoyándola en la almohada y arqueo la espalda, entregada a sus caricias.

—Soy yo quien te puede hacer esto —murmura antes de mordisquearme una oreja—. Tu cuerpo me pertenece. —Me pellizca en el lugar exacto y estoy a punto de saltar de la cama. Separo más las piernas con la esperanza de que siga.

El placer aumenta a medida que me acaricia. Sus dedos me penetran con delicadeza, llevándome al borde del orgasmo.

—Necesito más. —Levanto las caderas, pero él retira la mano.

—Necesito escucharlo, Presley.

No sé lo que necesita, pero yo necesito correrme.

—Zach... —protesto.

—Di las palabras y haré que te corras —me promete.

Mis ojos no se apartan de los suyos.

—¿Qué palabras? —le pregunto con todo el cuerpo en tensión—. Diré lo que necesites.

Ahora mismo podría gritar, movida por el deseo.

—Que ahora eres mía.

Enfatiza la palabra «ahora». Me encanta que sienta que siempre he sido suya sin menospreciar mi vida con Todd. Le clavo los dedos en la nuca.

—Soy tuya ahora y siempre, vaquero.

Al cabo de un instante, me tiene inmovilizada contra el colchón. Se coloca en posición y me penetra sin dudar. Pongo los ojos en blanco al sentirlo hasta el fondo. Cada embestida me lleva al borde del precipicio. El sonido de nuestros cuerpos al unirse nos acerca aún más. Aspiro su olor para grabarlo en la memoria. Es el sol, el aire, la luz que me rodea. Quiero vivir aquí, con él, para siempre. Sus brazos me envuelven, su amor me sacia y su voz me consuela. Cuando estoy con él, sé quién soy.

Ruedo sobre el colchón para ponerlo de espaldas. Necesito que sienta mi amor. Necesito demostrarle todo lo que llevo en el corazón.

—Mírame —le ordeno.

Se la cojo con una mano para metérmela otra vez.

—No tienes ni idea… —dice mientras observa cómo desaparece en mi interior—. Eres parte de mí.

—Tú también eres parte de mí.

Una vez que lo tengo dentro, apoya la cabeza en la almohada. Espero. Quiero que me mire. Verlo perder el control mientras me entrego a él es lo más erótico del mundo. Las velas lo bañan con una luz preciosa. El tono dorado de su piel se ve más oscuro, y sus ojos azules parecen más cálidos. Cada centímetro de su cuerpo es mío.

Cuando me mira a los ojos, empiezo a moverme.

—Joder —masculla.

—Eso es lo que estamos haciendo —me burlo.

—No, cariño —replica—. No lo hacemos ni cuando se nos va la pinza. —Sus dedos me aferran la cadera, clavándose en mi carne—. Ni siquiera cuando lo hacemos con prisas y se nos va de las manos. —Se incorpora hasta que nuestros torsos se tocan. Me entierra una mano en el pelo, coge un mechón y tira de mí hacia atrás—. Siempre te hago el amor.

Lo beso con pasión. Ambos nos dejamos caer y empiezo a moverme sobre él. La fricción hace que mi orgasmo sea rápido e intenso. Grito su nombre una y otra vez mientras me estremezco.

Zach gira sobre el colchón y me pone de espaldas para moverse a placer. No hablamos, pero siento todo lo que quiere decirme. Me quiere. Lo quiero. Cuando acaba, me abraza de nuevo.

—Creo que deberíamos construir la casa. No me canso de hacer esto contigo.

En mis labios aparece una sonrisa. Lo beso en el pecho y me acurruco.

—Yo tampoco.

Υ

Sigo pensando igual, no me canso de él. Es como si los sueños en los que Todd me torturaba hubieran cambiado y ahora estuviera velando por nosotros. Tal vez por eso antes me perturbaban tanto. Estaba tan enfadada con él que mi mente no toleraba la posibilidad de que fuera feliz. Pero una vez que la furia se ha desvanecido, todo marcha sobre ruedas.

Miro el móvil, pero no recibo mensaje alguno.

Lo llamo, pero salta el buzón de voz.

—Hola, amor. No sé dónde estás. Me tienes preocupada. Por favor, llámame.

Siento un nudo en la boca del estómago mientras pienso en todas las cosas que pueden haberle pasado. Por supuesto mi imaginación se desboca y pasa de un accidente de tráfico a que se haya quedado dormido. Decido ir andando a su casa. Sé que a estas alturas no voy a pegar ojo.

Recuerdo la última vez que esperé en vano que alguien me contestara.

Echo a andar hacia su casa y me obligo a no comparar esto con el pasado. No es Todd y es injusto que lo piense siquiera. Seguro que tiene una buena razón para no haber venido… como que se haya quedado dormido. Regreso al arroyo y espero otra hora. Son casi las cuatro de la madrugada y estoy agotada.

Es obvio que no va a aparecer, así que regreso a mi casa.

Para no despertar a nadie, me acurruco en el balancín del porche y cierro los ojos.

—¡Presley! —oigo que grita alguien—. ¡Sé que estás aquí! ¡Baja para que podamos hablar!

Abro los ojos y el sol me ciega. Tengo el cuerpo rígido por haber dormido en el balancín de madera y no sé qué hora es.

—¿Zach? —Miro hacia abajo y lo veo salir del establo—. ¿Qué estás haciendo? —Miro el teléfono. Son las seis y media de la mañana.

Genial. He dormido poco más de una hora. Voy a estar divina hoy.

—¿Que qué estoy haciendo? —se tropieza y habla con lengua de trapo.

—¿Estás borracho? —le pregunto.

Se mueve hacia un lado y después retrocede un poco. Me

doy cuenta de que lleva la misma ropa que anoche. Está cubierto de polvo y sostiene algo en la mano.

—¿De verdad has venido a mi casa borracho como una cuba?

—¿Por qué no? —me desafía.

No sé qué pensar. Supuestamente, íbamos a vernos anoche. Si alguien debe enfadarse... soy yo.

—Porque no, Zach —le suelto mientras bajo del porche—. ¿Dónde estuviste anoche? Te estuve esperando en el arroyo. Me tenías preocupada.

Se acerca a mí y refunfuña:

—Deberías estarlo.

—¿Cómo?

—Que deberías estar preocupada, Presley. —Apoya la espalda en la puerta de madera del establo—. O beber para olvidar. Las cosas no duelen cuando estás borracho. Te importa todo una mierda.

Lo que dice no tiene sentido.

—¿El qué no te importa? ¿Dónde narices estuviste anoche?

—Descubriendo cosas.

Por Dios. Esta conversación me está colmando la paciencia.

—Voy a llevarte a la cama. Necesitas dormir la mona. —Me acerco a él y se aleja al instante.

—Estuve descubriendo cosas que nunca me has contado. —Bebe un buen sorbo de bourbon sin quitarme los ojos de encima.

—¿Ah, sí? —Ya me ha cabreado. Anoche no apareció. Me ha tenido en vilo y se presenta borracho en casa.

Se echa a reír.

—Parece que guardas muchos secretos. Pero voy a descubrirlos todos.

Se me para el corazón.

—¿Qué has dicho? —Es imposible que lo sepa. Solo le he hablado de lo de Todd y de lo del dinero. Del resto no he dicho nada...

—Ajá. —Da un paso al frente—. Imagina mi sorpresa. —Sus ojos me atraviesan—. ¿Qué más me estás ocultando?

—Necesitas dormir la mona.

—¡Deja de mentirme! —me grita.

Lo meto de un empujón en el establo para que no despierte a nadie.

—No pienso hablar contigo de nada mientras tengas ganas de pelea. ¿Quieres que mantengamos esta conversación? —Desvía la mirada—. Pues vuelve cuando estés sobrio.

Se pasa las manos por el pelo y percibo la tristeza en sus ojos.

—Te quería. Te quería tanto, joder… Pero tú…

Tengo ganas de llorar. ¿Cómo es posible que lo haya descubierto? Esto no tiene ningún sentido. No puede ser por el embarazo. De todas formas tengo la intención de contárselo. Además, hace unas horas estábamos estupendamente.

—Duerme, por favor. Dentro de unas horas hablaremos. Pero duerme un poco.

Extiendo un par de mantas en la cuadra donde siempre tenemos algunas dobladas para hacer una cama improvisada. Zach tira al suelo la botella y se acerca a mí. Me agarra por la nuca. Una vez que me inmoviliza, me besa en la boca. En cuanto nuestros labios se rozan, lo noto. Algo no va bien. Está enfadado, dolido y algo ha cambiado. Este beso es totalmente distinto de los demás que hemos compartido.

Se aleja de mí y me mira a los ojos.

—Me has destrozado, vaquera.

Me fallan las palabras y el corazón. Me quedo aquí plantada, congelada por el terror. No dice una sola palabra más. Se acuesta en el suelo y se queda dormido antes de que yo me descongele.

Sabe algo, y lo que vaya a pasar después de esto no va a ser agradable.

$\mathcal{M}$ientras Zach duerme en el establo, vuelvo a la casa para cambiarme. Tengo la sensación de que el agujero del estómago no deja de crecer y de que me está comiendo viva. Me equivoqué al no contarle lo del embarazo, pero tenía dieciocho años. Quería contárselo. En muchas ocasiones, pero parecía irrelevante. No sabía si lo nuestro iba a durar y me dolía tanto recordarlo que fui incapaz de pronunciar las palabras. Cada vez que recuerdo lo que pasó cuando me abandonó, me concentro en eso. No en el embarazo.

Salgo al establo, pero no está allí. ¿Cómo ha podido marcharse sin más? Tenemos que hablar.

Lo busco, pero ha desaparecido.

No, no me puede hacer algo así.

—¿Me estás buscando? —pregunta su voz grave a mi espalda.

—Zach —digo con un suspiro.

Se acerca a mí con paso decidido.

—Me mentiste.

Lo sabe.

Zach me desafía con la mirada para que lo niegue.

—No quería que te enterases así. Iba a contártelo.

—¿Cuándo? —grita—. ¿Cuándo ibas a contarme que tuvimos un bebé?

No nos movemos ninguno de los dos. Quiero contárselo todo, pero ¿cómo se lo explico? Era joven, tonta, con el corazón roto, y luego estallé en mil pedazos.

—Fue… fue hace mucho tiempo.

Retrocede un paso. No me mira a la cara. No deja de mirar a los lados.

—No puedo hacer esto… —Zach se da la vuelta y se aleja de mí.

Lo agarro del brazo.

—Por favor. —Se me quiebra la voz—. He estado a punto de contártelo muchas veces. Pero no quería hacerlo. Sé que eso me convierte en una bruja, pero tienes que comprender que me duele pensar en eso. Y ya me dolía demasiado.

Decirle todo eso es inútil. Me equivoqué, pero tenía mis motivos. Las continuas pérdidas me han abrumado este último año. He perdido personas, cosas, trabajos, hijos y vida. Por una vez, quería ganar algo. Sacar a colación este tema solo iba a recordarme otra casilla que ya tenía marcada.

Zach me mira.

—¿Tuviste un bebé? ¿Tuvimos un bebé?

—No. —Bajo la vista y, ahora, las lágrimas resbalan por mis mejillas—. Perdí al niño.

—¿Era un niño? —consigue preguntar.

—Descubrí que estaba embarazada dos semanas después de que te fueras. Seguí adelante durante diecisiete semanas, pero luego sufrí un aborto.

Me mira a los ojos cuando empieza a desmoronarse.

—¿No pudiste decírmelo? ¿No pensaste que merecía saberlo? —Le he roto el corazón—. ¡Joder, Presley! ¿Cómo has podido ocultármelo? ¿Cómo has podido mirarme después de todos estos años y no decirme nada?

Me perdí cuando sucedió. La rabia, la tristeza y la sensación de haber fracasado me abrumaron durante meses. Me despertaba todas las noches llorando, aferrándome el vientre mientras suplicaba que Zach volviese. Mi vida fue muy oscura y deprimente en aquella época.

—No podía decírtelo. Cuando te fuiste, una parte de mí murió. Sentía un agujero enorme que me devoraba entera. Luego descubrí que estaba embarazada. Me cabreé muchísimo, te odié por marcharte —intento explicarme.

—¡Joder, tendrías que habérmelo contado! ¡Habría vuelto!

Y por eso mismo no se lo dije.

—¡Pero no por mí!

Las lágrimas resbalan por mis mejillas cuando el dolor de

hace diecisiete años aflora a la superficie. Lo había enterrado, pero ha vuelto con saña.

—¿Qué narices quieres decir con eso?

—¡Quiere decir que yo no era lo bastante buena para ti! Te necesitaba. Y te marchaste. ¿Y todo cambiaba porque íbamos a tener un hijo? Perdí al bebé y te perdí a ti. ¿Qué te crees que estaba sintiendo?

—¡No lo sé! ¡No me diste la oportunidad de saberlo! —protesta y golpea la puerta del establo con la palma de la mano—. No puedo creérmelo, Presley.

—No era perfecta. ¡Tenía dieciocho años! Dieciocho, Zach. Estaba sola en una ciudad nueva, embarazada, sin familia, y un chico acababa de destrozar mi mundo. ¿Me equivoqué? Sí. Pero, joder, estaba cagada de miedo.

Sé que no lo he hecho bien y, la verdad sea dicha, estaba tan cabreada en aquella época que me daba igual lo que él sintiera. Me sentía totalmente sola. Era incapaz de pensar, y cuando se subió a aquel autobús, me destrozó. Todo lo que creía que tenía sentido ya no era como pensaba. Era como si el mundo hubiera cambiado tanto que estuviera patas arriba.

—Pero no tuviste problemas para echarme la culpa por irme, ¿verdad? —Da un paso hacia delante—. Qué fácil te resulta decir que fue culpa mía. Me habría quedado de saber que estabas embarazada. Me habría quedado a tu lado, habría terminado la universidad, nos habríamos casado y habríamos descubierto adónde nos llevaba la vida.

Una parte de mí quiere echarse a reír.

—¿Eso quiere decir que un bebé habría cambiado tus sueños?

—No. —Se aparta de mí—. Habría seguido deseando...

—¿Habrías seguido deseando qué? —pregunto, nerviosa—. Vamos. Cuando te fuiste, te dije que yo quería una familia y tú dijiste que ni siquiera querías pensar en eso. ¿Habrías renunciado a tu sueño?

Zachary me conoce muy bien, sí, pero yo lo conozco igual de bien. Tenía dos pasiones: el béisbol y yo. Ya había visto lo que sucedió cuando tuvo que escoger antes, así que no creo que un bebé hubiera cambiado las cosas.

Veo en sus ojos la misma rabia que siento.

—¡No podemos saberlo porque me lo ocultaste!

—Voy a decirte lo que habría pasado —digo al tiempo que avanzo hacia él—. Habrías jugado al béisbol como ya hacías. Nada habría cambiado para nosotros. Habrías aceptado el trabajo y yo habría seguido estudiando. ¿Nos equivocamos? —Hago una pausa—. Tal vez. Pero fue lo que escogimos. No sabía lo del embarazo antes de que te fueras. A lo mejor habría cambiado las cosas, pero quería que yo fuera motivo suficiente para que te quedaras, no que lo hicieras porque me habías dejado preñada.

—¿Cuánto tiempo lo supiste?

—Supe que estaba embarazada unas cuatro semanas.

—¡Cuatro semanas! —grita—. ¿Sabes cuántas veces llamé en esas cuatro semanas? —Zach vuelve a acercarse—. ¿Lo sabes?

Ahora mismo me odio. Me estoy rompiendo por dentro tal como me sucedió hace tantos años.

—Me equivoqué, pero cuando por fin estaba preparada para decírtelo, ¡empecé a sangrar! —Me echo a llorar al recordar aquel día—. Perdí al bebé. ¡Lo perdí! Llamé a Angie, pero no estaba en casa. Así que Todd me llevó al hospital. Estuve llorando durante horas mientras me explicaban lo que me pasaba. Te llamé aquel día, Zach.

Me mira a los ojos de repente.

—¿Cuándo?

—Una chica contestó al teléfono. Te llamé mientras estaba sentada en una cama de hospital a la espera de que me quitasen todo lo que tenía dentro.

El sentimiento de traición fue tan potente que me juré que no volvería a hablar con él. No pensaba con claridad. No sé cuántas opciones tuvimos a los dieciocho, pero pensar en él con esa otra chica colmó el vaso. Mis hormonas y las emociones a flor de piel hicieron el resto.

—No estaba con nadie. —Se acerca—. ¡Tardé años en mirar a otra chica siquiera!

—Ella no era el problema. El problema era que te necesitaba. —No lo capta—. ¿Te llamo y una fulana contesta poco más de un mes después?

—¡Joder, Presley! Fue hace diecisiete años y no había nadie más.

—¡Dios! —Levanto los brazos—. Ahora resulta que lo que pasó hace diecisiete años es excusa para ti, pero no para mí, ¿no? —grito—. ¿Sabes qué? ¡Me da igual! Solo te estaba explicando por qué no te volví a llamar.

Aparta la mirada, pero luego me fulmina de nuevo con ella.

—¡Es una gilipollez! Además, ¿qué importa? ¡Tú cortaste conmigo! Decidiste dejarlo y cortar porque no querías esperar tres años.

—No sabía que ibas a buscarte a otra tan rápido.

—¡No lo hice! A lo mejor fue mi representante quien contestó el teléfono, ¿te paraste a pensarlo?

Joder, claro que no lo hice en aquel momento. Y me da lo mismo porque esa no es la cuestión, joder. Esa era la discusión que podríamos haber tenido en aquel entonces.

—No, pero esta discusión no va de eso. No lo pensé porque estaba embarazada y estaba perdiendo al bebé.

—¿Cómo pueden dos personas recordar lo mismo de forma tan distinta?

—No lo sé.

—Joder, estoy muy cabreado —admite.

Entiendo lo que siente, pero ninguno de los dos era perfecto. Si le hubiera hablado del bebé unos meses antes, ¿qué habría pasado? Fue hace un millón de años y se trató del momento que más afectó a mi vida hasta la muerte de Todd.

—¿Por eso te emborrachas y te presentas en mi casa? ¿Por eso decides gritarme? ¿Para decirme lo mucho que me he equivocado? ¿No crees que podrías haberte comportado de otra forma?

—¿Ahora el que se ha equivocado soy yo? —grita—. ¡Menudo morro tienes, joder!

—¡Los dos nos hemos equivocado! —respondo, también a gritos—. No digo que lo que hice estuviera bien, pero ¿de qué nos sirve esto?

Somos la Presley y el Zachary de antaño. Dos personas testarudas que se dejan arrastrar por las emociones. Sí, es tierno y cariñoso, pero también tiene un genio de mil demonios. Si le pinchas, salta. Lo gracioso es que yo soy igual. Me ha cabreado al venir a gritarme.

—No, ¿sabes lo que está mal, Presley? —La rabia lo está

consumiendo—. Volver a casa anoche, prepararme para verte y luego enterarme de que tuvimos un bebé y que llevas diecisiete años mintiéndome.

—¿Cómo te has enterado, Zachary? —Ahora estoy bien cabreada. ¿Quiere comportarse como un capullo intransigente? Pues se va a enterar. La única persona que lo sabe es Angie, y sé que ella nunca se lo diría—. Vamos, ¿quién te ha abierto los ojos para que veas a la zorra mentirosa que soy en realidad?

Se encoge un poco.

—Yo no te he llamado «zorra».

—¿Quién te lo ha dicho? —pregunto con una tranquilidad pasmosa. Mi voz es casi dulce, aunque este asunto no tiene nada de dulce.

—Eso es lo de menos.

—¡Y una mierda! —grito al tiempo que echo a andar hacia él.

Resopla y se aleja de nuevo.

—Necesito saber por qué no me lo has contado antes. —La rabia de Zach se desintegra. No hay furia en sus palabras, solo decepción—. Con todas las conversaciones que hemos mantenido, ¿por qué narices me lo has ocultado?

Podría darle un montón de respuestas. Mi vida ha sido un camino minado de clavos y pinchos. He reparado y cambiado las ruedas, pero el coche no ha conseguido andar de nuevo de la misma manera. La pérdida de un hijo no se puede tapar con un parche.

Zach apoya la espalda en la pared, de modo que me acerco a él hasta que nuestros cuerpos se tocan.

—Nunca hablo del tema. En algún lugar de mi interior, sigue vivo, pero casi todo el tiempo me niego a pensar en él. Tú eras el hombre con quien había soñado tener un hijo durante mucho tiempo. Cuando ese sueño se convirtió en mi peor pesadilla, me quedé vacía. —Me mira a los ojos fijamente—. Volví al pueblo mientras me enfrentaba al suicidio de Todd, a mis deudas y a los niños, y lo último que iba a hacer era revivir también ese dolor. Siento mucho no habértelo contado, pero, la verdad, no quería vivir en el pasado una vez que decidimos empezar de cero.

—Pero no te importó echarme en cara el pasado —dice, frustrado.

Es verdad. Lo hice.

—Me equivoqué.

—Todos estos años, he vivido con la culpa de haber abandonado a la chica a la que quería más que a la vida misma —dice, y empieza a gritar—. He intentado perdonarme. ¡Me he esforzado todos los putos días para demostrarte que soy mejor para ti! —Echa a andar, obligándome a retroceder—. Me he entregado por completo a ti, Presley. —Su pecho sube y baja con rapidez por la respiración agitada y se le llenan los ojos de lágrimas—. ¡Yo! ¡Solo yo! ¡Te he guardado todos los secretos! He estado a tu lado. ¡Te consolé cuando lloraste por todo lo que Todd te había hecho pasar!

—¡No te pedí que me guardaras secretos! —grito—. ¿Y ahora vas a usar el suicidio de Todd contra mí? —Lo empujo para apartarlo—. Estaba confiando en ti. ¿Crees que me resultó fácil decirte que se había suicidado?

—¡No hables de mi padre! —Logan aparece corriendo y empuja a Zach.

Se me cae el alma a los pies. No sé cuándo ha aparecido, pero se suponía que mi hijo no se iba a enterar de la verdad así.

Es todo culpa mía. Los secretos salen a la luz por mucho que nos esforcemos en ocultarlos.

31

—¡*L*ogan! —Corro hacia él.

—¡Eso es mentira! ¡Mi padre nunca haría eso! ¡Me quería! —Golpea las piernas de Zach con los puños.

Él se agacha y lo abraza.

—Por supuesto que te quería —dice Zach, mirándome con gesto arrepentido.

—¡No puedes gritarle a mi madre! —Logan sigue golpeando a Zach, pero en los brazos—. ¡Tú no eres mi padre!

—Lo sé, campeón. Ya sé que no lo soy. Pero me preocupo por ti.

—¡Mentira! ¡Nunca serás mi padre! ¡Te odio!

Las puntadas que mantenían unido a mi maltrecho corazón empiezan a deshilacharse. Mi hijo está sufriendo otra vez. Soy una inepta. No sé cómo hacer esto. ¿Por qué sigo metiendo la pata?

Aferro a Logan y lo estrecho entre mis brazos.

—¡Logan! ¡Logan, ya vale!

Él intenta librarse de mí para abalanzarse de nuevo sobre Zach.

—Logan —dice Zach con voz desolada—. Logan, no voy a… Yo… Nunca intentaría ocupar el lugar de tu padre. —El miedo es patente en su mirada.

No sé qué hacer. No puedo creer que Logan me haya oído.

—Nunca le haría daño a tu madre —sigue Zach.

Sin soltar a Logan le digo:

—Zach y yo… —Dejo la frase en el aire. ¿Qué puedo añadir? ¿Que estábamos discutiendo? ¿Y qué? No debería haberlo descubierto de esta manera—. Lo siento, Lo.

—¿Por qué has mentido sobre papá? ¿Por qué has dicho

que se suicidó? No lo hizo. —Empieza a llorar—. ¡Se le paró el corazón!

—Sí, se le paró el corazón —afirmo.

Él me mira.

—Me dijiste que estaba en el cielo. ¡No me dijiste que se suicidó! ¡No me dijiste que no quería seguir con nosotros!

Le sujeto la cara con las manos.

—No, tu padre te quería y quería estar contigo.

—Mentira. —Se echa a llorar—. Nos obligaste a venir aquí. No queríamos mudarnos. Queríamos quedarnos en casa. —Sus lágrimas me destrozan el corazón—. ¡Solo quiero que mi padre vuelva!

—Lo sé. A mí también me gustaría que no se hubiera ido.

—¡No digas eso! —me grita—. Tú quieres a Zach.

—Logan —dice Zach al tiempo que le toca un brazo—. Tu madre quería mucho a tu padre. Me ha dicho que lo echa mucho de menos. Me ha dicho que era un gran hombre. Que os quería mucho y que os llevaba a ver partidos de *hockey*.

—¡Mi padre era el mejor! —exclama con deje beligerante.

—Debía de serlo si era tu padre y el de Cayden.

Logan desvía la mirada mientras las lágrimas resbalan por sus mejillas.

—Logan… —digo con ternura.

—¡Te estaba gritando! ¡Papá nunca te gritaba!

—¿Qué pasa? —pregunta Angie casi sin aliento cuando aparece llevando de la mano a Cayden. Se da cuenta de que todos estamos llorando—. ¿Logan?

—¡Díselo, tía Angie! —le suplica—. ¡Dile a mi madre que mi padre no se suicidó!

Cayden se tensa y Angie lo pega a su cuerpo. Sus ojos vuelan hacia los míos y, después, hacia los de Angie.

—Lo —susurra—. Las cosas son mucho más complicadas de lo que crees.

En ese momento, llegan Wyatt, Cooper y mis padres.

—¿Mamá? —me pregunta Cayden.

—¡Todos estáis equivocados! —chilla Logan—. Él… él… él… —Entierra la cabeza en mi pecho—. ¡Nunca se habría suicidado!

—Cayden… —digo con un hilo de voz al tiempo que extiendo un brazo.

Él echa a correr hacia mí y me abraza.

—¿Por qué? —pregunta—. ¿Es verdad?

Angie me mira y veo que le tiemblan los labios. Le suplico con la mirada que diga algo. Me falta el aire. Tengo la impresión de que lo estoy perdiendo todo de nuevo.

—Sabéis que vuestro padre era mi hermano —dice mientras se acerca despacio a nosotros—. Y que lo echo de menos todos los días, pero a veces pasan cosas que no podemos explicar. Es duro y duele mucho, pero debéis recordar que vuestro padre os quería.

—¡Quería a mi madre! —grita Logan.

Esta reacción no es normal en él. Siempre ha sido el más dócil. El más razonable y sensible.

Abrazo a mis hijos mientras trato de asimilar las heridas que he causado. Los estaba protegiendo, o eso creía. Habría sido difícil y doloroso si se lo hubiera dicho en un primer momento, pero tal vez a estas alturas habría sido lo mejor. Llevar esa carga yo sola me estaba matando poco a poco.

Angie me mira y se le escapa un sollozo mientras las lágrimas resbalan por sus mejillas.

—Sí que la quería —replica en voz baja y quebrada—. Nos quería mucho a todos. Pero estaba muy triste, cariño.

A mí también se me escapa un sollozo.

—¡Os quería mucho a Cayden y a ti! —Los abrazo con más fuerza—. No lo dudéis nunca.

Sin importar la elección que hiciera Todd, jamás permitiré que no se sientan queridos. Me pregunto si nos quería tanto que la idea de vernos sufrir le resultaba insoportable. Recuerdo al hombre que fue, el que nos convirtió en el centro de su mundo. Alguien capaz de amar de esa manera no elige alejarse de sus seres queridos fácilmente.

Mi padre entra despacio en el establo y se agacha a mi lado.

—¿Os acordáis de lo que os dije sobre el amor de un padre? —Mis hijos lo miran y asienten con la cabeza—. ¿Os acordáis de que os dije que el porqué no importa, que lo importante es que sea para siempre? —Extiende un brazo y me acaricia la cara. Después, los mira otra vez—. Fueran cuales fueran los motivos de vuestro padre, no importan. Lo que debéis recordar es que os quería para siempre. Y que vive dentro de vuestros corazones. Está velando por vosotros, ofreciéndoos su amor cuando lo necesitéis. Como ahora mismo.

El resto de mi familia nos rodea.

—Todos os queremos —dice mi madre—. Más que a cualquier otra cosa.

—Pero… —protesta Logan.

—No, hijo —lo interrumpe mi padre—. No hay peros que valgan. Tu padre sabía que necesitaríais el amor de vuestra familia. Se aseguró de que vuestra madre estuviera en buenas manos. Sé que no lo entendéis, pero os está cuidando desde el cielo. Ahora mismo estáis sufriendo, pero mirad a toda la gente que tenéis alrededor. Todos los que estamos aquí os queremos.

Wyatt se acerca y se arrodilla.

—Da igual lo que pasara. No estáis solos —dice Cooper, que me mira y después mira a mis hijos—. No tenéis por qué esconder lo que sentís. Estamos aquí para apoyaros a vosotros y a vuestra madre.

Un grito entrecortado se escapa de entre mis labios cuando ya no puedo contenerme más. Lo he llevado todo dentro hasta que se ha infectado y me ha desgarrado las entrañas. He permitido que los miedos me provoquen un sufrimiento mayor del necesario. No hay reproche en los ojos de mi familia. Solo un amor incondicional.

Miro a Zach. El hombre que lo ha sido todo para mí durante estos últimos seis meses. El hombre que me ha dado más amor, compasión y comprensión que nadie. Sin embargo, le he ocultado cosas. Seguramente, haya roto mi relación con él por un secreto de hace diecisiete años.

—Os quiero —les digo a Logan y a Cayden—. Os quiero mucho —añado, mirando a Zach a los ojos.

Él menea la cabeza y aparta la mirada.

Wyatt le da un empujón y hace un gesto con la cabeza. Ambos se ponen de pie y se alejan hacia la puerta, donde no puedo oír lo que dicen. Wyatt le coloca las manos en los hombros mientras él los encorva. Quiero llamarlo, consolarlo, pero no sé en qué punto está nuestra relación.

Hemos dicho muchas cosas.

Hay muchos corazones que necesitan sanar.

Me mira, asiente con la cabeza y se marcha.

Υ

—Toma —me dice Angie, que me ofrece una taza de café.

—Gracias. —Le hago sitio en el balancín y se sienta a mi lado—. La he cagado.

—Pues sí —conviene con un suspiro—. O a lo mejor no.

La miro de reojo esperando que se explique, porque no sé de qué manera puede ser bueno lo que ha pasado. Angie se limita a beber un sorbo de café, ajena por completo a mí.

—¿Por qué lo dices? —le pregunto por fin.

—Estás aprendiendo a pedir lo que necesitas. No estás huyendo. Estás luchando por tu vida, Pres. Ya no hay más secretos. Por fin puedes ser libre. —Me rodea con los brazos y me acerca a su cuerpo—. Sé que te asusta, pero Zach necesitaba saberlo. Los niños necesitaban saber la verdad. Y si Zach no lo entiende, no pasa nada. Ya no vivirás en las sombras.

Sé a lo que se refiere. Por más espantoso que haya sido lo de hoy, también hay mucho amor y muchas heridas que están sanando. Mis hijos están sufriendo, pero ahora mismo entienden mejor las cosas. Mis padres y mi hermano han sido fundamentales a la hora de ayudarlos. Todos nos hemos sentado con ellos, hemos hablado y les hemos ofrecido la fortaleza que necesitan. Ya están un poco más tranquilos.

No estamos bien ni mucho menos, pero no nos faltará ayuda durante el resto del camino.

—¿Y si no puedo recuperarlo?

—Bueno —contesta con un suspiro—. En ese caso, no te merece.

—Me equivoqué —admito.

Angie siempre estará de mi parte, pero sé lo que piensa de todo este asunto.

—Creo que eras muy joven y que estabas muy dolida. Te conozco desde que éramos adolescentes. No eres una mentirosa, Pres. Pero huyes de las cosas. Nunca te has enfrentado a los problemas de cara.

Dios mío, así me ven todos. ¿Me ven como una cobarde que huye a la carrera?

—Espera. —Se sienta y me mira—. Antes de que empieces a pensar tonterías, me refería a que cuando eras joven, tenías a

Zach. Luego a mí y a Todd. Siempre has tenido a alguien a tu lado. Y, después, Todd te dejó tirada. Así que acabaste con unos cuantos moratones y arañazos.

—Me siento como una imbécil.

Me pone una mano en una pierna.

—No lo eres. Eres mucho más fuerte que la mujer que vi entonces. Te has mantenido firme, te has disculpado y has intentado enmendar tus errores. Creo que has avanzado mucho, amiga mía.

—No tenía alternativa. —Suelto un suspiro sentido.

—No. —Guarda silencio—. No la tenías. Y creo que Zach también ha cambiado. Los dos lo habéis hecho. Fue injusto por mi parte pensar lo contrario.

Logan abre la puerta y ambas lo miramos.

—Mamá.

—¿Estás bien, cariño? —le pregunto mientras me acerco a él.

—Me gusta Zach.

Aprieto los labios y sonrío con tristeza.

—A mí también.

—Quiero pedirle perdón.

Oírle decir que quiere pedirle perdón a Zach me hace pensar que tal vez no soy un absoluto desastre como madre.

—Estoy segura de que vendrá en algún momento.

Él mira hacia el cercado.

—Nos hace reír. Es simpático y a ti te hace reír.

No quiero seguir ocultándole la realidad.

—Zach y yo tenemos problemas de adultos. Y los solucionemos o no, lo conozco. Sé que os quiere a Cayden y a ti. No creo que te libres de él fácilmente. Pase lo que pase. —Me agacho—. El tío Cooper, la tía Angie, Wyatt, Trent y los demás habitantes del pueblo estarán a vuestro lado, ¿de acuerdo?

—¿Crees que Zach está enfadado conmigo? —Las lágrimas inundan sus ojos verdes.

—No, cariño. No creo que esté enfadado contigo. Ni hablar.

Él asiente con la cabeza.

—Pero le pegué fuerte.

Angie suelta una risilla tonta.

—Creo que tú y yo tenemos que practicar un poco de boxeo. La próxima vez vas a darle en los testículos.

—¡Angie! —exclamo, a modo de reprimenda.

—Hay que enseñar lo básico a los niños, guapa. En los testículos y en la nariz. —Guiña un ojo.

Logan se ríe.

—Te he echado de menos, tita.

—Ay, corazón. —Se acerca y le alborota el pelo—. Y yo a ti más.

—No le hagas ni caso. No tienes que pegarle a nadie en los testículos.

—En las pelotas, mamá —me corrige.

—Mejor corramos un tupido velo… —digo con una carcajada. Hombres…

Logan mira de nuevo hacia el cercado.

—Espero que venga mañana.

Quiero añadir que yo también, pero bastantes cosas tiene en la cabeza. Zach ha adoptado un rol para mis hijos sin que nadie se lo haya pedido. Se ha convertido en su amigo, en alguien en quien confiar. Wyatt y Cooper también, pero Zach es especial. Creo que Cayden lo ve como a un héroe. Recuerda lo que sintió cuando Zach lo encontró, pero el vínculo entre Logan y él se ha forjado más lentamente.

Angie lo coge de una mano.

—¿Qué te parece si vamos a ver una película? Todavía voy a quedarme una semana porque alguien… —Mira a su alrededor al tiempo que se da unos golpecitos en la barbilla con un dedo—. Alguien va a cumplir pronto once años. ¿Quién será?

Logan pone los ojos en blanco.

—Necesitas mejorar tu interpretación, tita.

—Te voy a dar interpretación yo a ti.

—¡No me la des! —exclama—. La necesitas.

Nos echamos a reír mientras Angie lo persigue.

—¡Ven aquí, bicho malo!

Entran en casa y yo me siento otra vez, preguntándome qué debo hacer. Me siento perdida ahora mismo. En el caso de los niños la polvareda se ha asentado un poco, pero Zach y yo no hemos resuelto nada. Necesitamos hablar otra vez, pase lo que pase.

Saco el móvil y le envío un mensaje de texto.

YO: Deberíamos hablar.

Miro el teléfono, deseando que conteste. No sé nada de él desde que se fue con Wyatt.

ZACH: Lo sé.

¿Y ya está? Intento mantener la calma porque las fuerzas no me dan para más.

YO: ¿Mañana?
ZACH: Sí, mañana. ¿Cómo están los niños?

Miro al cielo y digo:
—Por favor, ayúdame a no perder de nuevo a este hombre. Por favor, permítenos encontrar el modo de arreglarlo.

YO: Están bien. A Logan le preocupa que estés enfadado con él.

Su respuesta es inmediata:

ZACH: En absoluto. Estoy enfadado conmigo.
Estoy enfadado con nosotros. Mañana hablamos.

Tecleo mi respuesta. La dejo un rato en la pantalla mientras decido si la envío o no. No es un tema que debamos tratar mediante mensajes de texto, pero tengo que decirle que lo quiero. Necesito que sepa que, aunque estemos sintiendo muchas emociones, eso no ha cambiado.

YO: Te echaré de menos esta noche. Por favor, ten claro
que te quiero pase lo que pase.

Lo envío y cierro los ojos.
Sigo sentada, tensa, a la espera de sentir la vibración.
Pero no llega.
Creo que he perdido al amor de mi vida… otra vez.

32

—Justo cuando creía que lo estaban superando todo… Ni siquiera hemos tenido tiempo de prepararles una tarta por la reconciliación. —La voz de la señora Rooney flota por el pasillo—. Que Dios la bendiga. Debe de estar destrozada.

—Todavía no se ha levantado —dice mi madre.

Por el amor de Dios. Mejor le pongo fin a esa conversación antes de que se les vaya de las manos. Entro en la cocina y me la encuentro llena de comida. Y me refiero a hornadas y hornadas de tartas y galletas. Angie está sentada a la mesa, poniéndose las botas mientras anota cosas.

—¿Qué es todo esto? —pregunto con voz aguda.

—Buenos días, guapa. —Angie intenta parecer contenta, pero no le sale. Sabe que lo último que siento es alegría.

Miro a las cuatro mujeres que hay en la cocina. La señora Rooney, la señora Hennington, mi madre y mi profesora de tercero, la señora Kannan. La cosa pinta fatal.

—Ay, corazón —dice la señora Rooney con un puchero—. Siento mucho lo tuyo con Zach.

La miro con los ojos como platos.

—¿Cómo? —¿Pero esto qué es?

—Nos hemos enterado del motivo de la pelea. —Me pone la mano en el brazo—. Debes de estar destrozada.

—Absolutamente destrozada. A ver, es que hasta lo parece —añade la señora Kannan.

Me acabo de levantar de la cama, ¿qué narices esperan? Además, no me esperaba una convención de estilistas en mi casa. Me froto los ojos con la esperanza de que no se note que los estoy poniendo en blanco. Necesito café para enfrentarme a esto.

La señora Hennington da un paso al frente.

—Siempre te consideraré una hija.

—Gracias. Creo. —Meneo la cabeza—. Pero estamos bien. A ver, vamos a arreglarlo. Solo tenemos que hablar.

Siguen hablando como si yo no estuviera presente.

—¿Creéis que podrá encontrar a otro hombre a su edad? —pregunta la señora Kannan—. Sigue siendo muy guapa y no se ha puesto muy gorda, pero tampoco es una jovencita.

—Que estoy aquí —les recuerdo.

—Zach estaba fatal anoche. —La señora Hennington suspira y se dirige a sus amigas—. Me alegré muchísimo cuando por fin volvieron a encontrarse.

Me quedo plantada como una mirona mientras diseccionan mi vida.

—Ni siquiera hemos podido celebrar su reencuentro antes de que la fastidiaran —comenta mi madre—. Juro que esa muchacha siempre ha sido más lista de la cuenta.

—Tengo entendido que le ocultó algo muy gordo.

—¡Eooo! —grito—. ¡Que os estoy oyendo!

La señora Rooney me mira en ese momento, pero luego vuelve a mirar a las cotillas.

—Él tampoco fue don Perfecto, Macie. A ver, que ese chico tuyo ha necesitado más de una azotaina.

No puedo seguir oyendo esto, pero sé que intentar detenerlas es inútil. Zach llamará hoy y todo esto acabará. Miro a Angie, que se está hinchando a comer. Se encoge de hombros sin disculparse.

—Quiero contratar a todas estas diosas de la repostería. —Se le caen unas migajas de tarta de la boca.

—Te hace falta un comedero.

Me dejo caer en la silla, a su lado.

—¿Has probado esto? —Me planta el tenedor delante de la cara—. Cómetelo. Es orgásmico.

Pruebo un bocado de la tarta de queso de la señora Hennington. La reconocería en cualquier parte. Está de vicio.

—Por esto me gusta la repostería.

—Por esto voy a acabar con mil kilos encima. —Angie se echa a reír—. Dios —gime—. Moriría feliz en este paraíso azucarado.

Me echo hacia atrás e intento con todas mis fuerzas no prestar atención a lo que dicen. Según ellas, Zach no volvió a casa anoche. Por supuesto, he dormido con el teléfono en la mano, rezando para que me llamase. También he ido al arroyo, pero no estaba allí. Me siento descolocada.

Yo: Por favor, dime que estás bien.
Quiero hablar contigo cuanto antes mejor.

—Acabarías siendo diabética si te quedas aquí —replico con una sonrisa.

Angie sigue comiendo mientras yo espero que mi teléfono suene.

—Presley —dice mi madre, desviando mi atención del teléfono—. El pueblo quiere hacer algo bonito por ti. —Sonríe a sus amigas.

—¿Por qué? —Estoy muy desconcertada.

—En fin. —La señora Rooney se acerca a mí—. Pues por tu ruptura, claro. A ninguna mujer deberían romperle el corazón tan joven.

Me he ganado una medalla solo por haber conseguido contener el gemido.

—No hemos cortado. Hemos hecho planes para hablar.

—¿En serio? —pregunta mi madre—. En ese caso, ¿por qué ha venido Macie corriendo a decirme que ha visto a Felicia llevando de nuevo sus cajas a casa de Zach?

Se me cae el corazón a los pies. Zach no puede haber vuelto con ella. De ninguna manera. Es una locura, y está mal.

—Señora Hennington —digo y se me quiebra la voz—, ¿está segura?

—Lo siento, cariño. —Agacha la mirada—. Le pregunté que qué narices estaba haciendo y me dijo que Zach me lo explicaría bien pronto. No lo he visto, pero era evidente que ella estaba metiendo sus cosas en la casa. —Suelta el aire por la nariz—. Estoy por echarlo de mis tierras.

—¿Cómo? —consigo decir—. A ver… —Carraspeo—. Seguro que es un error.

Me frota la espalda.

—Ojalá lo fuera.

A la mierda con esto. No pienso quedarme de brazos cruzados esta vez. No puede decirme que siempre estará a mi lado, que me quiere, que quiere construir una casa, y luego volver con Felicia después de nuestra primera discusión. Ni de coña. Seguro que la señora Hennington se equivoca. Zach quería que le diera un día. De acuerdo, pues yo quería una vida.

33

Zach

$\mathcal{M}$iro el último mensaje de texto que me llegó anoche y me odio por no haber contestado. Después de enviar mi última respuesta, arrojé el teléfono al otro extremo de la habitación. No quería ver qué más me decía Presley. Entre el dolor palpitante de cabeza por haberme pasado bebiendo y el dolor que me atenazaba el corazón… sabía que no sería capaz.

Presley no sabe lo hecho polvo que estoy. Un niño. Nuestro hijo. Lo único que no he compartido con otra mujer porque no me imaginaba siendo padre sin ella. Nunca me lo dijo, y ahora mismo no puedo hablar con ella precisamente por ese motivo.

—Deberías llamarla —me aconseja Trent.

Mis hermanos han estado a mi lado toda la noche. Estaba tan cabreado que empecé a tirar cosas al suelo y decidieron que era mejor no dejarme solo por si atacaba los muebles. Así que me han traído a la casa de Wyatt, donde no hay casi nada, mucho menos algo que se pueda romper.

—¿Y qué le digo?

—Que lo sientes y que la quieres. ¡Yo qué sé! Te has pasado la noche gritando que es lo más importante de tu vida. Sabes que nunca dejarás de quererla, ¿verdad?

Asiento en silencio con la cabeza.

—Pues entonces no seas capullo.

—¡Me mintió!

—¿Y qué? —tercia Wyatt—. ¿Qué más da, joder? Es Presley Townsend. La chica por la que cualquier hombre de este pueblo daría el huevo izquierdo. No digamos ya lo que darías tú.

Trent murmura algo en señal de aprobación.

Mi hermano pequeño se lanza de nuevo:

—No estoy justificándola. Solo digo que la conoces y sabes todo lo que ha sufrido.

—¿Crees que está bien que me ocultara esto? —le suelto—. Te parece bien enterarte de que todo este tiempo que has pasado… —Suelto un gemido—. ¡Dios! ¡Ya no sé ni por qué narices estoy cabreado! Solo sé que me he pasado toda la vida intentando olvidarla.

—¿Y la has olvidado? ¿Ya no la quieres? ¿Estás dispuesto a renunciar a ella? —Wyatt sonríe, a la espera de mi respuesta—. ¿Serás capaz de soportar que otro tío le meta mano mientras baila en el bar?

Empiezo a verlo todo rojo.

—Que te den.

—No me apetece. Si la quieres, deja de protestar tanto. Te mintió, vale. Lo ha pasado fatal —añade con un tono de voz más neutro—. Yo no sabía que su marido se suicidó. Debe de haber pasado un infierno. Eso explica por qué la asustaba decirte lo del embarazo, tío.

Entiendo todo lo que me está diciendo si lo analizo fríamente, pero también está el hecho de que ha estado enfadada conmigo mucho tiempo. Nunca he dudado de que seríamos capaces de hacer que nuestra relación funcionara, pero ella sí. No estaba segura de que pudiéramos encontrar el amor que una vez compartimos. Incluso se planteaba si fue fruto de nuestra imaginación. Yo siempre lo he tenido claro.

—¿Qué quieres decir con eso? ¿Que la asustaba decírmelo? —le pregunto.

—Tú la dejaste. Todd la dejó. Lo perdió todo. Te recupera. ¿Qué crees que espera que suceda a continuación? —Mueve el cuello para estirarlo—. Por favor, toma la decisión equivocada. Déjala otra vez. A ver qué pasa.

Trent se pone en pie, se acerca a mí y me da una colleja.

—Eres un imbécil.

—Y vosotros un par de gilipollas.

—Cierto —dice mi hermano con una carcajada—. Pero por lo menos yo tengo claro que si a Grace se le ocurre dejarme alguna vez, iré detrás de ella.

Menudo cuento tiene. Grace lo dejó hace meses, pero él ni se ha dado cuenta. En la vida me fiaría de sus consejos amorosos. Wyatt me mira con cara de que pensamos igual.

—¿Cómo has descubierto lo del embarazo? —me pregunta Trent.

—Eso da igual.

Lo importante es que me lo ha ocultado. Yo lo he descubierto y ese es el problema.

Wyatt me mira.

—Yo creo que no da igual.

—Sí, claro. —Levanto la barbilla—. Imagina que la chica que querías, con la que ibas a casarte, por la que habrías dado la vida, te ha ocultado esto durante tanto tiempo. Merecía saber que había un bebé en camino.

Wyatt se pone en pie y se aleja.

—Siempre has sido el más lerdo de los tres —masculla—. Sé lo que se siente cuando ves que la persona a la que quieres mira a otro. Lo he vivido. Sé lo que se siente cuando no puedes decir lo que piensas porque cuando lo hagas, la vida cambiará. —Chasquea los dedos—. Así. ¿Quieres perder el tiempo con jueguecitos? Ella encontrará a otro con quien jugar. Sé que hay muchos haciendo cola.

Sale de su propia casa y Trent menea la cabeza.

—Está enamorado de Presley desde la primera vez que la vio, pero ella se fijó antes en ti. No sé qué esperas de él. Se mantiene alejado porque jamás se interpondría entre vosotros, pero si renuncias a Presley... no sé si lo seguirá haciendo.

—Estaría muerto para mí.

—¿Por qué?

—Porque Presley es mía.

—Ahora mismo lo es. —Trent me pone una mano en el hombro—. Pero si renuncias a ella, no.

Me apoyo en el respaldo del sillón mientras Trent se marcha. Ya no sé qué hacer. Han pasado casi veinticuatro horas desde que la vi por última vez. Desde entonces, no ha abandonado mis pensamientos. Y también he pensado en Logan y en Cayden. En lo dolidos que estaban esos niños cuando descubrieron la verdad. En lo dolido que estoy yo al haber descubierto la verdad.

¿Presley guardó el secreto porque quería hacerle daño a alguien? No. Sé perfectamente por qué me lo ocultó. Pero eso no lo hace menos doloroso.

Sigo en el sillón, recordando lo mucho que deseábamos tener niños. Pasamos muchas noches hablando sobre cómo sería nuestra vida. Rememoro uno de esos momentos.

—Dos niños y una niña. —Presley me mira con gesto soñador.

—Quiero que todas sean niñas —replico y ella se vuelve con una sonrisa.

—Normal, Zachary Hennington. Viniendo de ti, no me extraña.

Le daría lo que quisiera con tal de que siga sonriendo así. Soy un capullo con suerte.

—¿Y si llegamos a un acuerdo? —le pregunto.

Ella desvía la mirada como si lo estuviera pensando.

—¿Qué tipo de acuerdo?

El problema con Presley es que me conoce tan bien que sabe que renunciaría a todo por ella. Pero me sigue el cuento un poco más. Claro que, de todas formas, no es algo que yo pueda controlar.

—Dos niños y dos niñas.

—¿Cuatro?

—¿Por qué no? Yo tengo dos hermanos y tú, uno. Creo que un número par es lo mejor. —Y es cierto. Wyatt es casi siempre la víctima cuando Trent y yo nos unimos. Anoche mi madre estuvo a punto de pegarme con la cuchara porque lo colgamos en el asta de la bandera. La tierra de los hombres libres, le dijimos a mi padre. Él se rio, pero mi madre se puso a gritar no sé qué de los hijos y el pelo.

Presley ladea la cabeza y mira al cielo.

—No sé. Son muchos nombres. Solo hemos elegido dos.

Está loca, pero la quiero.

—Sabemos que la primera niña será Sadie y que el primer niño será Colton.

—Sí, pero eso ha sido después de meses de discusiones…

—Y de reconciliaciones —le recuerdo.

—Que han sido muy divertidas —sonríe—. Pero dos nombres más serán muchas peleas más.

Me encanta cuando le cambia el acento. Presley es una sirena. Me atrae sin importar donde esté yo. Cuando estoy jugando, es como si estuviera en un túnel. Concentrado en el bateador, en la bola, en los corredores. Me centro y vivo el momento al máximo. A menos que ella hable. No sé por qué, pero es capaz de sacarme del trance con una sola palabra. Si está enfadada, se le nota más el acento sureño y soy incapaz de oír otra cosa.

—Y muchas reconciliaciones más.

—Si te perdono… —Ladea la cabeza.

—Siempre lo haces —le recuerdo.

—Si no fueras tan mono… —protesta Presley.

—¿Qué te parecen Noah y Holly? —sugiero.

Pone los ojos en blanco.

—¡Son los nombres que propones siempre!

—¿Cuáles propones tú?

Ya sé cuáles va a elegir.

—Sydney y Dawson.

—¿Como el nombre del protagonista de la serie esa que ves? —De ninguna manera—. No pienso ponerle a mi hijo el nombre de un tío que vive al lado de un arroyo.

—¡Tú vives al lado de un arroyo! —protesta y cruza los brazos por delante del pecho—. Solo me gusta su nombre. Quien me gusta de la serie es Pacey.

Desde luego, esta chica sabe qué decir para convencerme. Claro que le gusta ese tío. Me obliga a ver la serie asquerosa esa durante una hora. Muy fuerte. Y después tenemos que ver otra. Grace, Emily y ella quedan un día a la semana para verlas, pero no sé cómo acaba arrastrándome a mí también.

—No pienso ponerle a mi hijo el nombre de ninguno de esos dos —insisto.

—De acuerdo —mascula.

—¿Qué te parece Babe para un niño y Penelope para una niña?

Presley me mira como si me hubiera vuelto loco.

—Voy a fingir que estás de broma con lo de Babe. No va a convertirse en jugador de béisbol porque le pongas el nombre de un jugador famoso. Además, al cerdo vietnamita que acabamos de comprar le he puesto Babe. Así que ni hablar.

—Está bien, pues tú eliges un nombre de niña y yo elijo el de niño. Sea cual sea el que elijamos, nos quedamos con él.

—De acuerdo. Para niña elijo Violet.

Me sirve.

—Para el niño, elijo Logan.

Presley sonríe.

—Me gusta. Colton, Sadie, Logan y Violet Townsend-Hennington.

—¿Cómo? —Esta chica va a volverme loco—. ¿No vas a renunciar a tu apellido de soltera cuando te cases conmigo? ¿A qué narices viene esa mierda de unir nuestros dos apellidos?

Presley se pone de espaldas y me mira con una sonrisa.

—Una mujer tiene derecho a conservar su apellido.

—Yo te voy enseñar a unir apellidos...

Me inclino y la beso hasta robarle el aliento. Ella se retuerce debajo de mí y me tengo que contener para no rasgarle la ropa aquí, en mitad del campo. Esta chica no sabe hasta qué punto me enloquece.

Cojo el móvil y lo aprieto hasta que los dedos se me quedan blancos. Necesito tomar una decisión. ¿Merece la pena vivir el resto de la vida sin ella por esto?

—Vete a casa y dúchate —me dice Wyatt, que entra en tromba una vez que se ha tranquilizado—. Y, después, échale un par y deja de hacer el capullo, si eres capaz. Porque te prometo una cosa. —Se acerca a mí—. Como no vayas a por ella, iré yo, y esta vez no voy a hacer concesiones. Voy a demostrarle por qué soy el mejor de los dos y por qué debería haber estado conmigo desde el principio.

La furia me abruma y me planto delante de él.

—Escucha bien lo que te digo —replico, resaltando las palabras—. Todavía no la he dejado, así que no me obligues a darte una paliza. Mantén las manos alejadas de ella.

—Pues ve a por ella y no la sueltes.

Paso a su lado, golpeándolo con el hombro.

—Imbécil —me dice entre carcajadas mientras estampo la puerta al salir.

Echo a andar hacia mi casa mientras mi mente trata de decidir qué es lo correcto, pasando de una idea a otra como si fuera una pelota. Una cosa es entender por qué Presley hizo lo que hizo, y otra cosa muy distinta es aceptarlo. Además, están los niños y todo lo que han sufrido.

Tal vez no sea el momento adecuado para mantener una relación.

Tal vez no haya un momento adecuado para nosotros.

Podría haber estado a su lado cuando perdió al bebé. Pero lo que más me cabrea es el tiempo que hemos perdido. Me he pasado toda la vida pensando en ella, aunque intentaba olvidarla. He saboteado todas las relaciones que he tenido porque ninguna mujer podía compararse con ella. Presley no tenía por qué amar a otro. Ningún otro hombre tenía por qué darle el consuelo que necesitaba. Yo habría estado a su lado.

En cambio, lo mantuvo en secreto y lo usó como una excusa. ¿Qué más me está ocultando?

Llego a mi casa y suelto un bufido. No tengo paciencia para esto. Veo a Felicia apoyada en la puerta.

—Hola. —Me sonríe—. Solo quería ver cómo estabas.

—Estoy bien. —No estoy ni la mitad de bien que de costumbre. Felicia no acaba de entender cuál es su papel—. Deberías irte. Te agradezco que te hayas pasado por aquí.

—Zach —dice con un suspiro—. Por favor, necesitas una amiga.

La miro y me pregunto si lo nuestro podría haber funcionado si Presley no hubiera regresado. Había planeado casarme con ella porque era el momento de hacerlo. Porque era lo correcto. Trent me preguntó una vez si he llegado a querer a Felicia en algún momento. Sí la he querido, pero nunca tanto como quiero a Presley.

—Necesito pensar, Felicia. A solas.

Me pone una mano en el brazo.

—Te conozco. Sé el daño que te ha hecho esto. Me alegro de que por fin veas el tipo de persona que es. Es una mentirosa, Zach. Siempre lo ha sido. ¿Cómo ha podido ocultarte que la dejaste embarazada?

—Déjalo —le ordeno—. Deja de hablar porque sé lo que estás haciendo.

—No estoy haciendo nada.

—¿Ah, no? —Me río—. Dime que esto no forma parte de tu plan.

Felicia retrocede.

—¿Qué plan?

La miro en silencio.

—Zach, podemos superarlo —dice con voz lastimera.

Por fin confiesa.

—No. No podemos.

—Zach —insiste—. Por favor. Estoy enamorada de ti. Puedo hacerte feliz.

Y, en este momento, me doy cuenta de algo. Sé dónde necesito estar.

—Pero yo quiero a Presley.

Ambos nos hemos pasado la vida corriendo. Huyendo del otro o corriendo hacia el otro. Ya va siendo hora de que nos detengamos y nos enfrentemos a nuestros problemas para poder avanzar. Amarla no es una opción, es lo que me define.

—No, escúchame. Mereces mucho más. —Felicia se acerca y me echa las manos al cuello. Intento retroceder, pero ella me lo impide—. Siempre he sabido que volverías a mi lado.

—Bueno… —Oigo la voz de Presley a mi espalda—. Supongo que ya sé por qué no respondiste mi mensaje.

Empujo a Felicia para apartarla y me doy media vuelta. Presley tiene los ojos llenos de lágrimas.

—Presley, te lo juro por Dios. —Me acerco a ella—. Acabo de llegar a casa y me la he encontrado aquí.

Presley menea la cabeza.

—Tu madre me ha dicho que la ha visto con unas cajas. —Cruza los brazos por delante del pecho.

—No va a mudarse a mi casa —afirmo.

Presley empieza a retroceder.

—He venido porque no soportaba estar alejada de ti otro segundo más. Te echaba mucho de menos y tengo el corazón destrozado, Zach. —La agarro por los brazos, pero ella se zafa—. Creí que era un error. Que tu madre había malinterpretado las cosas.

No sé qué habrá visto mi madre, pero desde luego que se trata de un error. Miro a Felicia y me pregunto qué se trae entre manos.

—¿Le has dicho a mi madre que hemos vuelto?

Felicia retrocede mientras se retuerce las manos.

—Solo le he dicho que te traía unas cajas.

—No es a ella a quien quiero —suelto—. Venía a casa para darme una ducha y después iba a verte.

Presley no parece creerme.

—¿Para qué? —pregunta con un resoplido.

—Para esto. —No puedo esperar un segundo más. La agarro por los hombros y reclamo sus labios. Aspiro su olor y confirmo lo que ya sé. Es a ella a quien amo. Este es mi lugar. Lucharía hasta la muerte por ella. Nos pelearemos, porque los dos tenemos mucho carácter. Cometeremos errores y tenemos muchas cosas que aclarar, pero Presley es mi vida.

Ha venido a buscarme y, por primera vez, no tengo la sensación de que me falta algo. Estar cerca de ella hace que una parte de mí cobre vida. Ni muerto dejaré que se vaya de nuevo. La suelto y ella retrocede. Genial. Otra vez va a cruzarme la cara.

En cambio, la veo sonreír.

—Eso habría funcionado.

Sus ojos se clavan en un punto situado detrás de mí.

—No ha pasado nada. Jamás pasará nada.

—De acuerdo —dice.

—¿De acuerdo? —grita Felicia, que está detrás de mí—. ¿De acuerdo? ¿Así sin más? Te oculta un embarazo, guarda secretos, te hace parecer un imbécil ¿y tú la besas? Yo voy y te cuento la verdad, te digo cómo son las cosas y ¿no haces nada?

Pego a Presley a mi costado.

—Es un tema que no te incumbe.

Presley se zafa de mis manos y se acerca a Felicia.

—Sabía que fuiste tú quien se lo contó. Supongo que estabas escondida en algún rincón, nos oíste hablar y pensaste que esta era tu oportunidad. —Tiene razón. Felicia esperó hasta que Presley se hubo marchado y después me lo contó todo—. Pero se te olvida una cosa —añade con voz burlona.

—¿El qué?

—Que no te quiere.

Presley se da media vuelta y se acerca otra vez a mí. No hemos hablado de nada, pero sé que no puedo dejarla marchar. Sé que mi vida no volverá a funcionar sin ella.

—¡Vete a la mierda, Presley! —grita Felicia.

Presley se vuelve, levanta la mano y le hace un gesto de despedida con los dedos.

—Adiós, Felicia.

Esta mujer me vuelve loco.

34

Presley

—*T*enemos que hablar —dice Zach mientras Felicia se aleja en coche. Sé que no hemos solucionado las cosas. Da igual lo que haya dicho delante de ella o la forma en la que me ha besado. Tenemos que hablar de muchas cosas que han estado ocultas.

—Cierto. —Entro en casa y me encuentro con la lámpara tirada en el suelo y un montón de papeles desperdigados—. ¿Qué narices ha pasado?

—Estaba cabreado.

—Ya lo veo.

Cierra la puerta y empieza a recoger cosas.

—Sigo cabreado.

Lo suponía.

—¿Me dejas que intente explicártelo? —pregunto.

Se sienta y me hace sitio.

—Adelante.

El estómago me da un vuelco mientras busco las palabras.

—Cuando tenía dieciséis años, quería casarme contigo. Recuerdo decirle a mi madre que sería la señora de Zachary Hennington. —Sonrío—. Estaba tan enamorada de ti que ni siquiera me importaba lo que eso implicaba. Sabía que, como tú eras unos años mayor que yo, sería difícil cuando nos fuéramos del pueblo. La fe que tenía en nosotros era inquebrantable. —Era muy joven—. Creía que si nos queríamos lo suficiente, el resto se solucionaría solo.

—¿Sabes lo que significó para mí dejarte, Presley? —pregunta Zach al tiempo que se inclina hacia delante—. Tenía dieciocho años y me iba a la universidad, donde el resto de mi equipo se tiraba a las seguidoras mientras yo contaba los días para volver a verte.

Le cojo la mano.

—Lo sé. Al menos, creía saberlo. Cuando te ibas y tenía que quedarme aquí sola, me deprimía muchísimo. Grace venía a buscarme y me obligaba a salir. No fui al baile de graduación porque tú jugabas esa semana. No tenía nada, Zach. No era nada.

Me pongo de pie y empiezo a dar vueltas por la estancia. Pasó hace mucho, pero parece que fue ayer.

—Cuando llegó la hora de irme a Maine, solo podía pensar en que íbamos a pasar dos años juntos de nuevo. Tendría a mi otra mitad. Me pediste matrimonio el día que me gradué y creía que por fin lo lograríamos. Sabía que soñabas con jugar al béisbol. Creo que me decía que se haría realidad cuando termináramos la universidad. No tendría que pasar por todo eso sola. Luego aceptaste el contrato sin pensártelo siquiera. Ni hablaste conmigo primero.

—Si crees que fue fácil dejarte —dice al tiempo que se acerca a mí—, te equivocas.

—No lo creo —le aseguro.

Se pasa una mano por la cara.

—¿Sabes cuántas veces he revivido aquel momento? Dudé, Pres. Quería hablar contigo, pero el representante me dijo que si me iba, no volverían a ofrecerme el contrato. No sabía qué hacer.

—Ahora lo sé. Me ha costado mucho tiempo, pero ahora lo entiendo. Quiero hablarte del embarazo. —Tomo una honda bocanada de aire.

Zach cierra los ojos y se vuelve a sentar en el sofá. Yo también me siento y rebusco en mis recuerdos, y lo vuelvo a sentir todo, como lo hice hace diecisiete años.

—Acababas de irte. Estaba muy deprimida. Creía que te quedarías. De verdad creía que ibas a bajar de ese autobús, que me abrazarías y que estaríamos juntos. Estaba loca, pero es que te quería muchísimo. —Vuelvo a ver al par de críos que éramos entonces. Puedo ver la escena en mi cabeza—. Empecé a vomitar, pero lo achacaba a que te habías ido. Apenas comía y tenía un aspecto lamentable. —Resoplo y pongo los ojos en blanco—. Qué idiota fui. Pero idiota integral. Angie por fin me obligó a ir al médico y descubrí que estaba embarazada de doce semanas. El embarazo ya estaba bastante avanzado. No había estado comiendo ni tomando vitaminas ni nada. Creo que lloré más ese día que el día que te fuiste.

—¿Por qué no me llamaste? —pregunta.

La pregunta del millón.

—Ojalá pudiera darte una respuesta mejor —contesto. Es de lo que más me arrepiento—. No quería que lo supieras. No quería que formaras parte de mi vida. A mi modo de ver, me dejaste por tu propia voluntad, así que no tenías ni voz ni voto en mi vida.

—Joder. —Se apoya en el respaldo del sofá.

—Lo sé —me apresuro a decir y me acerco un poco—. Sé que suena fatal, pero no quiero seguir mintiendo. Sé lo mucho que me equivoqué. Sé que fue lo peor que pude hacer. Pero después de dos semanas, todo cambió.

Me mira.

—No lo entiendo.

Estaba embarazada de catorce semanas y recuerdo que sentí al bebé. Todd estaba conmigo y empecé a gritar. Pasamos todo el día viendo la tele y comiendo lo que cayera en mis manos. Todd estaba a mi lado cuando los aleteos comenzaron, pero yo quería que fuera Zach. Recuerdo mirarlo con lágrimas en los ojos porque no eran los ojos azules que quería que me devolviesen la mirada.

—Sabía que tenía que decírtelo. Estaba haciendo acopio de valor para llamarte. Todd me estaba presionando para que te lo dijera. Lo nuestro era una relación platónica, pero me daba cuenta de que sentía algo por mí. Él no paraba de repetirme que deberías saberlo.

Pese a todos los errores de Todd y al dolor que nos ha causado a los niños y a mí, nunca fue cruel con Zach. Nunca lo entendí, pero creo que eso fue lo que me atrajo de él al principio. Que fuera justo con Zach. Aunque tal vez se debiera a que mi comportamiento le parecía irracional.

—Presley. —Zach suelta un tembloroso suspiro—. Puedo entender las gilipolleces que hicimos de jóvenes. Pero durante estos últimos meses hemos estado estrechando lazos, hemos estado haciendo planes, y no has hablado del tema.

—Tenía miedo. Fui yo quien tuvo que pasar por todo eso, no tú. Fue un suplicio vivirlo una vez, así que recordarlo era lo último que me apetecía.

Zach me mira con una mezcla de comprensión y rabia. No es justo para él, pero perder a ese bebé fue espantoso para mí.

—¿Qué nombre le habrías puesto? —pregunta Zach.

No sé qué importancia tiene eso ahora.

—¿Por qué?

—¿Recuerdas siquiera las conversaciones que teníamos?

Me apoyo en el respaldo del sofá mientras intento recordar la conversación a la que se refiere. Mantuvimos muchas acerca de cómo sería la vida que nos gustaría tener. Sonrío a mi pesar al recordar las guerras de nombres que teníamos. Al recordar sus mosqueos por los nombres disparatados que se me ocurrían. Siempre fue muy gracioso.

—Sadie y Colton —contesto, y caigo en la cuenta.

Me mira sin hablar.

Ay, Dios.

—Zach —susurro—. No…

—Logan y Violet. —Mantiene una expresión impasible, así que no sé lo que está pensando, solo me lo puedo imaginar. Por eso puso la cara que puso cuando pronuncié el nombre de Logan.

—Te juro que… —le digo—. Te juro que no me acordé de eso. Intenté olvidar esas cosas porque me dolían demasiado. Cada vez que pensaba en todo esto, recaía en la depresión.

Zach se acerca a mí.

—Tengo la sensación de que te he fallado. —Se le quiebra la voz—. Te dejé tirada y ni siquiera sabía que lo estaba haciendo. Siempre he sentido algo contigo que no soy capaz de explicar.

Le cojo una mano.

—No quería fastidiar lo que teníamos. Me preocupaba muchísimo que se esfumara de nuevo. Estar contigo me hacía muy feliz, pero también me aterraba. —Sé que cuanto más ahonde en el tema, más va a doler—. Fui feliz antes y mi vida se derrumbó. Pero cuando estoy contigo, creo que he encon-

trado mi lugar. Contigo puedo ser yo misma, me siento libre.
—Zach me aprieta los dedos—. No quería perder mi libertad.
No quería perderte a ti. Así que no pensaba en el pasado. Ni un
poco. Me esforcé con ahínco para enterrarlo tan hondo que no
pudiera afectarnos. Me equivoqué, Zach. Me equivoqué muchísimo. —Me echo a llorar—. Te quiero mucho. Ya no hay
más secretos. Te lo prometo.

Lo miro mientras espero que me condene o me absuelva.
Sé que podemos superar este obstáculo si él está dispuesto a
hacerlo.

Se levanta sin mediar palabra y sale de la habitación.
Me deja.

Me quedo sentada mientras me muero por dentro. Me
duele todo el cuerpo por la certeza de que lo he perdido. Creía
que teníamos una oportunidad. Al cabo de unos minutos, caigo
en la cuenta de que tengo que irme. Mi corazón no soportaría
que me dijera que se ha acabado. He hecho todo lo que estaba
en mi mano, y debo respetar sus deseos.

Pero me duele muchísimo.

Me pongo de pie y recojo mis cosas mientras las lágrimas
resbalan por mis mejillas. Aunque estoy llorando en silencio,
por dentro grito en rebeldía.

Toco el pomo frío de la puerta. Cuando lo estoy girando,
oigo su voz.

—¿Adónde vas?

—Por favor, no lo digas —le suplico.

—¿Que no diga el qué?

Me doy la vuelta.

—No me digas que se ha terminado.

—Está bien —contesta—. ¿Qué quieres que diga, Presley?

—Que me perdonas. Que quieres que me quede.

Zach da dos pasos para poder tocarme. Retrocedo y él me
sigue. Apoyo la espalda en la puerta y me acorrala. Me acaricia
la mejilla con los dedos, secando las lágrimas.

—No creo que pueda dejar de quererte alguna vez. Sé que
no quiero volver a vivir sin ti de nuevo —confiesa—. Somos
más fuertes de lo que lo éramos antes. Así que —dice, y me
besa en la nariz—, dime que seguirás intentándolo conmigo
durante mucho tiempo. Dime que te reunirás conmigo todas

las noches en el arroyo. Dime que te dormirás entre mis brazos y que aguantarás mis chorradas. Presley Benson —añade, mirándome fijamente con expresión emocionada—, dime que te quedarás.

Me aferro a la pechera de su camisa, como si me fuera la vida en ello.

—Me quedaré contigo para siempre.

La rabia y la tristeza de su mirada desaparecen para dejar paso al amor y a la esperanza. Todo lo que he dicho es verdad. Es mi futuro. Me besa con pasión al tiempo que me levanta en volandas. Lo abrazo con fuerza mientras me lleva hasta su dormitorio. Nuestras lenguas se enzarzan en un duelo mientras descargamos la ansiedad de esos dos días en el beso.

Las emociones me abruman al darme cuenta de que no se va a acabar. Es mío y yo soy suya. No vamos a separarnos esta vez. Me deja en la cama y empiezo a llorar. Es una mezcla de alegría y de alivio. Todo me parece excesivo. No puedo contenerme. Me parece que es perfecto, incluso más perfecto que antes.

He puesto todas las cartas sobre la mesa y él no ha dejado la partida. Lo ha dado todo.

—¿Por qué lloras? —me pregunta, preocupado.

El aluvión de emociones seguro que lo tiene asustado.

—Soy feliz.

—Yo también —dice con una sonrisa.

—Tú me haces feliz.

Me aparta el pelo de la cara.

—Te quiero. —Me vuelve a besar—. Muchísimo.

Coloco una mano en su pecho.

—No quiero perderte otra vez, Zach.

Se inclina hacia mí hasta que nuestras narices se tocan.

—No pienso dejarte huir. Si lo haces, te seguiré. —Sus labios rozan los míos—. Te perseguiré hasta los confines de la tierra.

Le acaricio el pecho, deleitándome con los músculos que se tensan bajo mis dedos.

—Creo que ahora toca una de esas reconciliaciones que se nos daban tan bien.

Zach me frota la nariz con la suya, me besa la comisura de

los labios y luego baja por mi garganta. Me lame justo debajo de la oreja, una caricia que siempre me estremece. Murmura algo contra mi piel y gimo.

Me encanta que sigamos encajando tan bien. Me encanta que me siga poniendo a mil en segundos y que sepa lo que me gusta. Es como si hubiéramos tenido las citas a la velocidad de la luz, pasando de largo por los momentos incómodos para encajar sin más. Podría haber tenido un final muy distinto. El tiempo que hemos estado separados, nuestras respectivas relaciones con otras personas, el pasado que compartimos... Todo eso podía haber hecho que las cosas acabaran de otra manera.

Me baja los tirantes, sin dejar de besarme. Todo mi cuerpo arde por él.

—Voy a reconciliarme contigo un buen rato, cariño. —Me mira con los párpados entornados. La pasión que brilla en sus ojos es una llama ardiente.

Le cojo la barbilla y lo obligo a mirarme.

—Eso espero. —Tiro de él para pegarlo a mí—. Bésame.

—A sus órdenes.

Y lo hace. Sus labios se apoderan de los míos mientras nos arrancamos la ropa. Deseo sentir su piel contra la mía. Tenemos mucho amor que darnos y pienso agotar el tiempo del que dispongo en satisfacernos plenamente.

Me insta a colocarme debajo de él y, después, se desliza por mi cuerpo.

—Tengo que saborearte —dice sin apartar la mirada de mis ojos.

Zach siempre ha sido muy intenso cuando estamos juntos. Lo expresa todo con la mirada. Nos decimos muchas cosas con una sola mirada. Cambiará de táctica en función de lo que vea. Me pone a mil ver lo que hace, y es increíblemente placentero cuando se concentra en mí.

Me besa el abdomen y luego me pone una mano en el mismo punto. Lo miro y le paso los dedos por el pelo.

—Zachary, espero que...

—¿El qué, cariño?

—Espero que algún día podamos llevar a cabo los planes que hicimos. —Le acaricio la mejilla—. Quiero tener todas las cosas que dijimos, incluido un bebé. Pero todavía no estoy preparada.

Sé que tampoco me lo está pidiendo. Pero no quiero que piense que no lo deseo. Zach es un hombre excepcional. Ha dado un paso al frente con Cayden y con Logan, sin dudar. Es la clase de hombre que será la figura paterna que mis hijos necesitan y, con suerte, también los hijos que tengamos juntos.

Vuelve a subir por mi cuerpo y tira de mí hasta que estamos sentados cara a cara. Estamos desnudos, totalmente expuestos el uno al otro.

—Nunca me he casado ni he tenido hijos. No he querido hacer nada de eso con ninguna persona en el mundo. Salvo contigo. —Me recorre los labios con el pulgar—. Algún día te casarás conmigo y yo seré todo lo que Logan y Cayden necesiten. Un amigo, un padre y un protector. Os querré a los tres con locura. Y sé que todavía no estás preparada, pero yo lo estoy desde hace seis meses.

Sonrío y meneo la cabeza.

—Estás muy seguro, ¿no?

Me devuelve la sonrisa y me invita a tumbarme de nuevo.

—Estoy seguro de que voy a casarme contigo y de que vamos a formar una familia muy especial.

No tengo la menor duda de que vaya a hacer esas dos cosas. Quiero dárselo todo.

—A lo mejor deberíamos pasar un tiempo practicando —sugiero.

—Aaah —exclama al tiempo que pone una mano entre mis piernas—. ¿Crees que necesito entrenamiento?

Zach empieza a trazar círculos y cierro los ojos.

—Lo estás haciendo… —comienzo, pero la sensación es demasiado maravillosa como para hablar— muy bien.

Vuelve a descender por mi cuerpo, pero en esa ocasión no se detiene. Me levanta las piernas con las manos mientras me lame y me succiona el clítoris.

—Zach —susurro.

Sigue atormentándome mientras muevo la cabeza de un lado a otro. Joder. Voy a explotar. Sigue a lo suyo aunque lo agarro del pelo. Le doy un tirón y me da un mordisco.

—¡Zach! —grito al tiempo que el orgasmo me consume. Respiro de forma entrecortada y tengo la sensación de que me he derretido por completo.

Lo miro y me guiña un ojo.

—¿Qué decías de practicar?

—Creo que eres bueno —respondo con voz jadeante—. Pero creo que a mí me vendría bien un ratito en la jaula de bateo.

Lo insto a ponerse de espalda y me aparto el pelo por encima del hombro. Quiero verle la cara. Le beso el cuerpo hasta llegar a su erección y le lamo la punta.

—Pres —me advierte. Sé lo que le gusta, y no le hace gracia que juegue con él. Pero es lo que más me gusta a mí. Llevarlo al borde de la desesperación y la locura.

Verlo aquí tumbado con las manos entrelazadas detrás de la cabeza mientras le doy placer es muy erótico. En vez de mi habitual juego del gato y del ratón, decido sorprenderlo. Abro la boca y me la meto entera.

—¡Joder! —grita y se incorpora—. ¡Dios!

Sonrío mientras empiezo a subir y a bajar la cabeza. Me la meto entera sin dejar de jugar con la punta. Cada gruñido y gemido que brota de sus labios me anima a continuar. Quiero complacerlo, demostrarle cuánto lo quiero a través de mi cuerpo.

—Cariño —susurra—. Nena —gruñe—. Para. Tienes que parar. —Mueve las caderas de forma que me llega hasta el fondo—. Voy a correrme como no pares. Quiero estar dentro de ti —insiste.

Me aparto y se abalanza sobre mí. En un abrir y cerrar de ojos, me tiene bajo su cuerpo.

—Te quiero.

—Te quiero —repito yo.

—Nunca dejes de hacerlo —dice al tiempo que me penetra.

Me quedo sin aliento cuando lo siento dentro.

—No lo haré —le prometo.

Hacemos el amor. Zach y yo vamos cambiando el ritmo. A veces es lento y dulce, y otras, frenético. Me aferro a él cuando el segundo orgasmo me arrolla con la fuerza de un tren de mercancías. Me dice que soy guapísima, que me desea con locura y que me necesita.

Me siento más unida a él que nunca. Hoy nos hemos entregado por completo y es imposible que pueda recuperar esa parte de mí aunque quisiera hacerlo. Sé que la vida con Zach no será fácil. Los dos somos demasiado tercos, pero merecerá la pena cada lágrima que derrame. Él es el lugar donde tengo que estar.

Nos quedamos tumbados, con las piernas entrelazadas con las sábanas.

—Quiero hablar con Logan —dice él.

—¿De qué?

—De nosotros. —Zach se pone de costado y me coloca una mano en la cadera—. Has dicho que se siente mal. No quiero que se preocupe.

Asiento con la cabeza.

—Lo necesita.

—Creo que todos lo necesitamos. Creo que Cayden y yo también tenemos que hablar unos minutos a solas.

Le pongo una mano en la mejilla.

—De acuerdo —digo con una sonrisa—. Hablemos con ellos.

—Antes de nada —me interrumpe—, creo que deberíamos reconciliarnos un poquito más para estar seguros.

Me echo a reír cuando me coloca encima de él.

Reconciliarnos un poquito más es lo menos que puedo hacer para asegurarme de que todo está bien.

35

Zach

*N*unca me he sentido tan nervioso por la idea de ver a los niños, pero es que la última vez fue espantoso. Verlos llorar y aferrarse a Presley de aquella manera... me dejó hecho polvo.

Saber que yo colaboré para que descubrieran lo de su padre me está matando.

Aunque no sean mis hijos, son parte de Presley, lo que significa que también son parte de mí. Todo lo que le he dicho es cierto. Seré lo que necesiten que sea.

—Hola, chicos. —Esbozo lo que espero que sea una sonrisa natural.

—¡Zach! —Logan corre hacia mí y separo los brazos—. Siento haberte pegado —me dice de inmediato.

Me abraza con fuerza y yo lo agarro por los hombros. Quiero que me escuche bien.

—Es agua pasada, campeón. —Detesto que este niño lo esté pasando mal por mi culpa. Si yo viera a alguien gritándole a mi madre, tendría que vérselas conmigo y con mis dos hermanos—. Creo que defendiste a tu madre de forma admirable. Demostraste mucha fuerza y mucho valor.

—¿No te hice mucho daño?

Logro mantener una expresión estoica.

—Tuve que ponerme hielo en la pierna. —Finjo estirarla—. Pero se me pasará.

Logan sonríe con orgullo y no puedo evitar sentirme orgulloso también.

Cayden baja del porche de un salto y espero a oír lo que tiene que decirme.

—¿Esto significa que ya no seré un Benson?

Presley se acerca y me pone una mano en un brazo. Interpreto que quiere ser ella la que conteste esa pregunta.

—Siempre serás una parte de tu padre. Él te dio la vida, su apellido, un hogar y mucho más. Tu apellido nunca cambiará, aunque el mío sí pueda hacerlo algún día.

Si los niños no estuvieran delante, le diría que desde luego que va a cambiar algún día. Muy pronto me encargaré de que todo el mundo sepa a quién pertenece.

—Quiero que sepáis una cosa, chicos —digo—. Siempre podréis contar conmigo. Siempre. Si queréis hablar, o aprender a gastar jugarretas, estoy a vuestra disposición. Crecí con Trent, que me las hizo a mí, y yo después se las hice a Wyatt.

Ambos se echan a reír.

—Pero ya en serio, os quiero mucho a los tres. —Titubeo un poco a la hora de decirles lo mucho que quiero a su madre. Los últimos días han sido difíciles para ellos y todas las cosas llevan su tiempo. Prefiero demostrarles con hechos el amor que siento por ella antes que hacerlo con palabras.

Porque el honor de un hombre se mide por sus actos, no por sus palabras.

Quiero enseñarles las cosas que mi padre me enseñó. Él le ha dado el mundo a mi madre y la ha tratado como si ella fuera la dueña. Jamás se ha quejado. En una ocasión, nos dijo que si mi madre lo dejara, se perdería. En aquel momento, creí que estaba loco... hasta que perdí a Presley.

Presley me coge una mano.

—Creo que deberíamos hacer otra carrera —dice con entusiasmo—. ¿Qué os parece?

Logan y Cayden se animan de inmediato.

—No sé yo —bromeo—. Ya te he ganado en una ocasión y fue bochornoso para ti.

—¡Ja! —exclama en mi cara—. ¡Yo fui la ganadora! Creo que estás perdiendo la memoria, abuelete.

No era eso lo que me decía mientras gritaba de placer y arqueaba la espalda...

—¿Abuelete?

Le brillan los ojos mientras me mira por encima del hombro.

—Eres mayor que yo.

—De todas formas, te equivocas. Fui yo el ganador, ¿verdad, chicos?

—Mamá, fuiste tú quien perdió. Creo que como Cayden es el pequeño, debería estar en tu equipo —sugiere Logan.

Interpreto como una buena señal que quiera estar en el equipo ganador.

—Me parece bien —digo yo, que le ofrezco un puño para que choque el suyo y así sellar el acuerdo.

—¿Otra vez? —protesta Cayden—. ¿Otra vez tengo que aguantar a mamá?

—¡Oye! —exclama Presley—. Yo tuve que aguantar parir esos dos melones que tenéis por cabeza y nunca me oiréis quejarme. —Se da media vuelta y empieza a rezongar—. Yo los traigo al mundo y ellos lo prefieren a él porque les regala un caballo. —resopla—. Increíble.

—Te estamos oyendo —le recuerdo.

—Me alegro —replica.

Está para comérsela cuando reacciona así. Pero mientras mi chica estaba en la gran ciudad, yo me dedicaba a criar caballos. He aprendido un par de cosas al respecto. Y voy a darle una lección.

—De acuerdo —dice mientras saca a *Shortstop*—. Las reglas son que hay un nuevo recorrido.

La miro con los ojos entrecerrados. Está tramando algo.

—Ni hablar.

—¿Vas a llevarme la contraria, Hennington?

—Te la estás jugando.

Se acerca a mí contoneándose y con un brillo travieso en los ojos verdes.

—Vaquero —dice al tiempo que me da unas palmadas en el pecho—, el que se la está jugando eres tú.

Cuando me llama así, no puedo evitarlo. Me dan ganas de tirarla al suelo y de hacer que grite mi nombre.

—Presley… —le advierto—. Me las pagarás.

La sonrisa desaparece de sus labios y me quedo paralizado. Me pasa los dedos por el pecho.

—Lo estoy deseando.

—Eso espero.

Los chicos me animan mientras corremos. Al final, Logan y yo hacemos un bailecito para celebrar la victoria. Presley jura y perjura que he hecho trampas. Y creía que podía ganarme...

El resto del día lo paso con los niños, domando los caballos. Decidimos salir a cabalgar con ellos por una ruta fácil. El día transcurre con tranquilidad para los cuatro. Los niños se ríen mucho, sobre todo a expensas de Presley, pero a ella no le importa. Cada vez que uno de ellos se relaja hasta el punto de sonreír, ella se anima más.

De vez en cuando, me mira para hacerme saber lo agradecida que se siente.

—¿Qué os parece si cenamos en mi casa? —sugiero mientras los cuatro desensillamos los caballos después del paseo.

—¡Genial! —exclama Cayden—. ¡Vamos a ver dónde vive Zach!

Logan mira a su madre.

—¿Podemos?

—¿Sabes cocinar? —me desafía ella.

—Las mujeres cocinan. Los hombres usamos la barbacoa.

Se suelta el pelo que llevaba sujeto con un pasador y deja que le caiga por los hombros. Dios, la deseo. Pero, en ese momento, me percato de lo que he dicho y de su reacción. La veo cruzar los brazos y abrir los ojos de par en par.

—¿Ah, sí?

Allá vamos.

—No lo he dicho con mala intención —respondo, tratando de salir del aprieto.

—Ajá.

—Oye, Logan —grito—. ¿Me ayudas?

Presley abandona la actitud hostil debido a la curiosidad.

—¡Claro! —contesta él, que se acerca al instante.

Me acerco a Presley y la abrazo.

—Déjame unos minutos con él, ¿vale?

—Cayden —dice ella—. ¿Quieres que vayamos a ver si la tía Angie ha sufrido un coma diabético? Vamos a decirle que esta noche cenará en casa de Zach.

Logan y yo llevamos los caballos a sus cuadras.

—¿Crees que podemos hablar de hombre a hombre?

Logan se sienta en la paca de heno y asiente con la cabeza. Contengo una carcajada al ver que trata de poner una pose madura. Recuerdo cómo era yo a su edad. Un chico valiente que pensaba que ya era un hombre. No voy a arrebatarle eso a Logan.

—Me gustaría saber si estamos bien.

—Lo estamos —dice—. Me caes bien y eso.

Río entre dientes.

—Bueno, pues me alegro.

Lo que me está carcomiendo por dentro es lo que llegó a oír.

—Ayer nos oíste discutir a tu madre y a mí. Quería saber si hay algo que quieras preguntarme. —Si no oyó nada sobre el embarazo, estupendo, pero necesito asegurarme. No lo había pensado siquiera hasta que hemos salido hoy a pasear a caballo.

—¿Mi madre y tú vais a separaros porque ella te ocultó algo? —me pregunta.

Siento un leve alivio al comprobar que no escuchó todas las cosas que dijimos durante la discusión.

—No, no vamos a separarnos.

—¿Estás enfadado porque te mintió? —Logan aparta la mirada, preocupado.

—Los dos nos ocultamos cosas cuando éramos jóvenes, pero ya han salido a la luz. Por eso estábamos discutiendo. Nos hemos pedido perdón y ya está.

—A mí me ocultó la verdad sobre la muerte de mi padre.

—Sabes por qué, ¿verdad?

Estos niños no deberían haber pasado por todo esto. Me alegro de que Presley haya encontrado la manera de superar la ira, pero yo todavía sigo cabreado. Los miro a ambos y me hierve la sangre. Son unos niños muy buenos, ella es una mujer buena, y ¿los dejó así sin más? No lo entiendo.

Logan suspira.

—Sí. Pero ya no soy un niño pequeño. Puedo afrontarlo.

—Sé que eres fuerte.

—¿Me prometes una cosa, Zach?

Logan ha heredado los ojos de su madre. Son idénticos, y me resulta difícil mirar a estos niños sin darles todo lo que me pidan.

—Lo intentaré.

—Prométeme que no le harás daño a mi madre.

Es una promesa que trataré de cumplir a toda costa. Pero estos niños ya han sufrido demasiadas verdades a medias.

—Te prometo que jamás le haré daño a propósito. Pero no puedo prometerte que no se lo haré jamás, porque a veces cometemos errores y hacemos daño a los seres queridos.

—¿Como mi padre?

—Sí, campeón. No creo que quisiera haceros daño.

Aparta la mirada y respira hondo.

—Pero de todas formas duele.

—No me extraña.

—Sí. —Me mira de nuevo.

—¿Qué te parece si cepillamos a los caballos y después hacemos algo bonito para tu madre?

La cara de Logan se ilumina y me siento mejor. Es un niño bueno con un gran corazón.

Tardamos veinte minutos en recogerlo todo. Después, llevo a Logan al prado donde cogemos flores para Presley. Vamos a hacer un ramo con lo primero que encontremos. Regresamos a casa mientras él me habla de un juego al que juega con sus amigos de Filadelfia. Seguimos hablando de cosas sin importancia, pero es un paso hacia delante.

—¿Dónde habéis estado? —nos pregunta Presley desde la parte superior de la escalera.

Logan se saca el ramo de detrás de la espalda.

—Zach y yo te hemos hecho esto.

La veo esbozar la sonrisa que recuerdo. La que solo es para mí. Se le llenan los ojos de lágrimas, pero sé que no son de tristeza.

—Gracias —susurra.

Baja los escalones, besa a Logan en la mejilla y después se acerca a mí. No sé si quiere que nos mostremos cariñosos delante de los niños, así que dejo que sea ella quien lleve la iniciativa para que haga lo que le resulte más cómodo.

Me abraza y entierra la cara en mi cuello. Siento sus lágrimas en la piel mientras la estrecho entre mis brazos.

Después, levanta la cabeza, se acerca y me besa en los labios. Es un beso fugaz. Cuando se separa de mí, me dice:

—Ya te daré las gracias como Dios manda más tarde.

Me echo a reír y la levanto del suelo para dar vueltas con ella. Soy un hombre con suerte. Y pienso asegurarme de seguir siéndolo.

Epílogo

Presley

Dieciocho meses después

—¿*Ya* estás lista? —pregunta Grace desde la planta baja. Nunca he visto al pueblo tan emocionado por un dichoso desfile. De verdad que no sé qué tiene de especial este.

—¡Lo estaría si no me hubieras obligado a rebuscar en estas cajas! —contesto, también a voz en grito.

Zach y yo empezamos a construir la casa junto al estanque hace seis meses. Los niños se enamoraron de la zona y nos preguntaron enseguida que cuándo íbamos a mudarnos. Gracias a Dios que ya solo nos quedan dos semanas así. Me muero por salir de casa de mis padres. Han sido fantásticos y desde que vivo aquí he pagado un buen pellizco de las deudas. Dado que no tengo que pagar alquiler ni tengo gastos de nada, me ha resultado más fácil hacer pagos extras.

Angie ha vuelto de visita y se moría por ver la casa, porque los niños no dejan de mandarle vídeos y fotos.

—¡Date prisa! —grita Angie.

Pongo los ojos en blanco y me arreglo el vestido. Me ha convencido para ir en la carroza de Grace. Su padre es el jefe de bomberos. Exige tener su propia carroza porque el *sheriff* la tiene. Como si Trent y Grace necesitaran más tensión entre ellos.

Bajo la escalera en busca de la caja donde tengo las botas.

—¡Estás monísima!

—Es lo único que he podido encontrar —digo con una carcajada. He escogido un vestido cualquiera porque no hay un tema al que ceñirse.

—Pues te sienta bien. —Angie se encoge de hombros.

—¿Dónde están los niños? —Echo un vistazo a mi alrededor.

Como se hayan manchado, se van a enterar. Les dije que no se podían manchar porque van a ir en la carroza de Trent. Ha decidido que son sus ayudantes.

—Se han ido con tus padres —contesta Grace.

—De acuerdo, pues nosotras también tenemos que irnos.

A medida que nos acercamos al centro del pueblo, me doy cuenta de que la gente ya está en la calle. Me encanta cómo el pueblo entero se vuelca en estos eventos. Me recuerda que no solo es una comunidad, sino que también es una familia.

Angie se queja cada vez que alguien nos detiene para saludar, lo que quiere decir que no deja de quejarse. Por fin conseguimos llegar a la zona donde están las carrozas.

—Este pueblo necesita ansiolíticos en vena.

Me echo a reír.

—Tú sí que los necesitas.

—Hola, Angel. —Wyatt le rodea la cintura desde atrás.

Angie se aparta de él antes de darse la vuelta y agitar un dedo delante de su cara.

—Madre del amor hermoso, córtate un poquito… Ni de coña, en la vida, vamos a repetirlo.

—¿Repetirlo? —digo casi a voz en grito—. ¿Cuándo lo habéis hecho la primera vez?

—Es irrelevante —responde ella, que se vuelve hacia Wyatt—. Tú vete.

Me quedo plantada con expresión socarrona. Angie me mira y me desafía con la mirada.

—¡Presley! —grita Grace desde las carrozas—. Tenemos que irnos.

—Eso, Presley. —Angie enarca las cejas—. Tienes que estar en otro sitio. No quiero entretenerte.

La señalo con un dedo.

—Que sepas que vamos a hablar de esto.

—Me vais a matar —mascula Grace mientras me arrastra hasta la carroza.

Después de que Grace se afane unos minutos a fin de colocarnos a todos en nuestros sitios, miro a los niños. Están en la carroza de Trent, sacando pecho con los puños cerrados. No sé si se creen superhéroes o se limitan a imitar a Trent.

—¡Hola, chicos! —los saludo con la mano.

Los dos me hacen el saludo militar.

—Agente Benson y agente Benson a su servicio.

Suelto una carcajada. Son monísimos. Se han acoplado a la perfección a la vida en el pueblo. Algunos días les cuesta más que otros. Me hacen muchas preguntas acerca de su padre, pero el apoyo familiar que reciben ha hecho que la transición sea más fácil de lo que había imaginado.

—¿Dónde está Zach? —les pregunto.

Los dos se encogen de hombros.

—Creo que estaba hablando con el entrenador Keeland —responde Logan.

Es más que posible. Logan le comentó a Zach que quería jugar al béisbol. Lo que hizo que Zach saltara de la mesa, cogiera el guante y arrastrara a Logan fuera de la casa para lanzar unas cuantas pelotas. Al final, resultó que Logan es bastante bueno. Ha conseguido entrar en el equipo del colegio y Zach se ha convertido en su fan número uno. Me sorprende que no se pinte la cara para los partidos. Es la caña verlo.

Cayden y yo hemos salido a montar a caballo muchas veces. Encuentra mucho consuelo con los caballos. Es genial que hayamos podido encontrar eso en común.

—¿Grace? —digo cuando la sorprendo fulminando con la mirada a Trent, que está hablando con una chica. De verdad, ese tío piensa con el culo.

Me mira con expresión triste.

—¿Por qué has tenido que quedarte con el bueno de los tres hermanos?

Me echo a reír.

—Fui la primera en escoger.

—Te odio.

La señora Rooney dobla la esquina.

—¡Es hora de comenzar! Aseguraos de ir según el horario fijado. —Sí, Dios nos libre de alterar el orden—. Eso va por ti, Trent Hennington. No me obligues a traer a tu madre.

Me encanta que, aunque sea el *sheriff*, todos sepamos quién manda en este pueblo.

—A ver, repítemelo, ¿a qué viene este desfile? —Juro que no tengo la menor idea de qué estamos celebrando.

Ella se echa a reír.

—Es el desfile para conmemorar el nacimiento del fundador de Bell Buckle y para celebrar que Zachary y tú os vais a vivir juntos.

—¿Qué? —Me quedo muerta—. ¿Lo dices en serio? —Miro a Grace.

Se encoge de hombros.

—Ya sabes cómo son tu madre y sus amigas. Harían cualquier cosa con tal de organizar un desfile. No me digas que te sorprende. Si hasta celebramos un dichoso desfile porque al alcalde Peckham lo operaron de apendicitis.

No puedo creerlo. ¿Vamos a celebrar un desfile porque me voy a vivir con Zach? Voy a matar a mi madre y a sus amigas.

—Mejor finjamos que no tiene nada que ver conmigo —le digo a Grace.

—Lo que tú digas, cariño.

Grace se retoca el maquillaje mientras yo miro a mi alrededor.

—Presley, cariño. —La señora Rooney me llama la atención—. Bájate un poco el vestido. No es necesario que el pueblo entero te vea el trasero. Vale que te vayas a vivir con él, pero no vayas por ahí regalando la mercancía... No sé si me entiendes.

—Por el amor de Dios —mascullo. Me encantaría decirle que regalé la mercancía a los diecisiete años, pero me quedo callada—. No es tan corto.

No replica, pero aquí estoy, dándome tironcitos para bajármelo.

Empieza el desfile. Grace se coloca en su puesto en la parte delantera de la carroza y yo en la parte trasera. Grace saluda como la reina de la belleza que fue en otro tiempo. No creo que esto fuera lo que imaginaba en su época de Miss Bell Buckle: ir en una carroza de papel maché con un corazón de plástico detrás de nosotras. Pero parece feliz.

Avanzamos unos minutos antes de que el desfile se detenga de repente.

—¿Qué pasa ahora? —le pregunto a Grace.

Estiro el cuello para ver lo que pasa y veo a Zach en mitad de la calle.

—¿Zach? —Me acerco al borde.

Se sube a la carroza de un salto con una sonrisa enorme.

—Hola, cariño.

—Hola. —Lo miro con expresión de que se ha vuelto majara—. ¿Qué haces?

—Tengo que decirte algo.

—¿Ahora mismo? —pregunto.

—Ajá.

Echo un vistazo a nuestro alrededor a la espera de que la señora Rooney empiece a golpearlo con un remo o algo, pero todos nos miran sonrientes. Los niños se cambian a nuestra carroza y el corazón se me sube a la garganta. Miro hacia la calle, al lugar donde se encuentra mi familia, y los veo cogidos de la mano.

—Verás —sigue él como si nada—, los niños y yo estuvimos hablando el otro día. Los tres creemos que ha llegado el momento de que seamos una familia.

Se me llenan los ojos de lágrimas.

—¿De verdad?

—¡Sí! —dicen los gemelos a la vez.

Zach hinca una rodilla en el suelo.

—Te quiero, Presley. Quiero a Cayden y a Logan. Adoro cada detalle de tu vida y quiero compartirla contigo. —Me coge la mano—. Me enamoré de ti con quince años. Me juré que, algún día, me casaría contigo. Estuve a punto de hacerlo una vez. —Me guiña un ojo y me echo a reír—. Nunca creí que volverías a mi vida, pero aquí estamos. Prometo quererte con toda mi alma. —Las lágrimas brotan de mis ojos sin posibilidad de detenerlas—. Quiero tener un hogar para los cuatro. Cayden y Logan me han dado permiso para preguntarte... Presley Benson, ¿quieres casarte conmigo?

Miro a mis hijos, que están detrás de él con unas sonrisas enormes. El hecho de que les haya pedido permiso hace que el corazón me dé un vuelco. Las lágrimas de alegría resbalan por mi cara cuando miro al hombre al que quiero con toda mi alma. Las segundas oportunidades no se presentan todos los días, pero agradezco de todo corazón la nuestra.

—Pues claro que sí, vaquero. —Zach me pone el anillo de compromiso que llevaba cuando éramos más jóvenes. No puedo creer que lo haya guardado.

Se levanta, me abraza y me besa mientras los vítores estallan a nuestro alrededor. Nuestros labios se separan.

—Parece que por fin hemos conseguido un *home run* —dice con voz ronca.

Sonrío.

—Creo que hemos ganado el partido.

Corinne Michaels

Corinne Michaels, autora *best seller* en EE.UU., ha publicado diez novelas románticas que se han convertido en auténticos fenómenos de venta en su país natal. Está felizmente casada y es madre de dos hijos. Corinne está trabajando en su próxima novela.

www.corinnemichaels.com
Facebook: CorinneMichaels